T0278473

Días detenidos

Guillermo Ruiz Plaza

Días detenidos

Navona

Primera edición
Febrero de 2022

Publicado en Barcelona por Editorial Navona SL
Editorial Navona es una marca registrada de Suma Llibres SL
Aribau 153, 08017 Barcelona
navonaed.com

Dirección editorial Ernest Folch
Edición Xènia Pérez
Diseño gráfico Alex Velasco y Gerard Joan
Maquetación y corrección Digital Books
Papel tripa Oria Ivory
Tipografías Heldane y Studio Feixen Sans
Imagen de la cubierta Natalia Eguibar
Distribución en España UDL Libros

ISBN 978-84-19179-02-9
Depósito Legal B 20603-2021
Impresión Romanyà-Valls, Capellades
Impreso en España

Quien no puede asentarse en el umbral
del instante olvidando todo lo pasado,
quien no puede erguirse como una diosa de la
victoria en un solo punto, sin vértigo ni temor,
nunca sabrá qué es la felicidad.

NIETZSCHE

1

Me sorprendo buscándola con la vista entre la gente vestida de negro, como si de un momento a otro fueran a aparecer sus ojos de fiera insomne y su cabellera incendiada por el sol. Vas a sentir su respiración en la nuca, pienso estremecida. Vas a girar la cabeza y vas a verla, los labios pálidos y la sonrisa triste y un poco irónica, como si el entierro fuera de otra. El sol empieza a quemar y el sudor resbala hasta mis párpados y las comisuras de mis labios, y hay un sabor de sal en la muerte, y un ardor hiriente en todo lo visible.

Como si adivinara mis pensamientos, Abril me aprieta la mano y en su gesto hay una intensidad inesperada. Viste un sobrio pantalón de tela y un cinturón cuya hebilla reproduce el tatuaje que le vi la otra noche en la espalda: una espiral o un discreto laberinto en el que perderse. Por primera vez, lleva la cabellera recogida en la nuca con un prendedor metálico, a la manera de una colegiala, dejando al descubierto su cuello fino y vulnerable y atravesado por vellitos casi invisibles. El cerquillo desigual le tapa un poco los ojos, como si no pudiera evitar esconderse del mundo, un alma salvaje que se reserva solo para la intimidad.

El doctor Prieto se mantiene erguido en su traje impecable cerca de la tumba. Se ha puesto la mano como visera y, por un momento, en la sombra recortada sobre su cara esquelética y de pómulos salientes, los lentes de mosca parecen dos cuencas vacías. Las demás son caras que no conozco o no reconozco. Señores de cabezas grises que visten ternos gastados. Señoras de pelo teñido, faldas y zapatos de tacón o pantalones de tela y mocasines. En todos, una elegancia nostálgica. En todos, una sobriedad sin lágrimas. No, no en todos. Alguien llora. Corpulenta, las trenzas entrecanas, las polleras acentuando sus caderas de matrona y, sobre los hombros, una elegante mantilla a pesar del calor, reconozco a la Comadre. Cómo ha envejecido.

Así que, a pesar de todo, mamá tenía amigos. Me parece incomprensible no haber visto a ninguno, excepto al doctor Prieto, en estas últimas semanas. Ha empezado la temporada de las despedidas, la progresiva desaparición de un mundo: el suyo. Pero quizá, para ellos, mamá ya había desaparecido desde mucho antes. Los miro otra vez de pie en el césped y de pronto me parece un cuadro de mamá: esculturas de hielo derritiéndose al sol, una escena a punto de deshacerse en la luz o el viento. Aunque no hay viento. Ni siquiera brisa. Más allá de La Costanera, el lecho escaso y agónico del Choqueyapu contribuye a la inmovilidad del mediodía.

No hay ni una nube y el cielo es de un azul de cerámica. Hace calor, un calor abrasador que no recuerdo haber sentido antes en La Paz. Es un día que le hubiera encantado a mamá y que en otro tiempo habríamos pasado en el terreno de Huajchilla, bajo la sombra del algarrobo. No por previsible la muerte resulta menos increíble.

Caen las primeras paletadas de tierra sobre el ataúd mientras recuerdo una de nuestras últimas conversaciones, días atrás. Yo le dije una de esas frases que me sentía obligada a decirle de tanto en tanto, ya sin esperanza, solo para llenar un vacío insoportable.

—Mamá, necesitas un tratamiento adecuado. —El sol de la tarde entraba con fuerza por la ventana sin cortinas—. Si me dejaras ayudarte...

—¿Podría salvarme? —Una luz débilmente irónica pasó por sus ojos.

Su sonrisa era frágil. Me miraba con el busto recto, la espalda apoyada contra un almohadón amarillo.

—Podrías vivir muchos años más.

—Vivir, no —dijo ella—. Durar, tal vez.

Sus labios pálidos dibujaron las palabras con precisión laboriosa y luego sonrieron devolviéndole la vida a sus rasgos. Me recorría como si yo fuera un paisaje, un bello paisaje de juventud perdido para siempre. Luego examinó todo a su alrededor con una intensidad turbadora. Algo en ella empezaba a abrirse paso en la claridad del abismo. Al rato se durmió. Era uno de los pocos momentos en que parecía estar en paz consigo misma.

Termina la ceremonia, la gente empieza a dispersarse. Al devolver los abrazos y recibir los pésames, Lauro se mueve con rigidez, enfundado en su único terno, el mismo que, hace ya muchos años, mamá le planchó una tarde entera —la estoy viendo al trasluz del ventanal, aplicándose en esa tarea que secretamente odiaba—, para que, al día siguiente de la graduación, fuera colgado en el armario como una pieza de museo. Porque a mi hermano nunca le gustó llevar terno. Ahora el traje le queda tan ajustado que parece un niño envejecido y enorme, y me invade una inexplicable ternura. El disgusto que apareció en su cara al ver llegar a Abril se ha esfumado. Vino por mamá, no por él. Nadie invita a nadie a un funeral, la gente acude o no, y él no tenía ningún derecho de impedirle estar aquí.

Apenas miro las caras de las personas que se acercan a decirme las palabras de rigor. Ya no significan nada, pero, en momentos así, no nos queda más remedio. En los libros hay que eludir los lugares comunes, pero en la vida, en la mediocre vida, son inevitables. Temo reconocer a alguien, ver lo que el ácido del tiempo ha hecho con sus rasgos. O, lo que sería mil veces peor, levantar la vista y descubrir a mamá con sus ojos de felina maliciosa y perder definitivamente la calma.

Antes de alejarse, el doctor Prieto le pasa la mano por el pelo a Nico y él me mira perplejo, como si solo ahora creyera en lo que le he dicho hace dos días. Que la abuela ya no está y que no volveremos a verla.

Por alguna razón, giro la cabeza y miro hacia la sombra de un sauce llorón a unos treinta metros de donde estamos, y entonces lo veo. Veo a ese hombre alto y de espaldas anchas, vestido con un traje de *tweed* azul ceniza, y me estremezco. Por un momento pienso que bastaría con mirar hacia otra parte y volver la vista hacia la sombra del árbol para descubrir que no hay nadie. Pero allí está.

Tal vez sea la única forma que ha encontrado de agarrarme desprevenida. De solo pensar que sí, que es capaz de presentarse aquí para reclamar al niño, siento un retortijón en el estómago. Me llevo una mano a la cara y me limpio el sudor de la frente, y así me doy cuenta de que he empezado a temblar. Instintivamente, busco con la vista la camioneta de Lauro, estacionada detrás de una hilera de pinos. Bastarían unos pasos con Nico de la mano, girar la llave que ha quedado en el contacto y desaparecer. Pero unos metros más allá descubro un Peugeot negro con placa diplomática (a través de la luneta se ve la nuca gris de un hombre al volante) y me recorre un temblor, electrizándome el espinazo. No hay escapatoria.

Ahora lo he visto mejor y el corazón ha empezado a latirme enfurecido. No hay duda: es él. Es Raphaël. Ha salido de la sombra y se ha detenido a unos veinte pasos de distancia, en una banda de césped amarillento que separa dos lápidas, y me observa tras sus lentes negros, sin mover un músculo, con la cara tirante y pálida, el pelo casi blanco de tan rubio y las manos metidas en los bolsillos del pantalón, como si pudiera quedarse ahí todo el tiempo del mundo. Su estatura se impone aun en la ceguera del mediodía paceño. Es una invitación. No: un desafío.

Una lógica siniestra nos ha traído hasta aquí, pienso. Por un segundo, vuelve a mi memoria esa noche en el Pont des Catalans, la baranda resbalosa, el aliento húmedo del Garona, la tentación del vacío y el vértigo. Incómoda, trato de ahuyentar las salpicaduras heladas de esos días, pero, una vez más, sin que pueda hacer nada por evitarlo, los recuerdos me invaden con su aspereza de sal y barranco. Una vez más, el presente y el pasado mezclan sus aguas, paralizándome.

Las manos de mamá no habían cambiado. Sus rasgos se habían vuelto cortantes. Sus ojos, sus bellos ojos de gata egipcia, parecían más grandes y más vivos que nunca. De su larga cabellera nocturna solo quedaban algunas vetas, lo demás era de un gris cenizo. Al respirar, parecía arrastrar el humo de años convertido en piedritas ásperas. Hice cálculos. Mamá tenía sesenta y cuatro, pero resultaba evidente que, desde la última vez que la vi, se había descuidado por completo. Me quedé mirando sus dedos largos y anillados que me llevaron a otra época, cuando en el aire frío se respiraba una fragancia de eucalipto y asombro. Ahora sé que lo hice para soportar la impresión que me dio verla así.

Cuando la tomé, su mano se encogió con palpitaciones de animal asustado. Poco después, abrió los ojos, irguió el busto contra el respaldo de la cama y me miró con una mezcla de perplejidad y alegría.

—¿Has venido con Nico? —Asentí, y su mano pareció dilatarse en la mía—. Así da gusto morir.

—No te vas a morir. —Le apreté la mano.

Sonrió con malicia. Se oyó el paso ruidoso de un camión en la calle y los ladridos destemplados de una jauría de perros. Atardecía. En el cuarto crecieron las sombras y sentí frío. Sobre el velador, se acumulaban los clínex manchados de sangre en una caja de zapatos Manaco sin tapa. Apoyada contra la lámpara encendida, una postal con la *Madonna* de Edvard Munch. Esa mujer de piel lunar, la cabellera negra cayéndole sobre los hombros como un nido de arañas, siempre le había fascinado porque, muchos años atrás, había entre ellas un parecido innegable.

—Te noto cambiada, mija. ¿Te ha pasado algo?

Me miró con los ojos entornados, inquisitiva. Por un momento me sentí en otros tiempos, cuando, de niña, esas dos rendijas gatunas se clavaban en mí y de inmediato sabía que no podría mentirle.

—¿Por qué no ha venido tu marido?

—El trabajo lo tiene sin vida. —Bajé los ojos, incómoda.

—Con la plata que tiene, podría darse unos días.

—Allá el trabajo no perdona.

—Cuando hables con él me lo pasas. Me voy a quejar. Acomodó un cojín a su espalda, a la altura de los riñones.

—¿Y para cuándo el segundito, mija?

La pregunta me tomó desprevenida.

—Ya no vamos a tener más hijos, mamá.

—¿Y eso?

Era imposible responder a esa pregunta sin contarle lo que había ocurrido. Tratando de que no se me notara la turbación, dije lo primero que me vino a la mente:

—¿Has visto cómo está el mundo?

—¿El mundo? —se rio—. ¿Cuándo ha estado bien el mundo?

De sus rasgos habían desaparecido el sueño y la extrañeza. Estaba sorprendida de poder hablar con ella como otras veces, sin concesiones, de saber que seguía ahí, lo que contradecía felizmente mis augurios.

—Vos fuiste concebida una noche de toque de queda —dijo, y, tras unos segundos, añadió—: Nevaba.

—¿Nevaba? —Yo nunca había visto nieve en La Paz y creí que mamá desvariaba.

—Nevaba, me acuerdo bien. Eran los días del toque y Arce Gómez había dicho que debíamos andar con el testamento bajo el brazo.

No se habían encendido aún las luces de los postes en la calle. La luz cálida de la lámpara se derramaba sobre la colcha. Sorprendida, descubrí que era la que mamá había hecho para mí siglos antes. A cuadros, de colores vivos, aunque ya gastados, tenía bordados con una minuciosidad admirable a Bugs Bunny, el Pato Lucas, Elmer el Gruñón.

—Nevaba y no se oía nada, solo la música de la telenovela que empezaba a las ocho, exactamente a la hora del toque.

—Nunca me habías contado eso.

—¿Ah, no? Mentiría si te dijera que afuera se oían balazos o cosas así. Tu padre y yo sabíamos lo que estaba pasando en la calle, pero no se oía nada, solo esa música pegajosa. Aun bajo la colcha temblábamos de frío.

—¿Me estás diciendo que me tuvieron por miedo?

Negó con la cabeza, vagamente divertida, como si me hubiera explicado algo con total claridad y yo no entendiera nada.

—Te tuvimos a pesar del miedo, mija.

Me quedé callada unos segundos.

—Lo que pasa es que hoy estamos saturados de información —dije por defender no sabía qué—. Está en el aire. Es imposible no oírla. El cambio climático, la guerra en Siria, los atentados. Hay tanto miedo.

—Miedo, eso es —dijo, y luego, como estableciendo un vínculo, preguntó—: ¿Cómo te está yendo con Raphaël?

Otra vez entrecerró los ojos. La oscuridad le rodeaba la cara como a la *Madonna* de Munch y la luz de la lámpara encendía sus pupilas.

—Bien, como siempre —respondí tratando de parecer natural, aunque su insistencia había acabado por ponerme nerviosa.

Cinco años antes, en mi última visita, mamá insistió en la suerte que yo tenía de compartir mi vida con Raphaël. Confiable, simpático, con una buena situación y, lo más importante, buen padre, mija, buen padre. Un día, entre broma y veras, nos tomó a ambos de los brazos, nos acercó a ella y nos advirtió: «No lo echen a perder, carajitos».

—¿Eres feliz? —Me miraba con intensidad.

Se me hizo un nudo en la garganta.

—Claro.

—Tu padre y yo éramos felices —dijo, como aguijoneada por los recuerdos.

Pareció que iba a seguir interrogándome y sentí que no podría aguantar mucho más.

—Hasta que lo mataron —se oyó mi voz, casi agresiva.

La mano de mamá se encogió de repente. Tras unos segundos, dijo:

—Y si supieras cómo está la inseguridad ahora, mija.

—Lo de papá no tuvo nada que ver con la inseguridad.

Me miró incrédula.

—¿Sigues con eso? —Un destello de ira contenida, que yo conocía bien, cruzó por sus ojos.

Supe que no había medido mis palabras. Era el cansancio, la exasperación de los nervios. Debía tener más cuidado. No decirle cosas que pudieran perturbarla. No había vuelto para eso.

Sin embargo, a medida que hablábamos, había descubierto en mí un deseo inconfesable, el de castigarla por haber llevado su vida como lo había hecho. Cómo una mujer en otro tiempo tan fuerte se había dejado vencer por sus sombras, era algo que me resultaba no solo doloroso, sino inquietante. Después de muchos años, sentía la urgencia de tenerla cerca. Y que siguiera ahí, enérgica como siempre, pero desahuciada, no hacía más que alimentar el desasosiego.

Pero cuidado. No decirle, jamás decirle cosas de las que pudiera arrepentirme. Tuve que callar palabras agrias. Que se había ganado el tumor a pulso, le habría dicho, que nunca había visto a nadie fumar como ella. Que de adolescente la miraba fumar como se mira un acto supremo y prohibido, y que ahora sospechaba que era la mejor forma que había encontrado de borrarse, como cada vez que yo le preguntaba por papá, por las posibles razones de su asesinato, y ella se ocultaba detrás del humo.

—Vienes después de cinco años y lo primero que haces es joder otra vez con lo de tu padre —dijo, y, con un gesto brusco, retiró su mano de la mía.

Tenía la mirada concentrada y sombría, el busto erguido, los pechos puntiagudos levantando el camisón.

—Deja a tu padre en paz, y a mí también de paso. —Se volvió hacia la ventana.

No sabía muy bien cómo nuestra primera conversación en años había dado ese giro avinagrado. En la época previa a mi partida, solíamos empezar charlas que, poco a poco y sin que nos diéramos cuenta, nos llevaban inevitablemente al enfrentamiento. Creía que, con el tiempo y la distancia, el problema habría desaparecido. En mi última visita, no habíamos discutido ni una sola vez, pero esto se debía sin duda a que estaba Raphaël y a que el bebé concentraba toda mi atención.

Mamá permanecía en silencio, mirando por la ventana como una niña enfurruñada. Unido al de las medicinas, había un olor de mujer mayor, y también un relente de orina, caliente y acre, que flotaba en el aire como un fantasma cansado.

Ahora entendía qué era el tiempo. El cuerpo de la madre envejecida y ese olor a la vez físico y espectral. Eso era el tiempo. El tiempo, pensé, es el tiempo del cuerpo. Mamá alargó el brazo, abrió el cajón del velador y sacó un paquete de clínex. A la luz amarillenta, le miré otra vez las manos y esta vez vi manchas. Eran manchas pequeñas, casi imperceptibles, pero ahí estaban.

No sabía qué decir: tenía miedo de meter la pata otra vez. Llamé a Nico, pero no respondió. Mamá seguía ignorándome, como siempre que estaba contrariada, así que me levanté y salí del cuarto.

En la sala, Lauro le mostraba una zampoña a Nico y este le pedía que la tocara. «La tengo de adorno nomás», decía mi hermano sonriendo como avergonzado. Los años no habían pasado en balde. Vestía como siempre: *jeans*, camisa a cuadros y, debajo, una polera de color entero, sobre la cual se distinguía la cadenita de oro con el pequeño crucifijo. Llevaba fielmente esa cadenita desde la primera comunión. Tal vez porque se trataba de un regalo del tío Luis. Tal vez porque era de oro puro y a él le encantaba jactarse de ese tipo de cosas. «A ver, tocá, hermano, tocá», decía. «Esto es oro, lo demás son huevadas». Alguna vez sus amigos aceptaron el desafío de romper la cadenita y, para gran satisfacción de Lauro, no lo consiguieron. Yo sospechaba que él la llevaba aún, a estas alturas de la vida, por aquel orgullo ridículo, pero de ningún modo por creencia. Se había dejado crecer una melena de león, quizá para compensar sus entradas, y los rizos negros le caían sobre los hombros. Su cara se había hinchado un poco, adquiriendo el tono sanguíneo típico de los paceños que toman alcohol con cierta frecuencia o, mejor dicho, con una frecuencia cierta. Había engordado y la ropa le quedaba apretada. Me dio un poco de pena su pinta, no por la gordura, sino por lo inmóvil que había en él: parecía detenido en algún momento del pasado, como negándose a fluir con la edad, lo que empezaba a darle el aspecto de un adolescente monstruoso.

Le pedí a Nico que fuera a saludar a su abuela. Obedeció y, por primera vez desde nuestra llegada, me quedé a solas con mi hermano.

Al bajar de El Alto por Llojeta, no le conté nada de lo que me había sucedido. Lauro, como mamá, adoraba a Raphaël. Cinco años antes, al final de nuestra estadía, me llevó aparte y me dijo que me había sacado la lotería y que cuidara bien del franchute. Yo sabía lo encantador que podía ser cuando se lo proponía. Salpicaba de palabras y expresiones andinas el castellano ibérico que había aprendido en las aulas de un prestigioso liceo de Vincennes, así que solía decir frases tan inverosímiles como graciosas. Era abierto y tenía una risa franca y contagiosa. En más de una ocasión acompañó a Lauro a sus ensayos, y, como él, era adepto de las cervezas bien frías y el vodka, aunque sin pasarse. Y aun esta contención no parecía desagradarle a Lauro, sino todo lo contrario. Sin duda le tranquilizaba saber que yo había dado con un hombre razonable. Aun así, para que la relación terminara de cuajar, fue necesario que vivieran juntos una farra memorable.

Una noche, tras un ensayo en el estudio, Lauro llevó a Raphaël a casa de un amigo. Horas después llamó para pedirme que se lo prestara hasta la mañana siguiente, porque tenía un torneo de cacho que ganar. De fondo se oía el ruido del cubilete y el impacto de los dados sobre la mesa, pero oí claramente cuando alguien dijo que el franchute les estaba rompiendo el culo a todos. «A la suerte de principiante hay que sacarle el jugo», explicó Lauro antes de colgar. Volvieron a las diez y media de la mañana, abrazados por los hombros, verdes de vodka y de humo. Formaban una pareja un tanto cómica, pues si bien eran de la misma altura, Lauro era macizo y blando mientras que Raphaël era esbelto y de espaldas altivas. Parecían el gordo y el flaco sin ser realmente ni gordos ni flacos. Nunca había visto en ese estado a Raphaël. Parecía feliz. Me dio un beso que olía a vodka, buñuelos fritos y api con canela. Lauro agitaba en el aire el cuaderno donde había anotado las tripletas interminables de la madrugada. «Esto es de antología», dijo besándome en la frente. «Este cabrón es el hermano que nunca tuve». Y mientras Raphaël se tomaba un café de resurrección en la cocina, charlando con mamá —que se echó a reír apenas lo vio con la camisa arrugada y el pelo revuelto—, Lauro sacó un grueso fajo de billetes del bolsillo y lo blandió como una prueba. «Y no solo eso», dijo, «también es un filósofo del carajo».

En la camioneta, mi hermano me hacía las preguntas de rigor. Qué tal el viaje. Qué tal el trabajo. Qué tal Raphaël. Yo le dije que todo estaba bien y le di algunos detalles de la vida que había dejado atrás para siempre. Me estremeció pensar que nada de lo que le estaba contando era verdad. Ya no tenía trabajo. Ya no tenía casa. Solo era una cuestión de tiempo quedarme sin permiso de estadía en Francia. Y, sobre todo, no tenía ni idea de qué haría después. Pero él no parecía escucharme. «La vida es una dormida magistral», decía Lauro. «¿Te das cuenta? Un filósofo del carajo, tu marido».

Había escuchado la anécdota más de una vez. A Lauro le gustaba recordármela, como si no tuviéramos nada mejor de que hablar. Apenas empezaban a jugar cacho esa noche de farra cuando Raphaël sacó una dormida. Lauro y sus amigos se quedaron mirando los cinco dados idénticos. «El cabrón nos mandó a dormir», dijo uno de ellos. Raphaël estaba más perplejo que ellos por su reacción unánime. Tuvieron que explicárselo. Sí, ya había ganado la partida. Sí, con un solo lance de dados. Ahora debían empezar otra. «Una dormida», repetía Raphaël, como si paladeara esa nueva palabra. Y hacia el final del torneo, cuando ya las primeras luces del día se filtraban por la ventana, sacó una segunda dormida, ¿me daba cuenta?, algo que no pasa nunca. Y se lo dijeron: «No es posible. Dos veces la misma noche no es posible». Entonces, ante el estupor de los demás, el franchute se rio y dijo algo que los dejó intrigados: «La vida es una dormida magistral». Le preguntaron qué quería decir. «El universo es un enorme accidente que tenía que suceder», dijo. «En la eternidad o en un tiempo tan largo que es casi la eternidad, los elementos se combinan interminablemente. Piénsenlo bien, en algún momento, por fuerza, tiene que salir una dormida. Eso es la vida, señores. No un orden, sino un caos. Pero el caos nos libera». Yo conocía esa faceta de Raphaël. De vez en cuando, le gustaba decir frases que quedaban flotando en el aire un rato después de dichas. La mayor parte del tiempo las leía en voz alta. Le gustaba saborear las palabras de los grandes autores y le gustaba que las oraciones ocuparan un espacio propio, desplegando sus sonidos y sentidos. Lo extraño era que Raphaël, el hombre más ordenado y disciplinado que yo conocía, pensara que el caos era liberador.

Siempre me había parecido una simple paradoja, pero ahora la encontré significativa.

Se levantaba antes que yo, se daba una ducha breve y fría, salía del baño con la toalla enrollada en la cintura y el pelo mojado y hacía cuatro series de doce flexiones en la sala —nunca más, nunca menos—, tomaba el café de pie en la cocina mientras leía *Le Monde* sobre la barra americana. Después me traía a la cama una taza de café con una pizca de canela, como me gustaba, abría las cortinas de un tirón y se vestía frente a la ventana que daba al jardín común, mirando hacia fuera con los ojos entornados y las facciones afiladas, como si visualizara su agenda del día o como si en los enormes robles ondulados por la brisa midiera la resistencia del mundo al empuje de sus deseos. Se despedía de mí con un beso intenso, que no parecía de rutina sino de inicio renovado, oloroso a ducha reciente, a café caribeño y al sutil perfume de maderas cítricas que se ponía detrás de las orejas. Después despertaba a Nico y se lo oía juguetear con él durante unos minutos. A veces había cosquillas que terminaban en ataques de risa. Por último, se asomaba al vano de la puerta, me miraba sin sonreír, los ojos titilantes como el nervio azul del fuego, y se iba. Era el momento del día en que más lo deseaba. A las ocho menos cuarto —nunca antes, nunca después— se oía su canturreo alegre en el pasillo, el tintineo de su llavero y el ruido de la puerta al cerrarse. Así que su pensamiento sobre el caos liberador no podía menos que llamarme la atención. No daba la impresión de ser un hombre que languidecía en su rutina, no, al contrario. Era una fuerza de la naturaleza, pero seguía un orden previsto y seguro. La fuerza helada que me había mostrado en las últimas semanas era la mejor prueba de ello.

Había sido sistemática, sin fisuras, y tan impersonal que daba miedo. De pronto, la anécdota de la dormida resultó reveladora. Si Raphaël elogiaba el carácter accidental del mundo y su vocación redentora, tal vez se debía a que, atado a un rigor implacable, se sentía incapaz de alcanzar esa levedad. Prisionero de su forma de ser, consciente de sus límites, añoraba no solo lo que no tenía sino lo que nunca podría tener. Tal vez por eso había estudiado Derecho y no Literatura, que era, en el fondo, lo que le habría gustado estudiar. Pero, aunque le aburrieran las leyes, acabó la carrera y se especializó en nada menos que cinco rubros distintos del Derecho privado por pura sensatez, por amor propio frente a sus padres o subordinación al látigo de sí mismo. El problema era que esa fuerza despiadada también podía castigar a quienes se interpusieran en su camino.

Lauro seguía hablando de Raphaël y de esa noche memorable cinco años antes, y yo lo dejé hablar tratando de esconder mi malestar. Pero en cuanto hubo un silencio más largo que los otros, le pregunté por su grupo. Sonrió. A mi hermano le gustaba hablar de su pasión y en cambio le fastidiaba hablar de las diversas formas en que, desde que salió del bachiller, había tenido que ganarse la vida. Había trabajado de todo para poder dedicarse a la música: lavando platos, trapeando pisos, dando clases particulares de guitarra a chicos que rara vez tenían cómo pagarle, ayudando a unos amigos a administrar un bar que cerró en tiempo récord porque más tardaban en abastecerse que en chuparse el capital. Por lo que me había dicho alguna vez por teléfono, desde hacía tres años tenía un trabajo más o menos fijo. Hacía entregas para distintas imprentas de la ciudad con una camioneta Chevrolet de segunda mano. Era un trabajo puntual, que nunca interfería con los ensayos, pues las entregas se hacían por las mañanas.

Yo sabía que para él la música no era una forma de ganarse la vida. Era la vida. Su sueño no consistía en tocar *covers,* sino en triunfar con su propia música.

—¿Ya tocan compos? —le pregunté.

—Vamos a pararla un poco con los Beatles —dijo como si no me hubiera oído—. Estamos trabajando en un repertorio *grunge*.

Le recordé que él había sido quien me había contagiado el gusto por esa música.

Asintió visiblemente satisfecho.

—Si no fuera por mí, estarías jodida, hermanita. Ahora escucharías reguetón.

Nos reímos y seguimos bromeando durante un rato. Había olvidado la última vez que había bromeado con él. La última vez que había bromeado con alguien.

En mi última visita, lo había encontrado gordito, pero todavía joven. Tenía treinta y seis años. La edad de papá al morir, pensé, la edad que yo cumpliría en un mes. «Voy al gimnasio a darle forma a mis tetas», me dijo en ese momento, y lo vi de buen humor y lleno de vida. Ahora tenía cuarenta y uno, y parecía como si los últimos tiempos le hubieran quitado la fuerza de ocuparse de sí mismo.

Me senté a la mesa frente a él. La lámpara de pie dejaba caer una luz cansada sobre los muebles de la sala, pero a Lauro no parecía molestarle esa atmósfera crepuscular. Siguió un silencio largo en el que no sabíamos bien qué decirnos, como si en la camioneta hubiéramos agotado los temas inofensivos. Ahora que había visto a mamá, pensé, quizá podíamos hablar de ella. O quizá el silencio de mi hermano y su mirada al ras del mantel me pedían a gritos que no lo hiciéramos. Me incomodó la tensión creciente.

—¿Qué ha hecho mamá con su edredón de plumas?

Hacía cinco años le había regalado uno de primera calidad. Mamá solía quejarse del frío por las noches y celebró el regalo cuando se lo di, a modo de despedida, poco antes de volver a Francia. Por eso también me había sorprendido que lo hubiera reemplazado por esa vieja colcha infantil.

—Le ha dado por sacar cosas del sótano —dijo Lauro.

Ya no aguanté más y le comenté que había encontrado bien a mamá. Como no parecía entender, añadí:

—Sigue tan enérgica como siempre.

—Tiene sus horas.

—No, de verdad —insistí estúpidamente—, la he encontrado bien.

Lauro negó con una media sonrisa que se quedó flotando en sus rasgos como una discreta acusación. Siguió un silencio aún más denso que el de antes y entonces nos llegó la voz cada vez más agitada de mamá. Nico salió del dormitorio y nos miró asustado. Le temblaba el labio inferior.

Lauro se levantó de inmediato. Hice el ademán de levantarme para ir tras él, pero me detuvo con un gesto. Cerró la puerta a sus espaldas.

«¿Qué pasó?», le pregunté a Nico. Se abrazó a mí y no respondió. Le acaricié el pelo, tratando de calmarlo. Lo eché en el sofá y lo cubrí con el poncho que usábamos como manta. Me acerqué a la puerta.

—Que venga mi hijo —decía mamá.

Lauro respondía:

—Estoy aquí, viejita. Tranquila.

—¿Vos quién eres? Quiero a mi hijo, carajo.

Abrí la puerta. Lauro rebuscaba en el cajón del velador. De un frasco sacó unas pastillas y se volvió tendiéndome un vaso. Lo llené en el grifo de la cocina y se lo llevé. Lauro trataba de que mamá se tomara las pastillas, pero ella cerraba la boca, apretaba los labios y no dejaba de girarse hacia mí con el ceño fruncido.

—¿Quién es esa mujer? —preguntó, áspera.

Lauro me miró y yo entendí que debía salir.

Cerré la puerta sin hacer ruido y todo pareció moverse a mi alrededor. Apenas había dormido en el avión, incapaz de dejar de pensar en las cosas que me habían ocurrido en las últimas semanas y que desfilaban en mi cabeza como una película muda. Desde la mañana en que desperté en la clínica hasta el momento en que subí al avión con Nico, todo se desenvolvía en una maraña de imágenes irreales.

Cuando se me pasó el mareo, fui a ver a mi hijo. La carita de Nico era como una mancha pálida sobre el aguayo morado. Se había destapado y tenía las manos entre las piernas. Me incliné sobre él, le puse la mano en la frente y le pregunté si se sentía bien. Negó con la cabeza. Calenté agua y busqué en los cajones de la cocina hasta dar con el mate de coca. Tuve que ponerle mucho azúcar para que Nico se tomara la mitad de la taza. Después lo acosté en la cama que Lauro nos había preparado. El cuarto tenía una ventana que, como la de mamá, daba a la avenida Mecapaca. A esa hora ya estaba oscura. La luz de los postes era tenue, pero, más allá de la Costanera, brillaban las luces en los cerros. Supuse que era el cuarto donde Lauro guardaba sus instrumentos y que hacía las veces de escritorio. Aparte de la cama, el velador y un ropero, había una estantería hecha de tablones de madera y ladrillos. En el estante del medio, puesta sobre los lomos de los libros, descubrí la foto.

Hacía mucho tiempo que no la veía. Una joven pareja, ambos vestidos con *jeans* en campana y chompas de cuello de tortuga ceñidas al cuerpo, miran a la cámara abrazados por los hombros. Parecen hermanos antes que enamorados. Ella tiene la cabellera negra hasta los hombros y, detrás del cerquillo, los ojos grandes y sonrientes, bien delineados como en un grabado japonés. Él los tiene entrecerrados y mira de forma penetrante o seductora, como posaban los actores de aquellos años. Sus cejas arqueadas y su barbilla partida le darían un aire de galán de no ser por la flacura desvalida de su rostro. Están en el jardín y a sus espaldas se levanta la palmera. Ambos lucen inocentes, como suelen ser los padres jóvenes antes de que los hijos y la vida les pasen por encima. La foto está fechada en 1976, un año después del nacimiento de Lauro y cinco antes del mío. Jardín perdido, pensé. Casa perdida. La casa de mi infancia.

Mientras bajábamos por Llojeta y los picos azules e incandescentes del Illimani se levantaban a lo lejos, me invadió esa sensación extraña de otras veces, la de no haberme ido nunca de La Paz. Como si los quince años que había pasado en Toulouse no fueran sino un espejismo que podía desvanecerse de un momento a otro, como si solo hubiera vivido de verdad en esa ciudad alucinada, hormigueante, sucia, de paredes pintarrajeadas y jaurías de perros tristes, de un río en el que solo unos hilos de agua turbia se arrastraban por entre las piedras y los promontorios de basura. «En un mes empieza la época de lluvias», dijo Lauro, como si hubiera adivinado mis pensamientos, pues me había quedado mirando el Choqueyapu al bajar por la Costanera. Por alguna razón, lo recordaba como un río irremediablemente seco. Alguna vez escribí que era un río sin agua, un tiempo sin tiempo. Frente al Garona, ancho y caudaloso y de aguas verdosas, volvía a mi memoria el lecho del Choqueyapu y las sombras de los niños, al anochecer, saltando de isla en isla entre los bidones de plástico y las prendas de ropa puesta a secar en la orilla. Así creía ver la fijeza de mi tierra, esperándome del otro lado del océano. Era una ilusión, claro. La ciudad había cambiado, el país había cambiado, y yo lo sabía.

Mi hermano enfiló por la avenida Mecapaca y luego subió por una calle empinada. A unos cincuenta metros, en plena subida, se estacionó al lado de una acera rota donde se amontonaban las bolsas de basura. Se bajó de la camioneta con dos cuñas que puso bajo las llantas traseras. Salí y levanté la vista. Era un edificio de cinco pisos pintado de diferentes matices de azul, como si el dueño hubiera querido que la construcción, vista desde abajo, se confundiera con el intenso cielo paceño. La puerta de calle daba acceso a un garaje largo y angosto donde cabían, en fila india, dos autos y un minibús.

—El dueño es fanático del azul —dije por decir algo.

—La dueña —corrigió— es una señora que vive en el departamento de enfrente y que nos cobra hasta el aire que respiramos.

—¿Y por qué tanto azul?

—Sospecho que es hincha acérrima del Bolívar. O a lo mejor es del MAS. No olvides que vivimos tiempos de cambio, hermanita.

El partido de Gobierno había cubierto la ciudad de propaganda, continuó Lauro, pero esta vez el color predominante no era el azul, sino el verde. Un intento ridículo de desvincular el color oficialista de la campaña por el «sí», ¿no me parecía? El verde era el color de la esperanza, pues, hermanita. La oposición había sido igual de frenética en su campaña. Ya me había dado cuenta. Durante el trayecto desde El Alto había reparado en los abundantes «sí» y los incontables «no» de las paredes. Iba descubriéndolos con un poco de extrañeza, ya que el referendo había tenido lugar varios meses atrás y, sin embargo, los mensajes propagandísticos de uno y otro bando no habían sido borrados, ni siquiera garabateados, como solía pasar hasta donde yo recordaba. Permanecían intactos en los muros de las casas y en los de tiendas y locales, edificios, bares de mala muerte y colegios fiscales, como si el debate no hubiera perdido vigencia.

Lauro me confirmó que, en realidad, la campaña no se detuvo en ningún momento en todos esos meses: a pesar del resultado del 21 de febrero, el poder todavía buscaba maneras de habilitar a Evo. La tensión iba creciendo y, la verdad, hermanita, nadie sabía muy bien en qué acabaría la cosa. Me quedé pensando en esas dos visiones irreconciliables del país: por un lado, la continuidad a ultranza del proceso y, por otro, la ruptura o la alternancia como principio democrático. Unos niños pasaron corriendo calle abajo. Perseguían a un perro raquítico y le tiraban piedras con expresión vengativa. El animal estaba tan asustado, que chocó contra un portal de hierro antes de doblar la esquina a una velocidad asombrosa. Hacía calor. Por un instante, imaginé que no conocía el motivo de esa fiebre política y que la ciudad entera y el país entero habían reanudado el debate más antiguo de la filosofía occidental, iniciado por Parménides y Heráclito muchos siglos antes: la continuidad (Parménides) contra la ruptura o el devenir (Heráclito). La idea se me quedó rondando en la cabeza como si tuviera algún sentido oculto.

Lauro abrió el portal y atravesamos un pequeño patio delantero —azul, por supuesto— donde había una bicicleta oxidada apoyada contra la pared, un balón desinflado que parecía un lagarto reseco y un bidé intacto que no se sabía por qué estaba ahí, y en el cual se había acurrucado un gato negro de mirada recelosa. En el *hall* de entrada habían colgado una lista, escrita con grueso marcador rojo, de deudores morosos: los Fernández, los Choque, los Rojas... Me pregunté si nuestro apellido había figurado alguna vez allí, pero preferí no averiguarlo. Subimos las gradas de cemento sin revocar. En el tercer piso, Lauro hizo girar su llave en la cerradura y empujó la puerta.

Nos habíamos traslado tantas veces que ya había perdido la cuenta. Después de mi partida, mamá y Lauro habían prolongado esa tradición: cada dos o tres años, se veían obligados a mudarse. Así que era la primera vez que entraba en ese departamento, pero, como el mobiliario era el mismo de siempre, enseguida me envolvió una atmósfera familiar.

Ahí estaba la mesa circular del comedor. Una mesa de madera maciza salpicada de manchas con historia. También el armario de vitrina lleno de adornos de cerámica: los búhos con lentes hechos de alambre, los guitarristas de nariz colorada, las monjitas sonrojadas que leían un libro en miniatura que, de niña, despertaba mi curiosidad.

En el centro, en su espacio propio, la reluciente urna metálica en forma de huevo y ribetes dorados que contenía las cenizas de papá. No me atrevía a tocarla ni a acercarme demasiado desde el remoto día de la niñez en que me vi reflejada en su superficie y conocí la realidad irrevocable de la muerte y su amenaza constante.

Más allá, el sofá grande, en forma de L, color café con leche, que cubríamos con aguayos para no dañar sus cojines viejos. El sillón rojo que no le hacía juego y cuya pata en forma de garra de león guardaba las mordidas de Chagall, que, tras haber conocido de cachorro las dichas del jardín de Calacoto, tuvo que soportar el encierro en departamentos sucesivos y adoptó costumbres melancólicas cada vez más marcadas, como la de quedarse echado en un rincón de la sala, soltando gases discretos y putrefactos, hasta que se murió.

Ahí estaban también algunos adornos que nos acompañaban desde siempre, como esa escultura de madera que representaba a un indígena tan delgado y lineal como una figura de Giacometti, en la que resaltaban las abarcas desproporcionadas, y que parecía caminar ¿hacia dónde? Estaba en la mesita de la entrada, sobre un tapete de encaje, junto a la misma canasta para dejar las llaves que teníamos cuando era niña.

Y ahora me movía por el departamento mirando y acariciando el pasado contenido en las cosas. Aunque pertenecían a una vida anterior, me llamaban porque estaban llenas de rumores, de voces, de sensaciones, de imágenes.

Lauro y mamá seguían en el dormitorio, ya no se oían sus voces.

Nuestra vida había sido eso, pensé, pasar de una casa a otra dejando atrás una parte irrecuperable de nosotros mismos, pero llevándonos siempre esos objetos que, con los años y las mudanzas, habían ido adquiriendo un rostro. Tal vez gracias a su atmósfera detenida habíamos sobrellevado mejor la ausencia de papá y la pérdida de la casa.

Me despertó un tintineo. Todo estaba a oscuras. Solo los faros de los autos en la calle se filtraban fugaces por la ventana sin cortinas. Silencio. Intenté volver al sueño, en vano. Fui descalza hasta la cocina y, sin encender la luz, llené un vaso de agua bajo el grifo.

—¿Vas a tomar agua de la pila?

Me volví, sobresaltada. En camisón, despeinada, sentada en el sillón y con los pies sobre la mesita de centro, estaba mamá. El resplandor inquieto de la avenida le iluminaba la mitad del rostro y hacía brillar el vaso que tenía en la mano.

—¿Ya te has olvidado? No se toma agua de la pila. Además —sonreía—, tu estómago ya es de gringa. Vente más bien —dijo levantando el vaso como para un brindis—, tomemos un trago, mija.

Solo entonces vi la botella de vodka a los pies del sillón. Mamá me miró con el vaso en alto y, como yo no reaccionaba, desvió la vista.

—Los Rusos —dijo tras unos segundos de ensimismamiento—. Qué bárbaros eran para chupar. Cada vez que terminaban un vaso, lo tiraban a sus espaldas haciéndolo añicos, ¿te acuerdas? —Y luego—: Ja, así y todo los tumbamos, Negro. Date cuenta de cómo éramos.

Tomó un sorbo de vodka.

—¿Te acuerdas, Negro? Estábamos en esa pensión, chupando. El ruso de mierda no dejaba de acercarse, y vos lo viste. Vos tenías ojo para esas cosas, Negro celoso.

Soltó una risita.

—Los Rusos se morían de hambre, pero nadie se movía. Seguíamos tomando. Era tardísimo, pero todavía se oía ruido en la calle. Oruro es un pueblo fantasma, pero en Carnaval... ¿O era de madrugada? Ya no me acuerdo, Negro. En eso vos te hiciste el comedido y saliste guiñándome un ojo, y el ruso aprovechó para arrimarse. Debía estar frotándose las manos el ruso, tan alto y tan macizo, y vos, Negro, tan poca cosa.

Arrugó la nariz.

—Al rato apareciste con un paquete envuelto en papel periódico y se lo diste al ruso. Hedía a cuero ahumado.

Una sonrisa divertida le subió a los labios.

—El ruso hambriento se puso el paquete sobre las rodillas y desplegó el papel periódico, y algo apareció en su cara. Se quedó mirando el rostro asado como aturdido, conteniendo las náuseas, y el cordero le devolvía una mirada igual de estúpida, con sus ojos enormes y vacíos. Y ahí nomás se oyó tu risa, Negro, esa risa contagiosa que tanto me gusta.

Mamá tenía los ojos entornados. Sus pupilas brillaban como dos rendijas de hierro expuestas al fuego. Las elegantes aletas de su nariz, las cejas arqueadas en un gesto de seducción o de suspicacia, todo parecía cubrirse de un leve resplandor en contacto con el aire de otro tiempo.

—Carajo, Negro, cómo es que nos fuimos al carajo vos y yo. —Y tras una pausa—: Yo era jodida, Negro, pero vos... vos te pasaste.

Verla en ese estado me llenó de una extrañeza dolorosa. Esto es lo que estabas temiendo, me dije. Por eso no le preguntabas a Lauro más que lo indispensable, en el fondo no querías saber. Me acerqué. No parecía verme. Iba a agarrar la botella para esconderla cuando giró la cabeza hacia mí.

—Sentate, carajita.

Mamá estaba y a la vez no estaba, y eso empezaba a ponerme nerviosa. Fui a buscar a Lauro. No lo encontré en su cuarto. Estaba en la cama de mamá. Dormía vestido, con la cara girada hacia la puerta y la boca entreabierta, como aplastado por el cansancio.

Volví a la sala. Ahora mamá tenía un cigarro entre los dedos. Lo olía como saboreándolo de antemano. Era demasiado largo y me tomó unos segundos comprender que en realidad se trataba de un porro. Mamá palpaba el asiento buscando en los resquicios entre el cojín y el respaldo. De repente dejó de buscar y levantó la vista.

—Dame fuego, por favor —dijo mirándome sin verme.

Comprendí que no me estaba hablando a mí, sino a alguien a mis espaldas. Sentí que de verdad había alguien y que ese alguien me miraba desde la oscuridad. Se me contrajo el cuello, se me tensó la espalda y el corazón empezó a latirme con fuerza. Giré la cabeza bruscamente.

Desde que tenía uso de memoria, odiaba que la gente se pusiera detrás de mí. Sentía una molestia lo bastante persistente como para volverme en el acto, mirar a la persona con un recelo inexplicable y cambiar de sitio. Poco importaba que fuera en la calle, en el trabajo o en una fiesta. Mis amigos y conocidos estaban advertidos, y a nadie se le habría ocurrido abordarme desde atrás, y menos tapándome los ojos. Era una de esas rarezas que causan gracia y que se perdonan con facilidad, pero que, en la vida de pareja, pueden resultar problemáticas. A pesar de los años de intimidad con Raphaël, le atajaba bruscamente las manos si me tocaba el cuello. Una noche, mientras hacíamos el amor, sus dedos se deslizaron peligrosamente por mi cuello. Le agarré la mano de inmediato, pero él, como me explicó después, pensó que se trataba de un gesto amoroso y no la movió de ahí. Al rato dio un respingo y encendió la lámpara. Tenía un arañazo en el dorso de la mano. No atiné más que a reírme, aunque vi pasar por sus ojos una sombra de incomprensión.

Ahora, al sentir esa presencia indecible a mis espaldas, me invadió el temblor de siempre. Aun después de comprobar que no había nadie ahí, quedé desasosegada, como cada vez que me dominaban esos temores irracionales.

Calmé a mamá con engaños infantiles, logrando que olvidara lo que tenía entre los dedos. Había visto a unos cuantos locos en mi vida. La mayoría durante el viaje que hice a París con Raphaël, nueve años atrás, para conocer a sus padres. En pocos días, esos locos habían despertado en mí una fascinación difícil de explicar.

Nada más llegar vi, en el andén de la estación de Austerlitz, a un hombre de unos cincuenta años, el impermeable abotonado hasta el cuello, que caminaba de prisa, el periódico abierto con ambas manos, y que, sin dejar de leerlo, gritaba fuera de sí. Pensé que ese hombre no le gritaba al periódico sino al mundo, a las noticias que llegaban del mundo y a su horror.

En otra ocasión, en una larga galería que comunicaba dos alas de la enorme estación de Denfert-Rochereau, vi desde lejos a un hombre subido a una papelera empotrada en la pared. El gentío pasaba por su lado sin mirarlo. El hombre estaba sentado sobre la papelera con el pantalón bajado hasta las pantorrillas, y para cuando me encontré a un metro de él resultó evidente que estaba cagando. Estaba cagando y en su cara de angelote rubio se desplegaba una risa muda, una risa victoriosa, sin dientes.

Lo peor fue una mañana temprano, Raphaël y yo caminábamos por los Champs-Élysées. A esa hora la magnífica avenida estaba casi desierta. Los barrenderos trabajaban sin levantar la vista del suelo húmedo, algunos trasnochadores volvían a sus casas y una prostituta dejó ver su rímel corrido y sus *bas résille* antes de perderse en la boca del metro. En eso, una figura rápida surgió de una calle lateral, la sentimos a nuestras espaldas y nos volvimos. Era una mujer de unos ochenta años, el pelo blanco recogido en un moño, vestía una falda larga y oscura, medias rayadas y una rebeca de punto a la cual le faltaba el botón superior. Parecía una abuela de cuento, pero llevaba unas chancletas rosas de niña. Con mirada alucinada, rastreaba el suelo como si hubiera extraviado algo. Se inclinaba sobre los basureros y rebuscaba en su interior. Creyendo que estaba hambrienta, corrí hasta una panadería cercana y le compré una *baguette*. Al volver, se lo tendí y entonces ella me miró sin verme (como acababa de hacer mamá), avanzó hacia mí con un gesto amenazante, y tuve que hacerme a un lado. Raphaël le dijo algo y le puso la mano en el hombro, pero aun así la mujer no lo vio y siguió buscando algo indecible que se perdió con ella mientras se alejaba por las calles soñolientas de París.

Había visto a algunos locos en mi vida, pero siempre ajenos. Era la fascinación de alguien que mira desde fuera, sin sentirse concernido. En cambio, esa primera madrugada en La Paz, recordé a mi abuela, o más bien las historias sobre mi abuela que Lauro contaba para asustarme, sin saber que no asustaba tanto a una niña como a la adulta que las recordaría. Y ahora mamá miraba a través de mí, me había llamado Negro y el cuello se me había contraído dolorosamente, como si por un instante la locura me hubiera tocado también a mí con sus dedos helados.

Logré ponerla en pie. Se tambaleaba. El tufo a vodka se mezclaba con el de las medicinas. Tan delgada, tan piel y huesos, pesaba con toda la fuerza de mi niñez y con toda la fuerza de su muerte.

—Ay, Negro —dijo ya en la cama—, cómo es que nos fuimos al carajo vos y yo.

Otra vez esas palabras estremecedoras. Otra vez esos ojos intensos que quemaban. Todavía repitió «Negro» dos o tres veces, le pasó una mano por el pelo a Lauro mientras una sonrisa le subía a los labios, y poco a poco se hundió en un sueño desgreñado y feliz.

Volví a la cama. «Tarde o temprano, te va a pasar lo mismo que a ella», dijo una parte de mí que odié enseguida. Me arrimé a Nico y lo abracé. Pero esa voz, como si perteneciera a otra persona, era incontenible. Mira hacia otro lado mientras puedas, decía. Huye de tus círculos imaginarios si te da la gana. El círculo está en tu sangre y cada día que pasa se estrecha un poco más.

Cuando la voz calló, fue la imagen de mamá —que de verdad

parecía estar viendo a alguien a mis espaldas— lo que me impidió dormir. En la oscuridad se recortaba el cuerpo de huesos frágiles suspendido en esa mirada febril.

Había recordado una anécdota de su juventud, eso era evidente. Un viaje a Oruro durante el carnaval. Ese tipo de viajes autodestructivos que, en general, se hacen antes de tener hijos, y no después. Eso y también la mención de los celos de papá, me llevaron a pensar que el recuerdo correspondía a una época en que mis padres no habían consolidado aún su relación. Me pregunté quiénes eran los Rusos, pero enseguida comprendí que no tenía la menor importancia. Lo importante —y lo inquietante— residía en las frases que aún resonaban en mi cabeza: «Negro, cómo es que nos fuimos al carajo vos y yo». Y luego: «Yo era jodida, Negro, pero vos te pasaste». Sospeché que entre mis padres había ocurrido algo que yo no sabía, que yo no debía saber.

«Mira hacia otro lado, no te hagas más preguntas», decía la voz, burlona. «No te hagas más daño. No has venido para eso».

Por la ventana sin cortinas se adivinaban, fugaces, las luces de los autos, y se oía el ruido de motores solitarios que se apagaban a lo lejos.

Me levanté pasadas las diez. Lauro acababa de hacer sus entregas y traía una bolsa de marraquetas. Nico nunca había visto panes tan pequeños. Yo tampoco, la verdad. ¿En qué se habían convertido las marraquetas? Se habían reducido tanto que, a este paso, pronto parecerían cuñapés. Pero daba gusto ver a Nico untarlas de mantequilla y morderlas con voracidad, repuesto del malestar de la noche anterior. Yo tomé un café y salí al balcón a fumarme un pucho. De la avenida, subía el ruido de los motores de autos, camiones, trufis y minibuses, mezclado con el crepitar de una radio puesta a todo volumen y que no se sabía muy bien de dónde venía. Se oían alternativamente las voces de los locutores matinales y las cumbias chicha del momento. Miré los cerros que se levantaban a lo lejos. Ese color ocre, casi lunar, moteado de arbustos verdes y de casas que crecían como hongos en sus laderas, se recortaba bajo el cielo de un azul perfecto, de dibujo infantil. Estoy aquí, me dije. Realmente estoy aquí. Respiré hondo el aire fresco de la mañana. No era el olor de otras épocas que, de tan frío o de tan puro, dolía al entrar en los pulmones. No, era un aire viciado por los gases, las frituras y los relentes hediondos del Choqueyapu.

Entré. Nico veía unos dibujos animados en la tele. Aproveché para darle a Lauro el porro que mamá había estado a punto de fumarse en la madrugada y le dije que tuviera más cuidado con sus cosas. No era un reproche, aunque, debido sin duda a la mala noche que había pasado, mi tono debió resultar desagradable, porque me miró sorprendido y sin una palabra me llevó hasta la cocina, abrió la ventana que daba a una marea de tejados de calamina —deslumbrante por el sol de las once—. Sobre el alféizar, dos plantas verdes, grandes, bien cuidadas.

—Son de mamá.

—¿Y el vodka? —protesté—. Lo mezcla con los remedios.

—Relajate, hermanita —respondió entre dientes—. Estás de vacaciones.

Me lanzó una mirada cargada de algo parecido al desprecio. Se alejó y yo me quedé mirando el resplandor de los techos de calamina y el cielo de un azul hiriente.

Acababa de manifestarse la tensión de los últimos años. Una tensión que parecía crecer a medida que mamá envejecía y su salud se degradaba. Aunque mi hermano nunca me hizo un solo reproche, era algo perceptible en su voz, en la enumeración de sus obligaciones, en sus silencios. En ocasiones yo sentía que estaba a punto de decirme algo, pero en el último segundo se contenía. Tal vez porque sospechaba que, dijera lo que dijera, yo ya había hecho mi vida en Europa y todo el peso de mamá recaía en él.

Qué lejos estaba el hermano que, en mis primeros tiempos en Francia, me animaba a salir, a experimentar cosas propias de mi edad, y me decía, medio en broma medio en serio, que, si algún franchute se portaba mal conmigo, no dudara en decírselo, porque iría a Europa y le rompería los dientes. Me pregunté si el tiempo y la distancia o tal vez, simplemente, la realidad, habían hecho desaparecer la complicidad que había entre nosotros. O tal vez, pensé con amargura, nunca hubo tal cosa. Cuando era niña, Lauro siempre había estado dispuesto a cuidarme, pero no a compartir sus deseos ni sus secretos. Y en la adolescencia casi no lo veía, debido a sus largas jornadas repartidas entre el trabajo y los ensayos con su grupo. Y luego me fui. Si algo había entre nosotros no era complicidad, sino fraternidad, una fraternidad debilitada por tantos años de ausencia.

No pensar, no ahora. Lavar los platos y las tazas del desayuno. Ordenar un poco el departamento. Deshacer las maletas. Distraer a Nico que a ratos suspira y parece ansioso.

Antes de salir, entré en el cuarto de mamá. Ya era casi mediodía y aún dormía como si tuviera toda la vida por delante. Me quedé mirándola como para retener su imagen. No sé cuánto tiempo estuve así.

Voy a contarles todo, me dije, pero necesito tiempo.

Salimos. Obrajes desplegaba sus calles y avenidas hormigueantes, su hervor de vehículos y transeúntes, su olor asfixiante de gases con un punto dulce, el aroma que despedían las salteñerías repletas de gente. De cuando en cuando, bajo el sol abrasador del mediodía, aparecía un detalle nuevo para mí: las cabinas del teleférico que se deslizaban silenciosas como fantasmas venidos del futuro. Nico miraba la ciudad con el asombro de la primera vez, y yo con la vaga perplejidad del regreso. Y sin embargo había empezado a alejarme de ahí. ¿Contarles todo?, me preguntaba ahora, burlona, esa parte de mí que odiaba.

¿De verdad eres capaz de contarles todo? Y como si la aceptación de la realidad pasara forzosamente por esa íntima tortura, todo lo sucedido en las últimas semanas empezó a erguirse otra vez en mi memoria.

Primero sentí una leve incomodidad, un cosquilleo desapacible, y luego, como al entrar en una arboleda tupida, cuanto más intentaba evitarlos, más certeros eran los ramalazos. Llegaban intactos, igual de espinosos que la primera vez, igual de dañinos: el escudo verde de la clínica en el fondo de un bacín manchado de bilis, un colchón en el suelo que despide un olor agrio de días de encierro y de fiebre, los follajes rojos de Limoges vistos desde el tren en movimiento, los ojos claros de Nico mirándolos como se mira un incendio y el enorme Mercedes blanco que nos sigue con los faros encendidos, al otro lado de las vías, en un crepúsculo prematuro. Caminaba con Nico por las calles animadas, y, como él —sin duda por imitar su asombro inimitable—, miraba a mi alrededor, tratando de aferrarme al presente. Era inútil. Ya no estaba ahí. La avalancha de recuerdos había vuelto, arrasadora. Apreté su manita para no dejarme llevar del todo. Entonces la última resistencia cedió y reviví esa mañana, cuarenta días antes, en el inicio del desierto.

2

Desperté. La luz me hería los ojos. Volvió la última imagen de un sueño confuso. Miradas fijas en la noche. Brillaban como clavos a la luz de la luna. Una sensación extraña. La oscuridad me miraba, eso era. Recordé que había escrito alguna vez esa línea enigmática, que ahora volvía encarnada en un sueño o en el fragmento de un sueño. Cerré los ojos. Entonces escucho:

—¿Ya está?, ¿ya despertaste?

Todavía en brumas, tardé en reconocer la voz.

—¿Ya está?, ¿ya terminó el *show*?

Giré la cabeza. La figura de Raphaël se recortó al lado de la cama. Estaba sentado, pero no parecía cómodo. Llevaba su traje de *tweed* azul ceniza, una corbata oscura y esos zapatos rugosos y puntiagudos, como salidos de un cuento de brujas. Impecable, como siempre que iba al bufete. Y como siempre, tenía el cabello peinado hacia adelante, a la romana, que era la manera que había encontrado de disimular una calvicie que iba ganando terreno. A la luz que se filtraba por la ventana, su pelo rubio se hacía casi transparente y sus ojos, más profundos, de un azul abismal. Había una tensión extraña en sus rasgos.

—¿Dónde estoy? —pregunté con esfuerzo.

—Mira a tu alrededor —dijo con una media sonrisa—. ¿Dónde vas a estar, Lea?

Era una habitación de paredes blancas. No había muebles aparte de la silla en que estaba sentado. A mi lado, un velador. Las aspas del ventilador suspendido en el techo braceaban un aire caliente. Todavía mareada, pregunté:

—¿Qué pasó?

Se levantó. Sus espaldas de vikingo se impusieron en la luz de la mañana. Parecía mirarme desde una distancia insalvable. Se inclinó sobre mí. Sus ojos azules tenían una dureza que no le conocía. Dijo:

—Eso es justamente lo que yo quisiera saber... qué mierda pasó.

Como de costumbre, me hablaba en francés, pero en un tono que nunca le había oído. Me quedé mirándolo, incapaz de reaccionar.

—Lo importante es que ya despertaste —dijo en otro tono, como tomando distancias. Agarró su maletín y se volvió hacia la puerta.

—De ahora en adelante, te las arreglas sola.

Metió la mano en el bolsillo y se giró hacia mí.

—Lo olvidaba. Esta es la llave de tu nueva casa.

Desde el principio me había invadido un miedo confuso, pero, aturdida como estaba, las palabras, los gestos de Raphaël se habían desplegado sin conexión posible con la realidad, y no me había alarmado. Solo al oír el ruido de la llave contra el velador di un respingo, como si me hubiera picado un insecto.

—Ya trasladé tus cosas —continuó como si despachara un asunto molesto con una desconocida—. La dirección está en tu teléfono.

—Raphaël, te lo pido por lo que más quieras... —dije con un hilo de voz.

—¿Por lo que más quiera? —Por sus ojos cruzó un destello desafiante—. No metas a mi hijo en esto.

—También es mi hijo.

—Desgraciadamente.

Silencio.

—Por favor —me estremecí—, ¿qué ocurre?

—Encima te haces la loca.

—Pero, Raphaël, te juro que...

Una punzada me atravesó la cabeza y me obligó a cerrar los ojos. En la oscuridad detrás de mis párpados doloridos, sentí que él estaba observándome.

—Olvídate de tu hijo porque no vas a volver a verlo.

Lo miré alarmada. Solo en ese momento tuvo un gesto nervioso: se atusó el pelo. Pareció darse cuenta del tic, bajó la mano y agarró el pomo de la puerta. Giró la cabeza y me buscó por última vez con esa mirada afilada, como si esperara una reacción de mi parte. Pero una nueva punzada me hizo cerrar los ojos.

Entonces se oyó la puerta al cerrarse, el terror me inmovilizó y poco a poco me hundí en un sopor sin imágenes.

Me despertaron. Era una enfermera de rostro duro y pómulos tan prominentes que parecían causados por una cirugía fallida.

—Qué manera de dormir —dijo con una sonrisa entumecida—. Le traje el almuerzo, pero no comió nada, porque no había forma de despertarla. Va a comer al menos la merienda, ¿verdad?

En la bandeja que sostenía con las dos manos había yogur y una ensalada de frutas. El olor de la fruta me pareció repulsivo, como si estuviera pasada. Debí hacer un gesto brusco porque me miró asustada, dejó la bandeja y me acercó un bacín. Me arqueé sobre él y me atravesaron los espasmos. Al incorporarme me di cuenta de que no había vomitado más que un poco de bilis. En el fondo del bacín, el emblema verde de una clínica privada.

Me acosté de nuevo, y cuando me despertaron ya era noche cerrada. Me forcé a comer un poco de puré de verduras. Cuando la enfermera recogía la bandeja me quedé mirándola, esperando con ansias que dijera algo. En cuanto dio media vuelta para marcharse, la agarré del brazo.

—Por favor, ¿por qué estoy aquí?

Me miró sorprendida.

—¿Cómo que por qué?

—¿Qué pasó? ¿Puede decirme qué pasó?

—¿No se acuerda?

—Claro que me acuerdo —mentí—. Es solo que me gustaría saber el diagnóstico.

Dudó un segundo.

—En ese caso, lo mejor es que hable con el doctor.

Cuando me quedé sola, me pregunté por qué había mentido. Traté de ordenar mis ideas. Había algo ahí, justo antes del ingreso en la clínica, que no se dejaba tocar. El esfuerzo por recordar me devolvió progresivamente el dolor de cabeza. Encendí mi celular y llamé a Raphaël. No contestó. Pensé en llamar a Bolivia, pero me pregunté si tenía derecho a preocupar a mamá. Y antes habría que hablar con Lauro, que estaba demasiado ocupado con mamá como para que yo, encima, lo molestara con mis problemas. Lo último que me había dicho era que mamá se alejaba cada vez más de la realidad y yo no había tenido la ocasión (o el valor) de hablar con ella más de dos o tres minutos cada vez, en llamadas breves y apuradas, de esas que hacen los migrantes que no quieren gastar demasiado, que no tienen nada que decir a sus familiares o que, al contrario, tienen miedo de decirse algunas cosas. Y no había podido comprobar hasta qué punto era cierto lo que me había dicho Lauro. Pero ahora no era el momento de pensar en eso. No tenía el derecho de preocupar a mi familia, punto.

Me puse a recordar cada detalle de la escena de esa mañana. Hice memoria en busca de algún signo en nuestra relación que presagiara *eso*.

Surgieron viejas peleas y también discusiones recientes.

Nos habíamos peleado semanas atrás por una nueva recaída, tal vez la peor de todas: yo había vuelto a fumar después de seis años. Raphaël era un defensor inflexible de la vida sana, sobre todo ahora que tenía un hijo. Compraba exclusivamente en una tienda bío cercana a Ponts-jumeaux, aunque fuera el doble de cara. «Esta es comida de verdad», solía decir. «Lo demás es veneno enlatado». A los pocos meses de empezar a salir juntos, me pidió que dejara de fumar y, como hacía tiempo que yo quería intentarlo, se lo prometí. Al principio, me animó con paciencia, pero, tras varias tentativas fallidas, su apoyo se convirtió en una tácita exigencia. Como él me alentaba, yo ya no debía fallar. Como él seguía apoyándome, a pesar de mis recaídas, no tenía derecho a defraudarlo. Y así caímos en un círculo vicioso hecho de intentos fallidos y recriminaciones.

Después de mi recaída, estuvimos un par de días en frío. Luego prometí —no a él, sino a mí misma— que ya no volvería a caer. Él debió sentir la determinación en mi voz, porque me abrazó con fuerza, como si nunca hubiera esperado otra cosa de mí, y, por primera vez en mucho tiempo, hicimos el amor sin temor de despertar a Nico.

En un esfuerzo por recordar algo más —una frase anodina o un gesto de Raphaël que hubiera podido pasar desapercibido—, no encontraba más que nuestra rutina: los días de trabajo y los fines de semana en que nos gustaba quedarnos en la cama hasta las diez, los paseos a orillas del canal du Midi, las salidas puntuales a un parque o al cine, la película del domingo, cuando nos echábamos los tres en el sofá, nos cubríamos con una manta, un bol de pipocas en las manos.

Claro, no todo era armonía. Estaba la discusión sobre los papeles de naturalización, cuyo trámite, a pesar de su insistencia de los últimos años, yo no había comenzado. «Va a salir el Frente Nacional y te van a echar de aquí», me decía él. «Por muy fascistas que sean», le respondía yo, «no van a separar a una familia así nomás». «Hazlo por mí», insistía él. «Quiero que estemos tranquilos». Yo se lo prometía, pero siempre lo dejaba para más tarde. Él me reprochaba mi dejadez sin saber que era algo más que eso. Temía someterme a interrogatorios o a visitas humillantes, a que los policías se metieran en casa y husmearan para comprobar si vivíamos juntos. Había escuchado que incluso abrían los armarios del dormitorio, los cajones de la ropa interior. Temía, además, que mi solicitud se convirtiera en una laboriosa súplica al monstruo gélido de la burocracia, y todo, ¿para qué?, para vivir en paz con mi marido y mi hijo, lo cual yo creía merecer por derecho natural. No necesitaba que ninguna autoridad lo refrendase.

Desde pequeña, había tenido aversión por la autoridad y especialmente por la policía. Tal vez tenía que ver con la herencia de papá. Algunos fines de semana, me llevaba a la plaza Murillo a dar de comer a las palomas y a tomar un helado de canela. Una tarde de sol y de viento, pasamos delante del Palacio Quemado y, en un gesto rápido y despectivo que hizo con el mentón, me mostró a los policías y a los militares en facción, se quitó los lentes oscuros de aviador, me miró con intensidad y dijo: «Acordate de esto, Lea: nunca confíes en las botas». Miré las botas relucientes de los militares y asentí sin entender, porque él estaba mirándome con fijeza. Después levantó la vista hacia una de las ventanas del Palacio y remató: «Y los más grandes hijos de puta están allá arriba, eso tampoco lo olvides».

Llegué incluso a pensar en Alexandre, lo cual resultaba absurdo no solo porque Raphaël no podía haberse enterado, sino porque era insignificante. No hubo más que esa tarde en mi despacho, la nieve afuera, la respiración de Alexandre en mi nuca, sus manos en mis senos bajo el suéter. Fueron unos segundos de sorpresa y de excitación en los cuales lo dejé hacer y le correspondí como en sueños. Eso fue todo. Luego lo aparté con calma y firmeza y, desde entonces, Alexandre no había vuelto a intentar nada. Y durante el tiempo que duró la corrección de su tesis, no se habló más de lo sucedido. Raphaël sabía de la existencia de Alexandre, aunque, claro, nunca le dije lo que pasó esa tarde en mi despacho. De haber tenido importancia, se lo habría contado. ¿Qué ganaba con decírselo? Raphaël nunca se había mostrado celoso con nadie, mucho menos con los estudiantes, y las cosas estaban bien así.

En la penumbra del atardecer, las lentas aspas del ventilador resultaban hipnóticas y me ayudaron a no pensar en nada. No pensar era lo único que parecía aliviarme.

Me despertaron. «Qué manera de dormir», dijo la enfermera con su sonrisa tumefacta, y abrió las cortinas de un tirón. El sol entró con fuerza y me cegó, recordándome los destellos fijos de las miradas que había soñado. Me preguntó cómo me sentía. «Bien», le mentí. Cada detalle de la conversación con Raphaël había vuelto con nitidez. Luego me sirvió el desayuno y se fue. El médico apareció antes de que hubiera encontrado las fuerzas de probar bocado.

—*Madame* Leroy, es un placer verla despierta. Soy el doctor Bonnemort —se presentó y me tendió la mano, una enorme mano de judoca.

Lo miré bien. No debía ser fácil llamarse Buenamuerte, y, sin embargo, no había nada lúgubre en él. Era un gordo de expresión bonachona y ojos saltones. Una panza de *gourmet* empedernido sobresalía entre los pliegues de su bata.

—Mi marido es Leroy, yo me apellido G.

—*Madame* G, ¿podría decirme qué pasó? No tuve ocasión de hablar con su marido.

—Mi marido está trabajando.

—Mire, *madame* G, me gustaría hacerle unas preguntas sobre la noche en que usted ingresó en la clínica.

Me escrutaba con sus ojos saltones. Siguió un silencio que se prolongó demasiado. Se inclinó sobre mí.

—*Madame* G, ¿podría contarme qué pasó?

Me cubrí los ojos con las palmas.

—Ahora descanse. Volveré esta tarde.

Comprendí que si seguía así no me darían de alta y no podría volver a casa. Sus pasos se dirigían hacia la puerta. Confesé:

—No me acuerdo.

Mi voz temblaba un poco. Se volvió hacia mí.

—¿Cómo dice?

—Que no me acuerdo de esa noche. Nada, nada de esa noche.

Tardó en reaccionar.

—Le ruego que me disculpe, no tenía ni idea.

—No sé qué es lo que tengo, doctor.

Era absurdo fingir que todo estaba en orden. Ahora sentía la necesidad de desahogarme, aunque estaba decidida a no decir palabra sobre la conversación con mi marido.

Adoptó una actitud tranquilizadora.

—Tiene una pequeña contusión en la cabeza —dijo—. No es nada grave, pero no sabía lo de la pérdida de memoria.

Alarmada, pregunté:

—¿Amnesia?

Había oído hablar de la amnesia, claro, y había visto más de una película cuyo protagonista despertaba sin recordar quién era ni reconocer a nadie. Siempre me había parecido un recurso inverosímil. Y ahí estaba ahora, en esa clínica, confesando que había olvidado una noche entera de mi vida.

—Hay varios tipos de amnesia —dijo el doctor Bonnemort—. Pero no voy a aburrirla con tecnicismos. ¿Qué es lo último que recuerda?

Temía la pregunta, pero era una buena oportunidad de hacer memoria. El doctor Bonnemort me miraba como si me diera tiempo, así que reuní valor y cerré los ojos, dispuesta a buscar en mis profundidades.

—Espere, tal vez esto le ayude.

Abrió las puertas del armario y se hizo a un lado. Dentro colgaba un vestido color durazno. Lo reconocí. Raphaël me lo había regalado ese verano en la Costa Brava. También había un par de zapatos negros de tacón, que había comprado en unas rebajas. Eso era lo que llevaba cuando me ingresaron. Casi sin esfuerzo, recordé algo.

Sentí las cosquillas en las piernas cuando Nico entró en el baño y se puso a jugar con un barco Playmobil en los charquitos que se habían formado sobre los azulejos. Yo salía de la ducha.

Luego todo se borró como el fundido a negro de una película. Quise reanudar con el recuerdo, pero las imágenes se perdían en la oscuridad de un miedo confuso.

Me tomó unos segundos recuperarme de esa sensación desagradable.

Le conté al médico lo que recordaba y le dije que se trataba sin duda de la noche antes del ingreso en la clínica. Se pasó la mano por la barba.

—Mire —dijo al rato—, he revisado la radiografía que le sacaron y usted está bien. Que no recuerde lo que pasó unas horas antes de su ingreso es algo relativamente común. Se sorprendería si le contara de algunos casos que he visto en veinte años de neurología.

Tras unos segundos, añadió:

—Es posible que el agujero en su memoria se deba a la contusión, aunque no podría asegurarlo. También podría deberse al estrés o a un impacto emocional. —Sonrió como si acabara de recordar algo divertido—. No hace mucho traté a una paciente que ingresó sin saber qué había hecho en las últimas veinticuatro horas. Averiguadas las cosas, había perdido la memoria a causa de un orgasmo. Sí, oyó bien: un orgasmo. No cualquier orgasmo, claro. Tuvo que ser un orgasmo realmente inolvidable —se rio—. ¿Se da cuenta? Hasta lo inolvidable se olvida. A eso se le llama amnesia global transitoria. La verdad es que el cerebro, *madame* G, sigue siendo un misterio.

Como yo no decía nada, él pareció perder su impulso conversador.

—Bueno, no se preocupe, *madame* G. La memoria vuelve. Seguramente bastará que hable con su marido para recordarlo todo. Apuesto a que, al salir de la ducha, se resbaló y se golpeó la cabeza. No sería usted la primera. Por suerte los análisis son claros en este sentido. No es nada grave.

Miró su reloj.

—¿Alguna pregunta?

Varias bullían en mi interior, pero no me sentía capaz de formular ninguna. Bonnemort sonrió, muy profesional, y me tendió la mano.

—Ánimo, *madame* G. Venga dentro de diez días y haremos el seguimiento. Por favor, tome cita en la administración. —Echó un vistazo a la bandeja y añadió—: Y coma, por favor. Necesita recuperar fuerzas.

Ya en el vano de la puerta, se volvió bruscamente.

—Ah, me olvidaba: en los próximos días, se queda tranquila en casa, ¿entendido? No debe hacer esfuerzos físicos ni exponerse al estrés. ¿Estamos, *madame* G?

Su tono era aleccionador, como si yo fuese una niña revoltosa.

—Y no se asuste si en algún momento siente mareos. Es normal. Antes que recetarle medicación, prefiero recomendarle descanso. Mucho descanso, ¿entiende? En diez días veremos cómo ha evolucionado todo.

Asentí y él salió con esa prisa de autómata con que se mueven los médicos.

Al rato, la enfermera recogió la bandeja. Había bebido el té y comido las tostadas, pero no había tocado el revuelto de huevo. Me anunció que me daban de alta.

Una vez en la administración, el contador, un hombre con cara de ardilla y bigote pelirrojo, me entregó la factura sin levantarse de su escritorio. Debió ver algo en mi expresión, porque se apresuró a decir que no me preocupara, *madame*, porque el seguro cubría la totalidad del monto. A la vez que la factura, el contador me entregó la nota de alta. Leí y releí las fechas, una y otra vez. Había sido ingresada la noche del sábado 10 de septiembre a la una y media de la mañana, inconsciente. Me había llevado mi marido. «¿Se siente bien?», me preguntó el contador. Se había puesto de pie. Hasta ese momento no tuve conciencia de haber pasado tanto tiempo en la clínica. Si, al despertar esa mañana, me lo hubieran preguntado, habría respondido sin dudarlo: dos días, he estado aquí dos días con sus noches. Pero no. Hoy era jueves. Jueves 15 de septiembre. Habían transcurrido cuatro días y cinco noches desde mi ingreso. ¿Cuánto tiempo había pasado inconsciente?, ¿dónde se habían extraviado esos dos días de mi vida de los cuales ya no me quedaba sino una vaga sensación de adormecimiento, confusión y náuseas? «¿Se encuentra bien, *madame*?», volvió a preguntar el contador. El bigote le temblaba un poco. «Estoy bien», lo tranquilicé, y, tratando de recuperar el aplomo, salí del despacho.

A medida que me alejaba de la clínica, la escena con Raphaël iba pareciéndome cada vez más improbable. En la claridad del mediodía, rodeada de transeúntes y de un tráfico denso, me convencí poco a poco de que había tenido un mal sueño que se esfumaría nada más entrar en casa.

Tomé el metro hacia Saint-Cyprien y llegué poco antes de la una. Raphaël y Nico debían de estar almorzando. Me detuve delante del portal y revolví en mi bolso hasta confirmar mi sospecha: no las tenía. Una señora mayor, que conocía de vista, llegó cargada con unas bolsas de compras y giró su llave en la cerradura del enorme portón de madera tallada. Yo me adelanté, lo sostuve para dejarla entrar y luego me deslicé tras ella. Detrás del muro de tuyas, se oía el chapoteo en la piscina. Subí las escaleras hasta el tercer piso y me detuve frente a la única puerta. Toqué.

Al rato abrió un hombrecito con *shorts* y camiseta del Barcelona F.C. Instintivamente, miré sobre su hombro. En la sala se veía un desorden de cajas de cartón. Sobre la más grande, había un bol de ensalada, dos platos con *taboulé* y una botella grande de Coca-Cola. ¿Me había equivocado de piso? La placa de latón con mi apellido y el de Raphaël estaba ahí. Me quedé mirándola como una idiota. El otro dijo:

—Usted debe ser *madame* Leroy.

Mi expresión debió incomodarlo porque añadió:

—*Monsieur* Leroy me dijo que usted vendría. ¿Quiere pasar?

Tenía la piel aceitunada, un bigotito ralo y grandes ojos de gnomo. No debía pasar los treinta años.

—¿Usted es...? —pregunté y temí que no me hubiera oído. Apenas me salía la voz.

—Soy Karim —dijo, como si eso lo explicara todo.

Lo miré sin entender.

—Monsieur Leroy me dejó el departamento.

Traté de ser amable:

—Muchas gracias, Karim. Ahora ya puede irse.

Sus ojos se agrandaron.

—Pero ¿cómo? Ahora yo vivo aquí, *madame*.

Miré de nuevo las cajas desparramadas en la sala. Solo las paredes, que yo misma había pintado tres años atrás de un amarillo canario que a Raphaël nunca le gustó, me permitieron reconocerla. Eran visibles los vacíos que habían dejado las pinturas descolgadas (lienzos mediocres que Raphaël compraba a precio de oro en París y Berlín a través de galerías que sabían mucho de *marketing* y poco de arte). Por lo demás, el departamento me pareció inmenso, y tenía ese aspecto impersonal y transitorio de las viviendas en pleno traslado.

—Acabo de mudarme —dijo el hombrecito, y recién noté que estaba sudoroso.

Cuatro días. Había estado internada cuatro días. ¿Qué había hecho Raphaël? ¿Qué le había pasado por la cabeza? El hombrecito debió ver algo amenazante en mi expresión porque dio un paso atrás. Se oyó una voz chillona en el rellano. Era mi voz.

«Pero *monsieur* Leroy dijo...», balbuceaba él. Sentí ganas de agarrarlo por la camiseta y darle una buena sacudida, como si de esa manera pudiera llegar hasta Raphaël. «Escúcheme bien», le dije, y daba un paso adelante cuando, por detrás del hombrecito, se asomó un niño pequeño, con el pelo alborotado y el pulgar en la boca. Karim lo levantó y me miró. «¿De verdad no quiere pasar?», preguntó. Y luego: «¿Ha comido usted, *madame*?». Y dijo algo más, pero yo ya me alejaba escaleras abajo.

Al salir de la residencia, se me nubló la vista y la calle se puso negra de sol. Entré en la primera *brasserie* que encontré. Estaba desierta y en la penumbra flotaba un vago olor a verduras hervidas y cerveza derramada. En la tele pasaban un partido de la liga española y el barman, un tipo de brazos enormes y llenos de tatuajes, lo seguía embobado. La barra estaba pegajosa. Pedí una cerveza y comencé a beberla a sorbos. La sed. Tal vez por eso me dolía tanto la cabeza. Sequé la botellita y pedí otra. La llave que Raphaël me había dejado antes de marcharse volvió a mi memoria. Y algo más. «La dirección está en tu teléfono», había dicho. Encendí el celular y descubrí el mensaje de texto: «18, rue Corneille, 4º piso, 46-B».

Pedí el plato del día. Tenía que forzarme a comer algo. El barman me sirvió un plato humeante: salchicha tolosana con puré de papas y coliflor hervida. Al rato, bañada en sudor, pagué, salí, caminé unos metros hacia las vías del tren y, arqueada por las náuseas, me apoyé en el tronco de un árbol reseco. Unos niños que pasaban por allí me vieron y se alejaron imitando las arcadas y sofocando las risas.

Tomé el metro hasta Arènes. A dos cuadras de la salida, se levantaba un edificio horrible de seis o siete pisos. Era como una colmena color arena llena de minúsculos agujeros: las ventanas. No puede ser ahí, pensé. Era un HLM. Habitaciones de alquiler moderado, las llaman. Una sigla que designa de forma aséptica esos guetos posmodernos donde viven enlatadas las familias procedentes de la inmigración. No puede ser allí, repetí para mí misma. Pero el número del edificio correspondía. De los pequeños balcones, cruzados por numerosas cuerdas, colgaba abundante ropa. Se oía jugar a los niños en algún lugar detrás del muro.

Delante del portal de vidrio, echado sobre sus patas extendidas, un perro dormía a la sombra como disecado por el calor. El portal estaba entreabierto, bloqueado con una cuña.

Las escaleras eran estrechas. A medida que subía, el eco de mis pasos se mezclaba con el ruido de las voces y la vajilla que llegaba de los departamentos. Ansiosa, subí hasta el cuarto piso y busqué la puerta indicada. Metí la llave, la giré y, para mi sorpresa, la puerta se abrió. «Esta es la llave de tu nueva casa», había dicho Raphaël, pero no lo creí sino hasta ese momento.

Entré y miré a mi alrededor. Era un ambiente de unos veinte metros sin división entre la cocina y la sala. A un lado, contra la pared, un sofá marrón de tela gastada, con un solo cojín. En el centro, una mesita plástica verde claro. En el otro extremo, el lavaplatos, una cocina con dos hornillas y un refrigerador como de minibar. Desparramadas aquí y allá en ese espacio estrecho, tres cajas de cartón rotuladas. Era la letra de mi marido. En cada una de ellas había escrito mi nombre.

Sí, todo era real. Una furia irracional, incomprensible, había llevado a Raphaël a mudarse en solo cuatro días, y todavía le quedó el amor o el odio suficiente como para embalar mis cosas y llevarlas hasta allí.

Un pasillo bordeaba el sofá, llevaba al baño y al dormitorio. El baño olía fuerte a lejía, como si acabaran de desinfectarlo, y tuve que abrir el ventanuco que daba al patio interior. Abajo unos chicos pateaban un balón que retumbaba contra los muros, redoblando los latidos en mi cabeza. Necesitaba una ducha, pero en lugar de desnudarme me dejé caer vestida sobre el colchón sin sábanas. De pronto recordé que el lunes empezaban las clases.

No pude evitar un vago sentimiento de culpa. ¿Cómo podía recordar eso y no lo importante?

Me dije que no había logrado recordar porque no lo había intentado de veras. Había desistido a la mínima resistencia, me había refugiado en esa sensación de irrealidad que me acompañó desde el momento en que desperté en la clínica. Pero tal vez no era el mejor momento. Debía organizarme. En ese momento, recordar era lo último que necesitaba.

Desembalaba la segunda caja cuando las manos empezaron a temblarme. Había ido sacando capas de ropa como una autómata, dejándolas sobre la mesa de centro junto a los zapatos y las sandalias y viejos cuadernos con poemas borroneados. Al extraer una tetera de porcelana de Limoges que había comprado en una de nuestras visitas a Catherine, supe que me volvería loca si no hacía nada. Así que la llamé. Apenas me sorprendió que no respondiera.

Traté de pensar con un mínimo de calma. Raphaël no acudiría a sus padres, de eso estaba segura. Lo más probable era que estuviera en casa de Catherine, y que ella, por solidaridad, no contestara a mis llamadas. Pero si yo me presentaba en su casa, la impelía a abrirme la puerta y, una vez dentro, obligaba a Raphaël a explicarme qué estaba pasando. Si me equivocaba y él no se encontraba allí, al menos tendría a alguien con quien hablar. Y quién sabía, a lo mejor Catherine podía hacer de intermediaria. Acalorada, cambié los tacones por unas sandalias, saqué para más tarde una chaqueta de *jean*, agarré mi bolso y, sin pensarlo más, bajé las gradas de la colmena. Era consciente de que había tomado una decisión precipitada, pero todo era preferible a quedarme ahí, hundiéndome en el pozo negro de la incertidumbre.

En el *hall* de entrada un grupo de adolescentes hacía botar un balón de básquet y se pasaba de mano en mano un porro de hachís. Me miraron e intercambiaron miradas sorprendidas. Visiblemente, no solían toparse con gente nueva en el edificio. Había uno con un bigotito ralo que parecía una versión joven de Karim. Sonrió y en sus ojos vidriosos brilló una mezcla de deseo y burla. Uno de ellos dijo algo en árabe y los otros se echaron a reír con una salva de aplausos. Cerré la puerta y apreté el paso hasta el metro.

Fui hasta la estación Matabiau. Estaba llena de militares. La gente ya no parecía advertir la presencia de esos jóvenes de botas y uniforme y boinas rojas ladeadas sobre los cráneos rapados, que se desplazaban en parejas con la mirada vacía y el pesado rifle de asalto en las manos. Había colegas de la universidad que pensaban que estábamos en guerra y, al descubrir a tanto militar con cara de rutina a lo largo y lo ancho de la estación, me sentí inclinada a creerlos. Hay guerras silenciosas que solo salen a la luz con estallidos puntuales y el resto del tiempo viven una vida subterránea, de aire enrarecido, de inconfesable miedo y aburrimiento.

Anochecía cuando la voz de los altoparlantes anunció la llegada a la estación de Limoges-Bénédictins. Me estremecí al bajar al andén. Había refrescado mucho. La estación de Limoges-Bénédictins siempre me había impresionado por su campanario de más de sesenta metros de altura, su imponente cúpula y su vasto frontispicio con vitrales. Ahora la descubría por dentro y de solo caminar bajo la cúpula iluminada, que alguna vez habíamos visto brillar los tres desde la inmensa fuente del Champ de Juillet, me sentí un poco mejor. Una vez fuera, tomé un taxi y di la dirección de Catherine, que vivía en las afueras de la ciudad. Pasamos por delante de la plaza de la República y la catedral Saint-Étienne y cruzamos el puente del mismo nombre. Las luces de la ciudad se reflejaban en las aguas tersas y oscuras del Vienne y poco a poco quedaron atrás. El taxista escuchaba Noir Désir y al salir a una ruta bordeada de campos, que reconocí a pesar de la oscuridad que se cernía alrededor, subió el volumen del equipo de música. Mirando por el retrovisor, me preguntó si me molestaba. Le dije que no. Las guitarras distorsionadas y la voz ronca del cantante me ayudaban a no pensar, a alejar las dudas sobre este viaje.

Recordé que el cantante de Noir Désir había sido acusado de matar a su mujer, una actriz famosa. A pesar de que este alegó un accidente —un manotazo o un empujón suyo había provocado la fatal caída—, pasó varios años en la cárcel. Había salido un tiempo atrás, pero no se había vuelto a saber nada de él. Era como si se lo hubiera tragado la tierra. La canción que el taxista escuchaba ya era un clásico y los gritos roncos decían: «FN, souffrance, qu'on est bien, en France, sûrs de changer la monnaie...!». Volvió la sorpresa que había sentido años antes, al enterarme de la noticia. Me gustaba su voz cascada, sus letras ásperas y poéticas. Un solo arranque de odio puede destrozar una vida entera.

Ya era de noche cuando llegamos al apacible barrio rodeado de abetos donde vivía Catherine. La suya era una casa de dos pisos. Trepaba la fachada una majestuosa madreselva hasta el tejado de pizarra natural. El taxi se detuvo. Las luces de la casa estaban apagadas. Caminé hasta la puerta de entrada por el sendero de gravilla que cruza las dos bandas de césped. Toqué el timbre. No parecía haber movimiento dentro. El portón del garaje estaba cerrado con llave. Volví a tocar. Nada. Soplaba un viento frío. Miré a mi alrededor: en las ventanas de las casas empezaron a asomarse las siluetas de los vecinos.

«Da igual, lléveme a cualquier hotel que no sea caro», le había dicho al taxista, pero al rato tuve una duda y busqué en mi cartera. No me quedaba más que un puñado de monedas que no llegaba ni a diez euros. Así que me puse a buscar mi tarjeta de crédito. Vertí el contenido del bolso en el asiento y lo iluminé con la linterna del celular. El chofer levantó la vista y me miró algo sorprendido desde el retrovisor. Le sonreí tratando de aparentar normalidad.

Poco después el taxi se adentró en un camino de grava y se detuvo delante de una casa rústica en medio de un jardín rodeado de tuyas. «Maison d'hôtes», decía el tablón empotrado sobre la puerta de entrada. El albergue estaba emplazado en una serie de terrenos baldíos donde crecía la mala hierba. Desde la avenida, en las vallas que se mecían con el viento, también en las paredes y los faroles, se veían afiches de propaganda del Frente Nacional. Un rostro pintarrajeado de azul, blanco y rojo, en pleno grito. ¿Qué gritaba? ¿O era solo un aullido animal? Ya había dejado de buscar mi tarjeta.

—Treinta y cuatro euros —dijo el taxista.

—Solo tengo nueve euros con treinta centavos.

Apagó la radio y las guitarras eléctricas enmudecieron. Se volvió hacia mí bajo la luz amarilla que le hizo brillar la calva y le alumbró con crudeza la línea arrugada del entrecejo. Los brazos cubiertos de vello le daban un aspecto de mono prematuramente envejecido.

—¿Cómo dice?

—En cuanto regrese a Toulouse le mando un cheque.

Me miró las sandalias, el vestido, la chaqueta de *jean*, la cabellera que yo sentía alborotada por el viento.

—Charles —me tendió la mano.

Le mostré el puñado de monedas, pero él las rechazó.

—Conozco a la dueña, dígale que viene de mi parte.

Salí del taxi, que arrancó de inmediato. Estaba tan aturdida que no había atinado a darle las gracias.

El vestíbulo desierto, empapelado con un motivo de tallos ocres y picaflores azules, olía a mantequilla derretida y a vino blanco. Había un mostrador con una caja antigua y un florero vacío. Al fondo se veía un salón a oscuras y, a la derecha, una escalera de gastados peldaños de madera maciza. Al rato apareció una mujer de pelo corto teñido de lila. Por las arrugas de su cara, se hubiera dicho que tenía más de setenta, pero era difícil calcular su edad con esa luz y ese pelo como de erizo de mar.

Nos saludamos. Le dije que venía de parte de Charles y sonrió.

—La habitación cuesta setenta y cinco euros con desayuno incluido —dijo sin dejar de sonreír.

La mención del taxista no había tenido el efecto esperado. Esto no va a funcionar, pensé, y me imaginé durmiendo a la intemperie. En un rincón del jardín, había visto una caseta de madera. Tal vez podría refugiarme allí esa noche. La vergüenza fue más fuerte que el cansancio: me volví y empujé la puerta.

De repente se me vino encima todo lo que había pasado desde la mañana en que desperté en la clínica y me descubrí titubeando sobre la grava, buscando inútilmente algo en que apoyarme para no caer.

Deslumbrada por el resplandor que se filtraba por el ventanal, creí por un momento que estaba en mi cuarto. Agucé el oído para escuchar los pasos de Raphaël, que no tardaría en entrar con una taza de café en la mano. Pero no oí más que un ruido de ollas que venía de algún lugar impreciso y, a lo lejos, el canto de un gallo. Abrí los ojos y me incorporé. Miré a mi alrededor. Estaba en un salón de muebles gastados y aire antiguo, un piano reluciente en una esquina y, en la otra, una mesa redonda para unos diez comensales, una chimenea con el atrio vacío y tiznado de hollín. Sobre la viga, una serie de fotos familiares. Una pareja joven y dos niños de unos doce y catorce años. Una familia de pie en un jardín soleado y detrás de ellos una casa que me resultó familiar. Entró la mujer de pelo lila limpiándose las manos en el mandil. La reconocí como a la figura de un sueño. Se acercó con pasos lentos, haciendo crujir el piso de tablones antiguos, y se inclinó sobre mí.

—¿Te sientes mejor?

Asentí.

—Me despertó el gallo —dije por decir algo.

—Ese gallo está loco. Ya es mediodía.

Empujé la manta y me pasé la mano por el cuello dolorido.

—¿Qué tal el sofá? —Sin esperar respuesta añadió—: Anoche tuve que llamar a Charles, ¿sabes?, porque pesas más de lo que parece —soltó una risita de conejo—. Pero ven de una vez, que se nos enfría la comida.

Empujó una puerta y aparecimos en la cocina. Había una colección de ollas y sartenes de cobre que colgaban de las paredes. En el centro, una mesa circular con cuatro sillas. Un hombre comía en mangas de camisa. Era el taxista.

—Mamá hace la mejor *omelette aux cèpes* de la región, y dejar que se enfríe es un crimen.

—Charles sabe lo que es bueno —dijo ella, y le pasó la mano por la calva.

Sonó la tostadora y sacó unas rebanadas de *pain de campagne*, las puso en una canasta pequeña y las sirvió. Luego se sentó con cuidado en la única silla acolchada con un cojín y me hizo un gesto alentándome a que me sentara a su lado. Comimos en silencio. Al principio Charles nos miraba alternativamente con una curiosidad mal disimulada. ¿Ya sabía su madre quién era yo y qué diablos me había pasado? Es lo que parecía preguntar con los ojos. Después debió restarle importancia porque se dedicó a elogiar la ensalada de queso de cabra con nueces y a hablar de la llegada prematura del otoño, que habían anunciado esa mañana en la radio. La señora de pelo lila dijo que sería una lástima si el pronóstico se cumplía y se puso a hablar de su huerto, esperaba que todavía le diera tomates. Me sirvió uno y me dijo que lo probara. Lo hice. Se deshacía en la boca. Por primera vez en dos días, comí con apetito.

Los ayudé a recoger la mesa y a lavar los platos en silencio. Cuando terminamos, le pedí a la señora la tarjeta del albergue y le prometí que le enviaría el pago por correo certificado. Me miró como si nada de eso importara. Sacó mis sandalias de un armario que tenía en el vestíbulo y me las tendió con una sonrisa triste, como si la desilusionara que yo no le hubiese contado nada de lo que me había ocurrido.

Salí a un mediodía nublado y fresco. El taxi estaba estacionado en el sendero de grava. La caseta que había visto la noche anterior tenía la puerta entreabierta. Alta y negra, con largos y elegantes tubos de escape como de plata reluciente, había una moto Harley-Davidson. Me concentré en la imagen de mi hijo, en la perspectiva de tenerlo otra vez en los brazos. Eché a andar.

Al rato, la grava crujió a mis espaldas. Al volante de una camioneta cubierta de costras de barro, la señora de pelo lila me hizo una seña amistosa con la mano. Abrió la ventanilla del copiloto y me preguntó adónde iba. Le dije que tenía la intención de sorprender a una amiga que vivía cerca y se ofreció a llevarme.

Por la mañana había visto a la señora con una camisa oscura. Ahora llevaba una polera de manga corta y descubrí que tenía un tatuaje en el antebrazo. Un nombre escrito con letra cursiva: *André*. Eso, añadido al pelo corto y erizado donde se mezclaban el pelo lila, las canas y las raíces negras, le daba un aire de abuela rebelde.

Tal vez porque sabía que no volvería a verme, se puso a hablar como si me conociera de toda la vida. Me contó que el albergue y su hijo Charles eran lo único que le quedaba en el mundo. Que había estado casada durante más de treinta años, pero que hacía cinco su marido había muerto y que, pese a sus esfuerzos, no lograba acostumbrarse a su ausencia. Que también había perdido a su hijo menor en Afganistán y que, el mayor, Charles, nunca se había casado. Tras la muerte de André, decidieron convertir la casa en un albergue para llegar con menos apuros a fin de mes. Desde lo de su hijo menor, que había sido destrozado por una mina en Kabul, vivía con el temor de que Charles se matara en el taxi.

—En Francia, cada día mueren diez personas en accidentes de tráfico —dijo—. Haga el cálculo. Cada día, diez personas rayadas de la lista, en la indiferencia general. Pero hay un atentado y todo el mundo pone el grito en el cielo.

No respondí. Ella siguió:

—Ya lo sé, lo de París fue horrible. Ciento treinta personas en una sola noche. Por Dios.

—Y lo de Niza —dije.

Había sucedido el catorce de julio, ensombreciendo un poco el resto de nuestras vacaciones en la Costa Brava. Raphaël y yo no podíamos dejar de evocar las veces que habíamos caminado por el Paseo de los Ingleses, mirando el sereno oleaje que casi no hacía espuma en la playa. Esa noche, un camión de carga de diecinueve toneladas embistió a lo largo de dos kilómetros a la multitud reunida para celebrar el día de la Bastilla. Y esa hermosa avenida encajonada entre altísimas palmeras por un lado y el mar y el cielo por el otro, que siempre nos había parecido como desgajada del tiempo, quedó convertida en un hervidero de horror.

—No me malentienda —dijo ella, que debía haber visto algo en mi expresión—. Solo quiero decir que, de todas maneras, estamos cercados.

Se puso un cigarrillo entre los labios y lo prendió con el encendedor eléctrico del auto.

—Esta mierda, por ejemplo. En la radio dijeron que cada año mata a sesenta mil personas en el país. —El pucho temblaba entre sus labios mientras hablaba.

Miraba fijamente hacia delante y fumaba con un goce triste. A los lados, desfilaban los campos y las arboledas del Limousin hasta perderse de vista. Todo había adquirido el color cobrizo de los últimos días del verano.

—Yo solía ir al estadio con André y mis hijos.

Esto último no parecía habérmelo dicho a mí.

—A veces sueño con un lugar desértico lleno de gente silenciosa. Entre la multitud veo a André. Al principio me alegro, pero después me fijo mejor en su mirada, que parece mostrarme algo, y entonces presiento el horror. Casi contra mi propia voluntad, sigo su mirada y así descubro a mi hijo. Está echado y parece dormido. Lleva ropa de casa como cuando, antes de alistarse en el ejército, se pasaba el día jugando a la consola o barnizándome muebles viejos. Inclinadas sobre él, hay personas en harapos con las caras cubiertas de polvo. Y entre esa gente hay un niño. Y ese niño —la voz empezó a temblarle— mira a mi hijo y en sus ojos arde algo parecido al odio. Entonces el cuerpo de mi hijo se desmigaja, ¿entiende?, se deshace poco a poco, como si fuera de hojas secas, y el polvo de las hojas va borrándolo todo.

Suspiró y se quedó unos segundos con la vista baja. Al rato se giró con una sonrisa triste.

—¿Entiende lo del niño?

Se le habían saltado lágrimas pequeñas, como si ya hubiera gastado su reserva de dolor y dentro solo le quedase aridez.

No respondí, aunque algo entendía, y siguió un largo silencio.

—Las mujeres vivimos más tiempo y por eso debemos acostumbrarnos a irnos quedando solas —dijo de repente.

No supe qué responder. Recordé la foto sobre la chimenea y supe que se trataba de su familia al menos treinta años atrás. Estaban en el jardín de la casa mucho antes de que se convirtiera en un albergue. Mucho antes de que llegara la desgracia, la familia se dispersara y la vida para ella se convirtiera en esa soledad cercada. No, pensé, yo no conocía el horror, el verdadero horror. Parpadeaba en la pantalla del televisor, llegaba en fotos a través de los periódicos. De palabra, en esta parte del mundo, todos sabíamos de él. De palabra nada más. Pero pocos lo tenían ardiendo en el cuerpo, en los sueños.

Le pedí un cigarrillo.

Con mis indicaciones llegamos a casa de Catherine. Mimí —así me pidió que la llamara— insistió en esperarme. «No vaya a ser que tu amiga no esté». Asentí con una sonrisa irónica, pensando que era todo excepto amiga mía.

Como la noche anterior, las cortinas estaban corridas y no se veía movimiento en el interior. Mantuve apretado el timbre durante unos segundos. Aguardé dos o tres minutos interminables hasta que la colilla me quemó los dedos. Agotada por la tensión, empezaba a desandar el sendero cuando tuve la impresión de que algo se había movido a mis espaldas. Me giré bruscamente, como para sorprender a alguien. Examiné todas las ventanas de la planta baja y el primer piso. La casa parecía desierta.

—Es increíble. Todavía quedan personas que hacen esas cosas —dijo Mimí, y arrancó.

La miré interrogativa.

—Darle una sorpresa así a una amiga que vive lejos —se rio—. Debes ser alguien muy especial...

—Lea —le dije—. Soy boliviana.

—Lo sabía. Sabía que no eras de aquí. Aunque también podías ser española. Tienes un leve acento, Lea.

La miré mejor, rastreando las señales del tiempo en su rostro. Habría podido ser mi madre. Me pregunté qué clase de mujer sería yo a esa edad.

Mimí me dejó en una calle aledaña a la estación, desde donde se veía la inmensa fuente del Campo de Julio. Al despedirse, me dijo que, si volvía, no dudara en llamarla, que estaba todo el tiempo en Limoges, excepto cuando salía con su grupo de *motards*. Le pregunté a qué se refería y entonces me contó que André le había dejado su adorada Harley-Davidson y también una tarjeta de membrecía del club de *bikers* al que había pertenecido. Al principio le había costado aprender, adaptarse, pero ahora esperaba impaciente los viajes con los Électrons Libres —era el nombre del club—. Viajes que en ocasiones podían durar varios días. Había descubierto que compartía esa pasión con André, y eso la hacía sentirse viva.

—Me encanta sentir el viento en la cara —murmuró.

La imaginé con el pelo lila electrizado y las dos manos aferradas a las vibraciones del manubrio.

Antes de bajarme, en un impulso irreprimible, me volví hacia ella y la abracé. Al sentir su cuerpo tibio y frágil, de huesos pequeños como de pájaro, me estremecí. Por alguna razón, fue como abrazarme a mí misma en un punto lejano del tiempo.

3

Mamá me hacía el hielo desde el día de mi llegada. Parecía incapaz de perdonar que, en nuestra primera conversación en años, yo hubiera vuelto a la carga con lo de mi padre. Visiblemente, había olvidado la *conversación* que había tenido con él por la noche y también, claro, nuestra breve charla.

Un episodio similar se había repetido la madrugada del día anterior, salvo que esta vez yo había sentido los ruidos desde la cama: el tintineo del vaso, el gluglú del vodka en su garganta y luego, tras el chasquido del encendedor, ese olor inconfundible a cuerda quemada. Tras unos segundos, la voz de mamá, pero no la voz diurna, sino la otra: una voz tersa y fluida, como venida de otro tiempo, de otro cuerpo. Durante un largo rato habló con papá. «Pensé que éramos felices, Negro», le dijo. Y repitió la frase en un tono cada vez más herido, hasta convertirla en una pregunta que parecía hacerse a sí misma. Y después, nada. Silencio. No sabía en qué momento había vuelto a adormilarme, pero las palabras de mamá se habían quedado incrustadas como espinas en el magma de imágenes que me invadían.

Y en la duermevela vi a un hombre de más de treinta años, con el pelo alborotado, haciendo pesas en mangas de camisa a trasluz de las cortinas rojas de sol. Cuando la mujer se levanta en salto de cama, con el pelo ondulado que le cae en cascada sobre los hombros, y se acerca a él desde atrás y lo abraza, él, que en las fotos suele ponerse de puntillas para alcanzar la estatura de su mujer, parece entonces indefenso y un poco risible. Desayunan juntos con la radio encendida —se oye un merengue, la voz gangosa de Juan Luis Guerra— hasta que la intensa luz de la mañana se refleja en el mantel blanco convirtiéndolo en un estanque espejeante, de tal forma que la mesa refleja los movimientos de las cabezas al inclinarse para beber sorbitos de café con leche, las idas y venidas de las tazas, las oscilaciones de los cuchillos que untan de mantequilla las marraquetas, el gesto de los labios al soplar sobre la miga humeante. Descubro con aprensión que actúan de forma simétrica, como a los dos lados de un espejo, y el aire se ha cargado de una, ¿cómo decirlo?, *gemelitud* monstruosa. Me asomo al enorme espejo de puntitas, como para no precipitar algo que parece germinar en el aire, una tormenta invisible, y, al inclinarme, veo a una niña en pijama, con los ojos grandes y asustados.

Esa mañana, al desayunar con mamá y con Nico, aquellas imágenes aún daban coletazos en mi mente. Hacía mucho tiempo que los recuerdos de mis padres no me resultaban tan nítidos ni tan perturbadores. Era evidente: algo estaba volviendo por esos días. Algo abría los ojos después de un letargo de años. Hay momentos en que no sucede nada y, en realidad, todo está ocurriendo. Un hervor se abre de pronto en nuestro interior y las imágenes del pasado se desatan con toda su fuerza. Volver es eso. Entreabrir una puerta condenada. Por supuesto, de esto me di cuenta después, cuando los recuerdos familiares dejaron de parecerme fragmentos de una mitología frágil, y empezaron a hablarme, con una voz temblorosa pero llena de verdad, de mamá y de Lauro, del asesinato de mi padre y de mí misma.

Mientras Nico hacía dibujos o ejercicios inclinado sobre la mesita de centro, mamá se sentaba cerca, le pasaba sus dedos largos y finos por el pelo revuelto y le preguntaba cosas sobre la escuela y los amigos y también, con una sonrisa pícara mal disimulada, sobre «las francesitas». Pero Nico, receloso desde la tarde en que se quedó a solas con ella, apenas la miraba, respondía a sus preguntas con frases breves sin sustancia. Así estábamos los tres esa mañana, sumidos en un silencio incómodo apenas roto por el ruido de motores fugaces y de las cumbias monótonas que entraban por la ventana entreabierta. Éramos como tres perfectos desconocidos esperando que Lauro regresara a librarnos de ese peso.

Mi hermano era el de siempre, ciertamente capaz de ironías hirientes como la que me había propinado el segundo día, al decirme que me tranquilizara porque estaba allí de vacaciones, hermanita, pero en general era simpático, terriblemente simpático. Se había propuesto enseñarle a tocar la guitarra a Nico. «Es fácil, ves», y se sentaba con él. tardes enteras para mostrarle las propiedades de cada cuerda. Empezaron con una canción de dos acordes, *About a girl*. Nico la cantaba en un inglés aproximativo, a medias inventado. En otras ocasiones desenterraban viejos juguetes de las cajas que había en el sótano para entretenerse como si tuvieran la misma edad. Me costaba creer que Lauro fuera uno de esos hombres incapaces de comprometerse y de fundar una familia. Le había conocido solo novias de paso, porque parecía aburrirse con la misma rapidez con la que se enamoraba. Para él, todo lo que contaba en el mundo era la música. Tenía esa rara lealtad.

A veces me preguntaba cómo había logrado acercarse tanto a mamá, que siempre fue para mí una presencia tan querida como distante. Un cuerpo cálido, pero velado irremediablemente por el humo y el silencio. No podía explicarlo mejor. Me refugiaba en su regazo y acariciaba con deleite su cabellera nocturna, y ella se quedaba complacida y, al mismo tiempo, remota como un ídolo. Nunca tuve idea de qué estaba pensando ni esperé que me correspondiera, al menos no por mucho tiempo, pues comprendí que en el mundo había misterios insondables y mamá era uno de ellos. Mi hermano, en cambio, parecía alcanzarla desde siempre con una facilidad asombrosa, y ahora, después de tantos años de convivencia, actuaban como un matrimonio viejo, aunque libre de las rémoras y los pequeños rencores del amor conyugal. En ocasiones, hasta me resultaba inquietante la complicidad que traducían sus gestos más cotidianos.

No culpaba a mamá ni a Lauro, pues algo similar me había sucedido con mi padre. Un lazo más fuerte que la razón. La sensación de estar aparte en el poder de esos brazos, en la gravedad de esa voz de hombre que lo sabe todo, en el ámbito de su perfume de maderas cítricas y el picor de su mentón. Lauro nunca pudo acceder allí. Lo había intentado, claro, con la energía torpe de un cachorro que carece de las dotes que se buscan en él. Con el tiempo, pareció desalentarse frente a la cada vez menos cautelosa decepción de papá, a quien no se podía culpar tampoco, pues nunca estuvo a la altura de lo que esperaba el yayo Andreu y seguramente no conoció otra forma de relacionarse con un hijo varón. Eso incluía los chicotazos. Papá no era violento, pero, después de intentar razonar a ese niño revoltoso —que era, ¿se dio cuenta?, una réplica exacta de lo que él había sido—, se quitaba el cinturón y le daba un chicotazo. Un solo chicotazo, bien medido. A veces dos. Era su último recurso y mamá lo aprobaba.

En la adolescencia, Lauro se volvió caótico y se puso a comer con una ansiedad que parecía un espectáculo. Tras una temporada en que parecía mentira que Lauro no engordara ni un gramo y se mantuviera esbelto y altivo, dueño del misterio de los adolescentes que pueden cometer de forma impune todos los excesos, empezó a engordar lenta e inevitablemente, lo cual no pasó desapercibido, y multiplicó los consejos prácticos de mamá y los sarcasmos del padre. Pero eso era sin duda lo que mi hermano buscaba: llamar la atención. Cuando mucho después Lauro quiso volver al camino de la mesura, ya era demasiado tarde, y fue quizá lo único que no pudo corregir de su adolescencia farragosa.

En aquella época, nuestros padres no solo se pasaban la vida pidiéndole que comiera con moderación, sino que ordenara su cuarto, que se había convertido en un chiquero. Un sábado a la hora del almuerzo, sentados todos a la mesa menos Lauro, papá me pidió que fuera a despertarlo. Como no respondía a mis llamados, empujé la puerta y me topé con una penumbra maloliente. A medida que avanzaba hacia la cama, las figuras de los pósteres que cubrían las paredes —las calaveras maliciosas de Iron Maiden— parecían parpadear o moverse a causa de la luz que se filtraba por la puerta.

Alguien abrió las cortinas de un tirón y el sol de la una iluminó el desorden estremecedor que cubría el suelo: un pantano de medias enmarañadas, *jeans* sucios, revistas apiladas, platillos con migas de pan, botellas de Papaya Salvietti. Era papá. Había entrado a mis espaldas sin que me diera cuenta.

Echado en la cama con la ropa del día anterior, las manos entrelazadas bajo la nuca y los ojos cerrados, Lauro no se había enterado de nada. En el *walkman* que tenía a su lado, se veía girar la cinta de un casete, pero el cabello le cubría las orejas. Así que papá lo llamó una, dos, tres veces, y Lauro no reaccionaba. En un arranque que parecía más de desesperación que de ira, le dio un puntazo al primer objeto que encontró: la guitarra acústica. Lauro se incorporó en la cama, se quitó los auriculares y se quedó mirando la guitarra. En el cajón se abría un hueco parecido a una mueca. Ahí se levantó tambaleándose, como un gigante sonámbulo. Su cuerpo despedía un tufo de sudor agrio y de algo que no reconocí y que solo identifiqué años después. Era el olor medicinal y dulzón del ron barato. Al verlos frente a frente por primera vez en mucho tiempo, comprobé que Lauro era más alto y también más corpulento. Por su parte, papá había inclinado la cabeza y hundido los hombros en un repliegue instintivo, sin duda consciente de haber cometido una injusticia. Por un instante perturbador, papá fue el hijo y Lauro, el padre.

Habrían podido dejarlo ahí. Habrían podido mirarse a los ojos y comprender que ambos tenían parte de la culpa. Dejar de lado, por una vez, el orgullo. Después de todo, era solo una guitarra. Pero entonces Lauro dio un paso hacia él, un paso seguro y bien medido. «Loco de mierda», dijo, escupiéndole cada sílaba a la cara. El insulto inesperado me dolió en carne propia. Mi hermano nunca le había hablado así. Era inconcebible. Papá se puso pálido. Cerró los puños, apretó la mandíbula, el mentón partido se le afiló más que nunca y, en dos movimientos bruscos, se quitó el grueso cinturón de cuero. «Vas a aprender a hablarle así a tu padre», dijo entre dientes. Pero ni bien lo tuvo enrollado en la mano, Lauro lo tomó por sorpresa y se lo arrebató con una facilidad sorprendente. Papá tenía la expresión alarmada de quien va a perder el control y lucha por contenerse. Los dos se miraron durante unos segundos en que la temperatura del cuarto pareció bajar de forma repentina, como si una ráfaga de viento nos hubiera sorprendido desnudos. Sentí pánico y empecé a llorar. Papá pareció despertar de una pesadilla en la que estaba a punto de involucrarse sin remedio. Se inclinó hacia mí, me acarició una mejilla, me tomó de la mano. Su palma estaba húmeda. Salimos sin decir nada, pero, una vez fuera de la habitación, papá volvió sobre sus pasos, se paró frente a la puerta y la cerró con una ceremonia que no entendí en aquel momento. Poco después, el ruido del cerrojo, que Lauro había pasado por dentro, sonó como una condena.

Desde aquel día, su relación quedó tan maltrecha como la guitarra. El daño parecía mínimo y, sin embargo, cualquier acorde que hiciera Lauro recordaba la herida por donde se escapaba la música. Él se comportaba como si no le importara y, a la vez, parecía hundirse en un dolor que gritaba en silencio y que encauzaba en su vida nocturna. Papá actuaba como si nada hubiera sucedido, pero se volcó con más fuerza en mí. Por su parte, mamá trataba de compensarlo mimando a mi hermano con esfuerzos visibles durante el poco tiempo que este pasaba en casa.

Ahora, después de tantos años, la lealtad de Lauro hacia mamá, antes que una gratitud consciente, parecía un aferrarse del instinto que ya había olvidado sus razones. En las últimas noches, me di cuenta, se quedaba a dormir en la cama de ella, como si el cansancio lo hubiera derrotado ahí, como si le preocupara la posibilidad de que ella se apagara furtivamente durante el sueño. Dormía vestido, vivía con la camisa y los *jeans* arrugados, tenía ojeras marcadas, pero parecía orgulloso de ocuparse de ella.

En más de una ocasión traté de ayudarlo, pero él detenía mis impulsos con un gesto de la mano y sonreía como para endulzar su negativa. Las arrugas incipientes que rasgaban sus ojos me recordaban entonces la sonrisa de papá, aquella sonrisa, ya casi olvidada, de una dulzura y una fuerza insoslayables. Solo me dejaba cuidar a mamá por las mañanas, cuando debía hacer más entregas que de costumbre, y algunas tardes, cuando tenía ensayos con su grupo en vista del concierto que debían dar próximamente. Por supuesto, cuando se enteró del tumor de mamá decidió cancelar el concierto, pero ella reaccionó indignada. «Vos anulas tu concierto y yo me tiro por la ventana», le dijo. Él supo que hablaba en serio.

Mamá siempre había sido así. Nos incitaba a hacer lo que sabía importante para nosotros mientras iba borrándose. Cuando supo que el sueño de Lauro era tener un grupo de *rock*, sacó sus ahorros de meses y le compró una guitarra eléctrica de segunda mano para reemplazar la acústica, que él tocaba aún a todas horas con una especie de obstinación furiosa, como para avivar el recuerdo de papá, que por entonces llevaba más de un año muerto. Después de regalarle esa hermosa Fender color ámbar, le consiguió un profesor particular, un estudiante del conservatorio de lentes gruesos y melena grasienta que llenaba el ámbito en que se encontraba de un leve pero tenaz olor a pies. Lauro solía recordarlo con cariño. Decía que era el mejor profesor que había tenido nunca, cuando, en realidad, había sido el único. A veces mamá no podía pagarle, pero encontraba soluciones inmediatas y convincentes. Le pedía que se quedara a cenar y luego le regalaba las chompas o las camisas de papá que, por algún motivo, Lauro se negaba a vestir. Y el estudiante del conservatorio se iba feliz, porque era ropa fina.

Al enterarse de que yo quería ser escritora, mamá armó una gran estantería en mi cuarto, empotrando los anaqueles en la pared con una perforadora, y a pesar de que los libros no le interesaban demasiado, se pasó toda la tarde ordenándolos conmigo. «Somos una familia de artistas», dijo entonces con una punta de orgullo. Repetiría a menudo esa frase en los años posteriores, aunque en un momento dado empezó a decirla con cierta ironía.

Mamá había pintado durante años con una fiebre de artista torturada, pero después la vida la llevó por otros rumbos. Por uno solo, en realidad: el de los hijos. Se entregó a nosotros por completo, a plena conciencia, como si se zambullera en las entrañas de un volcán. Empédocles se tiró al corazón del Etna pensando que de aquel modo se convertiría en una especie de dios. Y si algo inmortal tenemos las personas, por insignificante que parezca, ¿no reside precisamente en nuestros hijos? Con el tiempo, sin embargo, se hizo evidente que el abandono de la pintura le había dejado a mamá un vacío por donde parecía escaparse el sentido de su vida. Aquella tarde, observándola mientras ordenaba los libros en los estantes nuevos, pensé: tal vez no quiere que nos pase lo mismo.

A papá, en cambio, el arte siempre le pareció un asunto bizantino. Sí, bizantino. Esa era la palabra que usaba. A él lo que le interesaba era la política. Su interés era desapasionado sin llegar a ser frío. Era, ¿cómo decirlo?, el de un entomólogo a quien le divierten las evoluciones de un hormiguero. Descreía por igual de la derecha y de la izquierda, lo cual no le impedía despotricar contra los políticos de turno, como si, a pesar de su escepticismo, le fuera imposible renunciar a la esperanza. Le fascinaba el asunto de la obtención y la conservación del poder. Su libro de cabecera era *El príncipe*, que tenía en una edición quebradiza y de portada casi infantil, una de esas ediciones dudosas que vendían los libreros callejeros en el atrio de la UMSA. Pero era como si disimulara alguna vergüenza, porque tenía el libro enterrado en su velador bajo una pila de ejemplares de *El Gráfico*.

Así era papá. El legado libresco del yayo Andreu latía oculto bajo las capas de una identidad que él había ganado para sí mismo en la calle, a puñetazos y patadas, y también, claro, en las canchas de fútbol. «Fuerte como un león y astuto como un zorro», decía citando a Maquiavelo, «así hay que ser en la cancha». También: «Cuidate de la gambeta corta, Lea». La gambeta corta era la solución fácil, el atajo sin méritos, la viveza criolla, todo lo que tenía cagado a este país rico en recursos, Lea, lo que nos tendría cagados por siempre. «Hay que estar siempre alerta: mirar más allá, siempre más allá, para ver la jugada», era otra de sus frases recurrentes, y la decía sin que fuera posible saber con certeza si hablaba de fútbol o de la vida.

Solía ir al Hernando Siles con sus amigos para ver los partidos del Bolívar, pero no a la curva norte, donde estaba la barra del club, sino al sector de la general, pues allí, en el medio tiempo, se comían los mejores sándwiches de chola de La Paz. Entre irritada y burlona, mamá afirmaba que esa era la verdadera razón por la que papá no se perdía un solo partido, y él se limitaba a asentir, risueño. Otras veces mamá le aseguraba que, si seguía así, terminaría como el padre de una amiga suya, que murió de un ataque al corazón por fanático. Sucedió tras gritar con todas sus fuerzas el quinto gol de Bolivia contra Brasil en la final del Campeonato Sudamericano, que le daba a la selección no solo la victoria, sino también el preciado trofeo por primera vez en su historia. El pobre hombre, de apenas treinta y dos años, cayó de bruces, fulminado por su propio entusiasmo, en medio de la celebración atronadora en las graderías del estadio Félix Capriles. Nadie descubrió el muerto sino mucho después, cuando ya el estadio estaba prácticamente vacío. Papá escuchaba con interés divertido esta y otras anécdotas, pero no le hacía caso, y al final, mamá dejó de mandarle indirectas y acabó por reprocharle, ya sin pizca de humor, que pasara tantas noches fuera de casa.

Papá iba a menudo al estadio, era cierto, y además se quedaba a festejar con sus amigos hasta altas horas de la noche, pero si al día siguiente era sábado, podíamos estar seguros de que se levantaría puntual, porque nunca le fallaba a su equipo. Era rápido. Cuando aceleraba por el carril derecho con el balón pegado a los pies resultaba imparable. Una tarde, al final de un partido accidentado, se agarró a puñetazos con el defensor que lo había barrido de mala manera al borde del área. Nadie los separó y, cuando todo hubo terminado, se dieron un apretón de manos que parecía sincero. «Vale más darse duro y después hacer las paces», dijo entonces, «que pasarse la vida hablando mal del otro».

Más de una vez intentó enseñarme a hacer técnicas o a efectuar alguna gambeta que dejara boquiabiertos a mis compañeros de colegio. Una vez le pregunté por qué Lauro no jugaba con nosotros. «No sirve para esto», suspiró, «el pobre tiene dos pies zurdos». Yo resulté aún más torpe, pero nunca me lo dijo ni me lo hizo sentir. La verdad era que mi hermano y él se distanciaban sin remedio. Para mi padre, que un adolescente se pasara la tarde encerrado en su cuarto en vez de hacer deporte al aire libre era no solo una costumbre contra natura, sino una provocación personal, carajo. Mamá respondía que su hijo era un artista y no un forajido, como llamaba a los que se pasaban la vida mugrosos y con la ropa hecha jirones, revolcándose por un balón. «No sé por qué me casé con un forajido», le decía a papá, y le pasaba los dedos largos y anillados por el pelo corto y negrísimo. Él sonreía con sorna: «Yo no sé por qué me casé con una rompehuevos».

Era un misterio cómo dos personas tan distintas habían acabado juntas. Nadie los obligó a casarse. Ni siquiera un embarazo accidental. Ellos se eligieron y fueron felices, al menos por un tiempo. Ahora, después de tantos años, los recuerdos de mis padres y mis abuelos flotaban en los rayos de sol que se filtraban por las ventanas sin cortinas, como para llenar un vacío cada vez más grande. Mientras Nico se entretenía y mamá me ignoraba con una frialdad fingida, me senté en el sillón de patas de león a que el sol me calentara las extremidades, y me puse a recordar mis muertos.

Mis padres se conocieron a través del tío Luis. Papá y él cursaban en la UMSA el tercer año de Economía, y mamá, en cambio, acababa de dejar la carrera. Eran los días confusos en que, ante la resistencia estudiantil al golpe de Estado, Banzer cerró la universidad y estableció el toque de queda. Sin duda, aquellas largas veladas que mis padres pasaron encerrados en un ámbito de clandestinidad, conociéndose al calor de la música y los tragos, resultaron decisivas para enlazar sus destinos. Lauro nació tres años más tarde, cuando nuestros padres ya se habían establecido en la casa de Calacoto, y mis abuelos paternos aún vivían.

La unión de mis abuelos resultaba aún más extraña. ¿Qué hacían juntos una religiosa sin hábito y un ateo progresista? Era uno de esos misterios que se perdían en las anécdotas de nuestra mitología familiar. Tal vez ni ellos mismos lo supieran muy bien. Eso sí, parecían más unidos que la mayoría de los matrimonios viejos. Si bien tenían rutinas opuestas y mentalidades irreconciliables, una simple caricia en la mano o un cruce de miradas cómplices parecían borrar la distancia. Más aún sus famosos viajes al exterior —a cualquier parte menos a España—, de los cuales volvían con anécdotas graciosas, postales y fotos de dromedarios y pirámides, y *souvenirs* como muñecas hawaianas de cuerda que movían la cintura al compás de su propia música. Era en el curso de aquellos viajes cuando parecían deshacerse de todo lo que los oponía, y regresaban de ellos tan cercanos y secretos como cuando eran novios, como si hubieran mandado al carajo la realidad con sus sistemas y categorías.

Del yayo Andreu conservaba la imagen de un anciano taciturno, que rara vez mostraba su cariño, excepto hacia la abuela Rita, por quien tenía una devoción que no parecía opacarse con los años. Se sentaba a la cabecera de la mesa y desde allí regía la vida familiar casi sin palabras. Cuando quería imponer orden, golpeaba la mesa con ese puño suyo, enorme y pálido, que me daba miedo. Una de las pocas veces en que lo vi sonreír fue cuando le dije que yayo era un nombre muy feo y que sus padres debían haberle puesto Andreu a secas. «No es un nombre, *collons*», se rio. «Es abuelo en catalán». Aquella respuesta era un buen ejemplo de lo lacónico y lo florido de sus frases. Andreu murió sin que yo tuviera la más mínima idea de quién había sido. Papá me contó su historia en varias ocasiones, enriqueciéndola cada vez con nuevos detalles, pero, en cierta forma, era la voz de Andreu la que se oía aquellas tardes. De tanto en tanto, papá imitaba su acento duro y cerrado como un escupitajo, y era como si el yayo volviera a la vida en el soplo del relato.

Papá contaba que Andreu era barcelonés y que, con solo diecisiete años, perdió a sus padres y se alistó en las filas republicanas. Hacia el final de la guerra, la unidad en que combatía fue atacada por un escuadrón de anarquistas que les habían tendido una emboscada a las afueras de Barcelona. Se había desatado una guerra dentro de otra, hija. Anarquistas y comunistas empezaron a matarse entre ellos. Andreu formaba parte de una unidad maltrecha en la que los soldados se consideraban resistentes, pues a medida que pasaban los meses y les llegaban noticias del curso de la guerra, crecía en ellos la sospecha de que el bando republicano ya había perdido. Y entonces, una tarde helada de diciembre, los anarquistas les cayeron encima. Aprovechando la confusión de la balacera, él y un compañero suyo se ocultaron en el bosque. Desde su escondite entre los pinos, oían los disparos y los gemidos de sus compañeros al caer. De pronto se desató la lluvia y ya no se oyó nada. Herido en el muslo, Andreu no habría podido sobrevivir de no ser por su amigo, que lo ayudó a avanzar entre los árboles hasta que divisaron una masía.

Forzaron una entrada y, una vez en el interior en penumbras, se dijeron que al menos no morirían de frío. Pero el amigo murió aquella misma tarde. El yayo lo miró comerse un bote entero de garbanzos crudos que había encontrado en una alacena y luego revolcarse como si estuviera poseído. En eso apareció un viejo con cara de loco y encañonó al yayo con un fusil de caza. Si no lo mató fue porque lo encontró abrazado al cuerpo tembloroso de su amigo y sin fuerzas para llorar.

Fueron días confusos. Por suerte, Andreu solo había sufrido una rozadura de bala y el viejo le curó la herida con sus dotes de antiguo ganadero. También lo revitalizó con una dieta de papas y nabos cocidos, que era lo poco que daban sus tierras, y solo en ocasiones especiales amenizaba las sopas aguadas con tiras de carne de liebre. Lo trataba como a un hijo, o más bien como a un nieto, porque era muy mayor. Viudo prematuro, había perdido a sus tres hijos en la guerra y acabó por convertirse en una especie de ermitaño. El yayo sospechaba que estaba loco: tenía una barba nevada de druida que se negaba a cortar, porque, según decía, su crecimiento le ayudaba a mantener vivo el sentido del tiempo.

Una vez recuperado, con una bolsa de comida que le ha dado el viejo, Andreu toma carreteras secundarias y senderos agrestes y milagrosamente llega hasta Barcelona. Bajo un cielo gris y opresivo, su querida ciudad se ha convertido en un desierto de avenidas sombrías donde el viento arrastra por igual papeles, cenizas y siluetas fantasmales. Entonces se da cuenta de que, perdidos sus padres, perdida la causa, perdida su ciudad, ya no le queda nada allí. Por un momento piensa en huir hacia la frontera francesa, pero, buscando a alguien a quien arrimarse, se entera por uno de los grupos fugitivos de que Francia no es una buena opción. Al parecer, los gabachos encierran a los refugiados españoles en la playa de Argelès. Allí se amontonan hasta perderse de vista y vagan todo el día de un lado a otro, enfermos, hambrientos y con la mirada perdida, como si les hubieran extirpado el alma, *em cago en Déu*. «No eres más que un muchacho», le dicen. «Ven con nosotros». Con el corazón oprimido, el yayo acepta. Esa misma noche aborda junto a ellos un barco clandestino y huye para siempre.

¿Cómo acabó en La Paz? Era un misterio, hija. Él pensaba que tuvo que pasar antes por Buenos Aires, pero el yayo se negaba a contar esta parte de la historia, así que un año entero de su vida quedaba envuelto en el más completo silencio. Una vez aquí, empezó a estudiar Historia en la u y vivía de hacer trabajos de carpintería, porque era el oficio que le había enseñado su padre.

El yayo se doctoró y obtuvo un puesto de catedrático en la UMSA. ¿A que parecía un señor tranquilo, sin otra historia que contar que la de la guerra civil? Pues no era así, hija. Poco antes de terminar sus estudios, estuvo preso por actos subversivos. En algún lugar del Altiplano, en una escuelita que habían convertido en centro de torturas, los milicos de RADEPA lo levantaban con los gallos, lo duchaban con baldazos de agua helada y le daban a la fuerza cucharadas de aceite de ricino. «Muérete de una vez, gallego de mierda», le decían los milicos. «Fascistas de pacotilla, *no valeu ni un pet de puta*», les respondía él. Y así hasta que una mañana lo sacaron a empellones de su celda. En el patio, lo hicieron formar junto a los otros presos contra una pared de adobe y le quitaron las esposas. En el aire se respiraba el nerviosismo de los milicos, que formaban un pelotón de fusilamiento en medio de cuchicheos y carajazos. Se oyó la voz de mando y los milicos levantaron sus rifles y apuntaron. El yayo supo que iba a morir y, por un segundo eterno, miró el sol que ascendía en el horizonte, borrando las nubes y la llanura del Altiplano, y cerró los ojos. No lo estremecieron los disparos sino las risas. Los milicos se estaban riendo a carcajadas.

Solo una vez en La Paz se enteró de todo. Una turba furiosa había entrado en el palacio de Gobierno y había sacado a rastras a Villarroel. Lo arrastraron por la calle, lo golpearon, lo apuñalaron y lo colgaron de un farol de la plaza Murillo como a una marioneta de carnaval. Es terrible decirlo, hija, pero de no ser por eso, seguramente el yayo habría muerto a manos de los milicos. Solo lo liberaron porque sabían que pronto habría un cambio de Gobierno. Así funcionaba este país, hija.

Yo sabía, porque lo había visto, que la madurez del yayo fue sosegada y sucedió a fuego lento entre las comidas familiares, las tardes en su despacho, las publicaciones de sus artículos en revistas universitarias y un gustito puntual que, en sus últimos años, se volvió cotidiano. Cuando el sol empezaba a bajar, se retiraba a su cuarto y, con movimientos pausados, se quitaba los zapatos y el pantalón, el saco gris y la camisa a cuadros, doblaba las prendas con ceremonia y las depositaba en el sillón rojo de patas de león. La camiseta blanca de tirantes revelaba las formas redondas del pecho y la barriga, y los calzoncillos, unos muslos largos y pálidos. En el izquierdo, casi a la altura de la ingle, era visible la cicatriz que dejó la bala anarquista. «Me rozó las joyas de familia», decía él, entre solemne y burlón.

«Aquel día peligró la estirpe de los G». Ponía un almohadón de plumas contra el respaldo de la cama y se deslizaba bajo sus pesadas frazadas grises. Pasaba veladas enteras con una copa de coñac y un buen libro, bañado en la luz naranja de la lámpara del velador.

Nunca pudo inculcarle a papá su pasión por los libros. Despreciaba el fútbol y le parecía preocupante que su hijo pasara sus horas libres corriendo en alguna cancha o bien metido en la cocina con la madre y la sirvienta, moviéndose entre faldas y polleras, *em cago en Déu*. Sin embargo, aunque no lo admitiera, papá lo admiraba. Si no, ¿por qué me contaba una y otra vez su historia como si fuera una especie de mito?

Andreu pasó sus últimos años escribiendo unas memorias que luego destruyó. Se sentaba a su escritorio con una pipa apagada entre los labios y golpeteaba su vieja Remington. Eran páginas que nunca le mostraba a nadie y que acabó quemando en una fogata de San Juan. Al día siguiente, papá descubrió los rescoldos del libro en un rincón del jardín. Qué gran pérdida para todos, hija. ¿Me imaginaba?

Un año antes, se había ido la abuela Rita. Mamá decía que era tan sigilosa, que cuando se deslizaba por los pasillos sobre sus patines de tela, daba la sensación de que había fantasmas en la casa. Sin embargo, todo parecía funcionar allí gracias a su actividad incesante. Su vida era casi monacal, y no era raro pensar así, porque era una persona muy religiosa, que al morir le legó baúles enteros de ropa fina y joyas de ley a una institución social de El Alto.

En la madurez, Rita tenía una rutina ritmada por la misa, el rosario y el juego del solitario a la mesa del comedor, con el sol ya bajo, y nunca faltaban el café con leche ni el humo del cigarrillo que parecía acompañar como incienso la celebración de un rito sagrado. Se movía en un ámbito de discreción casi misteriosa: pasó por el mundo como sin querer levantar el polvo a sus pies. Era tan angélica, que se conservaba de ella una idea casi abstracta y se les escapaba de las manos a quienes intentaban describirla. Papá la idolatraba. Decía, por ejemplo, que en su juventud la abuela Rita había estado en un grupo de teatro universitario y que así era como Andreu y ella se habían conocido, pues Andreu dirigía aquel grupo. Que debido a ello y a la diferencia de edad, su relación causó revuelo en aquella época. Que Rita era alegre y bailaba el charlestón con los patines puestos. Que, a pesar de ser tan religiosa, estaba a las antípodas de la seriedad y la solemnidad del yayo. Que era la ligereza misma.

De niño, papá fue testigo de una escena que lo marcó. Una tarde llamaron a Andreu para anunciarle que había ganado un premio académico. Recibía la noticia en la sala cuando, desde el fondo del pasillo, llegó un rumor de cascada. Andreu se volvió y descubrió a su mujer sentada en el inodoro con la puerta entreabierta. Ceñudo, la fulminó con la mirada, como para darle a entender que se trataba de algo importante. En lugar de avergonzarse o de cerrar la puerta, Rita se echó a reír. Y el brillo de su risa no hizo más que acentuar el ruido alegre de sus aguas. ¿Me daba cuenta, hija?

Sin embargo, cuando se enteró de lo que significaba *em cago en Déu*, la relación tembló en sus cimientos. «¿Cómo te vas a cagar en Dios?», le gritó, fuera de sí. «Te aguanto que no vayas a misa, te aguanto que seas pagano, pero no voy a aceptar jamás que digas barbaridades tan grandes». Pagano, le decía, y no ateo, como si temiera demasiado las implicaciones de esa otra palabra.

El yayo, que no se había doblegado bajo las duchas heladas ni el purgante del ricino, se rindió ante ella y le prometió que nunca más blasfemaría.

La vida de Rita había transcurrido prácticamente tras muros domésticos y esa tendencia se había afianzado con el tiempo. Su rutina austera no tenía resquicios, excepto los sábados, porque entonces la casa se llenaba del perfume cálido de las empanadas de queso y la fragancia dulce de las humintas, el chillido de las teteras, el taconeo nervioso de los zapatos de medio tacón, el vocerío chillón y las risas escandalosas de las señoras que venían a jugar al rummy. Espiaba a esas mujeres mayores desde el vano de la puerta del comedor o me deslizaba debajo del mantel como un animalito acorralado por los picoteos de los zapatos, hasta que la mano de mamá me llevaba de regreso a mi cuarto.

Solo una imagen conservaba de la abuela Rita: la de una anciana de una belleza sólida y ojos apacibles que me tendía la mano desde su sitio en la cabecera de la mesa, en una de esas tardes de solitario y café con leche, y que me sonreía con una cercanía inmediata que nunca me mostró el yayo Andreu. Era la cercanía de una niña que había envejecido casi sin darse cuenta.

Papá guardaba una foto de ella, en un marco de plata, dentro del cajón del velador. Aparecía joven, con guantes blancos de encaje, trenzas lustrosas y una sonrisa enigmática de Mona Lisa. Una mañana, por la puerta entreabierta de su cuarto, vi a papá rezar de rodillas, con el retrato a la altura de los ojos, como si fuera el de una santa. Mamá estaba en la ducha, creo, y él hablaba casi en susurros, pero pude oír lo que decía. Con fervor, le pedía a la abuela Rita que lo protegiera. Le pedía que nos protegiera. Hoy recuerdo aquella escena y no puedo evitar un estremecimiento.

Extrañamente, los recuerdos de mis abuelos me resultaban más nítidos que los de mi propio padre. Era culpa de mamá, tan dispuesta desde siempre a hablarme de su familia y de sus suegros, pero nunca de él. Sí, era ella quien lo había mantenido oculto todo este tiempo. Su silencio obstinado lo había hecho difuso y el paso de los años lo había diluido peligrosamente en un limbo lechoso, como el de la luz matinal que entraba ahora por la ventana, y que se parecía tanto al olvido. Así que empecé a juntar las piezas que me quedaban.

Papá era intenso y táctil, y sus caricias me dejaban en la piel un rastro trémulo. El mentón partido le daba un aire de actor de la época, pero su complexión seca delataba su naturaleza nerviosa. Se movía por el mundo con cierta elegancia joven, informal. Era un marido atento. Nunca faltaba, en casa, un detallito para mamá. Una nota, un ramo de flores, un piropo intencionadamente exagerado y cómico, que a ella le arrancaba una sonrisa aun en los momentos de tensión.

Su vida quedó a medias, como los numerosos proyectos que empezó y dejó inconclusos. Cuando ya estaba en cuarto año, abandonó intempestivamente la carrera de Economía y comenzó la de Derecho. Estudió dos años y medio, y también la dejó. Pasó un lustro trabajando en el Banco Mercantil y por fin, en 1987, cuando ya tenía treinta y cuatro años, volvió a la carrera de Economía, repitió el último año con éxito y empezaba a esbozar su tesis cuando, por algún motivo, decidió abandonar la u de forma definitiva. «Ahora sé de todo un poco y de un poco, nada», bromeaba. Le gustaba reírse de sí mismo. Era sin duda una reacción instintiva a la educación del yayo Andreu, que lo había aplastado bajo el peso homérico de su biblioteca.

Me quedé mirando a mamá y, una vez más, traté de descifrar los motivos inconfesados que la habían empujado a desplazar el recuerdo de papá hacia el blanco del lienzo, tal vez esperando que su recuerdo fuera destruido, como tantas cosas en su vida. Estaba sentada a la oriental en el sofá, como una impenetrable figura religiosa. Sobre el camisón, llevaba un saquito de lana marrón cubierto de pelusas que brillaban al sol como filamentos eléctricos. Tenía la mirada perdida.

Sentí vértigo. Esos ojos color miel de caña, las cejas arqueadas como en un gesto de seducción o de ironía, también su voz, sus manos, sus historias, las dichas y las secretas, eran imágenes de un mundo que, con cada latido del tumor, se agrietaba un poco más. Pronto, de las dos familias —de esa confluencia mamífera y solar que son las familias—, solo quedaríamos Lauro y yo.

Intenté controlar un malestar desconocido, como si estuviera en una azotea, asomada al vacío, y algo me empujara hacia delante, hacia el azul insondable del cielo.

Mi familia materna era de Yacuiba y había llegado a La Paz en octubre de 1967, poco después de que el Gobierno del general Barrientos comunicara, con gran bombo mediático, que Ernesto Che Guevara había muerto en combate en algún lugar de Vallegrande. Mamá recordaba que, al llegar a La Paz, no se hablaba de otra cosa. La gente oscilaba entre la compasión y el alivio frente a la imagen de ese Cristo inesperado con el torso desnudo y los ojos abiertos que estremecían porque parecían mirar desde la muerte. Tenía entonces dieciséis años y su mayor preocupación era hacer nuevos amigos y adaptarse a esa ciudad helada y montañosa donde el corazón no la dejaba respirar.

El viaje a La Paz duró dos días con sus noches, pernoctando y haciendo pausas diurnas, aquí y allá, a lo largo de la carretera que el régimen acababa de inaugurar, en una vieja camioneta Chevrolet cuyo motor expiró ni bien llegaron. Horacio nunca pudo repararla, así que la vendió como chatarra y la olvidó como había olvidado durante años a las reses sacrificadas por su dejadez en las tierras legadas por sus padres.

Horacio había estudiado contabilidad en la Argentina y heredado una casona decimonónica de aspecto colonial, de paredes gruesas y suelos de madera, enclavada como un enorme hongo amarillo en medio de las tierras de pastoreo. Pero Horacio nunca logró ser el ganadero que su padre quería que fuese. Georgina venía de una familia más bien modesta. Su padre era un italiano de pasado oscuro, funcionario de la aduana, que siempre ocultó las razones por las que dejó la Nápoles de su nostalgia. Después de lustros de arduo trabajo para salir adelante, al napolitano lo deslumbró la posibilidad de que su hija se casara con un heredero, sin saber que Horacio dejaría morir su hacienda y se convertiría en un simple funcionario como él. Vio crecer a sus nietos, pero no vivió lo suficiente para presenciar el despido de Horacio ni la caída en desgracia de la familia.

Con su parsimonia habitual, Horacio estuvo varios meses buscando trabajo sin éxito. Cuando la situación económica ya era insostenible, un familiar suyo le consiguió un puesto de contable en la administración pública de La Paz. Fue la salvación. Otro motivo de dejar Yacuiba fue la salud mental de Georgina, que se había degradado en los últimos meses debido a las zozobras económicas. Horacio vendió la casona y una porción de sus tierras para costear la mudanza y, a través de su familiar, adquirió una casita en Miraflores, un barrio que entonces era nuevo y prometedor, habitado por gente trabajadora, y no muy caro en comparación a Sopocachi o el centro.

Años después, empujada por Georgina, que auguraba un gran porvenir para su hija, mamá se matriculó en la carrera de Economía de la UMSA. Al principio, debido a sus aspiraciones artísticas, mamá opuso una larga resistencia, y su padre la apoyó. Pero Georgina tenía la última palabra en ciertas cosas, y así fue con los estudios de mamá. Si bien era tan machista como cualquier hombre de su tiempo, Horacio evitaba los conflictos a cualquier precio y acabó cediendo. Sus hijos conservarían de él la imagen de un padre bonachón y casi siempre absorto, que se la pasaba canturreando tangos y haciendo dibujos alucinados en las servilletas de papel mientras Georgina mantenía la casa a flote. Pero cada cierto tiempo él la llevaba al psiquiatra como se lleva al dentista a una niña rebelde, y la medicación que allí le daban a cuentagotas, y que él guardaba celosamente en lo alto de su ropero, había logrado atenuar los impulsos más feroces de su esposa. Así que, a pesar de todo, era Horacio quien mantenía a la familia unida, o al menos eso decía mamá.

Mamá llevaba un año en la u cuando su padre murió de forma inesperada. A través de un notario, supieron que Horacio les legaba a sus hijos un pago de casi diez hectáreas en Yacuiba. La casita de Miraflores era para Georgina, pero esta recibió la noticia como una afrenta. A pesar de las ásperas protestas de su madre, el tío Luis vendió el terreno a unos ganaderos argentinos que querían agrandar su finca. La suma era considerable y se la repartió a partes iguales con mamá. Fue la liberación que ella había estado esperando.

Casi de inmediato escapó de la casita de Miraflores, alquiló un cuarto en Sopocachi, tiró a la basura su viejo caballete y compró uno nuevo, también lienzos, paletas, pinceles y óleos de primera calidad. Yo imaginaba ese cuerpo de niña espigada —con la cola de caballo que le llegaba a las corvas, pantalones de tela clara y chompas de cuello de tortuga cuyos colores alegres (verde limón, amarillo canario, naranja ladrillo) la hacían ver aún más flaca de lo que era—, yendo de una tienda a otra y sacando las cosas de los estantes con un entusiasmo febril. Sin demora, se puso a pintar en aquel cuartito bohemio que daba a la avenida Aspiazu. No sé cuánto tiempo duró, pero mamá recordaba aquella época como la más intensa y libre de su vida. Trabajaba durante el día y por las noches salía con sus amigas o con el tío Luis. Fue en una de esas incursiones nocturnas cuando su hermano le presentó al Negro. Un tipo mayor que ella, nada feo, pero tan flaco que daba pena. Sin que mamá lo sospechara, ya había empezado a sucederle la vida, irremediablemente.

Ahí estaba ahora, sentada frente a mí y envuelta en ese silencio sin fisuras, como si yo no existiera, como si el tiempo no existiera. Una niña enfurruñada a dos pasos de la muerte. Nico había terminado sus ejercicios. Echado bocabajo en la alfombra —tan gastada que sus rombos, originalmente vinotinto, eran de un rosa anémico— jugaba con los muñecos de He-Man que alguna vez pertenecieron a mi hermano. De tanto en tanto, mamá y yo nos mirábamos como desde muy lejos. Así que, ni bien regresó Lauro, me levanté y me puse las botas. «Nos vemos más tarde», dije. Mamá hizo como que no oía. Mi hermano asintió, distraído. Tomé a Nico de la mano y salimos.

—¿Por qué la abuela no quiere hablar contigo? —me preguntó ya en la calle, intrigado.

No respondí.

—¿Adónde vamos?

—A la casa.

Su voz se oyó casi sobrecogida:

—¿A casa?

Apenada, negué con la cabeza. Pero casi enseguida pensé que sí, que de alguna manera volvía a casa. Para mí solo había habido una en el mundo, y era como el laberinto en que estaba contenida la luz de mi niñez.

4

—Raphaël no quiere hablar contigo. —Tardé unos segundos en reconocer la voz de Catherine. Era la tercera vez que la llamaba esa mañana y que me dijera eso, así, de sopetón, me dejó sin habla.

Estaba en un café cerca de la estación de trenes de Limoges, sentada frente una taza de té humeante. A pesar de haber dormido bajo una manta, desde la noche anterior tenía la sensación de haber perdido irremediablemente el calor del cuerpo. Solo atiné a preguntar:

—¿Estás con él?

—Mira, Lea, ya me dijeron que has ido a casa anoche, pero no insistas. No estamos en casa.

Indignada, le pregunté:

—¿Te habría matado contestarme ayer al teléfono? No sabes los apuros que...

—Nico está bien —me cortó—. Por favor, no insistas en llamar.

Con rabia, deteniéndome en cada sílaba, le dije:

—Es mi hijo.

«Desgraciadamente», había respondido Raphaël.

—Claro —respondió ella—, nadie dice lo contrario. Pero Lea, si quieres un consejo, de nada sirve insistir con Raphaël en este momento. Dale tiempo.

—Dime dónde están.

Catherine suspiró exasperada.

—Escúchame bien: o me dices dónde están o ahora mismo llamo a la policía.

Colgó. Mi cuñada nunca me había caído bien, pero en ese momento comprendí que la odiaba.

En un rincón de la cafetería, suspendido a dos metros por encima de las mesas oscuras de formica, un televisor mudo latía con escenas de familias náufragas socorridas en playas sucias y tristes. «Crisis de refugiados», rezaba el título en rojo. El reportaje finalizaba con la imagen de una voluntaria alta y rubia, de chaleco amarillo, abrazando a una niña morena con una cinta roja en el pelo, envuelta en una de esas mantas térmicas que parecen papel de aluminio. En el andén esperé el sol, deseando que esos rayos matutinos me devolvieran el calor perdido. Fue inútil.

Llegué a Toulouse a la hora del almuerzo. Como no me quedaba ni un centavo, tuve que ir caminando desde Matabiau hasta la colmena. El calor resultaba aplastante y las calles estaban casi desiertas. La ciudad rosa estaba cubierta de un polvo grisáceo. A pesar de que anduve por las orillas del Canal du Midi bajo la sombra de los plátanos, el calor no hizo más que ir en aumento. Esa ciudad, que siempre me había parecido tan bonita, como de juguete, ahora resultaba dura, impenetrable como un bloque de piedra. Pasé por el centro, donde los cafés y los restaurantes estaban semivacíos. Sedienta, por un momento pensé en entrar y pedir aunque fuera un vaso de agua, pero seguí de largo, enfilé la larga y estrecha rue Pargaminières, donde los olores de cordero asado y papas fritas de los sucesivos kebabs inundaban el aire abrasador del mediodía. Luego crucé el Pont Saint-Pierre. Allí la brisa parecía levantarse del río y me alivió un poco antes de continuar la marcha por avenidas y calles que parecían abandonadas, cocinadas a fuego lento por un sol hinchado como un enorme tumor rojo.

Al llegar a la colmena, ardía en un pensamiento fijo: Raphaël se había llevado a Nico. Ya ni siquiera me importaba que se hubiera ido él. Que se largara si quería; que se fuera con sus padres a París o que se mudara a la China si se le antojaba. Ahora mi rabia se concentraba en ese acto odioso, sin nombre: se había llevado a mi hijo. En el estudio hacía un calor de asfixia. Entorné las persianas y me di una ducha fría.

Hubiera preferido evitarlo. Pero ya había tenido pruebas suficientes de que Raphaël no estaba dispuesto a ceder. Mi paciencia y mi incredulidad habían llegado a su límite. Decidí que esa misma tarde acudiría a la comisaría más cercana. Al salir de la ducha, mi celular vibraba. Nada más contestar, escuché la voz ansiada y temida.

—Lea, tienes que entender que todo esto es provisional.

El corazón empezó a latirme con fuerza.

—Tienes que darme tiempo, Lea.

—¿Tiempo?, ¿tengo que darte tiempo? —estallé—. ¿Quién te has creído?

—Todo esto es provisional —repitió, impasible—. Solo dame tiempo.

—No necesitas repetirme las cosas como si fuera idiota. Yo no tengo que darte nada. El que tiene que darme explicaciones eres vos.

Se rio.

—Lea, mientras no tengas el valor de explicarme y de explicarle a tu hijo por qué hiciste lo que hiciste, no tenemos nada de qué hablar.

—Pasame con mi hijo.

—No creo que sea buena idea. Estás muy alterada y solo vas a preocuparlo. ¿Eso quieres?

Busqué la voz en mi garganta y hablé con todo el aplomo del que fui capaz:

—Voy a ir a la policía, Raphaël. Esta misma tarde.

—Lea, si vas a la policía, te vas a arrepentir. —Su tono era extrañamente dulce. No podía creer lo que estaba escuchando.

—¿Crees que me vas a asustar?

Suspiró. Se oyeron voces, y luego una risita sofocada de Catherine, que se puso al teléfono.

—Lea, ¿de verdad vas a denunciar a un abogado respetado, socio de uno de los bufetes más poderosos de Toulouse? ¿A un Leroy? —Y luego, con una frialdad cortante—: Raphaël tiene razón, realmente estás mal de la cabeza.

—No me vas a intimidar.

—¿Intimidar? Qué palabra tan fea. Solo quiero apelar a tu razón, si es que te queda un poco.

—Me estás amenazando.

—Definitivamente, qué vocabulario. Dime otra cosa: el estudio en que estás viviendo es legal, ¿verdad?

No contesté.

—Te lo pregunto porque sería una lástima que, al acudir a la policía, te pidieran tu dirección, como suelen hacer, y se dieran cuenta de que estás viviendo en situación irregular.

Oí de fondo la voz de Raphaël: «Basta».

Colgaron.

Me sequé la cara y me miré en el espejo. Tenía los ojos vidriosos. Me toqué la frente. Ardía. Cerré por completo las persianas y me eché en el colchón sin sábanas.

Recibí este mensaje de Raphaël: «No te preocupes, yo te voy a llamar. Paciencia, Lea. Todo esto es temporal».

No sé cuántos días pasé dando vueltas, empapada de sudor, en el colchón sin sábanas. Fueron días confusos. De ellos me queda una sensación de sed implacable. Solo me levantaba para tomar agua del grifo. De vez en cuando, el hambre me daba punzadas en el sopor febril en que me debatía. Hasta que una tarde comprendí que ya no aguantaría más viviendo así.

No me sentía con fuerzas suficientes para ir hasta el café de Saint-Cyprien, donde creía haber olvidado mi tarjeta de crédito, así que me puse a buscar dinero entre mis cosas. En el fondo de la caja que había dejado a medio vaciar descubrí un bolso viejo y, dentro, entre los paquetes vacíos de chicle y las ligas para el pelo, un puñado de monedas. Me pareció una pequeña fortuna.

Bajo el sol aplastante de las tres, caminé hasta la *épicerie* más cercana, compré una *baguette* y un queso *gruyère*, pero después de los primeros bocados sentí náuseas. En la farmacia, me pareció milagroso que las monedas alcanzaran para comprar una caja de paracetamol. Ya de regreso, al subir las gradas, todo se puso negro y tuve que apoyarme contra la pared y esperar a que volviera el equilibrio para seguir subiendo.

Llamaba alternativamente a Raphaël y a Catherine en los intersticios de sueños agitados. Me movía la furiosa necesidad de saber dónde estaban, qué demonios estaba pasando. Acostada en el cuarto con las persianas entornadas para evitar la luz hiriente del verano, tenía algo de fiebre todavía y, sobre todo, demasiado tiempo para pensar.

Con un malestar creciente, descubría en Raphaël, ¿cómo decirlo?, una inflexibilidad mineral que ya había intuido en más de una ocasión, pero solo frente a sus padres. Desde el día en que los conocí en aquel lujoso restaurante del bulevar Haussmann, percibí una distancia insalvable entre los Leroy y sus hijos, palpable bajo las muchas capas de una educación refinada y una cordialidad impasible. En más de una ocasión me pregunté cómo podían soportar esa farsa, y me asombraba y afligía que ni Raphaël ni Catherine dieran muestras de frustración o de pesadumbre al respecto. En realidad —lo descubrí más tarde—, ambos estaban acostumbrados a esa situación desde hacía demasiado tiempo.

Nunca lo creí capaz de esa frialdad inconmovible. Yo me había enamorado —lo comprendía ahora— de la vulnerabilidad que latía en él debajo de la coraza impuesta por sus padres. No sospeché que ese blindaje pudiera tomar el control de su vida. Ese desapego inhumano lo aprendió a las malas con los Leroy y lo empujó a refugiarse en los brazos de Rosana.

Varios años antes, en un raro momento de debilidad, Raphaël me confesó que, en cierta forma, esa mujer fue su verdadera madre. Estábamos en su cuarto del campus, una de esas tardes en que la claridad del día se filtraba por las persianas metálicas y formaba puntos de luz en las paredes y en nuestros cuerpos, dándole a todo un carácter difuso y elástico como el tiempo del sueño. Le pregunté por el gallo de madera pintada que tenía sobre el escritorio. Y él, con la cabeza recostada en mis muslos, se puso a contarme la historia de Rosana. Una historia que —lo fui descubriendo— estaba vinculada a la suya de forma inevitable.

Entró al servicio de la casa cuando Robert Leroy formaba parte del cuerpo diplomático francés en Puerto Príncipe. Raphaël tenía cinco años y Catherine, siete. Rosana era una haitiana imponente y tetona, de cabello erizado en trencitas que sujetaba con ligas, y soltaba una risa explosiva que los Leroy le prohibían en casa, pues decían que era obscena. Aunque desde el principio resultó evidente que tenía un sueño difícil e inquieto, salpicado de palabras mordidas en *créole*, en la vigilia era alegre y llena de vida, y les enseñó a aquellos dos niños pálidos y asustadizos los rudimentos del calor humano. Así se lo confesaron ambos, muchos años más tarde, durante uno de los paseos que solían dar por el bosque de Vincennes. Ella soltó su risa solar. «*Mes pauvres petits* —contestó—, si yo no hice más que quitarles la escoba que tenían en el culo». Cuando terminó la misión diplomática, Robert Leroy y su esposa Agathe vieron las ventajas de llevársela a París. No solo los niños estaban muy apegados a ella, sino que su presencia en Vincennes les permitiría dedicarse con más libertad que antes a sus trabajos respectivos y a su intensa actividad social.

Raphaël confesó que el vacío que dejaban los Leroy en casa habría resultado insoportable de no ser porque Rosana lo llenaba con su vitalidad arrasadora. Ahora, hundida en la penumbra del atardecer, me preguntaba si todo lo que me había enternecido en Raphaël a medida que nos íbamos conociendo tenía su origen en aquella haitiana que murió sola y sin familia conocida, en un cuartito del barrio popular de Pantin.

Al niño le gustaba refugiarse debajo de las enaguas de la mujer y, una vez en aquel ámbito tibio y oloroso como una madriguera, palpaba estremecido la textura de las medias panti ceñidas a las piernas. Cuando me lo contó, entendí el origen de su afición a los *bas résille* y a la ropa interior de seda que me regalaba en paquetes de cartón envueltos en cintas de colores. «¿De qué te ríes?», me preguntó. «Tan chiquito», le dije, «y ya eras un pervertido». No dejé de complacerlo, porque a mí también me gustaba la *lingerie fine* y resultaba excitante jugar a ser una *femme fatale* que lo dejaba sin aliento. Pero ya desde entonces fui consciente de cuánto lo había marcado aquella mujer.

Ni bien llegaron a la adolescencia, Raphaël y Catherine se negaron a acompañar a sus padres en una misión diplomática a Praga. Estaban hartos de esa vida nómada, en la que perdían siempre a los amigos que tanto les había costado hacer. Robert Leroy optó por inscribirlos en sendos internados. Fue una experiencia difícil para los hermanos, pero al menos tenían el alivio de verse y de ver a Rosana los fines de semana, así como durante las vacaciones, y entonces la casa sin padres se convertía en una fiesta.

Agathe Leroy era arquitecta, pero, debido a los diversos viajes del marido, a los que ella se sumaba con un entusiasmo mal disimulado —al menos eso decía Raphaël—, se especializó en paisajismo y decoración de interiores. Gracias a los contactos de su marido, se movía en una esfera privilegiada y, con los años, se hizo con una reputación que la precedía en todas partes. Diseñaba o remodelaba terrazas y jardines, salones y bibliotecas, salas de fiesta y piscinas, de tal forma que nunca le faltaba trabajo. También en París había ganado cierto prestigio. Se la pasaba en cócteles y *vernissages*, recibimientos mundanos y estrenos de teatro o de cine. «Un sacrificio necesario», decía ella, «pues en este oficio abrirse camino sin contactos es sencillamente imposible». Cuando recibía a gente en casa, les pedía a los niños que la llamaran por su nombre, pues decirle mamá delante de otros le aumentaba la edad. Y a juzgar por las fotos, se mantuvo guapa y fresca hasta los albores de la madurez. Vestía trajes sastre de *haute couture* y tacones altos, tenía unos ojos grandes y azules de muñeca antigua, que heredó su hija, y el porte altivo que heredó Raphaël. Era lo único que quedaba de ella cuando la conocí en aquel restaurante del bulevar Haussmann. A pesar del elaborado maquillaje, se le notaban las manchas en la cara, las bolsas bajo los ojos y los párpados caídos. Tenía un corte *garçon* y el cabello plateado parecía artificial. Pero sus pupilas eran sobrecogedoras y su mirada, como la de Raphaël, transmitía a la vez fragilidad y fuerza de carácter.

Robert Leroy no tenía la pinta de burócrata que yo había imaginado. Vestía un saco azul marino sobre una polera fina de cuello en V que le daba un aspecto juvenil. Sus ojos estrechos y grises despedían brillos tristes y un poco burlones. Había optado por raparse la cabeza —una bola de billar reluciente—, lo que hacía parecer aún más prominente su nariz aguileña. Al verlo, comprendí que Catherine había heredado de él ese aire altivo de ave rapaz. No logré identificar un punto en común con Raphaël hasta que lo oí hablar. Ambos tenían la misma voz grave y sedante —la de un locutor de programa nocturno— y la manera seductora, casi hipnótica, de moverse y de lucir las manos. Las temporadas que Robert Leroy pasaba en Vincennes, volvía del trabajo en el Ministerio de Asuntos Exteriores y, tras cenar ligero con la esposa y los chicos, se encerraba en su despacho a mirar primero el noticiero y luego los interminables debates políticos especializados del canal estatal. A veces se quedaba dormido frente al televisor, hundido en su butaca de cuero con el traje puesto y los pies sobre la mesita de centro. Al día siguiente, su madre enviaba a Raphaël a despertarlo y él lo encontraba así, dormido en la butaca con el traje arrugado, o cambiándose de ropa —tenía un *placard* en el despacho— con el televisor encendido.

Las escasas ocasiones en que comían juntos, la conversación de los padres serpenteaba entre las secretas rencillas políticas y los chismes sobre los amigos comunes, y Raphaël y su hermana cruzaban miradas de hastío o de burla. No entendían por qué estaban obligados a permanecer allí. Habrían podido comer en la cocina, como siempre, envueltos en el aroma de las especias y el ruido de las frituras, charlando libremente o, si había suerte, disfrutando de los cuentos haitianos de maleficios y amores trágicos que Rosana les narraba delante de un bacalao con pimientos y plátano frito o unos pastelitos de hojaldre. Si los padres se dirigían a ellos, era para preguntarles por sus notas o sus profesores, y por sus respectivos proyectos profesionales. «¿Ya has definido mejor lo que quieres hacer más tarde?», era la temida pregunta. Los Leroy escuchaban sus respuestas, evasivas o tímidas, con una atención genuina, pero no tardaban en volver a su diálogo privilegiado. Diseñaban el porvenir de sus hijos como si se hubiera tratado de uno de los jardines que Agathe reinventaba, y hablaban de ellos en tercera persona, como si no estuvieran allí. Era casi un rito durante esas escasas comidas familiares, que pocos años después los hermanos acabaron por rehuir con pretextos variados y siempre ingeniosos. Entonces los Leroy trataron de recuperarlos, pero ya era demasiado tarde.

Raphaël lo describía así: era como si una mañana sus padres se hubieran descubierto de pronto vacíos y viejos, y una angustia imprevista los hubiera empujado bruscamente hacia los hijos. Robert renunció a los viajes diplomáticos y se contentó con su labor burocrática en el ministerio. Agathe, por su parte, se dedicó a rediseñar el parque de su propia casa, que hasta entonces había dejado al cuidado de los jardineros, y también los interiores, como una forma de pasar más tiempo con los chicos. Pero ni eso ni sus tentativas de hacer actividades familiares o de tener conversaciones auténticas con Raphaël y Catherine dieron resultado. En esa época los Leroy compraron una casa en Niza como un anzuelo para pasar las vacaciones de verano con ellos. Pero nada cambió, porque los muchachos preferían mil veces pasar el verano en las residencias secundarias de sus amigos respectivos —así fuera en la lluviosa Bretaña— a tener que soportar los torpes asedios de sus padres en la Costa Azul.

En un desesperado intento por recobrar el amor de sus hijos, cuando ya Raphaël cursaba el penúltimo año del bachillerato, los Leroy despidieron a Rosana, que de *femme à tout faire* —algo así como una mujer maravilla que cuidaba a los chicos, cocinaba y mantenía la casa en orden—, había pasado a ser un estorbo, pues estaba tan gorda que a duras penas podía cumplir con sus tareas cotidianas. Había empezado a usar unos lentes de culo de botella que le recetó el oftalmólogo de la familia y que le daban un aspecto de inventora demente. A los Leroy les exasperaba toparse con ella a todas horas, pues Rosana, incapaz de faltar a sus deberes, se movía por la casa arrastrando los pies, acezante, con un termo de café con leche en la mano. Por último, ya no podían soportar su risa obscena, que, a pesar de la antigua prohibición, seguía perturbando sus raros momentos de paz. Así justificaron, al menos, la terrible decisión de licenciarla tras doce años de buenos y leales servicios.

Los hermanos opusieron resistencia, pero cuanto más protestaban, más firme parecía hacerse la resolución de los Leroy. Raphaël se mostró especialmente áspero con sus padres, pero no hizo más que precipitar la partida de quien fue su verdadera madre en la niñez y que aun entonces lo era, a pesar de que su adolescencia había transcurrido sobre todo en el internado. Allí, en las horas muertas, se paseaba bajo las frondas de los castaños con un libro bajo el brazo, buscando un rincón tranquilo donde leer a Char o a Camus, o hacía torneos de pulsetas en las mesas de piedra que salpicaban el inmenso parque alrededor del liceo. En las noches del *dortoir*, se masturbaba pensando en su profesora de alemán, *fraülein* Müller, una morena de ojos verdes, nativa de Düsseldorf, que daba clases con unas faldas que dejaban al descubierto sus gruesas piernas de tenista. Esas cosas me contaba Raphaël en las primeras noches de confesión que se dieron entre nosotros y que parecían las etapas de un rito de desnudamiento progresivo.

Él me refería esas cosas y yo le contaba que, durante el fin de semana de retiro de mi promoción al lago Titicaca, estuve a punto de romperme la crisma tras espiar a mi profesor de filosofía por la ventana. Era un normando veinteañero, alto y fornido, que tenía la cabellera de un roquero y una carita aniñada que recordaba cierto famoso retrato de Rimbaud. Unas amigas y yo nos subimos al techo de calamina de un depósito que flanqueaba la parte trasera del hotel. Una vez allí, me encaramé sobre los hombros de una y me aferré con las dos manos al alféizar de la ventana cuando *monsieur* S salió de la ducha, con la toalla blanca del hotel envuelta en la cintura, y en ese momento, por primera y última vez, vi el cuerpo olímpico con el que soñábamos las chicas de la promoción. Fue tal la impresión que me delaté, dije algo o hice algún ruido nervioso, y tras las risas inevitables acabamos desplomándonos con estruendo en la calamina. Si *monsieur* S no nos descubrió fue porque desaparecimos antes de que tuviera tiempo de ponerse los pantalones.

Raphaël y yo nos contábamos esas cosas en parte para develarnos y en parte para azuzarnos dándonos unos terribles celos retrospectivos que encendían aquellas tardes de intimidad creciente. Era una época en que lo único que parecía contar en el mundo era conocernos mejor. Y entonces, en los remansos que se daban entre dos asaltos, una mano suya se paseaba por mi espalda, y él volvía a hablar de su nana, como si esa presencia incomprensible lo estuviera quemando desde hacía demasiado tiempo, y de alguna forma supe que la había mantenido oculta como un secreto vergonzoso en esos años vividos junto a la *jeunesse dorée* de Vincennes.

Gracias a la indemnización que le dieron los Leroy, Rosana alquiló un cuartito en Pantin. Un alquiler bastante barato debido a que era una zona de inmigrantes africanos y también porque se trataba de un pequeño estudio, dos ambientes sin separación —una sala dormitorio y una cocinita— de quince metros cuadrados. A pesar de que Rosana no había cumplido los cincuenta, empezó a pagar las cuotas para obtener una parcela en el cementerio de la comuna. Estaba convencida de que no le quedaba mucho tiempo. La última vez que Raphaël la vio era una mujer enorme, una sola masa gelatinosa cuyas formas se adivinaban bajo la colcha con la que se cubría hasta el mentón. Para entonces, él ya estudiaba en Toulouse y no volvía a París sino para las fiestas, pero cada vez se daba un tiempo para visitarla. Iba sin Catherine, que se negaba a verla en ese estado de postración. En realidad, su relación con Rosana se enfrió desde el día ya lejano en que una compañera del internado pasó la tarde en su casa y quedó asombrada por la forma en que esa mujer de color —que se movía por la propiedad como si fuera suya, vestida, no con el mandil del servicio, sino con sus polleras haitianas y una blusa bajo la cual bailaban sus dos tetas turbulentas— abrazaba a Catherine, le hacía cosquillas y le decía *ma petite,* sin ningún pudor, mientras les servía batidos de piña en la terraza del jardín. Poco después se difundió en el internado el rumor malicioso y absurdo de que la mamá de Catherine era negra. No sirvió de nada desmentirlo, porque desde entonces fue objeto de burlas y de bromas pesadas que por un momento hicieron vacilar su resolución de permanecer en ese liceo y ser la mejor de su promoción, lo que finalmente consiguió a pesar del ambiente irrespirable que vivió en los dos últimos años. Aunque Catherine la defendió cuando los Leroy decidieron licenciarla, el lazo que la unía a Rosana ya se había debilitado. Era como si supiera que, de todas maneras, la separación era inevitable y ya estuviera resignada o incluso determinada a consumarla. Al menos, eso era lo que percibió Raphaël en los años del liceo y creyó comprobarlo el día lluvioso de diciembre en que su hermana se negó, por enésima y última vez, a visitar a su antigua nana.

El cuartito de Pantin estaba en penumbras, olía a encierro y a comida rancia. La estrecha cocina era un desastre de ollas sucias y sartenes apiladas. Rosana, incapaz de levantarse de la cama como no fuera para ir al baño, le confesó a Raphaël que ya nunca salía, pues las rodillas no la sostenían por mucho tiempo. «Toma el autobús», le dijo él y ella se rio con la risa intacta de otros tiempos. «¿Has visto cómo son esos asientitos?», le dijo. «Necesitaría tres así». A través de los años, Raphaël había tomado cita para ella con nutricionistas, psicólogos y hasta con un endocrinólogo especialista en hormonas femeninas, pero ninguno había resuelto su problema. La intervención quirúrgica había quedado descartada por un cardiólogo que afirmó que el corazón de Rosana no la soportaría. «Salgamos un poco», le dijo para animarla ese día lluvioso. «Vamos a los jardines de Luxemburgo». «¿Para qué?», contestó ella. «Adonde vaya, me sigue la maldición». Y entonces se lo contó. Le contó que tanto sus cataratas como su gordura anormal se debían a un viejo maleficio del cual no había podido librarse. Contó que en su juventud cometió el error de meterse con el marido de una *mauvé moun,* una persona temible, según decían las malas lenguas en Jacmel. Pero en aquella época creía que se trataba solo de habladurías. Pronto comprobó que algo extraño sucedía con su cuerpo, algo que no estaba en la naturaleza de las cosas, pues su silueta de sirena empezó a hincharse sin motivo. Decidió ir a Puerto Príncipe para alejarse de aquella bruja, pero no fue suficiente. Por la época en que entró al servicio de los Leroy sus caderas habían tomado una proporción que empezaba a deformarla. Comprobó entonces que era objeto de un *wanga,* un embrujo. Así que, cuando los Leroy le propusieron arreglarle los papeles para establecerse de forma definitiva en Francia, no se lo pensó dos veces. Contaba estas cosas muy seria y con la fluidez musical con la que antes refería las historias protagonizadas por animales míticos y demonios con atributos humanos. Raphaël se preguntó si lo de la maldición era otra de sus bromas.

Rosana solía mentir con soltura en los años de Vincennes. Las criadas de las casas vecinas se le acercaban en el mercado y, como la asediaban con preguntas —que de dónde era, que si estaba casada, que si tenía hijos—, ella les contestaba que sí, claro, tenía nueve hijos repartidos por el mundo y además sin haber estado nunca casada, ¿qué les parecía? Lo decía sin pestañear, y con tanto aplomo que las otras no se atrevían a hacer comentarios. No solo bromeaba con los curiosos. También lo hacía con los padres Leroy, hasta tal punto que estos dejaron de interrogarla cuando entendieron que no sacarían nada en claro. Raphaël y Catherine, en cambio, ya se habían acostumbrado a las versiones de fábula que Rosana les daba de su propia vida, y aprendieron a disfrutarlas. Así que, esa tarde lluviosa, él tenía motivos de sobra para dudar de la historia del maleficio. Es más, le pareció una última pirueta imaginativa de Rosana, una nueva forma de esconder su verdadera historia, sin duda demasiado dolorosa, como lo hizo durante tantos años.

La única vez en que supo de inmediato que le decía la verdad, fue cuando Rosana volvió de una de sus tardes libres, que solía pasar en el centro de París. Estaba solo en la cocina cuando Rosana entró pálida y trastornada y, sin darle tiempo de reaccionar, dijo que había visto, tomándose un café en una terraza de los Champs-Elysées, como *monsieur tout-le- monde*, ¿me daba cuenta?, nada menos que a *Bébé Doc*. Estaba envejecido y canoso y se veía tan solo, pero *merde* ¡era él! Eso decía Rosana y los ojos agrandados por el susto parecían salírsele por los cristales de los lentes. Ahora Raphaël sabía que había vivido en Haití sin sospechar que el país sufría una dictadura feroz. Era solo un niño, claro, pero le llamaba la atención que su padre no le hubiera hablado de ello cuando él ya tenía edad para entender ciertas cosas. Parecía como si a Robert no le importara lo más mínimo haber trabajado en un país sometido, donde las riendas de todo estaban en manos de Jean-Claude Duvalier, sucesor de *Papa Doc* y presidente vitalicio de Haití hasta que fue derrocado en 1986. «¡Era él!», repetía Rosana con los ojos perdidos, como si tratara de convencerse a sí misma y, a la vez, como si estuviera poseída por un recuerdo que la quemaba por dentro.

Entonces contó que el segundo jueves de marzo de 1980, un año y medio antes de entrar al servicio de los Leroy, vio cómo un grupo de hombres armados con machetes entraba en la casa de sus vecinos en Jacmel y, pocos minutos más tarde, salían arrastrando las cabezas de los miembros de la familia por el camino central del caserío. A ella nunca se le olvidaría la mirada de los niños —un varón de siete y una *petite* de diez—, que parecían observarla con intensa curiosidad mientras sus mentones se iban cubriendo del polvo del camino y los hombres alzaban sus machetes ensangrentados al cielo y gritaban vivas a Duvalier para que los oyera todo el vecindario. Contó todo como si él, que la escuchaba alarmado, no estuviera allí y, cuando terminó su relato, se echó a llorar y a soltar frases mordidas en *créole*, como en sus sueños acezantes.

Sin embargo, no respondió a ninguna de las preguntas que él le hizo: ¿quiénes eran los vecinos que fueron asesinados?, ¿qué habían hecho para «merecer» tal suerte? ¿Con quién vivía ella entonces?, ¿había tenido familia alguna vez? Presa de una intuición aguda, Raphaël se preguntó si aquella no sería su propia historia, la que Rosana había tratado de enterrar en el fondo de sí misma y que solo ahora, disparada por la visión de *Bébé Doc* en los Champs-Élysées, salía a flote cambiada, pero justo lo suficiente para hacerla soportable.

Nunca pudo comprobar sus conjeturas. En adelante, como si hubiera leído los pensamientos de Raphaël, Rosana hizo como siempre: sepultó la angustia bajo el torrente de su buen humor a toda prueba. Llegó incluso a fingir, un día en que él la interrogó con más insistencia que de costumbre, que jamás le había contado el episodio de los hombres que arrastraban cabezas de niños por su vecindario. «Lees demasiados libros, *mon petit*», le dijo.

Cuanto más lo pensaba, más lógico le parecía: si el cariño de Rosana había reemplazado el de su madre, ¿por qué ella, a su vez, no habría podido sustituir el amor de sus hijos por el de esos dos niños ajenos? Estaba claro que Rosana no se había contentado con hacer su trabajo de nana, sino que había volcado en ellos su calor y sus temblores más íntimos. «Puede parecer cruel hacer esos trueques», me decía Raphaël, «pero los mecanismos de defensa y de supervivencia que nos impone la vida tienen algo de la voracidad de la naturaleza».

Ese día húmedo de diciembre, Raphaël se despidió de su nana con un beso en la frente. Ahora que reconstruyo todo lo que me contó, por alguna razón imagino que sintió el olor a pimienta dulce de sus axilas y, con el pecho oprimido, notó que su pelo había empezado a algodonarse. «La próxima te traeré *banane pesée*», le dijo. «Conozco a un *traiteur* paisano tuyo, que no cocina tan bien como tú pero se defiende». Ella lo premió con una sonrisa al trasluz de los cristales llovidos de su ventana. Fue la última vez que la vio con vida.

Raphaël contaba todo con una obsesión detallista. Era una evocación postergada durante demasiado tiempo. Era una confesión.

Pocos meses después, tuvo que regresar a París, hacerse cargo del pago del último mes de alquiler de Rosana y ocuparse del entierro. Sus padres no quisieron saber nada del asunto. Catherine lloró y pareció arrepentirse de haberla abandonado a su suerte. Ayudó a Raphaël con los gastos y los trámites. Fueron los únicos asistentes en la ceremonia.

La encontró el dueño del cuartito de Pantin. Los vecinos se quejaban del mal olor que se filtraba por debajo de la puerta de Rosana. Como nadie le abría, tuvo que entrar con su llave. A juzgar por el aspecto hinchado del cuerpo, llevaba varios días muerta.

La muerte de Rosana no hizo más que sellar el resentimiento hacia sus padres. No les reprochó nada. Ni siquiera volvió a hablarles del asunto. Hizo algo peor. Encauzó todos sus sentimientos negativos en una especie de frialdad sonriente, casi burocrática. Ese era el desapego cruel que mantenía frente a ellos y que, lejos de ablandarse, parecía soldarse con el paso de los años. No volvió a aceptar dinero suyo, por insignificante que fuera, y contrariando su voluntad, siguió viviendo en aquel cuartito estrecho del campus y no en el departamento amplio y luminoso que encontraron para él en pleno Capitole y donde hubieran podido visitarlo.

En la época de clases trabajaba en la biblioteca universitaria y, durante las vacaciones, en los típicos *petits jobs* reservados a los estudiantes. Una noche de sábado, en el primer verano que pasamos juntos, vi cómo soportó la humillación de servirles a ciertos compañeros suyos del máster en la *brasserie* del bulevar de Strasbourg donde tuvo el último *petit job* que hizo en su vida. Yo estaba en la barra, esperando a que terminara su servicio, pues habíamos previsto pasar la noche juntos, cuando oí los murmullos de asombro: lo habían reconocido. De todas las mesas, le había tocado servir justamente en esa. Eran doce personas mucho más jóvenes que él y que muy pronto llenaron el ámbito con su chacota de colegiales tardíos. Visiblemente, habían bebido antes de llegar al restaurante. Al principio, las burlas eran sutiles: se limitaban a cruzar miradas sorprendidas y sonrisas ladeadas. Pero después, a medida que vaciaban jarras de cerveza, se envalentonaron. No se debía a la labor en sí, lo comprendí de inmediato —¿qué estudiante no ha trabajado alguna vez?—, sino a la pequeña leyenda que Raphaël arrastraba tras de sí como un lastre indeseable: sus estudios brillantes, que parecían no tener fin, aliados a los rumores que se habían difundido en los corredores de la universidad sobre la fortuna de su familia. Para la envidia de esos muchachos, era una suerte inesperada que el ricachón parisino los sirviera llevando un delantal estampado con un mejillón enorme de ojos saltones, el atuendo obligatorio de los camareros. Cada vez que él les llevaba una nueva jarra de cerveza u otra cazuela de mejillones con papas fritas, le daban palmaditas de consuelo y le deslizaban en los bolsillos propinas de burla. Uno llegó a acariciarle la calva que empezaba a formársele en la coronilla cuando se inclinó a recoger los platos. Las manos me temblaban de rabia. Estaba a punto de levantarme y de ir hacia ellos con la copa de vino en la mano para tirársela en la cara al primero que volviera a reírse, cuando noté que las maneras elegantes de Raphaël no se habían alterado en lo más mínimo. Se mostraba tan impasible, tan digno, que, después de un rato, los otros parecieron darse cuenta de su propia imbecilidad y, sin ponerse de acuerdo, empezaron a comportarse como si no hubiera pasado nada.

Entonces intuí la potencia de su frialdad.

Solo lo había visto llorar una vez. Fue al contarme el final de Rosana. Luego se secó las lágrimas con el dorso de la mano, señaló el gallo de busto arrogante que nos miraba desde el escritorio —un regalo de ella— y volvió a ser el de siempre.

Sin duda los Leroy sufrían a causa del rigor de las represalias de su hijo. Con el tiempo, optaron por mostrarle el mismo desafecto, la misma distancia insalvable, como si no les costara volver a su vieja comodidad de adultos desamorados. Pero su desinterés era desmentido por las invitaciones a Vincennes y a

Niza durante el año y las llamadas telefónicas semanales de Agathe. Querían mucho a Nico, eso me constaba, y hacían lo posible para pasar un poco de tiempo con él.

Ahora, echada en el colchón sin sábanas, sudando los restos de la fiebre, me pregunté si me aguardaba un destino semejante al de los Leroy, si la actitud de Raphaël sería realmente temporal, como él aseguraba. No solo era capaz de cambiar de forma radical, sino de mantenerse imperturbable frente a un ser querido por mucho que este sufriera. Así que el miedo y la incertidumbre no hicieron más que crecer a medida que anochecía y en el cuarto se iba adensando la oscuridad tardía del verano.

Al cabo de unos días dejé de llamar a Raphaël y me limité a esperar. Vivía en un estado de ansiedad que agravaba el dolor de cabeza y me revolvía el estómago. Leía y releía el mensaje que me había enviado después de la discusión con Catherine: «No te preocupes, yo te voy a llamar. Paciencia, Lea. Todo esto es temporal». Y me volvían sus palabras al otro lado de la línea: «Mientras no tengas el valor de explicarme y de explicarle a tu hijo por qué hiciste lo que hiciste, no tenemos nada de qué hablar».

Le escribí una serie de mensajes en los que le decía, al principio conteniéndome y luego con exasperación, que no recordaba nada. «Ya no sé cómo explicártelo, loco de mierda», rezaba el último de los mensajes. Al releerlo, volvió a mi memoria la cara de Lauro, desafiante, a pocos centímetros de la de papá. «Loco de mierda», le había dicho aquel día, abriendo entre los dos una insalvable fosa de resentimiento. Me pregunté si también se había abierto entre Raphaël y yo.

Hasta donde recordaba, confiábamos ciegamente el uno en el otro. Cierto, alguna vez discutíamos, como todas las parejas. Por ejemplo, cuando descubrió una cajetilla arrugada en el fondo del cubo de la basura o cuando levantó la maceta de lilas en el balcón y se encontró con un lecho de colillas sucias. Cierto, le prometía que dejaría de fumar y luego fumaba a escondidas, y él tarde o temprano lo descubría. Pero no era suficiente para justificar su desconfianza. Siempre fueron mentiras blancas, destinadas a evitar discusiones inútiles, y que en ningún momento parecieron dañar lo nuestro. ¿A qué se debía, entonces?

Recordé a Rosana, esa madre postiza que lo dejaba meterse bajo sus enaguas, pero que nunca le dio acceso a su intimidad y se pasó la vida contándole mentiras para escurrir el bulto, aun cuando Raphaël ya tenía edad para entender muchas cosas. Sufrió debido a esa distancia, que le parecía injustificada, y se volvió una de esas personas que viven a la defensiva, olfateando las mentiras donde no las había, aunque esa naturaleza nunca nos había afectado antes, hasta donde yo recordaba. Porque si alguna vez desconfió de mí, se cuidó de mostrarlo.

Supe, como otras veces, que las relaciones adultas no son muy distintas de las relaciones entre los niños. No hay nada maduro en ellas. Pero los niños olvidan sus problemas con facilidad y, en cambio, los adultos somos capaces de jodernos la vida y de jodérsela a los demás cuando estamos convencidos de tener la razón.

Con todo, resultaba evidente que la desconfianza de Raphaël no se debía únicamente a las ocasiones en que fumé a escondidas, sino al acto que él quería que yo confesara. ¿Qué es lo más terrible que he podido hacer?, me preguntaba. Por toda respuesta, surgía un vacío oscuro y amenazante.

A los pocos días, me armé de valor y fui hasta la comisaría que quedaba a unas cuadras de la colmena. Crucé el patio empedrado y entré en la recepción. Era un pasillo largo y penumbroso. Había cola. Al fondo, al otro lado de una ventanilla, un policía de patillas grises atendía a la gente con expresión de paciencia cansada. Un policía joven y enérgico pasó por nuestro lado con una carpeta bajo el brazo, abrió una puerta y luego apareció detrás de la ventanilla. Le dijo algo al de patillas grises, quien se puso de pie, dejando a la persona que atendía con la palabra en la boca. Estaría de regreso en dos minutos. Pasaron diez, y no aparecía. La gente empezó a rezongar. Yo me había quedado pensando en las botas del policía joven. Unas botas negras y tan bien lustradas que hubiera podido verme reflejada en ellas. Por alguna razón, me entraron ganas de salir de allí. Pero no lo hice.

Volvieron las mañanas perdidas en la prefectura, que se prolongaban hasta más allá de la hora del almuerzo, haciendo cola para llegar a una ventanilla donde en varias ocasiones me negaron toda información sobre la renovación de mi permiso de estancia y me pidieron —como si no hubiera hecho cuatro horas de cola para llegar hasta allí— que volviera la semana entrante. Había visto cómo la funcionaria —siempre la misma, una vieja lechuza con lentes redondos y bigote casi traslúcido— le daba negativas a una anciana con velo, y ante la incomprensión de esta, que intentaba expresarse en un francés balbuciente, la otra fue subiendo el tono hasta los gritos.

Al principio me indigné, pero luego imaginé cómo sería la jornada de esa lechuza bigotuda, que debía atender a trescientos o cuatrocientos inmigrantes al día. Solo había una ventanilla de recepción para todos. Debíamos pasar por ella si queríamos acceder a la sala de espera de atrás, provista de seis ventanillas que, al contrario de esta, representaban una vaga esperanza de solucionar nuestros trámites. Pero la lechuza era la guardiana de la primera puerta y ese era su castigo. Su vida debía ser una pesadilla kafkiana experimentada desde el otro lado del vidrio. Guardiana hasta que el desgaste de los nervios o la jubilación la librarse del deber de vigilar la puerta asediada.

Volvió el policía de patillas grises y pensé en la lechuza y en papá inclinado sobre mí hablándome tan serio aquel día en la plaza Murillo, y escuché otra vez el ruido de las botas que habían pasado con su ruido inconfundible y que ahora andaban cerca, del otro lado de la pared del pasillo, e imaginé ese ruido multiplicado en el rellano de la colmena y, antes de que pudiera darme cuenta, estaba en la calle.

Me volví sensible a los ruidos de la colmena: al balón que retumbaba contra los muros allí abajo durante horas, a los gritos de los vecinos en el cajón de las escaleras, a la voz aguda y potente de la mujer del piso superior que, especialmente por las noches, le gritaba a alguien, tal vez a su hijo, parrafadas aleccionadoras en un árabe vehemente.

Cuando esa tarde mi celular sonó sobre la barra de la cocina, dejé caer el vaso que estaba llenando bajo el grifo y me hice un corte en la base del pulgar. Sin cubrirme el dedo, dejando un reguero de sangre en el linóleo del piso, me precipité hacia la barra y levanté el teléfono.

—Al fin contestas, Lea.

Era una voz de hombre.

—La secretaria te ha estado llamando y siempre sale tu contestador.

Reconocí el acento madrileño. Era Alfonso, el director del departamento de estudios hispánicos. No dije nada. Me costaba poner en marcha los mecanismos del lenguaje.

—Oye, Lea, ¿se puede saber qué pasa? Hace cuatro días que empezaron las clases.

Me di cuenta de que había perdido la noción del tiempo. Laboriosamente, dije:

—He estado enferma.

—Ya. ¿No podías avisar?

No respondí.

—Menudo lío has montado aquí. Los estudiantes de primer año se preguntan si vas a aparecer algún día.

—¿Necesitas un certificado médico?

—No hace falta. Solo dime si debo llamar a un reemplazante.

—La verdad, Alfonso, no creo que sea capaz de volver en un tiempo.

—Ya, pero si te reemplazan, será por todo el año —dijo—. Y Lea, sabes que puedes perder el puesto, ¿verdad?

Sí, lo sabía. Pero, aturdida como estaba, necesitaba que alguien me lo recordara. Aún no era titular y, tras los recortes que la universidad había implementado ese año, me vi obligada a luchar para que renovaran mi contrato por unas cuantas horas de clase.

—Alfonso, dame hasta el lunes. Es todo lo que te pido.

Me vendé el pulgar y poco después tuve que tirar la venda empapada. Repetí el gesto varias veces. Con qué pasión sangra una mano, lo había olvidado. No me cortaba ahí desde la infancia, desde las rosas prohibidas del jardín.

5

Me costó reconocerla. En aquella época era una cuadra de casas bajas y jardines íntimos, había árboles de raíces poderosas que agrietaban las aceras, y en carnaval los chicos de la manzana jugábamos con agua persiguiéndonos por la calzada misma. Eso habría sido imposible ahora. El tráfico era tan denso que parecía el centro de la ciudad. Y los edificios. La casa estaba rodeada de flamantes edificios de oficinas que competían en altura, de hoteles, bares y restaurantes de lujo. Donde antes estaba el quiosco de la dulcera, ahora se levantaba una sucursal de Toyota en la que exponían vagonetas deportivas de precio faraónico, que no habría podido pagar en una vida de trabajo. Frente a la casa, donde antes vivían los únicos vecinos de la cuadra, se levantaba ahora un edificio de catorce plantas de vidrio ahumado.

La puerta de la calle había sido renovada. La recordaba de hierro, de un delgado hierro plomizo que temblaba cada vez que entrábamos o salíamos dando un portazo. Ahora era grueso, de color negro, ribeteado de arabescos dorados y no dejaba resquicios para espiar el jardín. Tampoco los pinos, podados a la perfección, que formaban un muro verdinegro. Del otro lado, imaginé las gradas que bajaban hacia el sendero de cemento. Este conducía a la terraza de ladrillo, a la que se subía por cinco escalones del mismo color naranja sanguíneo. La enorme terraza de barandas blancas donde comíamos algunos domingos, con tantos invitados que parecía una fiesta de barrio, entre platos humeantes de carne a la parrilla, pocillos de llajua verde y botellas de Huari que se amontonaban en las mesas. Esa terraza bordeada de macetas colgantes con geranios, que mamá nos prohibía tocar, y bajo la cual se extendía el jardín en cuyo centro susurraban las palmas verdes de vetas amarillas. El lugar de esa foto ya mítica de mis padres. El lugar donde papá me sentaba en sus piernas para contarme historias que parecía inventar ahí mismo, en esa sombra propicia.

Volvieron esos días, volvieron mis rodillas lastimadas, volvió el tacto áspero de las ranitas que recogía de los charcos y apilaba en un frasco de vidrio, volvieron los latidos del corazón al correr por el pasto húmedo. Me descubrí reviviendo las pocas cosas que recordaba, saboreando lo que había dejado de ser doloroso, ahí donde mamá solo habría recibido un golpe bajo. Pensé: solo es del todo ajeno lo que se pierde definitivamente en la memoria.

Y, sin embargo, me encontraba frente a una puerta hermética y un muro de pinos hermético, y en una calle que se había vuelto irremediablemente extraña, casi hostil. Miré a Nico, y él me devolvió una mirada de decepción.

Tuve una idea. Cruzamos la calle y entramos en el vestíbulo del edificio de vidrio ahumado. Fingiendo prisa, saludé al policía que estaba detrás del mostrador leyendo el periódico y, sin darle tiempo de reaccionar, me deslicé con Nico en el ascensor y pulsé el botón del piso catorce.

—¿Qué hiciste esta mañana? —preguntó mamá.

Estaba vestida y arreglada, pero un mechón gris le caía sobre la frente cada vez que se inclinaba para tomar una cucharada de sopa. Supe que le hablaba a Nico.

—Fuimos a la casa —dijo él.

Mamá se quedó con la cuchara suspendida en el aire.

—¿A la casa? —se alarmó.

Lauro me lanzó una mirada preocupada desde la cocina.

—A la casa de Los Pinos —intervine.

Nico me miró sorprendido.

—Sí —dijo—, pero de ahí fuimos a...

—Fuimos al otro departamento, al de Cota-Cota —lo corté.

Nico frunció el ceño. Sin darle tiempo a más, le pedí que fuera a lavarse las manos.

—Qué rico huele. —Me senté frente a mamá.

—Esas no eran casas —dijo ella.

—Es un niño, a todo le llama casa. —Me rasqué el brazo.

Durante el resto del almuerzo mamá permaneció silenciosa y ceñuda y yo me pregunté si se había dado cuenta.

A mediados de los cincuenta, para que no se le ocurriera irse a Europa, sus padres le regalaron a mi abuela Rita un terreno de setecientos metros cuadrados en la zona sur —una mínima parcela del fundo Patiño—, y le construyeron allí una casa de dos plantas con todas las comodidades. Rita venía de una familia paceña, católica y tradicionalista, en cuya casa de San Pedro, los domingos después del almuerzo, ella se subía a una silla y declamaba poemas de Rubén Darío o de Jaimes Freyre para gran deleite de sus padres. Estos la vieron partir como si se fuera la luz del mundo, de la mano de aquel catalán malhablado, de costumbres dudosas e ideas incendiarias que era el yayo Andreu, a quien solo salvaba el prestigio de su cátedra en la universidad.

Compraron el terreno a un precio risible, pues en aquella época Calacoto era un prado donde pastaba el ganado de las chacras y adonde la gente de la ciudad iba a pasar un día de campo. Iban a guitarrear, a robar duraznos y ciruelas a manos llenas, a enamorar en los sembradíos y a bañarse en las aguas del Choqueyapu: a la altura de la Florida, donde ahora las aguas escasas y densas como fondo de caldo arrastraban a duras penas los desechos putrefactos de la ciudad, en aquel entonces espejeaban los remansos de un río claro. «Una pintura rococó», se burlaba mamá. «Era el culo del mundo», decía papá, que había crecido en la casa cuando todavía estaba rodeada de campo. Recién en los sesenta, la zona empezó a urbanizarse y las chacras se fueron fragmentando, convirtiéndose de a poco en casas con jardín que aún llevaban nombres de haciendas: Villa Anita, Villa esto y Villa lo otro. Para cuando, a inicios de los setenta, mis padres se fueron a vivir allí, Calacoto ya era el barrio más cotizado de la ciudad.

Habitamos la casa hasta el año en que mataron a papá. La realidad no nos dejó ni una tregua razonable para el luto. Ya desde las primeras semanas después de la cremación, el banco nos mandaba solicitudes de pago cada vez más apremiantes. Pronto nos incluyó en la lista de deudores morosos y el embargo de la casa se convirtió en una inminencia de todos los días. Lo temido sucedió solo unos meses más tarde y, desde entonces, ni Lauro ni yo, ni mucho menos mamá, nos habíamos atrevido a ir a verla. Una aprensión difícil de explicar nos mantenía alejados de ese barrio, de esa calle, de esa puerta. ¿Aprensión? Para Lauro y para mí, tal vez. Para mamá era más preciso hablar de miedo, de un miedo irracional que la había llevado a prohibirnos que la mencionáramos siquiera. Seguía sufriendo como un insulto cada vez que algún amigo le decía que había pasado por esa calle y había visto un cambio. Fruncía el ceño y se atrincheraba en un silencio hostil, hasta que el otro entendía que era mejor callar.

El ascensor subió hasta que el jardín emergió allí abajo y lo vi por primera vez desde el día en que tuvimos que dejar la casa y nos adentramos en un largo túnel de mudanzas y alquileres que parecía no tener fin. El sueño de mamá, desde entonces, fue el de construir una casa para los tres. Con la plata que le quedaba de la herencia del abuelo Horacio y los ahorros de años trabajando en diversos oficios, compró un terreno en Huajchilla, en uno de los cerros que domina el Choqueyapu. No pasaba día en que no hablase de cómo sería la nueva casa.

Sería una casa al más puro estilo mexicano, adaptada al clima semidesértico de Huajchilla, pero hecha de adobe. A mamá le encantaba el adobe. «Tiene un calorcito único y es un saber ancestral, mija». Cada fin de semana hacíamos pícnic a la sombra del árbol más frondoso, un algarrobo enorme y de ramas nudosas, sobre un mantel extendido en la tierra dura y polvorienta. Después bajábamos al río, donde nos entreteníamos durante horas. Recogíamos las cortezas desprendidas de los eucaliptos, les insertábamos una hoja en el centro y las largábamos en la corriente espumosa de las acequias o en las aguas casi limpias de un Choqueyapu que no parecía el mismo de la ciudad. Y allí iban los tres veleros en miniatura, en carreras gozosas que terminaban siempre en naufragio.

Con el tiempo, acabamos jugando solos. Mamá solía quedarse en el terreno. Iba de un lado a otro, inquieta, como si fuera imaginando la casa y midiera las proporciones con sus pasos.

Así la encontrábamos al volver del río. Parecía saborear de antemano los distintos ambientes, la luz que entraba con fuerza por los ventanales enmarcados de cedro. «Una casa de adobe y cedro, mija, date cuenta». Y le brillaban los ojos, como si la tuviera delante. Yo también soñaba con la nueva casa y al principio no entendía la pena de mi hermano cuando veía a mamá actuar de esa forma. Solo años más tarde me inquietaron las zancadas que daba en la tierra seca y desolada, pensando en voz alta con tanta desenvoltura que parecía que hablaba con otra persona. Y ahora me pregunto si no hablaba de verdad con alguien en esa otra vigilia suya que ya empezaba a abrirse paso en la realidad.

Mamá nunca logró reunir el dinero suficiente para empezar la construcción. Los trabajos no le duraban mucho. Solía estar descontenta con sus jefes y trabajaba con sobresaltos y caprichos, hasta que ellos se cansaban o hasta que ella, adelantándose a lo inevitable, renunciaba dando portazos lapidarios, y luego volvía a casa con regalos para nosotros y ganas de festejar las ocurrencias vengativas que les había dicho al marcharse, pobres huevones. «Estimado señor Fulano, váyase usted a la mierda», le dijo a uno, y este, delante de sus empleados boquiabiertos, se quedó pálido de sorpresa y no supo qué responder. Mamá se reía al contárnoslo. Yo le pregunté por qué, a pesar de todo, lo había tratado de usted, y ella me miró sorprendida, como si la respuesta fuera obvia. «Hasta para mandar a la mierda hay que tener clase, mija».

Durante un año trabajó de secretaria en la embajada del Japón sin saber una sola palabra de japonés, y de esa experiencia le quedó la sensación desapacible de que los japoneses no tienen rostros sino máscaras, y de que te sonríen y te hacen venias aun cuando te odian minuciosamente, y sufrió la pesadilla recurrente de encontrarse sola en calles llenas de japoneses risueños que le hacían venias indescifrables cuando ella pasaba. Otro año reemplazó a una profesora de artes plásticas en un colegio, y le gustó, pero no consiguió más reemplazos. Luego siguió un curso de Ikebana y montó un pequeño negocio de arreglos florales que entregaba a domicilio, y el departamento se llenó de tallos cortados, baldes de agua sucia, pétalos caídos y flores fragantes con las que conformaba auténticas colas de pavorreal, incendios de colores.

Nunca quiso ganar dinero gracias a su talento artístico, y en eso Lauro se le parecía. Para ambos era como si el arte fuera algo sagrado y se negaran a rebajarlo al nivel de un ganapán. No parecía una pose romántica, sino algo ya integrado desde siempre, desde la sangre misma, desde la mano del abuelo Horacio, que, en las horas muertas de la calurosa oficina de Aduanas de Yacuiba, se distraía dibujando figuras alucinadas en servilletas de papel.

Y así fue la vida de mamá hasta que el terreno se convirtió en motivo de angustia. Por entonces yo ya estaba en Francia. Se rumoreaba que los comunarios habían empezado a adueñarse de los terrenos desaprovechados, y el nuestro (abandonado de no ser por los árboles que mamá plantó allí) era uno de ellos. Mamá intentó venderlo por todos los medios, pero fue inútil. Hacía años que la situación en el país era inestable y nadie quería comprar. Mucha gente conocida se había ido, como si estuviéramos al borde del desastre.

Cuando empezaron a manifestarse los primeros signos de la bonanza, ya era demasiado tarde para mamá. A duras penas Lauro encontró a un comprador dispuesto a pagar la mitad del precio fijado, pero cuando ella se enteró de la oferta se puso furiosa y le dijo a mi hermano que el terreno ya no estaba a la venta. Había tomado una decisión definitiva: lo conservaría hasta la muerte. «¿Para qué?», le preguntó Lauro. «Para qué va a ser», contestó ella. «Para que me entierres ahí, pues». De estas cosas yo me iba enterando por teléfono y, en la distancia, todo me parecía exagerado, irreal. Pero así era como sucedían las cosas en la familia desde siempre.

Mamá se movía entre recuerdos sagrados y hablar de la casa habría sido ensuciar el más querido. Habría podido rehacer su vida tras la muerte de papá, aún era joven. No necesariamente junto a otro hombre. Habría podido volver a la pintura. Pintó en los años que vivió en Sopocachi y siguió haciéndolo en el intervalo de paz que le dio mi hermano, que fue un bebé tranquilo. Hasta que nací yo. Entonces la dejó. No solo porque, sin ser especialmente difícil, yo no dormía nueve horas seguidas como Lauro, sino porque ya éramos dos niños en casa y eso lo cambiaba todo.

Cuando tenía ocho años, mamá me inscribió a unas clases de dibujo en Sopocachi, a las que me llevaba Lauro. Duró poco. Nunca logré interesarme en el dibujo. Sentía torpe la mano y el pulso traicionero, además no soportaba que me impusieran modelos como floreros y frutas artificiales.

Durante mi última visita, en el anterior departamento, buscando en el sótano ya no recordaba qué, había descubierto sus pinturas. Se habían mantenido a salvo de la humedad, aunque no del polvo ni de las telarañas. Me quedé mirando, a la luz del foco pelado, esos cuerpos de colores estridentes, fauvistas, y a la vez densos, grumosos, que lucían agujeros en la piel, develando a veces órganos internos y otras, una negrura de vértigo. Cuerpos suspendidos en paisajes confusos, movidos por ráfagas de viento. En cuanto subí al departamento le dije a mamá que había visto sus cuadros y que me habían parecido estremecedores, que una amiga mía tenía una galería de arte y que, con su permiso, la llamaría esa misma tarde. Se lo dije con la vaga esperanza de que retomara la pintura, pero ella me miró con una media sonrisa que pareció subirle a los labios desde lo más oscuro, y casi me arrepentí de haber hablado.

—Son una mierda —dijo.

Iba a replicarle, pero ella cortó la discusión de raíz.

—Hagamos un trato, organizaré una exposición cuando vos publiques tu primer libro, ¿listo?

Me miraba de soslayo, espiando mi reacción. No supe si quería motivarme o simplemente desviar la conversación hacia mí. Acepté sin convicción, y ya no hablamos más del asunto.

Mamá había seguido con interés mis primeros pasos en la escritura. Cuando tenía doce o trece años, me regaló un diario íntimo —de esos que venían con un candado— y me dijo que escribiera todos los días: eso era lo que debían hacer los escritores para soltarse. Años más tarde, cuando obtuve la beca, en un arranque de entusiasmo me dijo que eso me permitiría «llegar hasta la luna». Me pareció que hablaba de la escritura. O tal vez de la felicidad. O de las dos cosas a un tiempo, si es que es posible sintonizar la vida, la escritura y la felicidad. No sabía muy bien qué había querido decir con eso de llegar hasta la luna, pero me emocionó que lo dijera. Conociéndola, ese destello romántico debió costarle un gran esfuerzo. Ahora, sin embargo, me dolía recordar aquella frase suya, llena de promesas, pues caí en la cuenta de que, tantos años después, no había llegado a ninguna parte. El estancamiento al que había llegado en la escritura había invadido el resto de mi vida.

Entonces se me ocurrió. Quizá lo que había estado buscando desde siempre, sin saberlo, era la confluencia de la vida y la creación, dos fuerzas que me tironeaban en direcciones opuestas. Y, sin embargo, los primeros años en Francia me acercaron a esa sintonía improbable. Por primera vez era libre y autónoma y me movía un impulso desconocido. Era como si hubiera roto las ataduras del pasado. Escribía sin disciplina, pero dejándome llevar por una corriente avasalladora. Escribía por las mañanas o por las noches, en un rincón de la biblioteca universitaria o en mi pequeño escritorio lleno de papeles revueltos, que daba a un patio cubierto de hojas podridas, o en la mesa apartada de un kebab, con olor de frituras y cantos orientales mal sintonizados en la radio. No importaba. La fuerza estaba allí. Podía salir cuatro veces a la semana, volver achispada o borracha o no volver sino al día siguiente a mi pequeño estudio de rue de la Colombette. Aun con resaca, la fuerza estaba allí y las palabras acudían, con buena o mala fortuna, irremplazables, inaplazables. Y eso me bastaba. Esa plenitud sedienta. No quería el éxito ni la reputación, ni ganar premios. Escribía para alimentar a un animal insaciable, agazapado en algún lugar profundo. Y eso le daba sentido a todo lo demás. Había un orden secreto en el caos estudiantil de esa época. Un hilo de Ariadna que perdí en algún momento, en el mar muerto del confort. Porque conocí a Raphaël. Y sin darme cuenta, empecé una existencia que poco a poco dormía a ese animal con pinchazos furtivos.

Un malestar inconfesable me invadía ciertas mañanas al levantarme y ver que todo en el departamento estaba idéntico.

Como si Raphaël hubiera hecho con sus manos —en un descuido mío, pero ¿cuándo?— un molde en el que iba vertiéndose el metal fundido de los días. A veces, al hacer el amor, me crispaba repentinamente en lo oscuro, como si me asfixiara. «Ça va, ma chérie ?», me preguntaba él en susurros, sin abandonar el ritual inalterable. Nunca pude confesarle que casi podía sentir la quemadura del metal líquido cuando él me tomaba. Con el tiempo, mi silencio se convirtió en una trampa. Hubiera querido que la vida fuera un fluir perpetuo, un fuego libre de cenizas, como el de la música, y que él lo adivinara sin necesidad de palabras. Pero sabía que cualquier reparo mío de este tipo solo encontraría en él un muro de racionalidad doméstica. Cada día me contagiaba un poco más su inmovilismo satisfecho.

Una íntima parálisis había ocupado todos los espacios de mi vida y, sin embargo, había instantes privilegiados que me ayudaban a borrar el sabor amargo que tenía en la boca. Como cuando, entrelazados Nico, Raphaël y yo en la oscuridad del cuarto, se oían truenos lejanos y, de tanto en tanto, nos deslumbraba el ramalazo azul de un relámpago. Entonces, frente a la oscura inmensidad del mundo, me estremecía un miedo exquisito, erizándome los vellos, y me sentía tan agradecida de tenerlos a mi lado que olvidaba todo lo demás.

Cómo volver a estar con los míos sin engañarme. Cómo hacer del olvido un aliado, no el traidor en que lo había convertido. La incertidumbre se extendía frente a mí hasta perderse de vista, como un desierto nocturno.

Era como la ausencia en mamá, ese espacio en blanco en el centro de su vida. La muerte de papá y la pérdida de la casa parecían haberle dejado un vacío profundo. Siempre creí que debía llenarlo de alguna forma para que la blancura de ese vacío no devorase lo que quedaba de ella. Sin embargo, prefirió dedicarse a los hijos y, como cierto personaje de Tolstói, «borrarse y despejar el camino». Me pregunté si es lo que yo me había negado a hacer. Dejarme invadir, poco a poco, por esos ácidos. Tal vez algún día, cuando Nico tuviera edad para entenderme, tendría que explicárselo en esos términos. Yo me negué, hijo, a borrarme y a despejar el camino. Por eso hice lo que hice. O mi cuerpo hizo lo que hizo. No es una cobardía reconocer que, a veces, el cuerpo decide por nosotros y nos pierde. O nos salva.

¿Eso le diría? Seguramente no tendría el valor suficiente. Hay cosas que no se le dicen a un hijo. Por otra parte, ¿servía de algo racionalizar mis actos, atribuyéndoles una finalidad subterránea? Si mi cuerpo había decidido por mí, ahora me tocaba decidir por él, por los dos. Eso era lo importante. En eso debía concentrarme.

Mamá terminaba la sopa, Lauro se acercaba con las medicinas de la tarde y le ponía una mano en el hombro. Era evidente: algo se había desatado en mí. Ya tendría tiempo de preguntarme qué hacer con mi vida cuando todo esto hubiera acabado. Ahora debía calmarme o me alejaría de lo importante: estar ahí por ellos.

Lauro ayudó a mamá a acostarse para la siesta. Cuando volvió, yo había preparado café. Eran las dos de la tarde y la cocina y el comedor se sumieron en una penumbra color ceniza. En pocos segundos, las hojas de las plantas, en el alféizar de la ventana y en el interior, pasaron del verde al negro. Lauro se sentó y bebió un trago. «Va a llover», dije. Negó con la cabeza. «Se nubla, pero no llueve». Hubo un largo silencio.

—Así que viste la casa.

Nico nos miró sorprendido. Dijo:

—Vimos el jardín donde jugaba mamá.

Lauro manoseaba la cadenita de oro que tenía alrededor del cuello.

—Si yo paso por ahí, me da algo —confesó.

—El jardín está igualito. No parece que hubieran pasado veinticinco años.

—Veinticinco años —repitió con asombro.

—¿Sabes lo que había en la terraza, tío?

Nico se le había colgado del brazo y Lauro lo miró como debatiéndose entre la simpatía que le inspiraba y el miedo por lo que podría decir.

—Polleras, muchas polleras —dijo Nico, pronunciando con cuidado la nueva palabra que había aprendido esa mañana.

Lauro le pasó la mano por el pelo y me miró interrogativo.

—Estaban puestas a secar —dije.

—Claro. —Se quedó pensativo.

—¿Pensabas que la había comprado alguna de las familias de antes?

—No es eso.

Se levantó, de un mueble de la cocina sacó la botella de vodka y vertió un chorro en la taza.

—¿Sabes lo que vale hoy esa casa? Todos nuestros problemas estarían resueltos y mamá podría recibir un tratamiento decente en el exterior. —Secó la taza.

No podía creer lo que estaba escuchando. Llevé a Nico al cuarto y le di uno de los cuadernos de ejercicios que habíamos comprado en el aeropuerto. Prometí llevarlo a tomar un helado cuando hubiera terminado. Me miró con desilusión. Cerré la puerta y volví al comedor.

—Creí que lo de mamá era inoperable.

Lauro tenía la taza vacía entre las manos y estaba cabizbajo.

—Eso dicen en el hospital, pero quién sabe —respondió tras unos segundos, como si despertara—. Son unos inútiles y el seguro es una mierda.

—Pero ¿por qué no me lo dijiste antes?

—Hermanita, ¿ya te has olvidado de cómo es nuestro país? —Me miró—. Además, no me vas a decir que vos tienes la plata.

—Yo no, pero Raphaël sí.

Me arrepentí enseguida. El dinero de Raphaël —y las puertas salvadoras que nos hubiera abierto— ya no existía. Lauro se quedó mirándome, como si se hubiera despertado en él alguna esperanza secreta.

—Nos prestamos la plata —corregí.

Negó con la cabeza.

—Ya debemos.

—¿Al banco?

Su risa restalló como un látigo.

—¡El banco! El banco no nos presta ni en pedo. —Tras un silencio, añadió—: Por culpa de las deudas, mamá se ha quedado sin amigos.

—No podemos dejar las cosas así.

—Algún día tendré que pagarlas.

—¿Por qué no me pidieron a mí? Yo hubiera podido...

—¿Mandar plata? —me cortó—. Ya sabes cómo es mamá. Antes muerta.

—¿Cuánto deben?

Hizo un gesto con la mano como si espantara una mosca.

—Olvídate.

—Vamos a pagar juntos esas deudas, Lauro.

—De todas formas, ya es demasiado tarde —dijo como si no me hubiera oído—. Mamá tiene el tiempo contado.

Se sirvió otro chorro de vodka.

Hubo un largo silencio.

Iba a decir algo en un último intento cuando Lauro se inclinó hacia mí, me miró a los ojos con intensidad y, como si me contara un secreto importante, murmuró:

—La verdad, hermanita, creo que está feliz de morirse.

Llevaba tiempo pensando en cómo ayudar a mamá, en cómo *ayudarla* de verdad, lo comprendí de inmediato y las náuseas repentinas me obligaron a ir al baño. Vomité. Luego me mojé largamente la cara y, por un instante, en la visión borrosa del agua, vi cómo el rostro de mamá asomaba en el mío.

Cada vez que Lauro tenía alguna consulta, no llamaba al oncólogo del hospital, sino al doctor Prieto, y este le daba respuestas que ni mamá ni él cuestionaban. Había sido nuestro pediatra y con el tiempo se volvió nuestro médico de cabecera. Desde que murió papá, nos daba una tarifa especial en sus consultas y nunca habíamos ido a ver a otro médico. Mamá lo consultaba para todo —desde una gripe suya hasta una salmonelosis de Lauro, a quien siempre le había gustado comer en la calle, pasando por mis primeros dolores debidos a la «amiga mensual», como la bautizó el doctor—. No importaba el mal, el doctor Prieto siempre parecía tener la respuesta, recetaba remedios con buen tino y además teníamos su número personal en caso de urgencia. Mamá no hacía más que elogiarlo, sobre todo cuando, al salir de una consulta, calculaba mentalmente cuánta plata habíamos ahorrado gracias a la generosidad del doctorcito, como lo llamábamos en casa.

Ahora, según me dijo Lauro, el doctorcito estaba jubilado y no les cobraba un centavo por las visitas. Es más, parecía feliz de poder ejercer todavía. Era uno de los últimos representantes de esa estirpe de caballeritos de otros tiempos, que se reúnen en los cafés, se saludan con sonoras palmadas en la espalda y se instalan en una mesa apartada para hablar de todo, en especial de política, con unas ironías felices que hacen de cualquier discusión un motivo de chacota. Se había casado con una chica cruceña a la que le doblaba la edad, y se rumoreaba que tenía una cornamenta terrible, pero su trato era tan agradable que pronto se olvidaba ese detalle amargo. Se lo veía caminar por San Miguel paseando un pequinés marrón de porte altivo, que era un reemplazo de otro casi idéntico que había muerto, y que, a su vez, había suplantado a otro muy similar. Así, una serie de pequineses marrones se sucedían al otro lado de la correa que tiraba el doctorcito, mitigando la soledad de sus paseos.

Esas cosas me contaba Lauro, y una luz de simpatía pasaba por sus ojos, pero yo estaba lejos de imaginar que las visitas del doctor Prieto eran las únicas que recibía mamá, y que tras enterarse del diagnóstico en el hospital, no había vuelto a consultar a un oncólogo. Una tarde que mamá, después de tomarse un té de tilo, se puso a toser y a escupir sangre, le pedí a Lauro que llamara al médico que la había atendido la primera vez. Nos encontrábamos en el cuarto de mamá, todavía asustados por el acceso de tos, y, por alguna razón, nos pusimos a hablar como si ella no estuviera allí.

—Me va a decir que la lleve al hospital y ahí la van a hacer esperar horas en vano.

—Estás consultando a un pediatra jubilado.

—El doctor Prieto se ha puesto a leer un montón de libros, a estas alturas debe saber más que el medicucho del hospital, y lo más importante: no hay que hacer cola.

Yo me debatía entre la perplejidad y el horror. Si mamá debía morir, que al menos fuera bien atendida y sin sufrimientos innecesarios.

—Lauro, por favor, en el hospital están equipados.

Se rio.

—Cómo se nota que ya eres una franchuta, hermanita.

Debía cambiar de estrategia.

—Entonces, que al menos la vea otro médico —dije.

—¿Dónde?, ¿en un centro de salud? —subió el tono—. Vos estás loca.

Lauro me miraba. La luz de la tarde le daba de lleno en un lado del rostro. Tenía el codo hincado en el aparador de mamá. Debajo del vidrio, postales de Paul Klee, Magritte, Fernando de Szyszlo.

Me volví hacia mamá y me ofrecí a llevarla las veces que hiciera falta hasta que pudiéramos ver a otro especialista. Quería tener —le dije— una segunda opinión médica. Sentada en la cama, se limpiaba los labios manchados de sangre con un clínex arrugado. Alzó los ojos hacia mí y frunció el ceño apenas, en un gesto breve que me recordó otras épocas, como si quisiera reñirme pero no encontrara las fuerzas necesarias.

—No jodas, mijita.

Pasé la tarde fuera con Nico. Lo llevé al parque Las Cholas. Ya casi al final del puente, asomó una parcela del parque japonés y recordé los sábados que pasábamos allí entre pagodas, puentecitos rojos y sauces exuberantes. Uno de los pocos recuerdos que tenía de los cuatro juntos. Mis padres enlazados sobre un mantel de cuadros rojos y blancos, como de restaurante italiano, extendido bajo un sauce llorón, mientras mi hermano me desafiaba al pan cojito en el estanque. El pan cojito consistía en saltar en un solo pie, de un tocón a otro, lo más rápido posible, con el peligro excitante de dar un paso en falso y caer en esas aguas —cubiertas de musgo y salpicadas de nenúfares— que imaginábamos pobladas de peces monstruosos. Y luego volvíamos, con el corazón desbocado, y los veíamos enlazados en la sombra, ajenos a todo. No sabíamos que el desastre estaba cerca.

Mientras Nico charlaba en los columpios con un niño de uniforme gris y corbata azul, haciendo buenas migas con una facilidad envidiable, yo me perdí en mis pensamientos. Me sentía al margen de lo que Lauro y mamá habían construido, de esa complicidad sin palabras. Durante quince años, asistieron sin duda al vago engranaje de una historia previsible o temida: la hija y la hermana que se va tan lejos que es como si ya no existiera —los *mails* y las llamadas son apenas latidos de un espectro; los regresos, demasiado breves, acentúan su condición de fantasma—, la mujer casi desconocida que termina sus estudios, funda una familia y decide quedarse del otro lado del océano. En ocasiones, esa historia los llenaría de alegría y, en otras, de una tristeza sin nombre. Las partículas de la burbuja se habían ido cerrando, cada vez más herméticas, a su alrededor. Eso era lo único cierto.

Comprendí que, si había decidido volver, debía plegarme a la voluntad de mi hermano y a la de mamá, que parecían una sola. Y debía reconocer que no tenía los mismos derechos que Lauro. Mi hermano se los había ganado a pulso y estaba dispuesto a hacerlos respetar.

Debía renunciar a encajar en la dinámica del trío que habíamos sido desde que papá dejó nuestras vidas. Estaba ahí para despedir a mamá, para darle un último abrazo y dejarla ir. Para ayudar a Lauro en lo que pudiera. Estaba ahí para pagar una deuda, pero según las condiciones que me eran impuestas.

Busqué a Nico con la vista. Ya no estaba en los columpios, sino en un rectángulo de tierra rojiza, jugando al fútbol con otros chicos, todos vestidos con el uniforme gris. Perseguía un balón descascarado y de trayectoria imprevisible y, de tanto en tanto, me echaba ojeadas rápidas, como para asegurarse de que no me había movido del banco. Tenía el pelo alborotado y las mejillas encendidas, y supe que se divertía por primera vez en mucho tiempo. Recordé unos versos que Nico había aprendido ese mismo año en la escuela: «Démosle el mundo a los niños / Que por un día al menos / Reine la camaradería en la tierra».

Nico resbaló y cayó de bruces. Las risas lo obligaron a levantarse en un brusco arranque de orgullo. Con una mano, se limpió la cara roja de tierra y, cuando parecía que su mueca de dolor iba a convertirse en llanto, estalló su risa. Una risa cierta que se unió a las otras, salpicando mis sombras con su luz.

Desde entonces, los sentimientos exacerbados fueron cediendo ante una cotidianidad reaprendida. Me hice dócil y Lauro volvió a mostrarse afectuoso. Me hice dócil y mamá pareció olvidar mi torpeza de los primeros días. Cuando Lauro no estaba, me pedía con insistencia que la llevara a pasear.

Fue una tarde en que Lauro había ido a ensayar con su grupo. Mamá se vistió como para una ocasión especial: se puso una chompa de lana color salmón y, sobre los hombros, la mantilla de vicuña que guardaba en la parte alta del ropero y que olía a un antiguo perfume suyo, porque no se la ponía desde la última vez que salió de fiesta. Tras haberse arreglado con esmero, se sentó en el borde de la cama y se quedó mirando sus pies con aire abatido. Le pregunté si se sentía bien. Miraba el agujero que tenía el calcetín a la altura del dedo gordo. «Imaginate si me desmayo en la calle y tienen que quitarme los zapatos», dijo. «¿Qué van a decir? *Vieja cochina*, eso van a decir». Me pidió que le pasara unas medias del primer cajón de la cómoda. Miró las que le ofrecía. «Increíble. No tengo ni un par de medias decentes. Pero ya es tarde para ponerse a comprar medias, ¿no, mija?». Cuando le hice notar que teníamos toda la tarde por delante, sonrió vagamente divertida, como si una vez más yo no entendiera nada, e hizo un gesto impaciente con la mano, como si fuera inútil decir más. «Vamos, carajita».

Esa tarde hicimos todo lo que a mamá se le pasaba por la cabeza.

Tomamos el teleférico hasta El Alto para ver la ciudad desde las alturas y, al volver, nos bajamos en la parada cercana a la plaza España. Mamá quería pasear, así que nos pusimos a caminar despacio, deteniéndonos de tanto en tanto a la sombra de los aleros, hasta que llegamos a El Prado. Al conocer Barcelona años atrás, lo primero que me llamó la atención de la famosa Rambla era que me recordaba El Prado, y me quedé mirando el pavimento que entretejía baldosas oscuras y claras, gastadas por el incesante paso de las multitudes, como si fuera mi ciudad. Ahora, en cambio, El Prado me parecía una especie de Rambla paceña, puntuada de jardines sobrios cercados con rejitas verdes que dividían los flujos de gente como las piedras musgosas de un río salido de madre.

Lo primero que hicimos allí fue ir hasta el mercado persa. Era una galería comercial donde se alineaban hasta perderse de vista puestos de ropa, zapatos, cinturones, accesorios de cuero, cosméticos, botellas de licor, joyas de ley y baratijas. Un típico bazar paceño. Mamá pidió que la esperáramos fuera. Una vez en la acera, levanté la vista y caí en la cuenta de que estábamos a los pies del edificio que había sido el lujoso hotel Plaza. En el *lobby* donde antes se recibía a eminencias del mundo entero, ahora reinaba la música chicha y un fuerte olor a guiso. Al rato mamá salió con una bolsa en la mano y, en el rostro, una expresión de secreto y travesura. Oscurecía, aunque en el aire persistía una tibieza extraña, una tibieza que yo nunca había sentido a esas horas, sobre todo en el centro.

Bajamos hasta la plaza del Estudiante y entramos en un salón de té oriental. A mamá le encantaban los cuñapés. Al salir, un niño de no más de cuatro años nos ofreció los paquetes de clínex que llevaba en las manos. Tenía las mejillas paspadas y los ojos negros como dos gotas de tinta. Preguntó si no le íbamos a comprar, caserita. Mamá le pasó una mano delicada por el pelo y le dio la bolsa de cuñapés que había comprado para Lauro.

Cuando el niño empezó a alejarse, lo llamó como si hubiera olvidado algo, fue hasta él y le puso la manta de vicuña sobre los hombros. Al niño debió parecerle raro el perfume porque frunció la nariz. Mamá se rio. Que no se preocupara por el olor, le dijo, ya se iría borrando con el tiempo.

Pasamos delante de la UMSA. Mamá le acariciaba la cabeza a Nico, le contaba cosas de cuando yo era pequeña y de su propia infancia. Por un momento él creyó que mamá y yo habíamos sido niñas en la misma época, y esta ocurrencia nos hizo reír. De tanto en tanto le mostraba a los transeúntes apurados que se abrían paso en la marea de gente.

—Mirá, papito —le decía—, ¿has visto cuántos locos sueltos?

Por primera vez desde nuestra llegada, Nico parecía feliz de pasar tiempo con su abuela. Hasta le dio la mano por iniciativa propia. Me pregunté qué pasaría si mamá tenía una de sus crisis y lo confundía con Lauro a esa edad. Me pregunté si, en ese caso, notaría los cambios en la ciudad, y si eso la ayudaría a volver de su extravío. Me pregunté si esas crisis venían con omisiones selectivas que le impedían reparar en detalles reveladores, como si el cerebro supiera exactamente cómo engañarla. Porque la engañaba, no cabía duda, refugiándola en un sitio inaccesible para los demás. ¿Qué mejor refugio que un pasado feliz? Un pasado que no es recordado, sino que irrumpe en el presente y se vuelve realidad. Porque la realidad no es un diamante polifacético que solo Dios podría ver, sino lo que percibe una sola persona a la vez en el flujo del tiempo o, más precisamente, en el accidentado flujo y reflujo de su tiempo. Ante la ausencia de Dios, solo nos queda lo frágil y caprichoso del instante desmigajándose entre los dedos.

Así, no había razón de dudar de los bruscos viajes temporales de mamá, como tampoco de los síntomas de su cuerpo, de sus vómitos de sangre, por ejemplo. ¿Cómo negarlos? Eran hechos, no interpretaciones. Solo una visión externa, como la de Lauro o la mía, podía dar cuenta de su error. Pero ¿se trataba realmente de un error? ¿O no era más que un simple desfase entre dos temporalidades distintas? Todos buscamos algo solo visible para nosotros, pensé una vez más. Cada conciencia tiene la autonomía de la música, un tempo propio y cerrado, silencios intransferibles. Las conciencias coexisten como esferas de música que se rozan, y el milagro está en que alguna vez confluyan.

Volvió a mi memoria una escena antigua: mi abuela materna bailando sola en su cuarto, descalza, enseñando sus pies pálidos y de aspecto quebradizo, como hojas secas. Georgina bailando sola, sin música, haciendo tintinear sus pulseras a un ritmo regular, hipnótico. Y después las dos moviéndonos juntas, agarradas de las manos frente al espejo del ropero, en una sincronía extraña que se modulaba a un ritmo inaudible, pero ahí, definitivamente ahí. Una escena que, sin duda, de haberla visto ahora, me habría dejado turbada. No tanto por la ausencia de música como por la presencia de *otra música* que se manifestaba en esos dos cuerpos. Un puente de sangre en el vacío.

Pensé en mis propias ausencias. En los últimos días, Nico me sorprendía tirándome de la manga: «¿En qué piensas?, ¿por qué no has visto lo que te estaba mostrando?». Resultaba inquietante decirme que, por cierto tiempo (pero ¿cuánto?), yo no había estado ahí. Aunque no era un niño que pidiera demasiada atención, debía ser desagradable pasar tanto tiempo con una madre ensimismada. Y claro, podía ser peligroso.

En esas estaba cuando, al llegar a la esquina de la J.J. Pérez, mamá se detuvo de repente, cambió de expresión y, en lugar de cruzar la calle como yo, subió por la acera opuesta. Hice el ademán de volver, pero el semáforo había cambiado y los trufis, los radiotaxis y los minibuses retomaron su carrera irritada. Llamé a mamá, llamé a Nico, pero el estruendo de los motores tapaba mi voz. Ya no los vi. No lograba cruzar entre los parachoques ansiosos y la tembladera de los tubos de escape. Intentando calmar los latidos del corazón, empecé a remontar la acera. Los vi otra vez: Nico le seguía apenas el paso, violentado por su andar urgente, mientras ella se movía con una energía extraña, su figura delgada recortándose sobre los muros cubiertos de grafitis. En la esquina de la 20 de Octubre miró a su alrededor, como si tratara de orientarse, y por un momento pensé que daría marcha atrás. El corazón me dio un vuelco cuando atravesó la calle, ajena a todo, provocando el frenazo de un gran Toyota blanco que venía de la avenida y del radiotaxi que llegaba por detrás. Se oyeron bocinazos furiosos y un grito de espanto que resultó ser mío. Sin soltar a Nico, mamá dobló la esquina. Desaparecieron.

Ya en la cabina que se deslizaba en el vacío, todavía no lograba reponerme del susto. No sabía si ella había vuelto en sí. Se había dejado conducir hasta la parada del teleférico sin oponer resistencia, envuelta en un mutismo que la hacía aún más remota. Nico, en cambio, había recuperado el aliento y parecía más bien tranquilo, como si lo ocurrido no hubiera sido más que un juego. Pegado al vidrio, nos señalaba con entusiasmo los tejados de calamina que brillaban al último resplandor del día y las ventanas sin cortinas que, por unos segundos, daban acceso a la intimidad de los cuartos. De pronto mamá rompió su mutismo y dijo que el teleférico le hacía pensar en su vida.

—¿Alguna vez has tenido la impresión de deslizarte sin saber adónde vas ni por qué? —dijo mirándome, y supe que había regresado. Y tras un silencio añadió—: Y esta sensación acá —se tocaba el pecho—, algo parecido al vértigo.

Miré hacia abajo, hacia las aguas todavía escasas y como detenidas del Choqueyapu, hacia el vacío de la tarde oscura, y se me hizo un nudo en la garganta.

Cuando al fin le di alcance, mamá se había adentrado unos treinta metros en la avenida. Se detuvo bajo el letrero de una churrasquería argentina y miró hacia la acera de enfrente como si buscara algo. Antes de que pudieran cruzar, llegué hasta donde estaban y, con un gesto brusco que más tarde me avergonzó, le arrebaté a Nico. Sus ojos amenazantes se volvieron hacia mí y, como si le hablara a una desconocida, me preguntó qué estaba haciendo. Traté de hacerla entrar en razón. «Carajo, mamá», le decía. «Soy yo». Poco a poco, perdió su aire hostil. Por un momento pensé que había vuelto, pero entonces miró hacia la acera opuesta y, sin que pudiera hacer nada por evitarlo, bajó por la avenida con la misma premura de antes. Cuando pensé que ya no podría alcanzarla, se detuvo con aire de satisfacción, como si hubiera encontrado lo que buscaba. Enfrente se levantaba un edificio altísimo y feo, de esos que parecen haber estado en la 20 de Octubre desde siempre, cuyas ventanas innumerables se perdían en el cielo. En la parte baja, cubierta de una cerámica color chocolate, y a ambos lados de las gradas de cemento gastado, se sucedían los ventanales con letreros de negocios: un restaurante de platos criollos, una tienda de colchones, una peluquería y un servicio de desayunos y almuerzos para llevar que ya había cerrado su cortina metálica. Mamá se inclinó y le acercó la cara a Nico, hasta rozarle la nariz con la punta de la suya, en un saludo esquimal que no había visto en siglos. Luego señaló un punto impreciso entre los negocios del edificio.

—Fijate, *mija* —le murmuró a Nico, que de inmediato se aferró a mis dedos—. Ahí va a ser el restaurante de tu papá.

Bruscamente, como llevada por una fuerza irreprimible, se bajó de la acera para cruzar la calle.

6

El metro frenó con un chirrido. Se abrieron las puertas y eché a andar hacia la escalera mecánica. Por un momento, el ruido rítmico de mis tacones en el andén me devolvió una sensación de cotidianeidad que resultaba casi sedante.

Había tenido que mentalizarme para volver a la u. Repuesta de la fiebre, desembalé las cajas y ordené el departamento, aireé el colchón —del cual había empezado a desprenderse un olor agrio—, puse sábanas, fui hasta el café donde recogí mi tarjeta —el barman de los brazos tatuados la había guardado en un cajón, y lo bendije—, hice la compra, improvisé un escritorio sobre la mesa redonda del comedor, revisé y retoqué mis primeras clases. Al principio me resultaba imposible concentrarme, pero después, abstrayéndome de lo que me rodeaba, el trabajo resultó lo único que, así fuera por unas horas, me permitía huir del desasosiego.

Entré en el departamento de Estudios Hispánicos. El *hall* de entrada olía a encerado y tenía ese aire soñoliento de los lugares que se animan después de tiempo. Subí las gradas y recorrí el pasillo. El despacho estaba al fondo. Era una oficina exigua que nos habían cedido temporalmente a un profesor peruano y a mí. La puerta era una de las pocas que no tenía placa. Subí las persianas y me quedé mirando los libros abiertos y los papeles desparramados sobre el escritorio, las plantas marchitas en los rincones, el espeso polvo que cubría el enorme archivador. Me pasé la mañana ordenando, desempolvando con servilletas de papel, lavando la cafetera italiana, regando inútilmente las plantas muertas. Visiblemente mi colega no había entrado desde que se reanudaron las clases. O, si lo hizo, huyó de inmediato.

Incapaz de sentarme a trabajar, llegó el mediodía y salí. Por alguna razón, al cerrar la puerta con llave me invadió una sensación de *déjà vu*, como si fuera la puerta de mi departamento, como si fuera la noche que había olvidado. Me sentí de pronto al borde de un precipicio y se me endureció el cuerpo. Algo estaba a punto de surgir en mi memoria cuando un ruido de pasos me devolvió a la realidad. «¿Qué fue de esa vida?», escuché. Era Isabelle. Me saludó con dos besos. La sensación de inminencia se perdió. Extrañada, descubrí que sentía alivio.

Comimos en una *brasserie* cercana. Isabelle tenía la piel color zanahoria y su nariz, tan pequeña que parecía un pico de canario, estaba salpicada de pecas. El pelo rojo le caía sobre los hombros y llevaba en las muñecas unas pulseras de cuero con perlas falsas. Empezó a contarme anécdotas de su viaje a no sé qué isla griega.

Apenas la escuchaba. Pareció darse cuenta porque me preguntó de golpe:

—¿Y vos qué hiciste este verano? —Isabelle era francesa, pero había vivido unos años en Uruguay, los suficientes para que el voseo se le pegara sin remedio.

Traté de parecer natural. Le dije que había pasado el verano en un pueblo de la Costa Brava, que Nico había aprendido a nadar y que el último día se había metido al mar sin flotadores, que volvimos a casa a fines de agosto para que Raphaël retomara el trabajo y yo fuera preparando mis clases. Todo era verdad, pero, a medida que hablaba, sentía subir las lágrimas. Ella se quedó mirándome unos segundos y luego, sin preguntar nada, me abrazó.

Antes de darme cuenta, protegida por el vocerío del local, el ruido de vajilla entrechocada y la música pop enlatada que despedían los altoparlantes, le estaba contando el despertar en la clínica, la conversación con Raphaël, sus palabras frías y tajantes y la llave, la colmena, el viaje a Limoges, la noche en el albergue, el regreso y la fiebre. Solo al acabar tomé aire. Al fin se lo había contado a alguien. Ella me escuchó con una expresión de escándalo.

—¿Y no has llamado a la policía? —preguntó incrédula.

—No pude denunciarlo.

—¿Por qué?

Le conté lo poco que recordaba de esa noche, la escena en el baño, después de la ducha, Nico jugando a mis pies, y también le dije que acababa de descubrir que yo estaba saliendo a alguna parte, pero que no sabía adónde.

—He tenido que hacer algo terrible para que Raphaël reaccione así.

—No importa lo que hayas hecho —dijo ella—. Seguramente lo que él está haciéndote es mucho peor.

Una parte de mí agradecía el comentario, pero la otra me hacía sentir cobarde, me exigía recordar.

—Si Raphaël ha reaccionado así, debe ser por algo —me escuché decir.

Me extrañó defenderlo a pesar de todo, pero por alguna razón no pude evitarlo. «Tengo clases», le dije bruscamente. Isabelle pareció sorprendida. Pagamos y salimos de la ruidosa *brasserie*.

Entramos en el campus y, sin una sola palabra, nos separamos. Cuando la vi alejarse, descubrí que no sabía si podía confiar en ella y me arrepentí de haber hablado.

Al escribir en la pizarra, oí cuchicheos y risitas sofocadas, giré la cabeza y miré sobre mi hombro: los estudiantes bajaban los ojos, sonriéndose, se inclinaban sobre sus cuadernos con una brusquedad mal disimulada. Retomé lo que estaba escribiendo: «En todo encuentro erótico hay un personaje invisible y siempre activo: la imaginación». Otra vez las risitas. Risitas maliciosas. Podía sentir las miradas en mi espalda de una manera casi física. Me invadió la inquietante sensación de que estaban hablando de mí, de que las risitas tenían una relación directa con mi vida.

Ya en mi despacho, miraba las partículas de polvo que flotaban en la luz del atardecer cuando tocaron a la puerta. Alexandre asomó la cara por la puerta entornada y entró, risueño. Por alguna razón me sentí amenazada.

—¿Puedo pasar?

—Ya entraste.

Miró hacia el pasillo, de donde llegaba un ruido de pasos. Añadió:

—Es sobre mi tesis.

Llevaba un grueso manuscrito anillado bajo el brazo.

Le señalé la silla frente al escritorio y él se sentó. Nerviosa, agarré unos papeles que tenía delante y fingí acabar una lectura.

No había visto a Alexandre desde fines de mayo, cuando defendió su tesis. En los meses anteriores, las entrevistas se habían ido alargando de manera inevitable. La primera nevada en años nos sorprendió en mi despacho, trabajando en los últimos capítulos de su tesis. Estaba sentado a mi lado, nuestros hombros se tocaban. Alexandre no era guapo, pero despedía cierta animalidad en su voz grave y prematuramente ronca, en sus ojos indios de un verde casi secreto —había que verlo de cerca para darse cuenta—, en la apretada sombra que le cubría la cara como un antifaz invertido. Era una fisonomía atípica que hundía sus raíces, como me contó alguna vez, en la Isla Reunión, donde vivían sus padres y sus abuelos. Llevaba siempre *jeans* claros y poleras oscuras de manga corta con estampados de los grupos noventeros que tanto me gustaban y que, para él, ya eran clásicos. No sé en qué momento dejamos de comentar su tesis y nos quedamos mirando por la ventana hacia el parque de los robles, que perdía sus últimos vestigios ocres sepultados bajo la nieve.

Todo pasó muy rápido. En su tesis, Alexandre estudiaba de forma exhaustiva y quirúrgica la metáfora en la poesía surrealista hispanoamericana, y, como para no alejarnos demasiado del trabajo, nos pusimos a recordar versos sobre la nieve. En eso Alexandre murmuró una línea de Bonnefoy: «Un poco de viento escribe con la punta del pie una palabra fuera del mundo». La sentí tan cerca que fue como si su aliento se me metiera bajo la piel. Me volví hacia él. Estaba de perfil y miraba los copos que caían del otro lado de la ventana. Había una inocencia deslumbrada en su silencio. Seguramente se dio cuenta de algo, porque se volvió. Fue como un parpadeo de la conciencia. Lo besé, no pude evitarlo, y aun cuando sentí su mano ansiosa en mi muslo, seguí besándolo. Sin embargo, bastó que me rozara el cuello con los labios para darme cuenta de lo que estábamos haciendo. Lo aparté. No hizo falta que dijera nada, él pareció entender.

Desde entonces lo mantuve a una distancia cordial pero firme, que evitara el resentimiento, y con el paso de los días pareció resignarse. Yo me había quedado con una sensación agridulce, me sentía halagada y al mismo tiempo furiosa contra mí misma.

Alguna vez pensé en contarle todo a Raphaël, pero no lo hice. Aunque era un hombre que se decía abierto, más de una vez lo había escuchado indignarse frente a los comportamientos ligeros de ciertos amigos suyos. Con el tiempo, la culpa se había ido borrando porque lo de Alexandre nunca tuvo importancia.

Pero entonces, ¿por qué ahora, meses después, me sentía amenazada en su presencia?

Levanté la vista de los papeles como si hubiera acabado mi lectura.

—¿Ya encontraste quién te publique la tesis? —le pregunté, pensando que había venido a darme una noticia de ese tipo.

Alexandre me miraba a los ojos con descaro.

—Todavía no. —Dejó el manuscrito sobre el escritorio—. Es que siento que no está terminada. Le falta lo más importante.

—¿Es decir?

—Le faltas tú.

Sentí su mano sobre mi muslo y me eché hacia atrás. Alexandre se levantó y se inclinó sobre mí. «Cuando esta mañana me dijeron que te habían visto en el campus...», dijo. Me levanté bruscamente y él pasó del otro lado, me abrazó por detrás y sentí sus labios y las púas de su barba en mi nuca, en mi cuello, en mi escote. Como la tarde de la nevada, por unos segundos fui incapaz de reaccionar. Luego junté fuerzas y lo aparté. Me miró con sorpresa, con incomprensión. Pareció a punto de decir algo, pero se contuvo. Temí que volviera a la carga. No lo hizo: agarró el libro, fue hacia la puerta, me lanzó una última mirada indescifrable y se alejó. Me temblaban las manos. No quería quedarme allí y no me sentía con ánimos de volver a la colmena. Necesitaba calmarme. Esperé a que el ruido de sus pasos se apagara por completo y luego salí.

Desperté en mi cama. Raphaël estaba a mi lado. Descubrí que habíamos dormido de costado, como siempre, mirando en direcciones opuestas y con el calor del otro en la espalda. Una luz intensa se filtraba por la ventana. Sin cambiar de postura, él alargó un brazo hacia atrás y puso la mano sobre mis caderas, que formaban una duna bajo las sábanas. Extendí la mano y apreté la suya. Pensé: la pesadilla ha terminado. De la habitación contigua llegó la voz de Nico, que hacía ruidos de motores y entrechocaba sus juguetes. Palpé la textura de las sábanas. Aspiré el olor frutal del suavizante mezclado al de nuestros cuerpos.

Solo faltaba Nico y sentí la necesidad de tenerlo cerca. Lo llamé y el ruido de sus juegos cesó de golpe. La mano de Raphaël seguía ahí, dormida, sobre mis caderas. Llamé otra vez y aguardé, expectante. Silencio.

Entonces traté de incorporarme. En vano. Volví a intentarlo. Fue inútil. Tampoco podía volverme hacia Raphaël. Era incapaz de mover el cuello. Cada nuevo intento me hacía arder un poco más la espalda. Había empezado a sentir un dolor extraño, mezclado con una sensación de humedad, de los omóplatos al coxis.

Pasaron los minutos. Ya el sol me quemaba el perfil cuando hice un último intento desesperado. Utilizando un brazo y una pierna como resortes, me impulsé hacia arriba y un espasmo abrasador me recorrió el espinazo. La espalda me palpitaba con fuerza. Presa de un mal presentimiento, llevé la mano hacia atrás y palpé lo que parecía una membrana. Dolía en carne viva. De pronto, con la contundencia de las pesadillas, supe que esa cosa conectaba nuestros cuerpos, que, hiciéramos lo que hiciéramos, nos uniría sin remedio, latiendo como un corazón atónito. El horror me obligó a abrir los ojos. Estaba en el colchón sin sábanas de la colmena.

Tuve ese sueño uno de los días que pasé enferma al volver de Limoges, y lo recordé en la biblioteca universitaria mientras hojeaba un álbum con los grabados de Goya. Debía preparar una clase y, después de lo sucedido con Alexandre, necesitaba estar en un lugar neutro. Sospeché que Alexandre se había enterado de mis problemas con Raphaël y había pensado estúpidamente que la vía estaba libre. Seguramente Isabelle había difundido nuestra charla y la información había recorrido la u como un reguero de pólvora. Mi inquietud se había visto justificada.

Me había sentado en mi lugar preferido de cuando era estudiante, un rincón luminoso en la cuarta planta, junto al ventanal con vista al parque de los robles, dispuesta a preparar la clase de introducción a Goya que tenía pendiente. En un álbum con los grabados, me puse a buscar el *Disparate matrimonial*. Me quedé observándolo fascinada. Era mi pesadilla.

De pie en la noche, dos seres de una fealdad rugosa y simiesca (que evoca el paso del tiempo y la degradación de la carne, pero también nuestra naturaleza animal) están unidos por la espalda y la nuca. En el segundo plano, un semicírculo de figuras grotescas parece vigilar a la extraña pareja. La mujer (solo los pechos indican el sexo del engendro) mira al cielo con la boca abierta mientras descansa el peso del cuerpo en el hombre. Este, en efecto, parece cargar con ella, y encara a los espectadores del siniestro espectáculo señalándolos como si los acusara de algo.

El texto explicativo decía más o menos lo siguiente: «Una pareja está unida contra su voluntad, aludiendo al matrimonio por interés, e increpa a los que contemplan el espectáculo, dando a entender que gritan a la sociedad lo injusto e irracional de su situación. Algunos espectadores tienen rasgos animalescos que traducen su maldad. Goya, espíritu ilustrado, ya había criticado duramente estas prácticas en ciertos grabados de *Los Caprichos*».

Para mí, la estampa de Goya iba más allá. Traducía el absurdo y el horror de toda unión vital, del dolor que une a dos cuerpos que se van deteriorando. De la acusación a la sociedad, sí, pero no solo por los matrimonios de conveniencia, sino por cualquier matrimonio. Porque todavía hoy, tarde o temprano y por caminos disimulados, la sociedad te fuerza a pegar tu espalda a la espalda de otro, tu nuca a la nuca de otro, y en la oscuridad que rodea al monstruo bicéfalo relucen las miradas vigilantes, atentas a cualquier paso en falso. Juzgándote.

Y lo peor de todo es que nunca llegas a conocer realmente al otro. Espalda contra espalda día y noche, nunca ves la cara de la persona con la que compartes tu vida. Lo sucedido con Raphaël me lo había demostrado. Diez años de recuerdos comunes eran de repente solo un poco de niebla, como la que flotaba ahora a los pies de los robles, al otro lado del ventanal.

Al mismo tiempo, algo invisible pero innegablemente real me unía a mi hijo. Y ese algo sangraba y yo trataba en vano, como ahora, de no tocarme la herida.

Estaba sentada en la barra de la cocina trabajando en mi computadora portátil. Unas vecinas hablaban a gritos de un balcón a otro en una mezcla vivaz de francés y árabe. A cada explosión de risas, unos perros callejeros contestaban con una salva de ladridos. Tocaron a la puerta.

Era una mujer de unos cuarenta y pico, de piel cobriza y ojos grandes y castaños. Las patas de gallo en las comisuras de sus ojos eran las bellas ramificaciones de su sonrisa. Todos sus rasgos resaltaban a causa del velo. Vestía una chilaba color crema y unas babuchas de andar por casa. Sostenía una bandeja con una tetera metálica como de juguete, dos vasos diminutos de arabescos dorados y un paquete envuelto en papel de repostería. Se presentó como Azima, simplemente, y antes de que yo pudiera decir nada, entró y, moviéndose con soltura, dejó la bandeja sobre la mesita de centro, se quitó el velo —tenía el pelo lacio, brillante de tan negro— y se sentó en el sofá con la espalda bien recta.

—Un gusto conocerla al fin —dijo—. Pensé que la conocería la tarde en que *monsieur* Leroy y yo acordamos el trato, y me dio pena saber que estaba usted enferma.

—¿Es usted la dueña? —pregunté.

Me miró con sorpresa.

—¿*Monsieur* Leroy no se lo dijo?

—No, Raphaël no me dijo nada.

—¿Nada? —Agrandó los ojos.

—Nada. —Forcé una sonrisa cordial.

Pareció desconcertada. Sin embargo, no perdió el aplomo y fue directa al grano.

—Bueno, el departamento no es mío, ¿sabe?

Ella pensaba que yo estaba al tanto, *madame* Leroy. Entonces, de qué trato hablaba, pregunté. Sus ojos se agrandaron otra vez. Bueno, subalquilaba el estudio, claro. Catherine tenía razón: yo estaba viviendo allí en condiciones ilegales.

Pero había que ir por partes. Le pregunté cómo había conocido a Raphaël. Me sirvió té de menta y me ofreció masitas cubiertas de miel y almendras tostadas. Lo conocía porque su hijo trabajaba en el bufete de abogados. Karim era un *homme à tout faire*, hacía de mensajero y servía el café, ese tipo de cosas, ¿sabía?, y *monsieur* Leroy (definitivamente, había algo reverencial en su voz cuando lo nombraba) había sido siempre muy bueno con él. Cuando se acercaba la Navidad, le daba de su propio bolsillo la paga extra que el patrón del bufete le había negado y, nada más enterarse de que Karim tenía un hijo, empezó a regalarle año tras año unos juguetes de madera preciosos. En más de una ocasión, se quedó a tomar el té. Qué hombre tan encantador y, a la vez, tan sencillo. Ya no quedaban muchas personas como él en el mundo, ¿verdad que no, *madame* Leroy? Ni Karim ni ella sabían cómo agradecerle todo lo que hacía por ellos.

En ese departamento —miró a su alrededor— habían vivido su hijo y su nieto hasta hacía unas semanas, cuando mi marido se presentó allí y les ofreció algo que al principio los desconcertó a ambos, lo admitía. Delante de ella, le propuso a Karim cambiar de casa sin que él tuviera que pagar la diferencia de alquiler. Karim visitó nuestro departamento y, por supuesto, se negó. No podía aceptarlo. Era demasiado. Pero mi marido le dijo que, si aceptaba, le haría un gran favor. Que él tenía que mudarse urgentemente por cuestiones de fuerza mayor y no había encontrado a nadie más indicado. Karim lo pensó mejor. Quería que Yasin creciera lejos del ambiente del barrio y vio en el gesto de *monsieur* Leroy un nuevo acto de generosidad. Ella acabó de convencerlo.

—Aprovecho la ocasión para darle las gracias, *madame* Leroy. —Me tomó de las manos—. Ese departamento le ha cambiado la vida de mi hijo.

La mujer de Karim murió al nacer el niño, ¿sabía?, y Karim tuvo que criarlo solo, aunque ella le ayudó en la medida de sus posibilidades. Ella vivía en el departamento de arriba. Se ganaba la vida de ayudante en una pastelería oriental de Saint-Michel. El piso en que nos encontrábamos lo había alquilado hacía años para Karim y su esposa. Al nacer el bebé y morir ella, su hijo decidió conservarlo, tal vez para preservar algo de su vida pasada, de su breve felicidad, y por eso a ella le había sorprendido cuando, gracias a *monsieur* Leroy, su hijo decidió mudarse, como si ya hubiera pasado el tiempo del duelo.

—Qué bueno que no tenga prejuicios y sea capaz de venir a pasar una temporada en un barrio como este —dijo cambiando de tono—. ¿Le ha venido bien el estudio, *madame* Leroy?

Asentí.

—Debe ser difícil para usted pasar este tiempo lejos de su familia —añadió—, pero a veces una no tiene opción, ¿verdad? El trabajo es el trabajo.

¿Qué le había dicho Raphaël? ¿Que él debía irse y que en cambio yo me quedaba *por trabajo*? No pregunté. Bebimos el té en silencio y comimos las masitas mirándonos de tanto en tanto por encima de los vasos. Nos sonreíamos algo incómodas. Al rato, como venciendo una barrera, dijo:

—*Madame,* ya estamos a fines de mes.

Su voz era dulce y tersa como las masitas y, a la vez, parecía avergonzada.

—Disculpe que no espere hasta principios de noviembre —añadió—. *Monsieur* Leroy me dijo que, si hacía falta, pasara a verla a fines de mes.

¿Cuánto le debía, por favor? Volvió a mirarme con una sorpresa mal disimulada. Dijo la suma. Le respondí que tendría que ir al cajero automático. Por supuesto, *madame* Leroy, ¿mañana a la misma hora me convenía? Estuvimos un rato más en silencio. Luego Azima se despidió, recogió la bandeja y salió tan desenvuelta como había entrado.

Al día siguiente me encontró más preparada. Había tenido tiempo de pensar en el asunto. Ante la imposibilidad de conseguir rápidamente un departamento, Raphaël había acudido a esas pobres gentes sin dejarles alternativa. Azima veía en él a un protector y el cambio de departamento como un gesto de altruismo. Decirle la verdad la habría mortificado inútilmente.

Esta vez la acogí con una sonrisa y le serví el té en el servicio de porcelana de Limoges. Visiblemente, no necesitaba más para sentirse en confianza. Se sentó a sus anchas, toda sonrisas, y se puso a hablar del tiempo, de la suerte que teníamos de disfrutar del verano indio. Se inclinaba hacia mí y me daba toquecitos en el antebrazo como si fuéramos viejas amigas. Lejos quedaban las maneras algo ceremoniosas con que me había abordado el día anterior. Después de un rato le pedí que me llamara Lea y dejara de tratarme de usted, y acabó de soltarse. Era como si hubiera codiciado largamente ese instante.

Mientras tomábamos el té y me contaba de su trabajo en la pastelería oriental, oímos el ruido de una moto, que arrancaba a toda velocidad, y Azima se quedó en medio de una frase, dejó su vasito en la mesa de centro y se levantó para mirar por la ventana del balcón.

—Perdón, creí que era Momó —suspiró—. Se pasa el día fuera y no sé muy bien qué hace con su tiempo.

Parecía preocupada. Hay personas secretas, a quienes hace falta arrancarles las cosas con paciencia y empeño, y otras que exponen sus intimidades con una naturalidad sorprendente. A todas luces, Azima se sentía en confianza conmigo, y preguntarle por Momó fue como tirar del hilo de la madeja.

Momó tenía veinte años, no había sacado el bachillerato y no quería ni oír hablar de los estudios ni el trabajo. Todo lo que le interesaba era fumar esa porquería que vendían en las calles y que volvía locos a los muchachos, ¿veía de qué estaba hablando?, hachís cortado con pegamento y quién sabía qué otras cochinadas. Era una mierda, con perdón, no por nada lo llamaban *shit*. A Momó solo parecía interesarle jugar a la Xbox y salir con sus amigos a dar vueltas sospechosas en motos o autos demasiado caros para que fueran fruto del trabajo honesto. Hacía poco, había dejado de ir definitivamente a la mezquita, a pesar de la insistencia de Karim, que se había propuesto devolverlo al camino del bien. Eran medio hermanos, pero siempre se habían llevado como hermanos de verdad. Aun así, Karim no lograba hacerlo entrar en razón.

—A Momó le vendría bien conocer mi pueblo, nuestro pueblo, el pueblo de donde viene él y de donde vendrán sus hijos, si es que algún día los tiene —dijo, acomodándose un cojín a la espalda—. Si viera cómo vive nuestra gente tal vez valoraría más las oportunidades que tiene aquí.

Pero la situación en su país era todavía demasiado inestable, y le daba miedo enviarlo allí hasta que no cesaran los asesinatos, la represión, las luchas encarnizadas entre los partidarios laicos y los islámicos, la atracción que ejercían entre los jóvenes los grupos radicales, aunque la enorgullecía que su pueblo fuera capaz de salir a la calle para denunciar la violencia yihadista, como había sucedido el año anterior, ¿lo había visto?, en una manifestación que había reunido a miles de personas en las calles de Túnez.

Azima venía de Houmt Souk, en la isla de Djerba, donde prácticamente lo único que permitía sobrevivir a sus habitantes era el turismo de extranjeros y las remesas de los emigrantes. La pesca y la agricultura habían atravesado una larga crisis. Su padre fue alfarero, ¿sabía?, y ella no llegó a conocerlo de verdad, pues murió asesinado en la cárcel cuando ella era una niña pequeña. Había sido arrestado en Túnez durante el Jueves Negro. Según su madre, un amigo sindicalista lo había llevado por ese camino reivindicativo. Azima, en cambio, se preguntaba qué hacía un alfarero isleño en la capital, y llegó a la sospecha de que su padre se había encontrado por accidente en medio de la represión.

Su madre tuvo que criarla sola trabajando como mucama en un hotel de cinco estrellas. La vida era dura bajo el régimen de Ben Alí, pero Azima probablemente se habría quedado de no ser por lo que ocurrió. Llevaba un año casada, estaba embarazada de seis meses y, a pesar de algunas privaciones, era feliz o creía serlo, cuando su marido murió en un accidente nunca esclarecido. Un vehículo lo atropelló a pocos metros del edificio del periódico donde él trabajaba y se dio a la fuga. Karim —así se llamaba— tenía solo veinticinco años y, en los últimos tiempos, escribía reportajes sobre la realidad del país. Le parecía que era una manera de hacernos avanzar, ¿sabía? No eran artículos de opinión y, por supuesto, nunca atacaba al Gobierno. Eso era sencillamente imposible. Una semana antes había publicado uno sobre el aumento de los precios de los alimentos básicos. Era un muchacho sencillo y valiente, de sonrisa radiante. Ahora lo veía como un muchacho, pero en ese entonces, para ella, que no llegaba a los diecinueve, era todo un hombre. Karim nunca le habló de amenazas. Tal vez no las hubo, y si las hubo, se las calló. Así era él. El vehículo que lo atropelló no fue identificado por ningún testigo, a pesar de que en la calle, en ese momento, había decenas de transeúntes. Los amigos del fallecido le dijeron que no valía la pena hacer preguntas a la policía, y menos denunciar la oscuridad que rodeaba el accidente, y le aconsejaron que, en lugar de ello, velara por su vida y la de su hijo.

Entonces sintió un impulso extraño. Ya estaba embarazada de siete meses, pero supo con una claridad abrumadora que no podría criar a su hijo en un país donde asesinaban y olvidaban con tanta facilidad a hombres como Karim. Juntó todos sus ahorros —había trabajado durante años en el mismo hotel que su madre— y a través de un amigo de Karim, que tenía contactos, consiguió un sitio en un barco camaronero que partía a la semana siguiente de Sfax. Lo último que hizo fue visitar la tumba de su madre.

Fue en bus hasta Sfax. Solo había estado una vez en esa ciudad portuaria, acompañando a su padre. Recordaba haber paseado por el muelle de la mano del viejo, mirando los enormes barcos cargados de pescado y mariscos o de aceite de oliva de primera calidad, que zarpaban. Ese recuerdo la asaltó poco antes de emprender la travesía, como un último arañazo de la nostalgia. Veía de qué hablaba, ¿verdad, Lea? *Monsieur* Leroy le había contado que yo también era inmigrante. Que la perdonara por hablar de esas cosas. No había ningún problema, le dije. Debió notar que yo estaba intrigada, porque se sonrió antes de sumergirse otra vez en su relato.

Cruzar el mar hasta Lampedusa tomaba solo unas horas, pero a ella, que nunca había estado en un barco y se pasó el tiempo vomitando, la travesía le resultó interminable. Ella, la hija de un pescador, no lograba sobreponerse al hedor del pescado amontonado en la bodega, ¿me imaginaba? Con todo, había tenido suerte. Sabía de buena fuente que hoy sería imposible hacer lo que ella hizo entonces, cruzar el mar en un barco comercial. Aun así, cada día llegaban miles y miles a esa isla árida, no muy distinta de Djerba. Al desembarcar en Lampedusa, le pareció mentira cuando los hombres que la recogieron le dijeron, a modo de saludo, que cambiara esa cara, porque ya estaba en Europa.

Ellos se encargaron de que pasara de Lampedusa a Sicilia y de ahí al continente. En Ventimiglia, una noche gélida de febrero, la escondieron en un tren nocturno que cruzó la frontera franco-italiana durante una eternidad en la que se creyó morir. De ese viaje solo recordaba la oscuridad poblada por el temblor ruidoso de las paredes y los cuerpos invisibles a los que se arrimaba y que se arrimaban a ella en busca de un poco de calor. Estaban en un pequeño cubículo metálico —¿qué era exactamente?, no sabría decirlo, estaba tan oscuro cuando la metieron allí—, junto a otras dos mujeres, y apenas podían estirar las piernas. Aun con más espacio habrían pasado el tiempo como lo hicieron, abrazadas en la oscuridad.

Hablaba con una naturalidad asombrosa, como si hubiera contado su historia tantas veces que aun las partes difíciles habían dejado de afectarla, convirtiéndose más bien en un motivo de orgullo.

Una vez en Niza, las recogieron casi muertas de frío y las metieron a una furgoneta Volkswagen junto a otros tunecinos y un par de chicos marroquíes que parecían menores de edad. Eran ocho personas en aquella furgoneta que conducía un argelino cejijunto de pocas palabras. Con ellos emprendió el viaje hacia el norte, tras pasar la noche en un refugio clandestino. Algunos querían alejarse cuanto antes de la Costa Azul, donde, según decían, el control policial era más frecuente. Otros, como los dos chicos marroquíes, iban en busca de algún familiar que vivía en el interior. Azima pensó que en París tendría más oportunidades de trabajo y podría diluirse con más facilidad en la numerosa comunidad tunecina de la que le habían hablado. Nunca llegó a su destino.

Unas horas después de emprender el viaje, tuvo una hemorragia tan súbita y tan violenta que creyó que había perdido al bebé, ¿sabía? Los hermanos marroquíes la dejaron en las urgencias del hospital de Purpan. Nunca pudo darles las gracias a esos dos muchachos que debían ser menores que ella y cuyos rostros, por muchos esfuerzos que hiciera, no lograba recordar. Esperaba que se encontraran bien, *insha'Allah*.

Durante la intervención, sintió otra vez las sacudidas que daba el barco en que había cruzado el mar y los traqueteos del tren en que había atravesado la frontera, y por un momento creyó que no había llegado a Francia y que no llegaría nunca, que la travesía continuaba en un desierto de aguas negras. Pero cuando abrió los ojos y vio a su hijo, y sintió ese calor vivo sobre su piel, comprendió que ya había pasado lo peor. La entendía, ¿verdad? Esas cosas solo podía entenderlas otra madre.

Gracias al derecho de suelo, Karim obtuvo la nacionalidad y eso fue lo que le permitió a ella regularizar su situación. Sin saberlo, había llevado una llave a Europa en el vientre. Todo pasó tan rápido —el alojamiento por cuenta de los servicios sociales, el pago de las primeras ayudas del Estado— que por un momento tuvo miedo, pues le parecía demasiado bueno para ser verdad. Eran otros tiempos, claro. De haber sucedido ahora, con la crisis de los refugiados, su regularización habría resultado mucho más difícil, por no decir imposible. Bueno, aquel invierno de 1989 llegó a su fin, y tal vez era estúpido, pero la escarcha derretida, que contemplaba desde la ventana con Karim en los brazos, le pareció la señal esperada de que ya no había razones de temer.

Azima calló de repente, como si hubiera cesado la necesidad hechizante de relatarme su historia. Hubo un largo silencio.

No solía contarle esto a todo el mundo, ¿sabía, Lea?, pero —ahora podía decírmelo—, yo le recordaba a una amiga muy querida de Djerba, una amiga que había desaparecido en la tormenta de aquellos años de juventud, que acabó seguramente... ah, ni quería pensarlo. Me tomó de las manos. Era mejor no pensar en ciertas cosas, ¿verdad? Su historia no era para cualquiera, no todos la entenderían. Solo esperaba no haber abusado de mi paciencia. Yo la tranquilicé de inmediato. Su historia era admirable. Como si no me hubiera oído, su expresión se ensombreció.

—Tengo miedo de que Momó se vuelva malo. —El sol se hundía en el horizonte y la sala estaba en penumbras—. Pensar que apenas nació, lo apreté contra mí y le dije al oído palabras sagradas. Palabras que debían protegerlo. Que debían protegernos.

Sospeché que era ella quien le gritaba a su hijo por las noches. Y me pregunté si Momó era el chico que yo había visto el día que salí hacia Limoges, fumando *shit* con sus amigos en el *hall* de entrada. ¿Volverse malo? Tenía la pinta de un adolescente perdido, de un *petit délinquant*. Pero intuí que para Azima volverse malo significaba otra cosa.

Los yihadistas encontraban a la mayoría de sus suicidas útiles entre los jóvenes inadaptados de los barrios marginales. No haberse integrado era un motivo mucho más poderoso que una supuesta creencia religiosa que no intervenía sino al final del proceso de radicalización. Al menos eso dijo un coronel especialista durante la conferencia que dio en la u en el momento en que se elevó al máximo el nivel de alerta terrorista en el país.

Pensaba en estas cosas mientras Azima me hablaba de Momó. Hasta hacía unos años, debía haber sido realmente hermosa, una de esas bellezas inquietantes del norte de África. Ahora, a pesar de su alegría combativa, consumía su rostro una preocupación tan marcada como los tatuajes indescifrables en el dorso de sus manos. La energía que consumen los hijos, pensé. No es Saturno quien debería comerse a los hijos, sino los hijos a él.

Seguramente se dio cuenta de que había empezado a perder mi atención porque cambió de postura en el sofá, me sirvió más té, dijo que había hablado demasiado y quiso saber algo de mí. Hablar de mi vida en ese momento carecía de interés y resultaba vergonzoso (comparada con la suya, mi historia era la de una privilegiada), pero lo hice por corresponderle, por agradecer su confianza.

Cuando se fue —el dinero del alquiler oculto en un pliegue de la chilaba, la sonrisa vivaz—, me quedé inexplicablemente en vilo. A medida que pasaban las horas, la sensación, lejos de desaparecer, fue en aumento, como si el relato de Azima me hubiera revelado algo imposible de soslayar.

Dando vueltas en el colchón entendí que, más allá de las diferencias, entre su vida y la mía las semejanzas resultaban turbadoras. Azima había huido de su país y yo del mío y, aunque los motivos eran distintos, ella habló de un impulso irresistible que yo conocía bien. Ese impulso es más fuerte que el miedo, pensé. Como Azima, soporté la distancia y la incertidumbre y todo lo que implica lanzarte a lo desconocido. Y como ella, llegué a un momento de mi vida en que, protegida al calor de los míos, creí que ya estaba salvada.

7

Tal vez porque estaba nerviosa, me costaba encontrar el calor de los míos. Que no sea él, pensaba, con un temor que enseguida me parecía absurdo, cada vez que sonaba el teléfono. Temía la reacción de mamá y de Lauro al enterarse de lo sucedido. En algún momento Nico hablaría. Diría algo que los haría sospechar. Era preferible que hablara yo. Pero siempre que me levantaba con la determinación de contarles todo, me descubría eludiendo o postergando sin razón, mintiéndome a mí misma. Cómo podía acercarme a ellos si era incapaz de decirles la verdad.

De vez en cuando, les decía que había hablado con Raphaël desde un locutorio. Había preguntado por la salud de mamá, y le mandaba fuerza y cariños. Lauro asentía, distraído. Mamá fruncía el ceño. Quería llamarlo para quejarse de que no llamara a casa, franchute maleducado. Yo le decía que Raphaël no quería molestar. Mamá extrañaba el español de Raphaël, con esa erre a la francesa, que era para comérselo. Nico, eso sí, hablaba mejor que su padre y era más apetecible todavía. Daba gusto, mija, oírlo hablar la lengua de su familia tercermundista.

—Que no pierda sus raíces —decía—. Contale de mí, contale de tus abuelos.

—Y de papá.

—Y de tu padre, claro. Y contale de este país de locos. Mejor, mostrale cómo es. Salgan más, no se queden tanto aquí. —Y tras una pausa—: Pero ve con cuidado, mija. Acordate de lo que le ha pasado al Negro.

A veces hablaba como si lo de papá acabara de suceder. Yo prefería no averiguarlo.

Me daban miedo sus crisis.

Esa tarde, al volver de la calle, Lauro me dijo que habían llamado de la embajada de Francia.

—¿Y eso? —pregunté con un mal presentimiento.

—Era un amigo de Raphaël. Yves no sé qué —dijo—. El franchute tiene amigos en todas partes, ¿no?

Ese nombre no me sonaba.

—¿Y qué quería?

—Ahora que lo pienso, a lo mejor era el embajador en persona.

—¿Tú crees?

—No lo creo, aunque hablaba muy bien, como si tuviera mucha experiencia en Bolivia.

Se rascó el mentón.

—Yves no sé qué. Me dijo su apellido, pero era muy largo.

—¿Y qué quería?

—Hablar contigo, claro.

Silencio.

—¿No te dijo nada más?

Me miró con sorpresa.

—¿Qué más iba a decirme?

No respondí.

—Aquí entre nos —dijo poniéndose la chaqueta de cuero—, ¿por qué no llama el franchute?

—Está cargado de trabajo. Y en Berlín, encima.

Era cierto. Catherine me había escrito un *mail*. Lo leí en un cibercafé de Obrajes mientras Nico jugaba en la computadora de al lado. Antes de abrirlo, creí que se trataba de una de esas tarjetas animadas e impersonales que enviaba a fines de año. Pero era un mensaje que me sorprendió por el tono apacible y casi meloso, que daba la impresión engañosa de que no solo nada había pasado, sino de que éramos amigas. De tanto en tanto, como al paso, aludía al valor de Raphaël, que estaba sobrellevando todo con una entereza admirable. Una vez más, el bufete lo había enviado a Berlín, pues tenía que acelerar unos trámites inaplazables. Lo urgente del asunto se debía al trabajo acumulado en las últimas semanas, a causa de... bueno, ya lo sabía de sobra. Así que, muy probablemente, Raphaël pasaría allí las fiestas, solo. Pero ella le hizo prometer que llamaría a alguno de sus amigos berlineses. Y entonces me anunció que él telefonearía pronto desde Berlín para hablar con Nico. Me rogaba que respondiera a la llamada de su hermano. Con un cinismo inocente, me decía que entendía mis razones, pero que la venganza no era noble. Por fin, esperaba de todo corazón que Nico reanudara las clases en el mes de enero. Su despedida era luciferina: «Felices fiestas. Con el cariño de siempre: Cathy». No respondí, porque me dejó una impresión de falsa mansedumbre. Y ahora ataba cabos: comprendí que Raphaël había conseguido el número del departamento a través de su amigo en la embajada, para poder llamarnos desde su soledad berlinesa.

No pude evitar imaginarlo en Berlín, recorriendo las calles gélidas consteladas de luces navideñas con las manos metidas en los bolsillos del abrigo y, enredada alrededor del cuello, la bufanda roja de alpaca —regalo de mamá— que no se quitaba en los meses más fríos. Estaba sobrellevando todo con una entereza admirable. Eso había escrito su hermana. Yo conocía bien esa dureza impasible, inquebrantable, esa fuerza fría, casi mineral, tan palpable en sus ojos nórdicos, en su frente reluciente, en su forma de andar, elegante y un poco despiadada. Así que pasaría las fiestas solo. Por primera vez en tantos años. Por primera vez en la vida, en realidad, pues aun en los tiempos de Vincennes tenía cerca a su hermana y también a Rosana. No me cabía duda de que atravesaría su propio desierto sin derramar una sola lágrima. Sin temblar. Sin bajar los ojos ni quejarse. Así era él. Tenía eso en común con mamá. No era extraño que se llevaran tan bien, a pesar de lo poco que habían podido compartir. Personas así, hechas de una materia común, se adivinan ya en los primeros tanteos. Era lógico que se quisieran con el respeto debido a la íntima soledad de cada uno. Tal vez él veía en ella algún eco de Rosana, de su desenfado y su ironía irresistibles, y ella veía en él todo lo que papá no fue: un hombre constante, formal, que había conseguido lo que se proponía a pulso, en largos años de estudio. Porque yo le había contado su historia, y a mamá le impresionó que Raphaël, teniendo el destino solucionado, renunciara a la ayuda de sus padres y se hiciera solo, lejos de su casa. Aunque no fuera un artista, representaba lo que mamá, en el fondo, quería para su hija: la estabilidad que nunca pudo tener. Luego me imaginé pasando las fiestas sola, sin familia ni amigos, en una ciudad tan grande como Berlín, y, si no sentí pena por Raphaël, sentí algo que se le parecía demasiado, y me odié por eso.

—Así que está en Berlín —dijo Lauro.

Asentí.

—¿Estás bien? —preguntó.

—Claro que estoy bien.

—Bueno —cambió de tono—, ahí te dejé el número.

Sacó su llavero de la canasta de mimbre, se puso al hombro la funda de su guitarra y salió.

Después del almuerzo, mamá se echaba en el sofá y se cubría las piernas con el poncho. A veces dormía. Otras, se quedaba soñando con los ojos abiertos. En el aire flotaba el aroma del café que habíamos tomado sin decirnos casi nada. A esa hora solía nublarse y el aire se volvía ceniciento. Mamá miraba hacia afuera expectante, pero después de un rato volvía a su pose ensoñadora.

Aunque no era ensoñación sino espera. La tensa espera de eso que llegaba con cada bocanada de aire. Ella lo sabía. Ya estaba ahí. Ya empezaba a tomarla esa enredadera invisible. Y mientras en sus ojos parecía suspenderse el vacío de la tarde, yo recordaba un cuadro suyo que había visto cinco años antes en el sótano. La Muerte, o una figura que me había parecido la Muerte, llegaba montada en un perro enorme. Tenía una cabellera de fuego que se deformaba por la fuerza de un viento adverso. La cara estaba pintada de blanco, como la de un mimo. Un mimo de mejillas regordetas y labios rojos de *geisha* que sonreían con una fijeza helada. Al perro, vagamente equino, se le veían las costillas con una precisión cruel. Su expresión era de desaliento y corría salpicando de babas espumosas las correas del arnés. La escena sucedía en el parque del Montículo, una mañana de sol. En el segundo plano era visible la reproducción difusa —como tomada bajo el agua—, de la estatua de Neptuno y de un corro de niños con uniformes escolares que levitaban hacia fuera del cuadro. A pesar del ensañamiento con que era tratado el tópico, me sobrecogió el miedo íntimo que transmitía la escena. Después me di cuenta de que la cara de la Muerte parecía descascararse. Del interior asomaba un ojo almendrado que me sacó de las dudas porque era castaño como los de mamá. Miraba al espectador o se miraba a sí misma con la expresión tensa y pensativa que tenía ahora, sentada a la oriental en el sofá, con el poncho sobre las rodillas. Daba la impresión de que era ella quien estaba llegando a lomo del perro hambriento y que su cara, su verdadera cara, no se revelaría sino en el instante final.

Tampoco hoy iba a llover, dijo mamá, y me pidió que le regara las plantas. Dentro había helechos, y en el balcón dos macetas con geranios que ya estaban marchitándose. En cambio, sus plantas de marihuana estaban frescas y sanas, y despedían un intenso olor de selva diminuta, porque ella las cuidaba como si fueran mascotas. De repente aparecía una grieta luminosa entre las nubes, que iba deshaciéndolas de a poco, hasta que no quedaba en el cielo más que un sol desértico, y mamá tenía que apartar el poncho y levantarse a abrir la ventana de par en par. Esa tarde me hizo una seña pícara y yo entendí que debía acostar a Nico para la siesta. Obedecí y, al volver a la sala, la encontré de pie frente a la puerta de vidrio que daba al balcón. Abrió los batientes y encendió el porro que tenía en la mano. «¿Y si alguien te ve?», le pregunté. Sin inmutarse, expulsó una bocanada abundante que salió por el balcón como una señal de humo. «Quién va a joder a una muerta», dijo. Ya me había acostumbrado a sus salidas de tono, así que le di alcance y encendí un pucho sin decir una palabra. Por la ventana, entraba el ritmo hipnótico de un reguetón y, de tanto en tanto, los miasmas del Choqueyapu. «El Choqueyapu», escribió Saenz, «saturando los aires con pestíferos y crudos olores, nos recuerda nuestra condición humana». Carajo, pensé, cómo me hubiera gustado escribir esa línea.

Estuvimos calladas largo rato, fumando y escuchando el rumor de la ciudad. Pensé que era una atmósfera propicia para contarle todo, para sacármelo de adentro de una vez. «¿Sabes que esto no me gustó nada cuando lo probé de joven?», dijo. «Y ahora me encanta». Habló de cómo cambiaban los colores y los matices, haciéndose más nítidos e intensos, como en una pintura viva. Y me lo ofreció arqueando las cejas: «Prueba, carajita». Me enterneció su expresión de travesura. Pensé: si supieras cuántas veces he fumado.

Me hubiera gustado abrazarla, sentir después de tantos años el refugio tibio de su cuerpo, pero algo me retuvo. Comprendí que, si la tocaba, iba a desarmarme ahí mismo, ella comprobaría de inmediato que algo andaba mal y no se detendría hasta obtener mi confesión pormenorizada. Así que agarré el porro que me ofrecía y fumé en silencio, sintiéndola cerca sin poder acercarme de verdad, y la tarde se hizo inmensa.

El doctor Prieto apareció por el departamento una semana antes de Navidad. Lo recordaba moreno y ancho de espaldas. Se había vuelto seco y nudoso, como si llevara largo tiempo enfermo, y tenía la piel curtida y salpicada de manchas. Sus lentes redondos de montura de carey parecían haber crecido en ese rostro chupado por el tiempo. Llevaba un pantalón de pana y un suéter abierto que dejaba entrever una pancita que no desmentía lo flaco que estaba, sino que lo acentuaba. Llegó precedido por los ladridos nerviosos de su pequinés, al que tranquilizó hablándole como si tuviera deficiencia mental, y se disculpó con Lauro que salió al rellano para recibirlo. Nico le hizo fiestas al perro y lo persiguió por todo el departamento mientras el doctor hacía la consulta a puerta cerrada. Después, a pedido de mi hermano, se quedó a tomar el té.

A fuerza de revolver, Nico encontró en el fondo del ropero la Nintendo que alguna vez fue de Lauro. Y ahora estaban ambos en la sala, de pie, alternándose para disparar con la pistola láser hacia los patos que levantaban vuelo en la pantalla. El doctor Prieto los miraba divertido mientras su pequinés dormitaba en el suelo, tendido entre sus zapatos de gamuza, al parecer tan rendido por el paseo como por la persecución doméstica.

Cuando me acerqué y pasé por su lado, el doctorcito giró la cabeza y se quedó mirándome con intensidad tras sus lentes de mosca.

—Leíta —me dijo.

Recordé que siempre me había llamado así. Por un momento no dijo nada más, como si quisiera tener toda mi atención antes de seguir.

—¿Desde cuándo? —preguntó con una expresión pícara.

Lo miré interrogativa.

—¿Desde cuándo estás esperando? —Le brillaban los ojos.

—No estoy esperando.

—¿Te has hecho la prueba?

Negué, incómoda.

—Ah —dijo, y ya no insistió.

Una sonrisa enigmática quedó flotándole en los labios mientras hablaba con mi hermano del tiempo inusualmente seco y caluroso que habíamos estado viviendo en las últimas semanas.

—Un gusto volver a verte después de tantos años —me dijo al despedirse en el rellano de las escaleras.

Lauro cerró la puerta y se volvió hacia mí.

—Entonces, ¿llamamos al franchute?

—¿Para qué?

—Para darle la buena noticia, claro.

—No jodas. Ese viejito está loco.

—El doctorcito ha hecho eso toda su vida.

—Sí, ya sé que además de pediatra es ginecólogo, oncólogo y adivino.

—El doctor Prieto nunca falla —dijo él, y se alejó riendo por el pasillo.

Esa noche la duda fue abriéndose paso en la oscuridad hasta que la sentí de manera casi física. Hacía solo unos meses que había decidido quitarme la T que usaba desde el nacimiento de Nico. No tomé a la ligera esa decisión arriesgada. Cada vez se hablaba más de los efectos secundarios del dispositivo hormonal que me habían aconsejado años antes y que, según revelaciones recientes, provocaba migrañas y crisis de angustia. Yo sufría ambos males y no tardé en atribuirlos a la T. De hecho, tal vez por sugestión, me sentí mejor después de que me la quitaran a fines de abril. Y algo más: sentí que una fuerza animal, oculta en mí durante demasiado tiempo, despertaba de su letargo.

Hasta esa tarde, yo había atribuido el retraso, los mareos y las náuseas a la angustia de las últimas semanas. «El estrés es una fuerza de alcances insospechados», me dijo alguna vez mi médico de cabecera, el joven doctor Laporte, cuando fui a verlo a causa de las migrañas. Debido a todo lo que estaba viviendo desde hacía más de un mes, me parecía la explicación más lógica.

La otra explicación era tan poco probable que no valía la pena preocuparse, y, sin embargo, me revolví en la cama hasta el amanecer. Estaba ese sueño. Pero ¿era un sueño? Hacía un mes de eso. Al amanecer, apenas me levanté y vi que Alexandre no estaba, consulté mi teléfono y, casi sin sorpresa, comprobé la existencia del mensaje. Le había escrito a las tres de la madrugada para que viniera a verme. Le proporcionaba la dirección. Pero ¿había acudido?

En el aire quedó flotando, durante buena parte de la mañana, el aroma de especias de su colonia y el rastro animal de su cuerpo, tanto, que tuve que abrir la ventana del cuarto. Nunca más supe de Alexandre. Como si esa madrugada confusa hubiera confirmado sus sospechas de que algo no andaba bien en mí y de que era mejor evitarme. ¿O había otra razón? Enlazados nuestros cuerpos en la oscuridad, a duermevela, no habría sido la primera vez que hacía el amor con la sensación de vivir un sueño. Con Raphaël nos sucedió en más de una ocasión, como una forma, quizá, de escapar de la rigidez de nuestras obligaciones y horarios. Despertábamos medio desnudos y con la cama más deshecha que de costumbre, y había preguntas mutuas y risas sofocadas. «¿Tú no te acuerdas?». «Yo sí me acuerdo, tú hiciste esto y lo otro». «¿En serio?». Qué extraño era decirse que nuestros cuerpos habían actuado solos, sin nosotros. Me pregunté si me había pasado lo mismo con Alexandre. No, lo mismo no. Recordé su aliento a ron en la salita de la colmena. Recordé que, esa noche, antes de encaramarme a la baranda del Pont des Catalans, yo había tomado demasiada cerveza. Recordé la sensación de que todo era un sueño y, a la vez, la íntima certeza de que no lo era. Recordé que esa mañana, tras ventilar el dormitorio, me metí bajo la ducha, cerré los ojos y me lavé durante largo rato y por todas partes con un esmero inconfesado, como si quisiera quitarme la vergüenza.

Ahora, un mes más tarde, acostada al lado de Nico, que respiraba suavecito en la oscuridad, me palpaba la barriga de a ratos, buscando una turgencia o un movimiento furtivo. Por momentos me parecía sentir algo, pero casi de inmediato la sensación se desvanecía. Tan pronto me invadía un cosquilleo en los pechos como la impresión de que solo estaba sugestionada.

Sin aguantar más, presa de la lucidez insoportable del insomnio, me levanté y fui al baño tanteando en la oscuridad. Prendí la luz blanca y aséptica del baño y me levanté el pijama para mirarme los pechos en el espejo del lavamanos. Entrecerré los ojos tratando de descubrir venas azules o irregularidades o cualquier signo de desgracia en la piel de las areolas, y en esas estaba cuando me sobresaltó una voz pastosa:

—No por mucho mirarlas crecen.

Me volví y descubrí a mamá en el vano de la puerta, mirándome con fijeza burlona detrás de una espiral de humo.

—Mijita, no me ponga esa cara, solo son tetas —dijo enternecida, y sentí que le hablaba a la adolescente que yo había sido veinte años atrás—. Te lo digo yo, que las tengo más pequeñas que nadie.

Bajó los ojos y se sonrió. Algo en ella, por alguna razón, me hizo pensar que guardaba secretos de juventud tan divertidos como vergonzosos, pero enseguida se le ensombreció el semblante, y se alejó por el pasillo oscuro como guiada por la débil luz que chisporroteaba entre sus dedos.

Volví a la cama y cuando, minutos u horas después, la luz del día entró con fuerza en el cuarto, maldije al doctor Prieto. Luego me reí de mi credulidad y, con esa sensación de irrealidad y mareo que nos mueve el piso tras una noche en blanco, vestí a Nico y salimos.

Fuimos a buscar regalos navideños. Me descubrí recorriendo una y otra vez las calles comerciales del centro, decoradas con guirnaldas navideñas, luces musicales y vitrinas que imitaban la nevada con bolas de algodón e hilos colgantes, muñecos autómatas de Papá Noel, duendes laboriosos y renos de narices rojas, toda esa parafernalia nórdica que nos sigue adonde vayamos, borrando las diferencias entre las ciudades, despersonalizando todo bajo los brillos anhelantes del consumismo y, a la vez, borrando las capas de tiempo que nos separan de la infancia. De niña, recordé, no entendía por qué en La Paz no hacía más que llover cuando las películas navideñas mostraban paisajes nevados. Parecía como si nuestro subdesarrollo se hubiera manifestado hasta en el clima. Luego recordé la sensación de haber crecido antes de tiempo, de que cada nueva Navidad, vivida desde la lucidez de una adolescencia prematura, era un desperdicio. Y, por último, las fiestas con Raphaël y Nico, la intuición de estar cediendo a nostalgias ocultas a través del niño, cuyos ojos brillantes nos daban la cálida certeza de que creía en la magia. Esos momentos eran casi un regreso. Para eso se tiene hijos, pensé, para volver a vivir los momentos privilegiados de la niñez.

Arrastraba a Nico entre la multitud, tratando de olvidar la sonrisa enigmática del doctor Prieto bajo la aguanieve de recuerdos dispersos.

Decidí que no me haría la prueba. No solo porque habría significado someterme a la dudosa ocurrencia de un viejito loco, sino también porque, si realmente estaba embarazada —lo cual me parecía más que improbable—, prefería enterarme por mis propios medios, como me había pasado con Nico. Ni siquiera me detuve a pensar en las implicaciones, porque me habrían llenado de horror, y en esos días no me sentía capaz de afrontarlo.

Además, me había invadido otra inquietud. Insidiosa como un olor familiar en los muebles y las cosas, y, sobre todo, en los silencios y extravíos de mamá, empezó a asediarme desde la primera noche, pero solo ahora tomaba plena conciencia de ello. Era el asesinato de mi padre. Había algo ahí que siempre me había llamado la atención y que ahora resurgía con fuerza.

Sucedió en noviembre de 1989. Aquella mañana, mientras Lauro y yo estábamos en el liceo, mamá recibió una llamada. Habían hallado el cuerpo de papá en su auto. Era una peta Volkswagen alemana del año 75, de color azul metálico, y estaba estacionada en una calle cercana al parque triangular de Miraflores. Recostado en el asiento del conductor con la cabeza inclinada hacia atrás y los brazos caídos a los lados, se habría podido pensar que dormía de no ser por el trazo de sangre seca que le corría entre la nariz y el mentón. La llave estaba puesta en el contacto. Por la herida que tenía en el cuello, podía deducirse que había sido estrangulado. La línea ya estaba morada y sus contornos habían perdido nitidez debido a la hinchazón, pero aun así era posible sospechar que el instrumento había sido fino.

Mamá le dijo a la policía que había pasado la noche preocupada porque su marido no volvió a casa. Lauro me contó mucho después que, desde hacía algún tiempo, papá no volvía ciertas noches. Mi hermano, que entonces tenía catorce años, salía cada vez más seguido los fines de semana y, al volver de sus farras, descubría a mamá moviéndose entre la cocina y la sala, ordenando o limpiando o cambiando las cosas de sitio. Ella le decía que no se había acostado porque lo esperaba a él, pero Lauro se echaba en la cama y seguía oyendo las idas y venidas de mamá por la casa, su actividad insomne, y se daba cuenta de que no era así.

Yo me preguntaba qué hacía papá las noches que no volvía. La policía se preguntó qué hacía esa noche de jueves en la plaza triangular de Miraflores. Nadie parecía saberlo. Había algunos bares cerca y pocos permanecían abiertos más allá de la una. Ningún camarero pudo identificar a papá. O sí. Uno de ellos lo identificó en la foto que le mostraron, dijo que lo había visto alguna vez, pero no la noche de su muerte. Así que su testimonio no sirvió de nada. Interrogaron a sus amigos, con los que salía al «tercer tiempo» después de ver algún partido del Bolívar. Pero esa noche no hubo ningún partido y la policía seguía sin explicar la presencia de papá en Miraflores. Ningún amigo suyo vivía en el barrio y ninguno de ellos lo había visto aquella noche.

No había sospechosos ni tampoco un móvil aparente. Papá tenía la billetera intacta en el bolsillo interno de su chaqueta de aviador. En ella encontraron su carnet de identidad, una foto mía en el regazo de mamá sacada dos años atrás en un estudio de San Miguel, un billete de cincuenta bolivianos, otro de veinte y unas cuantas monedas. En la guantera estaban los papeles del auto y más fotos. Entre estas, me contaría Lauro más tarde, se encontró la de nuestros padres enlazados en el jardín de la casa.

Papá era tan flaco que algunos amigos suyos, además de Negro, le decían Alambre. Quien lo hubiera estrangulado desde el asiento trasero del auto no había tenido que forcejear mucho, pues no había signos de lucha en el auto.

No había forma de delinear los contornos de la sombra que lo había asesinado.

La policía buscó durante algún tiempo al asesino o, al menos, eso le dijeron a mamá. Y luego ya no se supo nada más. Su expediente debió ser archivado con la prontitud y la diligencia características de la Policía Técnica Judicial.

Mamá se mostró fuerte en las primeras horas y nos fue a buscar al colegio para darnos la noticia con una serenidad extraña.

—Alegrate, mija —me decía—, alegrate de haber tenido un papá tan bueno.

Solo se desmoronó al descubrir el cuerpo. El tío Luis tuvo que sacarla en andas de la morgue porque las piernas ya no la sostenían.

El cuerpo fue cremado, como estipulaba el testamento, y papá se convirtió en un callado abismo que nos miraba desde el armario de vitrina, reducido a esa urna que hacía pensar en un huevo de Fabergé macabro. Era un final que, sin duda, conociéndolo, le habría causado risa.

Lauro tenía quince años y nunca lo vi llorar por la muerte de papá. Empezó a salir más que antes, a tomar más que antes, a fumar más que antes. Entró en un círculo destructivo, sobre todo después de que tuvimos que dejar la casa. Lo expulsaron del liceo cuando ya solo le faltaban tres años para salir bachiller, y empezó una peregrinación pintoresca por varios colegios privados y fiscales, de los cuales volvía con mensajes indignados de profesores rabiosos o solemnes o con la notificación de la expulsión definitiva, y se los mostraba a mamá al principio con orgullo y luego con indiferencia. Hasta que una madrugada de sábado tuvo un accidente. Mamá se puso una chamarra encima del camisón y salió a buscarlo en radiotaxi, porque mi hermano había estrellado la peta contra un pretil de la Costanera, a la altura de Las Cholas, y cuando llegó la policía se resistió a salir y le dio un puñetazo al agente que intentó sacarlo a la fuerza. Los pocos ahorros de mamá se fueron en pagarle a los tres policías —especialmente al capitán, que exigió una suma en dólares— y en reparar la peta, que había quedado abollada.

De todo esto yo no me enteré sino mucho más tarde, hablando alternativamente con mi hermano y con mamá. Me parecía tener un recuerdo al respecto, aunque no pudiera precisar si correspondía con exactitud a aquel momento: el llanto discreto de mamá detrás de la puerta de su cuarto y Lauro escuchando de pie en el pasillo.

Lo cierto es que la actitud de mi hermano cambió de forma radical. Trabajaba los fines de semana y durante las vacaciones para devolverle el dinero a mamá. Obtuvo el bachillerato en el último colegio que lo aceptó. Entró en la universidad a estudiar sociología (eligió sociología como hubiera podido escoger cualquier cosa) y luego de dos o tres semestres dejó la carrera para dedicarse exclusivamente a la música. Una vez saldada su deuda hacia mamá, no dejó de trabajar en lo que encontraba, y a mí me parecía que le gustaba aportar económicamente en casa casi tanto como tocar con su grupo.

La desaparición de papá la viví como un sueño borroso, desprovisto de la nitidez de las pesadillas que tendría años más tarde. No tenía plena conciencia del dolor de mamá, del de Lauro, y menos del mío. De aquella época me quedaba una sensación de asfixia y apenas unas cuantas imágenes: los zapatos de papá, arrugados y cubiertos de una fina capa de polvo, en el fondo del ropero, bajo las corbatas que colgaban huérfanas de las perchas, los surcos tristes que habían dejado sus pesas en la alfombra. Cuando mamá no estaba, me deslizaba en la cama grande, apretaba contra mí la almohada de papá y aspiraba su colonia cítrica, agradecida de que mamá no hubiese lavado aún la funda.

Solo en la adolescencia perdí el miedo de incomodar a los míos, de enterarme de detalles que podían resultar dolorosos, y empecé a hacer preguntas. Quería recuperar a mi padre. Poco a poco mi interés creó tensiones en casa. Mamá y Lauro soportaban mis interrogatorios algo desconcertados, sin entender mi obsesión a destiempo, y respondían de forma lacónica. Era evidente: habían pasado a otra etapa y querían olvidar, es más, parecían haber empezado a olvidar.

A mi hermano no lo veía mucho debido a sus largas jornadas fuera de casa, así que pronto concentré mis interrogatorios en mamá. Ya no solo preguntaba cosas sobre la muerte, sino también sobre los últimos años de mi padre, y esto era lo que más parecía incomodarla. Por el tío Luis me había enterado de que papá estaba metido en asuntos turbios. Fueron sus palabras. Le pregunté qué quería decir, pero el tío Luis, visiblemente arrepentido de haber hablado, no respondió. Nunca lo hizo. Tampoco mamá quiso contestar. Al principio sonreía con calma y me decía que no sabía de qué le estaba hablando, pero ante mi insistencia siguió una irritación que se traducía en miradas relampagueantes y en mutismos obstinados.

Crecer es hacer preguntas y después, poco a poco, olvidarlas. Una vez fuera del círculo familiar y, sobre todo, al fundar mi propia familia, me liberé de esa necesidad. Pero ahora todo volvía. No era la muerte en sí lo que me extrañaba. Tan increíble como dolorosa en su momento, ya hacía tiempo que la había aceptado. No, lo que me inquietaba, y quizá siempre me había inquietado, era la actitud de los míos. Intuía que ocultaban algo y, conociéndolos, seguramente lo hacían para protegerme. Resultaba lógico hacerlo cuando era niña o demasiado joven para entender ciertas cosas, pero ¿a qué protegerme ahora?

Ya era demasiado tarde para hablar con el tío Luis. Había muerto seis años antes a raíz de las complicaciones de un enfisema pulmonar. Al enterarse de su dolencia, decidió irse a Yacuiba. Sus pulmones —decía en una carta— ya no soportaban la altura de La Paz. Y allí, en la tierra de sus padres, se fue apagando en silencio. En ocasiones imaginaba la visita que nunca le hice, que nunca pude hacerle. Lo imaginaba recibiéndome en la cama, la mano de dedos largos y femeninos sobre el tanque de oxígeno que al parecer lo acompañaba a todas partes, como reemplazando al hijo que nunca tuvo, y la máscara traslúcida aplastándole el bigote derrotado y los labios marchitos, sellando para siempre su sonrisa. ¿Qué habría visto en mis ojos, entonces, sino pena y horror? Tampoco entonces habríamos hablado de papá.

De mamá ya no obtendría nada, salvo ensombrecer sus últimos días. Pero las palabras que había dicho la primera noche aún resonaban en mi cabeza: «Negro, cómo es que nos fuimos al carajo vos y yo». Y luego: «Yo era jodida, Negro, pero vos te pasaste». Eran esas dos frases, ahora lo entendía, las que habían despertado una extrañeza antigua: surgían del lugar prohibido al que yo había querido acceder sin éxito durante años.

—¿En qué piensas, hermanita?

La camioneta ascendía por la avenida Kantutani hacia el cielo nublado y oscuro y yo me había quedado mirando las luces de los puentes trillizos. La pregunta surgió de repente:

—¿En qué andaba metido papá?

Lauro me miró sorprendido.

Habíamos dejado a mamá y a Nico con una chica de confianza. Al menos eso decía Lauro. Era la hermana de un amigo suyo. Casi tuvo que forzarme a salir del departamento.

—Es la primera vez que tocamos *covers* de los noventa y quiero que me des tu opinión —dijo—. Además, te hará bien salir un poco.

Por primera vez desde mi llegada reconocí al Lauro que, quince años atrás, me había incitado en la distancia a que saliera por las noches e hiciera cosas de mi edad.

Lauro se había quedado callado, como si mi pregunta lo hubiera sumergido en una maraña de recuerdos. Ya nos adentrábamos en las calles de Sopocachi cuando dijo:

—¿De verdad quieres saber en qué andaba metido el viejo?

Se giró hacia mí y debió ver la determinación en mis ojos, porque al entrar en el atasco frenó en seco y, tras unos segundos, respiró hondo y anunció:

—Está bien, te voy a contar todo lo que sé.

8

Era una noche tibia, a pesar de que ya estábamos a principios de noviembre. Los otoños de los últimos años se habían convertido en largos veranos indios, como llaman los franceses a las prolongaciones del tiempo de calor, y se había vuelto habitual ver a los hombres en mangas de camisa y a las mujeres en vestidos ligeros cuando faltaban apenas unas semanas para la llegada oficial del invierno. En los cafés, los viejitos recordaban las nevadas otoñales como si fueran las costumbres exóticas de otro planeta mientras los noticieros hacían desfilar imágenes de playas doradas llenas de bañistas agradecidos. Tenía la ventana de la cocina abierta a la noche del patio cuando me sobresaltó la vibración sobre la barra. Era mi celular.

—¿Mamá?

—¿Nico?

El corazón me dio un vuelco.

—Mamá, me mordió.

—¿Dónde estás, Nico?

—Me mordió el brazo. Lo odio.

—¿Quién, Nico?

—Lucas.

—¿Dónde están?

—En casa de *tante* Cathy.

Con una rabia impotente, pensé: todo este tiempo han estado en Limoges.

—¿Cuándo vas a venir?

—En cuanto pueda, hijo. Te prometo que...

Se hizo un brusco silencio.

—¿Nico?

Se oyó otra respiración pausada, impasible. Traté de sonar firme:

—Raphaël, escúchame bien.

—Bueno, Lea, ya sabes que estamos aquí. Ahora voy a colgar.

—Lo que estás haciendo está mal.

Soltó una risa helada que no le conocía y de inmediato recordé la dureza mineral de sus ojos azules esa mañana en la clínica.

—Porque lo que vos hiciste está bien.

—¿Qué hice?

—Nada, no hiciste nada. Todo bien.

—Raphaël, yo...

—Mira, cuando dejes de actuar, llámame. Hasta entonces, no quiero saber nada de vos.

Colgó.

Contuve apenas la necesidad de romper algo, de gritar. Por respeto a Azima, que podía oírme desde el piso de arriba y que ahora seguramente descansaba de su jornada de trabajo, salí a la calle y eché a andar sin rumbo fijo. Necesitaba calmarme. Los autos trazaban fogonazos en la oscuridad de la avenida Charles de Fitte. La noche prometía tormenta. Había una tibieza cargada de electricidad y a lo lejos, de tanto en tanto, brotaba la silenciosa vena azul de un relámpago. Crucé el Pont Saint Pierre y me tomé unas cervezas en un bar del muelle. Estaba lleno de veinteañeros que, abrazados y ya medio borrachos, gritaban las canciones en coro. Luego desanduve el camino y, para cuando estuve de nuevo en el bulevar Charles de Fitte, supe no me había calmado ni un poco y que no podría dormir esa noche. Así que crucé el Pont des Catalans y caminé por la avenida Paul Séjourné hasta llegar al canal de Brienne.

El canal me recordaba los primeros días en Toulouse, cuando daba largos paseos por la orilla, asombrada de estar tan lejos de casa, sintiendo que había desviado el curso de mi destino. Durante un rato caminé por la orilla alfombrada de invisibles y ruidosas hojas secas, y luego entré a una barcaza de color azul de donde salía música electrónica. La música fuerte, con su pum pum idiotizado, me impedía pensar. Me senté a la barra, pedí un vaso de cerveza, lo sequé y acto seguido pedí otro. Solo cuando me lo trajeron, miré a mi alrededor. En la semioscuridad agujereada por luces verdes y azules, un grupo de hombres jóvenes peinados con gel, ultraperfumados, con camisas de cuello ancho y zapatos de cuero puntiagudos, me miraban con una insistencia divertida, como si fuera una intrusa. Me di cuenta de que, aparte de mí, no había una sola mujer. Sequé el vaso y salí.

Ahora las orillas del canal de Brienne estaban complemente oscuras. Las únicas luces, que venían de los faroles de la avenida, se reflejaban sobre el agua muerta sin penetrar la sombra espesa de los árboles. Tal vez las orillas no estaban tan desiertas como parecía. Tal vez, a esa hora tardía, podía tener un mal encuentro. Así que atravesé el puente de regreso a Saint-Cyprien.

Al cruzar el Pont des Catalans me sentía flotar. En un arranque extraño me subí a la baranda de hierro y me incliné hacia delante. Las aguas del río ondulaban como el lomo de una fiera negra. Jugaba a inclinarme hacia delante, a saborear el vértigo, cuando me resbalé, trastabillé, perdí el equilibrio y me encontré en la calzada. Dos faros amarillos me cegaron agrandándose a una velocidad aterradora. Contuve la respiración y cerré los ojos.

Cuando los abrí, el parachoques estaba a un palmo de mis rodillas y el humo del frenazo se elevaba hacia la luz de los faroles. La conductora salió del auto y con voz chillona me preguntó si estaba bien. Estaba bien, sí, eso creía, y me hubiera gustado decírselo de alguna forma, pero no me salían las palabras.

Un temblor irreprimible me recorrió el cuerpo y me senté en el borde de la acera. La voz de la mujer, que se acercó preguntándome algo más, se hizo inaudible. Yo ya no estaba ahí, estaba en otra noche. Me vi salir al rellano y cerrar la puerta de casa. Me había duchado y vestido y lo último que había visto, antes de salir, era a Nico y Raphaël lado a lado, en el sofá, con un libro de cuentos infantiles en las manos. Esa noche también había electricidad en el aire.

Una vez más el cuerpo se me endureció como advirtiéndome de un peligro, pero esta vez algo cedió, como si el temblor que crecía en mi interior hubiera invadido mi memoria.

Recordé: voy a reunirme con Julia. Hace años que no la veo. «Esto hay que festejarlo», dice ella. Brindamos y reímos. Estamos en una terraza del centro. Siento casi la frescura del vino blanco en la garganta.

Por última vez, algo en mí intenta recuperar el control, detener en seco el recuerdo, pero ya es demasiado tarde. La memoria de esa noche surge en oleadas furiosas, incontenibles.

Recordé: Julia y yo caminamos por las calles animadas del centro cuando se echa a llover. Uno de esos aguaceros repentinos de verano. Corremos entre risas y nos refugiamos en un bar-discoteca latino. La música ensordecedora en los altoparlantes. El olor de los hombres. El sudor de los cuerpos. Los *shots* que arden en la garganta. Y la voz de Julia perdiéndose bajo las palpitaciones de un merengue.

Me extiende la mano y en su palma brillan dos piedritas blancas. Niego con la cabeza. Julia sonríe, se las mete en la boca, sale a bailar y se va apoderando de la pista. Tengo la impresión de que todos los hombres la miran. Sin marido ni hijos, con un trabajo que le exige esfuerzo físico —mesera en La Barceloneta—, Julia se ha mantenido más joven que yo y también más guapa. Saber que el tiempo ha pasado más rápido para mí, me obliga a seguirle la corriente. Mañana Julia ya no estará aquí, pienso confusamente, rodeada de luces y de música. Y la sigo. Y me dejo llevar.

Bailamos. Julia me acaricia el pelo, desliza sus manos por mi cintura. Como en un impulso irreprimible, me besa y me desliza algo pequeño y áspero en la boca. La pastilla amarga empieza a deshacerse, me pregunto si es droga y decido que no me importa. Siento la necesidad de fluir esta noche.

Nos rodea un círculo de siluetas negras que sostienen luces brillantes y parpadeos rojos. Nos están filmando. Por primera vez en mucho tiempo me excita la sensación de atraer las miradas. Subimos nuestros vestidos: primero hasta encima de las rodillas, luego un poco más. Aplauden. Aúllan. Julia y yo nos reímos. Nunca en los quince años que llevamos en Europa hemos hecho algo así. Nos besamos. Qué lejos quedan las ataduras que hacían de nosotros dos animalitos asustadizos.

Ahí aparece él. Se acerca con una sonrisa incrédula. Me lleva de la mano hasta la barra. Julia ya no está. No sé de qué hablamos. Siento subir el calor en mi cuerpo y me pego a él. Sus labios en mi cuello y mis hombros, las púas de su corta barba picándome la cara. Me invade una sensación de euforia y de seguridad mientras nos abrimos paso entre la masa de gente. Entramos en el baño y luego en la intimidad de una cabina. Una mano suya me acaricia la entrepierna mientras la otra me recorre la espalda. Mi vestido queda ovillado sobre el tanque del inodoro. Tocan a la puerta de la cabina. Tocan cada vez más fuerte, y él y yo nos reímos. «Je veux pisser, ouvrez cette porte !», grita un hombre del otro lado.

Mis gemidos se mezclan con las risas y es indescriptible, todo se borra y ya no hay un afuera, ya no hay nada ni nadie alrededor porque yo soy el afuera y el adentro, yo soy también Alexandre, que me mira con esos ojos verdes agrandados por el asombro, yo soy la música que asciende del suelo y palpita en nuestros cuerpos. Yo soy la música.

Alexandre se sube el pantalón. Se queda mirándome, incrédulo y feliz. Me cuesta entender que debo ponerme el vestido. Salimos de la cabina y nos topamos cara a cara con un tipo entrecano de camisa plateada. Por su edad y su apariencia, parece fuera de lugar aquí, y es demasiado bajo y delgado, demasiado insignificante, para formar parte de la seguridad. Mira a Alexandre con el ceño fruncido y parece dispuesto a decirle algo no muy amable y ahí comprendo que se trata del hombre que ha estado tocando a la puerta de la cabina.

Entonces pasa algo inesperado. El tipo me mira de una forma extraña y luego da media vuelta y se aleja. Miro a Alexandre con la camisa abierta y la cara brillante de sudor y me va cubriendo un hormigueo frío. Él me abraza y me besa, como si no hubiera tenido suficiente, y yo lo aparto, lo dejo atrás y atravieso la oscuridad acribillada de luces, la pista de baile, la gente apretada y sudorosa que atesta el local. No sé qué busco hasta que salgo a la calle.

Llueve con furia. Bajo la marquesina iluminada, me doy cuenta de que tiemblo. A pesar del azote de la lluvia, se oyen voces y exclamaciones de asombro. Giro la cabeza. A unos metros, guarecidas bajo un alero, tres parejas fuman y conversan. Reconozco al hombre del baño. Está en el centro. Acabo de recordar dónde lo he visto. Lo he visto en la cena de cumpleaños de Raphaël, entre los amigos y socios del bufete. Paralizada, me quedo mirándolo hasta que gira la cabeza. Los demás también se vuelven. Todo gira como si aleteara y, mire donde mire, están esos ojos, los ojos de los amigos de Raphaël poblando la oscuridad con su brillo inquisitivo y burlón. De golpe cesa el ruido de la lluvia, se me doblan las rodillas y todo se apaga.

Con el recuerdo, subió en mi cuerpo el terror de ese instante, y fue como si un barranco invisible se abriera a mis pies. La conductora dijo algo en el mismo tono histérico de hacía un rato. Se había formado una fila irritada de vehículos y daban bocinazos. Yo había vuelto en mí, pero no hablaba, no podía hablar. Ella miró a su alrededor, hizo unas señas exasperadas a los otros conductores y, resignada, entró a su auto y arrancó. Los dos faros traseros se alejaron y el flujo de vehículos retomó su curso. Vi caras fugaces en las ventanillas mirándome con curiosidad. Otra vez volvieron escenas de esa noche, como los últimos coletazos de un pez que boquea. Me levanté y vomité sobre la baranda.

Un relámpago iluminó el cielo y se oyó un trueno lejano. En noches como esta, pensé, Nico se deslizaba bajo las sábanas entre Raphaël y yo. Su respiración entrecortada por el miedo y el roce de sus pies en la oscuridad me llenaban de una sensación olvidada desde la niñez, una mezcla exquisita de placer y temor. Nico nos preguntaba qué es una tormenta y nosotros, alternándonos, le explicábamos por qué llueve, por qué truena, qué es un relámpago. La respiración de Nico se apaciguaba hasta hacerse regular, hipnótica. Se había quedado dormido. Cuando amanezca estará a mi lado, habrá olvidado lo de anoche y todo volverá a repetirse, me decía a mí misma. Y sentía entonces algo parecido a la felicidad.

Me incliné sobre la baranda para sentir el aliento del río y olvidarme en el flujo silencioso. El cielo se había llenado de nubarrones, pero los truenos habían ido espaciándose y en el horizonte los relámpagos mudos eran cada vez más remotos.

El puente estaba desierto. La ciudad parecía desierta. Los pocos conductores que cruzaban el Pont des Catalans no parecían verme. Era una sombra en la noche.

No podía explicar lo sucedido en la discoteca, pero sí por qué lo había olvidado. No, olvidado no: lo había enterrado. Había tratado de ocultármelo a mí misma. No había sido yo, de eso estaba segura. Algo había decidido por mí. No era ningún consuelo: me sentía como una marioneta. La vergüenza y el vértigo me invadieron con tanta intensidad que me incliné peligrosamente sobre la baranda y, en un susurro lleno de desprecio por mí misma, me dije: no tendrías más que soltarte para caer.

No buscaba una justificación. Solo buscaba algo que hiciera menos gratuita, menos estúpida mi conducta de esa noche. Me pregunté si en algún momento, bajo la apariencia de nuestra vida armoniosa y sin problemas, no se había puesto en marcha una falla subterránea.

Descubrí que, en los últimos años, no lograba deshacerme de una angustia que me seguía a todas partes. Despertar, vestir al niño, darle el desayuno, llevarlo a la escuela y tomar el metro, dar mis clases, volver por la tarde, recogerlo de la escuela, hacer las tareas con él, ducharlo, prepararle la cena, acostarlo, lavar los platos, ordenar la casa y reanudar todo a la mañana siguiente. En esa rueda de hámster, los años pasaban cada vez más rápido. Con el tiempo, el único que parecía cambiar para bien era el niño. Raphaël y yo solo íbamos oxidándonos. Nuestras manías eran cada vez más marcadas y crecía nuestra dificultad para emprender actividades nuevas, como si cada año alguien nos echara encima una sustancia pérfida, buscando la parálisis final de las estatuas. Solo que de nosotros no quedarían estatuas. Solo un poco de ceniza.

Alguna vez le sugerí a Raphaël que me habría gustado tener otro hijo, aunque, en el fondo, la idea me asustaba tanto como a él. Me asustaba todo lo que podría quitarme aún más tiempo. Todo lo que podría impedirme escribir. «Disfrutemos de nuestro hijo», decía él por toda respuesta. Y yo callaba.

Disfrutar de lo irrepetible y resignarnos, solo eso nos quedaba. Eso era madurar. Más de una vez me pregunté si madurar no sería un nombre más amable de la muerte. Pero luego me ganaba el instinto, la madre y la esposa recuperaban el terreno perdido durante unos segundos y censuraban esos pensamientos sombríos.

Madurar era hermoso y yo debía ser fuerte. Así como mis clases en la u debían gustarles a los estudiantes o me obligaba a mí misma a rehacerlas para el año siguiente —aunque esto implicara tener menos tiempo para escribir—, cada detalle en mi vida personal debía ser luminoso. Si mis gestos y mis palabras no eran lo que debían ser, me quedaba una astilla clavada en algún lugar recóndito.

Esperaba con aprensión el momento en que cruzaría la frontera que me separaba —años que, a la velocidad a la que todo sucedía últimamente, transcurrirían como si nada— del que sería mi cuerpo definitivo: el cuerpo de mamá.

Hacía años que no la veía en persona, pero en las fotos que mandaba Lauro la veía envejecer en caída libre. Alguna vez pensé que era más hermosa así. La piel se había recogido sobre sí misma y se había ido llenando de manchitas, como las frutas demasiado maduras que podríamos comer, pero que, por alguna razón, dejamos intactas hasta que se pudren. Quizá nos fascine la corrupción, cuando se rompe la ilusión de la identidad, el instante en que caen las máscaras.

Ahora mamá parecía haber aceptado lo que yo tanto temía. Había dejado de maquillarse, de ponerse las cremas de la noche y las cremas de la mañana, de ir a la peluquería. Y ahora unos mechones rebeldes y grises le caían sobre la cara. Pero esta se resistía a ceder sus últimos rasgos distintivos. La identidad acariciada durante décadas. El dibujo almendrado de los ojos. Las elegantes aletas de la nariz. Cómo no admirar esa resistencia sin artificios, esa belleza terrible.

Sin embargo, la vejez seguiría ganando terreno hasta borrar las últimas señales del ego. La vejez nos iguala mejor que la muerte. Repetía en mi mente los versos de Montejo: «Tuyo es el tiempo cuando tu cuerpo pasa con el temblor del mundo / El tiempo, no tu cuerpo». Y luego: «Tuyo es el tacto de las manos, no las manos; / la luz llenándote los ojos, no los ojos». Líneas que me hubiera gustado escribir. En el fondo, lo sabía, la emoción poética era solo una forma de disfrazar la angustia.

Con todo, lo peor no era eso, sino las grietas que habían ido apareciendo en su conciencia. Los fallos. Desde hacía un par de años Lauro aludía a ello sin utilizar nunca la palabra cruel, la que tenía en la punta de la lengua. «Se aleja cada vez más de la realidad», decía.

De niño, mi hermano había visto a la abuela Georgina en camisón, bebiendo el agua sucia que caía por una canaleta de la terraza. Había visto cómo se levantó una mañana con un antojo terrible de chicharrón y, luego de cortar el chancho y de picar el ajo, se desesperó buscando cerveza por toda la casa, y como no la encontró, en un arranque demente, vertió su bacín lleno de orines en la olla, farfullando que no importaba, porque después de todo el pis y la cerveza eran la misma porquería. Había visto eso y más en los tres años que convivimos con Georgina.

Había una anécdota escalofriante de cuando mamá era niña. Georgina prohibía a sus hijos tener animales en casa. Aún vivían en Yacuiba. A pesar de la prohibición, mamá adoptó a un gatito que encontró abandonado. Durante el día lo escondía en el ropero de su cuarto y por las noches lo metía bajo las sábanas. Hasta que un día desapareció. Cuando mamá pensaba que ya no lo vería, apareció Georgina con un gato en las manos. Era él. Tenía las mismas manchas color ladrillo en el lomo y los mismos guantes blancos en las patas. «Es un regalo para ti», le dijo, y entonces mamá, incrédula y feliz, alargó las manos para recibirlo. Enseguida lo soltó con un gesto brusco y se encerró en su cuarto a llorar. El gato era demasiado ligero, como si lo hubieran vaciado. Tenía el pelaje seco y la mirada inmóvil, como si fuera de vidrio.

Yo ignoraba si esta historia había ocurrido de veras o si la había inventado mi hermano con el propósito de asustarme. El tío Luis me dijo alguna vez que su madre fue una persona «especial» y que hizo «cosas raras» de las que prefería no hablar. Qué lejos estaba mi familia materna del ámbito racional y rutinario del yayo Andreu y de la serenidad angélica de la abuela Rita. No es que mi familia paterna careciera de anécdotas: tenía muchísimas, algunas sorprendentes, pero ninguna tenía que ver con la locura, ese íntimo aleteo que se movía, amenazante, en Georgina y en mamá.

Y eso era, en el fondo, lo que yo más temía. Perder la cabeza antes que el cuerpo. Estar y no estar, como un foco averiado que da sus últimos parpadeos. Tal vez a raíz de la historia del gato y de otras que había escuchado, más de una vez pensé que había algo malo en las mujeres de la familia, que una fuerza oscura se abría paso en nuestra sangre. Luego esos pensamientos se borraban. Todo eso estaba lejos todavía. Nos conviene olvidar lo que está lejos.

El problema era que también me angustiaba lo que tenía al alcance de la mano. Algunas noches, mientras Raphaël y yo veíamos la tele en la sala, una voz maliciosa y dañina me decía que eso era todo, que en diez años habíamos agotado nuestra reserva de asombro. Y sentía miedo. Como una réplica, trataba de convencerme de que ya era hora de olvidarme y de vivir por lo que habíamos construido juntos.

Solo al regresar Raphaël de sus viajes a Berlín, volvía a sentir la excitación de los primeros tiempos, porque su ausencia de varios días encendía la olvidada necesidad de tenerlo cerca. Sin embargo, cuando lo veía jugar con Nico en la alfombra de la sala, era incapaz de echarme junto a ellos. En media hora Nico tenía clases de natación y aún no tenía lista la mochila, ya no quedaba pan para el desayuno ni carne para la cena, ¿y quién iba a hacer la compra?, al día siguiente tenía clases de traducción con los de tercer año y hacía falta preparar los pasajes más difíciles del texto. Y entonces, en lugar de jugar con ellos, empezaba a gritar furiosa, a pedir ayuda, a dar órdenes. Había cedido una vez más al movimiento de la rueda. Y me invadía la sensación de haber perdido algo importante en el camino.

Llegué a Toulouse una tarde de finales de verano. Salí del aeropuerto con dos maletas de cuarenta kilos (fue pocos días antes del 11 de septiembre y aún se podía llevar maletas de cuarenta kilos por el mundo) y me envolvió un viento espeso, dotado de un aroma selvático, que me hizo pensar en el pan tostado y que llenaba todo con la ilusión de su textura. Cerré los ojos, tomé otra bocanada de aire y me estremecí. Estaba en Francia.

Había obtenido una beca cuando llevaba un semestre en la UMSA, convencida de que pasaría el resto de mi vida en La Paz. Ya me veía trabajando en algún colegio o en algún periódico, reuniéndome los fines de semana con las amigas para tomar tragos y reír y olvidar que estábamos cercadas, que las cumbres protectoras que rodean la ciudad eran también los límites infranqueables de nuestras vidas. Francia no solo era el país de Baudelaire, de Char, de Bonnefoy: Francia era el modo inesperado en que yo desviaba el curso de mi destino. Y pasara lo que pasara, mi país seguiría del otro lado del océano, como mamá y Lauro, como la infancia y el recuerdo fantasmal de papá.

Me subí a un taxi. El chofer tenía el áspero acento tolosano, y al principio me pareció que hablaba un idioma extraño, más cercano al portugués que a la lengua que yo había aprendido en el colegio.

—*D'où est-ce que tu nous viens ?* —repitió.

—*De Bolivie.*

—*Eh bé, c'est pas la porte à côté !*

Era la primera vez que escuchaba esa expresión. Me hizo gracia. Claro, pensé, Bolivia «no es la puerta de al lado». El taxi arrancó y cuando abrí la ventanilla entró a borbotones una corriente donde se mezclaban el olor picante del asfalto, los arbustos marchitos por el sol y una humedad agradable que parecía venir de los nubarrones agolpados en el horizonte. Me llené los pulmones. Así que este es el olor del primer mundo, pensé.

En los últimos años, abría la ventana de casa o del despacho y respiraba un aire viciado, saturado de gases de auto y de polvo húmedo, y me preguntaba si era el aire de afuera el que había cambiado o si era mi forma de respirarlo, que ya nunca sería igual.

El aire siempre tuvo un olor distinto según las épocas de mi vida. Alguna vez pensé en escribir una historia titulada *El olor del aire*, que en clave poética contaría mi niñez y los primeros años de mi juventud.

De niña, el aire tenía un olor vigorizante, alto y amplio como los eucaliptos.

En la adolescencia, era el hedor dulce de la basura que salpicaba el atajo que tomaba para ir al colegio.

En el liceo, el aroma helado de las jardineras cubiertas de rocío o de escarcha. En las casas de mis amigas, el humo del tabaco y de la marihuana, las risas bobas y la sensación de confuso malestar y de excitación animal.

Hasta muy tarde, me negué a aceptar que la niñez hubiera quedado enterrada en los parques. Y en el fondo de la pesadilla lúcida que fue la adolescencia, permaneció intacta, como una luz entre las sombras, la fragancia de las retamas y los eucaliptos de mi niñez.

Ahora no sabía en qué momento había pasado del pan tostado y la humedad selvática a los gases de los tubos de escape, de sentirme viva a estar como adormilada y sin fuerzas para reaccionar.

Si perdí algo importante en el camino —me dije mirando el río allí abajo—, la pérdida fue tan progresiva que pasó desapercibida. Pero no encontraba un motivo claro, como tampoco veía signos que anunciaran lo que nos había ocurrido, lo que nos habíamos hecho. Tal vez debía remontarme a nuestros inicios en busca de algo que se me hubiera escapado. Tal vez ahí se ocultaba la semilla del desastre.

Vi aquella noche, diez años antes, en que dos desconocidos caminaban juntos por el casco viejo, alargando sus sombras en calles desiertas que, a la luz amarilla de los faroles, parecían de arena. Y comprendí que todavía éramos aquellos desconocidos, que, tras el encuentro fortuito en un café estudiantil de la rue du Taur, caminaban charlando de algo ya olvidado, y que, a la mañana siguiente, luego de haber hecho el amor, se despidieron convencidos de verse por última vez.

Había estado con otros chicos, pero ninguno me había parecido más que un accidente más o menos feliz o desastroso, una curiosidad en la galería de anécdotas que visitaría algún día. También la manera en que me había deshecho de los prejuicios machistas de la sociedad en que crecí y de un confuso temor a los hombres.

Alejarme de mamá y de los problemas de mamá, del cansancio crónico de Lauro, me devolvió algo perdido: la posibilidad de pensar en mí. Y poco a poco descubrí que yo no era tímida, sino que había pasado los últimos años abstraída y tensa, incapaz de olvidar un instante el asesinato de papá, el sufrimiento de mi madre, el sacrificio de Lauro y las zozobras cotidianas, y eso había pasado como timidez a los ojos de mis profesores y de mis amigas, y por fuerza, también a los míos.

Gracias a la beca vivía en Francia con la modestia de un estudiante medio, pero para mí era un lujo. Había sugerido a mamá la posibilidad de enviarle remesas, pero ella se negó en redondo: «Hijita, aquí tu hermano y yo estamos bien. Más bien yo te voy a mandar platita en cuanto tenga». Fui recuperando la facultad de ser yo misma y me permití vivir experiencias que, como Lauro me decía en un *mail*, eran propias de mi edad. Empecé a emborracharme en las salidas con mis amigas. Tuve mis primeros encuentros sexuales. Me encontré vagando sola por la ciudad, a las dos o a las tres de la mañana, formando versos en mi cabeza y repitiéndolos en voz alta para escucharlos con esa sonoridad mágica de las palabras dichas en la noche.

Esa etapa de liberación y descubrimiento duró unos cinco años. Ahora parecían haber transcurrido con rapidez y urgencia, pero, cuando estaba sumergida en esa corriente, hubo momentos similares a las eternidades elásticas de la infancia. Apareció Raphaël. Apareció con sus ojos de cielo nórdico, su ternura imprevista, su pasión de Char y de Camus, su curiosidad sin poses, su calor humano tan distinto y distante del dinero y el estatus de su familia, la sabiduría lenta de sus manos que me recorrían en las penumbras salpicadas de luz.

Pero solo cuando conocí a su familia y vi las primeras señales disuasorias, comprendí que lo quería. Catherine se mostraba delicadamente fría. Al saludarme, hacía una leve sonrisa y algo despiadado y odioso subía a sus labios. Nunca me aprobó, aunque Raphaël se empeñara en asegurarme lo contrario. Catherine tenía definitivamente algo de flamenco, tanto por sus piernas largas y finas como por sus rasgos de pájaro. Era una de esas mujeres que pueden pasarse horas con el pelo lleno de ruleros y la cara untada de cremas color vómito mientras beben licuados de frutas y verduras y pedalean sin tregua en la bicicleta estática.

Ganaba muy bien gracias a su trabajo de informática, lo que le permitía mantener sola la hermosa casa que tenía en Limoges. Años antes, cuando su hijo Lucas todavía era bebé, echó a su marido de la casa por razones que sus padres, siempre ávidos de noticias, nunca conocieron, contrató a un par de abogados voraces y le quitó al pobre hombre, un ingeniero civil limousin, hasta la forma de andar. El único que se enteró de los motivos fue Raphaël, pero nunca me los contó, no por falta de confianza, *ma chérie*, sino por guardarle el secreto a su hermana, que se lo había pedido muy en serio. Los dos hermanos tenían una complicidad sin palabras, unidos como estaban por una niñez y una adolescencia solitarias, encariñados con una nana que, por muy entrañable que fuera, nunca les develó los misterios de su vida.

¿Cómo es que dos jóvenes que tienen todas las puertas abiertas en la *Ville Lumière* deciden estudiar y establecerse en el Mediodía? Parece absurdo. Y, sin embargo, es lo que hicieron ellos. Luego del bachillerato, él se especializó en Toulouse —extraña elección destinada, por supuesto, a alejarlo de sus padres— y ella —como siguiéndole la pista, pero sin confesarlo—, a tres horas de ahí, en Limoges. Él realizó distintos másteres en Derecho privado mientras ella se volvió analista de seguridad informática. Ambos eran trilingües. Hablaban tan bien el alemán como el español, aunque ella se negaba a hablarlo delante de mí.

Raphaël en cambio me hablaba en mi lengua, incorporando a su lenguaje ibérico vocabulario y expresiones andinas. Tanto así que, durante un viaje que hicimos a Barcelona, entró en una tienda de barrio y le preguntó a la dependienta si no tenían «esa cosa para quitar las bolas de la chompa». Tras pensarlo unos segundos, esta le dijo que no, pero que en la esquina había una farmacia donde sin duda encontraría lo que buscaba.

El alemán lo practicaba en el trabajo. Aunque se pasaba la mayor parte del tiempo en papeleos laberínticos, practicaba la lengua de Goethe en largas videoconferencias, y, tres o cuatro veces al año, lo hacía en Berlín, ya sea educadamente en las oficinas de Mercedes Benz, con vistas magníficas al centro histórico, o a los gritos y entre risas en tabernas ruidosas de tablones de madera pulida tomando *chops* de la mejor cerveza del mundo, *ma chérie*. Era un ritual casi obligatorio de los empresarios berlineses para concluir una buena semana de trabajo.

Yo no era más que una tercermundista y para colmo literaria, que ni siquiera mostraba la ambición de buena parte de mis congéneres: la de publicar. Cuando Raphaël me presentó a sus padres y a su hermana en ese lujoso restaurante del bulevar Haussmann, la decepción debió ser terrible. A veces sentía que, de haber mostrado más ambición desde un principio o de haber fingido que la tenía, ellos habrían estado dispuestos a darme una oportunidad.

Era cierto, me faltaba ambición y me faltaba rango social. En Bolivia ni siquiera teníamos casa propia, y si estaba en Francia era gracias a una beca.

El día en que me llamaron del liceo para darme la buena noticia, mamá me encontró bailando sola al lado de la mesita del teléfono. Me miró divertida, con esa sonrisa ladeada suya que más bien parecía de burla. Le conté que había sido becada: pareció recibir un golpe. «Bueno», dijo al fin sobreponiéndose al mal trago, «habrá valido la pena pagar tantos años a esos franchutes ladrones». Enseguida pareció preocuparse, me acarició la mejilla, cambió de tono. «La crisis va a pasar pronto y voy a poder mandarte platita», dijo, «ya vas a ver». Era junio o julio de 2001 y el país estaba paralizado por los bloqueos de caminos. Se hablaba, ya sin ningún tipo de reparos, de catástrofe económica. En los últimos años habían subido tanto el precio de la inscripción y la mensualidad en el liceo, que mamá quiso sacarme de allí cuando ya solo me faltaban dos años para salir bachiller. El director, un petiso de cabellera blanca con ínfulas de Napoleón, nos convocó a su despacho, examinó mi dossier palmo a palmo ante la mirada escéptica de mi madre, nos habló de una beca interna y nos convenció de que yo podía obtenerla. «¿En qué otro liceo, le pregunto, señora G, le van a ofrecer una beca así?». En adelante, mamá solo tuvo que pagar una parte de la escolaridad. Sin embargo, no fue hasta dos años después, al saber que ya no sería una carga para nadie, cuando tuve la sensación de aportar en casa.

Parecía mi deseo más profundo, pero, en realidad —lo descubrí tras unos meses en Toulouse—, lo que había buscado era la posibilidad de empezar a vivir. De tener algo propio, aunque estuviera lejos. De huir de la muerte de papá, que aún a veces me provocaba pesadillas, y de mamá, que se hacía cada vez más irascible a medida que la soga económica se le ajustaba al cuello.

Solo había tenido una ambición en la vida: la de huir. Era una fugitiva.

El callado rechazo de Catherine era compartido por sus padres, aunque las distancias de ellos hacia sus propios hijos me llevaban a relativizar las que mantenían conmigo. Sospechaba que Raphaël me defendía cada vez que yo no podía acudir a alguno de los almuerzos familiares que, una o dos veces al año, los Leroy organizaban en su casa de Vincennes. A Niza nos invitaron alguna vez en verano, pero Raphaël siempre rehuía la invitación hasta que ya era demasiado tarde. Nunca les decía que no directamente. Pretextaba trabajo. Para los Leroy, el trabajo parecía ser el único valor sagrado, y para Raphaël, el único argumento irrebatible.

Íbamos a la Costa Brava o a la costa Atlántica como fugas rituales, para encontrarnos a solas. Pero desde que nació Nico se nos hizo inevitable pasar más tiempo con mis suegros, sobre todo en las fiestas de fin de año. A medida que crecía y desarrollaba su carácter dulce y vivaz, Nico pareció sacarlos de su retraimiento, y los Leroy se mostraban cariñosos con él. En cambio Lucas, el hijo único de Catherine, era un niño áspero, y los Leroy lo miraban con unos ojos donde se leían la incomprensión y la impotencia, sobre todo cuando jugaba a la Xbox y daba gritos de rabia o de júbilo frente a la pantalla del televisor.

La actitud de los Leroy permaneció inalterable hacia sus hijos. Catherine parecía haberlos decepcionado con su divorcio. Raphaël los decepcionó sin duda con la elección de su esposa y la decisión de establecerse en Toulouse, tan lejos de París como de Niza.

Los Leroy nos prodigaban una distancia educada, solo desmentida en parte por sus invitaciones puntuales. Aunque no lo confesaran, querían ver a Nico, como si para ellos fuese la última oportunidad de ejercer su autoridad y de brindar un poco de cariño auténtico.

Raphaël rehuía a sus padres y ahora, después de lo que nos habíamos hecho el uno al otro, tendría que enfrentarlos. Le esperaba una humillación sin nombre. Amargas recriminaciones contenidas desde hacía años. Tendría que aceptar que se había equivocado conmigo, que en suma se había equivocado de vida, que no debía haberse ido nunca de París, del ámbito de sus padres, donde ellos lo habrían conectado con gente de su nivel.

Inclinada sobre la baranda, pensar en Raphaël me hacía daño. Pensar en él era pensar en Nico. Y en esa noche en la discoteca. Y en la mañana en la clínica. Y en esos ojos de hielo nórdico inclinados sobre mí. Y en la colmena. Y en todas las semanas que llevaba tratando de no pensar para salir adelante.

En los recuerdos que tenía de nosotros no había encontrado nada y a la vez lo había encontrado todo. Lo nuestro, pensé, estaba destinado a la precariedad. Pero ¿qué relación no lo está? Habíamos sobrevivido a mis suegros y a Nico, pero no a lo demás. ¿Qué era lo demás? No era la falta de amor. Nos queríamos y por eso éramos capaces de destrozarnos. No era el desgaste de los años. Habíamos superado muchas pruebas y el futuro, aunque me angustiaba, lo imaginaba a su lado. Me pregunté si no sería lo que, silencioso y pérfido, había acabado con mi abuela y que ahora, por lo que decía Lauro, había invadido a mamá.

Entonces tuve una sensación adormecedora, casi agradable. Sentí la necesidad de que mi cuerpo perdiera sus contornos, su realidad y su peso, como había sucedido con Raphaël y con Nico. Tal vez así las heridas desaparecerían. Tal vez así lo oscuro, lo que zumbaba en mi sangre y golpeaba mi cabeza desde el interior, cedería a la plenitud del silencio. Poco a poco, la baranda se fue convirtiendo en lo único que me impedía mezclar mis aguas con las aguas nocturnas del Garona.

En la rutina, en todo lo que consideramos sólido, aguarda la disolución. Eso me dije, y empecé a jugar. El juego consistía en soltarme de a poco. Solté un dedo, solté dos dedos, solté tres dedos. Solo quedaban en la baranda dos dedos temblorosos cuando alguien o algo me tocó el hombro.

La mano era pequeña y me tocó con timidez, como si temiera molestarme. Me volví y miré alrededor. Nadie. Fue como despertar bruscamente, perdí el equilibrio. Mis dos dedos sudorosos resbalaron sobre el hierro y miré asustada, como si lo viera por primera vez, el río que fluía unos treinta metros por debajo de mis pies.

No sé cómo recuperé el equilibrio ni cómo bajé de la baranda. Volví en mí con una mezcla de alivio y de horror. Horror por lo que había llegado a tentarme, pero también, y de forma cada vez más precisa, por lo que Raphaël había sido capaz de hacerme y estaba dispuesto a hacerme ¿durante cuánto tiempo más?

Lo había traicionado y lo había humillado delante de sus colegas. Lo había herido, y tal vez nunca sabría hasta qué punto. Pero ¿no habríamos podido hablarlo como dos adultos?

En el camino de vuelta, a medida que el frío se apoderaba de mis miembros, un sentimiento poderoso se fue abriendo paso en el horror, y, para cuando llegué a la colmena, comprendí que odiaba a Raphaël con una fuerza que nunca antes había sentido.

Decidí no pensar en lo que había experimentado. Pero me fue imposible. Esa manita volvió a mi hombro cuando intentaba dormir envuelta en una toalla, tiritando y con los párpados apretados para no abrir los ojos en un acto reflejo y descubrir algo inesperado en el cuarto, como en aquellas noches de mi infancia en que las prendas de ropa colgadas en una silla podían cobrar repentinamente formas monstruosas.

Aunque me estremeciera lo sucedido, comprendí que me había salvado. Nico. Su tacto. La memoria de su tacto. No cualquier tacto, sino ese, precisamente ese de cuando yo estaba trabajando en casa y lo tenía cerca y sin embargo le daba la espalda y me hundía largas horas en la poesía o en la crítica de poesía o en la traducción.

¿Cómo traducir ahora ese tacto fantasmal que me había devuelto a este lado? Nico. Qué no hubiera dado por tocarlo, por tenerlo a mi lado esa madrugada, por sentir su calor en el increíble y helado silencio de la colmena.

Esa noche soñé que me levantaba y enviaba un mensaje de texto, sin saber muy bien lo que escribía ni a quién le escribía. Soñé que, al rato, me sobresaltó el intercomunicador y corrí a abrir antes de que volvieran a tocar. Soñé que él entraba envuelto en el aroma de especias de su colonia y en un tufo de alcohol y fiesta. Llevaba una camisa vinotinto y un pantalón que destellaba en la penumbra. Nunca lo había visto tan elegante y eso confirmó la sospecha de que solo era un sueño. Miró a su alrededor con los ojos vidriosos e hizo un breve silbido de burla. «Lindo lugar», dijo. Se tambaleó un poco, como si lo asaltara un mareo, se apoyó en el respaldo del sofá y luego se sentó. Siguió un largo silencio que erizó de hielo la madrugada. «¿Ahora sí te acuerdas de mí?», preguntó de repente, con sorna. Estaba saliendo del Barrio Latino cuando recibió mi mensaje. Si no se hubiera encontrado tan cerca y si la discoteca no hubiera cerrado ya, ni habría pensado un segundo en acudir a mi llamado. «¿Qué quieres?, ¿qué es tan importante?». Su tono era áspero, pero hablaba a media voz, como si no quisiera romper quién sabía qué hechizo. Yo le pedí explicaciones sobre esa noche de septiembre en el bar. Insegura de mi memoria, buscaba confirmaciones en el sueño. Me miró incrédulo. «¿Para eso me has llamado?». Se puso de pie y sus ojos brillaron en la penumbra. Se acercó con pasos de predador diestro hasta que sentí su aliento de menta y ron. «No, ¿verdad?». Sonrió con malicia, y el antifaz invertido de su barba sonrió con él. «Yo sé para qué me has llamado». Empezó a acariciarme y me descubrí temblando. Nuestros pasos nos llevaron al cuarto y, a ciegas, con suavidad, nos dejamos caer en el colchón. Le pedí que no hiciera nada, que se quedara a mi lado, simplemente. «No me toques ahí», le susurré en español. «Quietecito». Y me volví hacia la pared. Sentía su resuello entre mis cabellos y, contra mi espalda, los latidos de su corazón. Su cuerpo era como un horno de pan y el miembro intruso seguía rígido, pero él parecía contener sus ansias. «Abrázame», oí mi voz, «tengo frío». Me rodeó con un brazo y se pegó con fuerza, como si intentara meterse en mi cuerpo. Avergonzada —pero ¿por qué?, si era solo un sueño—, pensé: esto es lo que necesitaba. Me adormecí y, poco a poco, el silencio de la colmena se hizo menos aterrador.

Cuando abrí los ojos en la luz azul del amanecer, Alexandre ya no estaba. Nunca estuvo. Y, sin embargo, el colchón, la almohada, el aire mismo del cuarto habían quedado impregnados del aroma de su colonia y el rastro animal de su piel.

9

Me movía por el departamento como sonámbula, flotando en la luz lechosa del amanecer. Preparaba un café de resurrección con las manos temblorosas, sudando hielo y tratando de no hacer ruido. Cuando ya no aguanté más, fui al baño, apoyé las dos manos en el inodoro y me arqueé de dolor. Las imágenes y las voces de la noche anterior giraban furiosas en el círculo de agua en reposo.

Todo empezó en la camioneta detenida en medio del atasco. Por sus dimensiones, la camioneta de Lauro no le permitía colarse entre las filas tortuosas de trufis, radiotaxis y minibuses, como hacían algunos, despertando enseguida bocinazos rabiosos.

—Por suerte vamos con tiempo —dijo.

Tras unos minutos de silencio, añadió:

—Te advierto, hermanita, no te va a gustar.

—Nunca pensé que me gustaría.

Se irguió en su asiento, resopló algo inquieto y lanzó un último intento de disuasión.

—¿Por qué no puedes olvidar? Mirá a estos tipos —señaló a los conductores alrededor—. Esa ansiedad por ir más rápido que los otros, ¿te das cuenta? Así funciona esta sociedad. Ser siempre el más vivo. Salirse con la suya. ¿Vos crees que aquí la gente se anda cuestionando sobre el pasado, torturándose con preguntas? Y aunque no lo creas, la mayoría es feliz.

—Y después me vas a decir que todos toman para olvidar —dije—. No puedes resumir un país entero a la letra de una cumbia.

—Has puesto el dedo en la llaga, hermanita. Somos nomás un pueblo colonizado por el alcohol, el embrutecimiento. Somos capaces de indignarnos y de actuar, pero basta una buena chupa para olvidarlo todo.

Esa charla empezaba a impacientarme. Sospeché que, si Lauro no hablaba ahora, ya nunca lo haría, así que volví a preguntar por los asuntos en los que andaba metido papá. No pareció oírme. Puso segunda y por un momento pareció que había cesado el atasco. Pero, ni bien divisamos la plaza Abaroa, tuvo que frenar en seco. Las filas de vehículos detenidos se extendían hasta perderse de vista. Se volvió hacia mí.

—¿De verdad quieres saber?

—De verdad quiero saber.

Suspiró. A la izquierda, apareció uno de los pórticos de la plaza Abaroa, con su alto tejado color de hojas secas.

—Era la mejor época de nuestro viejo.

Ahora la camioneta estaba inmóvil y alrededor se alzaba un ruido opresivo de enjambre. Lauro puso las dos manos sobre el volante.

—Al viejo le encantaba cocinar, ¿te acuerdas?

Volvió la fragancia fresca y verde que inundaba la cocina desde el mesón de cerámica, donde papá picaba perejil sobre una tabla de madera llena de cicatrices. El inmenso ventanal daba a un jardincito trasero salpicado de plantas aromáticas: perejil, hierbabuena, quirquiña, albahaca. Y un pequeño milagro: la ulupica silvestre, cuyos frutos picantes eran diminutos soles verdes. Papá los deshacía con el dorso de la cuchara contra el borde del plato de sopa humeante, y una sola cucharada le llenaba los ojos de lágrimas de felicidad. Llegó el aroma irresistible del comino mezclado al de los vapores dulces de la cerveza en una sartén crepitante de tiras de carne, con la cebolla y el ajo picados, y los andares silbantes de papá entre las nubes olorosas. Encima del pantalón, la camisa y la corbata de banquero joven, llevaba un mandil de Aceite Fino, estampado con el emblema de la empresa: la figura alta y seca de un chef con bigotes de mosquetero. Durante muchos años mamá utilizó ese mandil, y después Lauro, hasta que de la triste figura del chef no quedaron sino unos cuantos fragmentos grumosos. «Claro que me acuerdo», le dije. Solo entonces empezó su relato.

Era la época en que el viejo estaba supervisando las obras en el local, hermanita. Al fin podría abrir el restaurante con el que había soñado durante tanto tiempo. Estaba ilusionado, pero tenía los nervios cansados por una tensión de meses: los obreros que contrató no avanzaban tan rápido como habría deseado, y las obras se habían vuelto interminables. Decía que no podía ausentarse ni un solo día, a pesar de que tenía otros asuntos pendientes, porque los obreros aprovechaban sus ausencias para hacer lo mínimo e incluso robar material, sin que fuera posible probar nada. El viejo había pedido hornos y cocinas americanas de primera calidad, y acababa de cerrar trato con un anticuario de la calle Linares por la compra de un mobiliario de cedro. Mientras tanto, en el local de más de cien metros cuadrados, los obreros tumbaban muros, renovaban los azulejos de la cocina y los sanitarios de los tres servicios, instalaban una gran barra de madera tallada cubierta de zinc, pintaban de marfil oriental las paredes y los arcos y el cielo raso, y los electricistas instalaban un sistema de cableado seguro. Estaban rehaciendo todo lo que pudiera rehacerse para que fuera el mejor restaurante de la ciudad, hermanita.

—¿Era en la 20 de Octubre? —Recordé la tarde en que mamá se llevó a Nico de la mano.

—Sí, un lugar de lujo.

A nuestro alrededor, el flujo de transeúntes era denso. Las siluetas de oficinistas de corbata y maletín y las de estudiantes universitarios con las mochilas al hombro se recortaban bajo los letreros luminosos de los cafés, cuyas terrazas estaban llenas a reventar. Lauro hablaba con fluidez y sin mirarme, como para adentrarse sin trabas en los pasillos de su memoria. Su perfil parpadeaba con los haces rojos de los vehículos. De tanto en tanto, soltaba el volante y manoteaba el aire, con esa gesticulación teatral que adoptaba al hablar.

—Vos sabes cómo era el viejo, hermanita. Todo tenía que ser siempre lo mejor. Y a veces ni lo mejor le convenía.

Cuando el tío Cacho acudió en su ayuda, el viejo no se lo pensó dos veces. No solo era un gran amigo, sino que habían estudiado juntos. Aunque ninguno terminó la carrera, papá sabía que el otro era perfectamente capaz de ayudarle a administrar el negocio. Y antes que nada: le ayudaría a supervisar las obras, así él podría ocuparse de otros asuntos pendientes.

¿No me acordaba del tío Cacho? ¿Y de su hermano, el Ruso? Volvió la primera noche, la noche en que mamá habló de los Rusos. La mención de esos tipos se quedó revoloteando un tiempo en mi cabeza antes de desaparecer.

Le conté la historia del ruso que intentó seducir a mamá durante el carnaval de Oruro y la cómica reacción de papá, que le llevó una cabeza de cordero con pellejo y todo. No la conocía, pero no le sorprendía lo más mínimo. Los Rusos eran grandes amigos de nuestros padres desde antes que él naciera. Es más, el Cacho era un amigo de infancia del viejo. En cambio, del Ruso se hizo amigo mucho más tarde, jugando al fútbol en alguna de esas ligas de aficionados, cuando la vida de papá consistía en asistir de vez en cuando a la u y pasarse el resto del tiempo de boliche en boliche, como en esa canción de Los Náufragos que tanto le gustaba. Así que un viaje de farra al carnaval de Oruro parecía algo natural entre buenos amigos. «¿Eran rusos?», pregunté. Se rio. Eran más bolivianos que el chuño. Les decían Rusos porque tomaban mucho o algo así. Pero había que ir por partes.

El tío Cacho había ayudado al viejo en otras épocas, cuando este no tenía un peso. Ya sabía cómo era el abuelo Andreu, hermanita. En casa había mano dura y economía espartana. Papá quería vestirse bien para ir a las fiestas y, claro, tener algo en el bolsillo para invitar a las chicas de vez en cuando. Por suerte, su gran amigo compartía todo con él. El Cacho vendía a escondidas la ropa de sus hermanas, ropa fina que el padre traía de Estados Unidos. Una vez, incluso, vendió el abrigo de visón de su madre. Al descubrirlo casi lo matan, pero era una de esas anécdotas que al viejo le gustaba recordar, muerto de risa, cuando se tomaba unas cervezas con él.

Cacho no era su nombre, por supuesto, sino Carlos. Pero nadie lo llamaba así, todos le decían Carlitos y, los más íntimos, Cacho. Se ganó el apodo porque, como decía el viejo, tenía una suerte de cornudo. Al parecer, cuando jugaba al cacho, le salían las escaleras de mano y las grandes a pedido del público y, al menos en aquella época, no era raro que mandara a todos a dormir con una sola lanzada, como el franchute.

Realmente tenía una suerte de cornudo. Su mujer lo dejó por otro y el Cacho se pasó la tarde en el comedor de la casa, escuchando música de sus épocas —Los Iracundos, Palito Ortega—, tomando una Paceña tras otra y llorando en el hombro del viejo. «Tenías que haberlo oído llorar. Hasta a mí, que tenía catorce años, me partía el alma».

En realidad, hacía tiempo que la fortuna del tío Cacho había cambiado. Antes de ver partir al amor de su vida, perdió su trabajo en la Renta. Luego murió su padre. Al parecer la herencia era considerable, pero, como tuvo que compartirla con sus dos hermanas y el Ruso, no le quedó gran cosa. De hecho, no habría podido abrir la empresa de importación de autos gringos si no fuera porque el hermano le cedió su parte. Carlitos se jugó el todo por el todo en plena hiperinflación, ¿a quién se le ocurría? Y claro, el negocio cerró en pocos meses, dejándolo más pobre que antes. Al Ruso, en cambio, que para entonces vivía en Santa Cruz y era capitán del ejército, le iba muy bien. Pero había que ir por partes.

Carlitos tenía un aire de niño grande, a pesar de que era algo mayor que papá. Era alto y conservaba de sus años de estudiante unas patillas largas y enmarañadas como su pelo. Era muy pálido, de ojos retintos y largas pestañas de mohicano. «Si yo tuviera esas pestañas...», suspiraba mamá. El tipo era guapo, pero le iba mal en el amor. Llevaba esas chompas de lana de tonos apagados que parecen tejidas por alguna abuela, y solían tener huecos en las mangas o los sobacos que trataba de disimular lo mejor que podía. A pesar de su pinta desconsolada, era alegre y nuestros padres lo querían un montón, tal vez porque con él nunca faltaban el buen humor ni las risas.

Mientras Lauro contaba todo esto, yo buscaba en mi memoria, en vano. Por entonces, calculé, yo tenía ocho años. Era lógico que él, que en aquel tiempo ya era adolescente, se acordara bien de ciertas cosas que para mí solo habían existido en el presente vívido y confuso de los niños. De todas maneras, me pareció extraño no recordar nada.

Fue en el cuarto de estudiante de Carlitos donde nuestros padres vivieron aquellos famosos días de 1971 con la impresión de estar haciendo algo peligroso y emocionante, aunque solo se dedicaran a chupar y a escuchar música en las horas del toque. Tío Cacho, así le pedía que lo llamara. Y él lo hacía con gusto porque le caía bien, la verdad. A diferencia del viejo, Carlitos siempre lo trató como a un hombre. Charlaban de música y de cine y de chicas, y le regalaba pósteres y revistas de *rock*. Una vez le dio a escondidas una revista de peladas. «Que no se entere el beato de tu padre», le dijo guiñándole un ojo. Lo que más le gustaba de él era su aura de bohemio genuino, sin poses.

Así era Carlitos. Pero estaba jodido. Y había noches en que llegaba a casa menos alegre que de costumbre, con unas ojeras que daban pena y la chompa más agujereada que nunca, pero después de unas cervezas con el viejo, y a veces también con mamá, poco a poco se animaba y los hacía reír con sus chistes guasos.

El Cacho le quitó a papá un peso de encima. Por esa época llegaron las cocinas de Estados Unidos y, vaya uno a saber por qué, el viejo tuvo que presentarse en la aduana, una y otra vez, durante más de una semana, hasta que al fin logró sacar la mercancía. Cada mañana subía a El Alto con el temor de que los obreros no escucharan a su socio por su pinta de hippie triste, pero Carlitos demostró que era capaz. Así que el viejo delegó por completo esa responsabilidad en su amigo y se dedicó a otros asuntos —papeleos, sobre todo— que había dejado en suspenso durante aquellos meses ajetreados.

Bajo la supervisión de Carlitos, las obras avanzaban a buen ritmo, y unas semanas más tarde el viejo le dio una sorpresa a mamá. Ella contaba la charla con detalle, sin duda consciente de que en aquel momento todo empezó a torcerse. ¿Recordaba el viaje que le había prometido tantas veces y que tantas veces tuvieron que postergar? Sí, el viaje a Yacuiba. Lo harían ahora. ¿Por qué no? Ya no había ningún asunto pendiente. Del local se ocuparía el Cacho, así que disponían de tres semanas. Y al volver del viaje, ¿lo imaginaba?, ya estaría todo listo. Con la apertura del restaurante, empezaría el trabajo de verdad y él necesitaba descansar un poco antes de dar el gran paso. Una vez abierto el negocio ya sería difícil, por no decir imposible, emprender el viaje. Era ahora o nunca. Esas cosas le dijo a mamá aquel día, hermanita, sin saber que el viaje a Yacuiba sería el principio del fin.

Lauro seguía aferrado al volante, como si estuviéramos viajando a toda velocidad, pero apenas habíamos avanzado unos metros desde que empezara su relato. El estallido de los tubos de escape y el taconeo de los transeúntes que cruzaban la calzada sin mirar los vehículos, como si sortearan rocas, se había multiplicado hasta tal punto que resultaba imposible no preguntarse qué ocurría. Desde algún punto invisible de la avenida llegaba una serie de bocinazos cada vez más insistentes. Bajó la ventanilla y sacó la cabeza.

—No se ve una mierda.

Le hizo señas al chofer de un radiotaxi sin pasajeros, que abrió la ventanilla del copiloto y asomó la cabeza. Al rumor irritado de los motores, se sumó —envuelta en el chisporroteo de la radio mal sintonizada— la voz enardecida de un predicador que culpaba al demonio de todos los males de este mundo.

—¿Jefe? —gritó el chofer, sin bajar el volumen de su radio.

—¿No sabe qué ha pasado? —repitió Lauro más fuerte.

El hombre se encogió de hombros.

—Debe ser un accidente, jefe.

—No será una manifestación, ¿no?

—Uy, jefe —se rio el otro—, si hay marcha, sonamos.

Lauro cerró la ventanilla, encendió la radio y se puso a buscar una estación.

—Lauro.

Como no reaccionaba, alargué la mano y apagué la radio. Se pasó la mano por los ojos y respiró hondo, como si recién tomara consciencia de que no había vuelta atrás. Debía acabar lo empezado.

—¿No te acuerdas del viaje?

El único recuerdo que me quedaba era el de un día de sol intenso en que nos bañamos los cuatro en las aguas revueltas del Guadalquivir. Papá hacía de tiburón, invisible bajo la corriente, y nos agarraba los tobillos a mamá y a mí. Unos metros más allá, Lauro nos miraba. A la vera del camino, cubierta de costras de barro seco, descansaba la peta Volkswagen.

Seguíamos inmóviles en medio del atasco y habría resultado desesperante de no ser porque ya no estábamos ahí, sino veintiocho años atrás, en las aguas turbias de un río feliz. Era como si, con el tráfico, también se hubiera detenido el tiempo.

Al día siguiente de nuestro regreso, el viejo nos despertó y nos metió a la peta. Todavía nos dolía el culo por el viaje, pero el viejo estaba impaciente. Subió a toda velocidad por las calles medio vacías de la ciudad haciendo rugir el motor alemán. Pero lo que encontramos, hermanita, fue un local cerrado y desierto y que parecía haberse quedado estancado en el punto en que el viejo lo había dejado tres semanas antes.

Recorrimos la ciudad en busca del tío Cacho y de los obreros. El viejo se bajaba de la peta y se ponía a golpear con los puños las puertas metálicas o las rejas, alborotando a los perros, molestando a los vecinos a los gritos, mientras mamá trataba de calmarlo.

—Te senté en mis rodillas y empecé a hablarte de otras cosas para que se te pasara el susto.

No, no lo recordaba. Qué extraña es la memoria, pensé. ¿Por qué algunas cosas las recordaba con nitidez y otras habían desaparecido tan limpiamente que era como si nunca hubiesen pasado? ¿Qué mecanismos regían esa maquinaria de sueños vívidos o de blancos abismales? El tiempo es una ilusión de la memoria, y la memoria, una niebla que a veces revela y otras, oculta. Así que todo lo que somos o creemos ser (¿qué somos sino el tiempo vivido?) es la proyección de una bocanada de humo. No un fantasma, sino la sombra de un fantasma.

—¿Y el tío Cacho? —pregunté.

Una sonrisa amarga le subió a los labios. Desde el principio, había dicho «tío Cacho» con un tono difícilmente definible. Solo percibí con nitidez el desprecio que vibraba en su voz cuando dijo:

—El tío Cacho nunca apareció.

Aquel día, el viejo debió preguntarse: ¿Carlitos, su hermano de toda la vida, se había esfumado con la plata? ¿Era posible? La plata para comprar los últimos enseres, terminar las obras y pagar a los obreros. La plata que le había confiado antes de emprender el viaje. Un montón de plata, hermanita.

Esa misma noche, cuando al fin apareció por su casa, el encargado de los obreros le contó al viejo que no habían visto aparecer al señor Carlos ni un solo día en esas semanas de duro trabajo. Que, en un momento dado, al no tener dinero suficiente para comprar los materiales que faltaban, dejaron las obras tal como estaban.

Buscándolo, el viejo encontró deshabitado el cuarto de su socio. Un par de semanas después se mudó allí una estudiante de enfermería que nunca había oído hablar del anterior inquilino. La dueña, una viejita medio sorda, no sabía nada y repetía sin descanso que ese chascoso mañudo se había fugado sin pagarle los tres meses de alquiler que le debía.

El viejo consiguió el número telefónico del Ruso, en Santa Cruz, quien le juró que llevaba varios años sin ver a su hermano. Carlitos tenía la suerte torcida. Desde que quebró su negocio de importación de autos gringos, no dejaba de llamarlo para pedirle plata. Él lo ayudaba, claro, y eso que se trataba de sumas considerables. El problema era que Carlitos nunca se las devolvía. Él sospechaba que las perdía en partidas nocturnas de cacho y de póker en bares de mala muerte. Y él era un hombre de familia. Tenía cuatro bocas que alimentar.

Tenía responsabilidades. Un trabajo. Una casa a medio construir. Y un negocio que recién empezaba. Por eso le cortó los préstamos de raíz. La reacción de Carlitos fue desproporcionada. Lo llamó descastado y otras cosas peores. Ante los insultos y los desaires, él lo mandó a la mierda y le cerró las puertas de su casa. Y no se hablaban desde entonces.

El viejo sabía de esa antigua tensión entre los dos hermanos. Todos los conocían como los Rusos, pero el Ruso original era Vladimir, el mayor, de tal forma que Carlitos se veía envuelto por el apodo de su hermano, como si fuera solo el apéndice de ese tipo cuadrado, de mandíbula de boxeador y puños de piedra que muchos en La Paz conocían y temían. Era bastante mayor que papá, pero este lo conocía bien. Decía que era un buen arquero y uno de los mejores piñacos de aquella época.

Contaba que, a fines de los sesenta, el Ruso se había enfrentado solito a los dos hermanos Márquez. Los Marqueses, ¿de veras no me sonaba?, era una pandilla de motociclistas miraflorinos que, vestidos con chamarras negras, botas altas y cascos nazis, recorrían la ciudad buscando bronca. O aparecían sin invitación en las fiestas de los niños bien y se la pasaban dando vueltas en círculos donde más molestaban, como buitres motorizados, ahogando todo con el rugido de sus motores. Pero en una de esas se toparon con el Ruso, hermanita. Era una fiesta en Calacoto y Los Marqueses no pudieron subir con las motos hasta el segundo piso, donde estaba el salón. Ni bien entraron, apagaron la música y empezaron a insultar y a amenazar a todos, a servirse comida y trago, a toquetear a las muchachas. La suerte quiso que Freddy, el marqués mayor, le metiera mano a la hermana del Ruso. Cuando este lo encaró, Freddy se echó a reír y se cagó en su madre. Se creía intocable y en cierta forma lo era. Entonces el Ruso soltó un cabezazo y le dejó a Freddy la nariz sangrando como una fuente. Javier, el menor, sacó un cuchillo de cocina que habría detenido a cualquiera, pero no al Ruso, que lo derribó de un planchazo. Fue un momento glorioso, o al menos así lo contaba el viejo. Ahí nomás se armó una pelea campal de antología, con cinturonazos y todo, y los pandilleros acabaron huyendo. Así que era natural que el Cacho se acomodara a la sombra de su hermano, que, al menos en aquellos años de adolescencia, se volvió una leyenda en la Zona Sur.

No, él nunca vio al Ruso, pero había escuchado al viejo hablar de él con tanta admiración y nostalgia, que siempre había tenido una imagen nítida del tipo.

Vladimir —porque así se llamaba el Ruso— era corpulento, y Carlitos, en cambio, larguirucho. En materia de alcohol, sin embargo, se daban tas con tas, y ambos, ni bien se les había subido a la cabeza, empezaban a tirar los vasos a sus espaldas, haciéndolos añicos, como si fueran dos gemelos dementes. Una extraña costumbre que, por lo visto, les venía del padre, que en su juventud estuvo en Moscú, y volvió fascinado por la grandeza militar de la URSS y por la capacidad comprobada de los rusos para chupar sin tambalearse.

Al parecer, la rivalidad entre ellos venía justamente del padre. Todo indicaba que este señor, militar de carrera —de quien los hijos decían orgullosos que había sido uno de los héroes más jóvenes de la guerra del Chaco—, depositó en Vladimir todas sus esperanzas y desechó al otro, a Carlitos, que resultó ser débil e inconstante. Vladimir entró en la carrera militar y empezó a escalar posiciones en la jerarquía mientras Carlitos se dedicaba a la farra y al diletantismo universitario. En apariencia, los Rusos se llevaban bien, pero el viejo sabía que entre ellos había una tensión subterránea que podía estallar al menor descuido. Más de una vez tuvo que separarlos en medio de una chupa para que no se agarraran a botellazos. Tan pronto se decían hermanito del alma, dándose abrazos de macho herido, como pasaban largas temporadas sin dirigirse la palabra, en una ley del hielo que no habría sido más dura tratándose de dos amantes despechados. Así que, cuando el Ruso le dijo a papá que hacía años que no hablaba con Carlitos, no le costó nada creerlo. Pero ahora sí que estaba jodido, porque no tenía a nadie más a quien recurrir.

Entre la plata que se había ido en las obras, la que esfumaba cada mes en pagar la hipoteca y la que le robó el gran amigo, a nuestros viejos no les quedaron más que deudas. Y ni hablar del lío que hubo con los obreros que reclamaban sus pagas. Cuando vieron que el jefe se había quedado sin liquidez, empezaron a llevarse cosas. Las mesas, las sillas, los hornos, las cocinas a gas, en fin, todo lo que estaba a su alcance, sin que el viejo pudiera hacer nada.

Una tarde que mamá fue a buscarlo al local, lo encontró con la camisa rota y la nariz ensangrentada. Se había agarrado a puñetazos con los obreros. Si no le dieron una paliza de muerte fue sin duda porque la escena era visible desde la calle. Al parecer, se contentaron con darle unas cuantas patadas en el suelo, para que no pudiera levantarse antes de que ellos se hubieran marchado con los últimos objetos de valor, incluida la caja registradora Decimo, nuevecita de paquete, que cargaron en la parte trasera de un camión.

A través del parabrisas, Lauro miraba fijamente las luces de los autos detenidos. Desde algún lugar de la avenida, llegaba un magma creciente de bocinazos. Aprovechando la quietud del tráfico, se nos acercó una viejita diminuta, vestida con un atuendo potosino, y nos hizo señas vivaces con una mano para que bajáramos la ventanilla. Luego nos ofreció una pequeña red de limones rugosos con una sonrisa desdentada y casi pícara. Lauro rebuscó en sus bolsillos. «Carajo», dijo, «no tengo». La viejita permaneció con la mano extendida hacia el interior de la cabina. Le di un puñado de monedas y le pedí que conservara sus limones. Nos bendijo con una voz apenas audible y siguió ofreciéndolos entre los autos que humeaban de impaciencia, tocando las ventanillas con su sonrisa de niña sin edad. Otra vez la mano de Lauro se cerró sobre la perilla negra de la palanca de cambio, como si fuéramos a arrancar. Sus ojos seguían fijos en algún punto de la noche, pero yo sospechaba que en realidad miraban hacia atrás, que, poco a poco, volvían a hundirse en aquel tiempo lejano. Estaba impaciente, lo sentí, y su impaciencia impregnaba la cabina de la camioneta como el aire viciado que había entrado por la ventanilla. Era como si hubieran cedido sus resistencias internas y acabar su relato se hubiese convertido en una necesidad.

—Se lo cruzaron en El Prado un año después.

El viejo lo reconoció y fue como si el diablo se le hubiera metido en el cuerpo. El tío Cacho apenas se defendió. Tras el primer puñetazo, cayó al suelo y el viejo empezó a darle puntazos hasta que mamá lo detuvo. El otro no atinaba más que a cubrirse la cabeza. «Matame, hermano, matame», decía cada vez más desvalido. «Igual, ya no tengo la plata».

—No valía la pena llevarlo a juicio —dije.

—Exacto. El cabrón era tan pobre como antes. —Hizo una pausa, y luego añadió—: O al menos eso parecía.

Cuando papá recobró la calma, ayudó a su amigo a levantarse. Carlitos se puso a llorar y entre lágrimas le agradecía, el maricón. «Me has salvado la vida, hermano», le decía. Con esa plata había pagado una deuda de vida o muerte y haría todo lo posible por devolvérsela. Lo juraba por su madre.

Aun después de sobrevivir un año a salto de mata, con una economía familiar que hacía aguas por todas partes, el viejo se negó a escuchar la propuesta del tío Cacho. Pero cómo sería el cariño que le tenía o la desesperación en la que se encontraba, que accedió a verlo tiempo después, aunque no en casa. Y cuál sería el poder de persuasión del antiguo socio, que, con la promesa de devolverle la plata con creces, lo convenció de viajar a Santa Cruz. Tenía algo que mostrarle.

El viejo volvió de allí con las manos vacías, pero algo había cambiado en él. Tranquilizó a mamá, que se puso furiosa al enterarse de que el tío Cacho no iba a pagarnos nunca. «Todo va a salir bien», le dijo. Tenía un nuevo trabajo y estaba convencido de que todo se arreglaría.

Mamá lo observaba. El cambio no parecía fingido. El viejo empezó a decir que pronto la vida volvería a ser como antes. No, sería mejor, porque esta vez no alquilaría un local, sino que lo compraría, carajo. Y acabaría de pagar la hipoteca de una vez por todas. Mamá confiaba en el viejo. Ciegamente. Y, aunque no daba crédito a lo que oía, en cierta forma este cambio fue un alivio. Pensó que, para afrontar esta nueva etapa de sus vidas, el optimismo de papá era mejor que un realismo angustioso.

Sin embargo, casi le dio un soponcio cuando supo que el viejo trabajaría de nuevo con Carlitos. «Tienes que estar loco, Negro, porque cojudo no eres». «No tengo opción», contestó él. «No sé cómo puedes confiar otra vez en ese tipo», protestó mamá. «No estoy confiando en él, sino en el Ruso», fue la respuesta. «Pero hace siglos que no vemos al Ruso», objetó mamá. «En el Ruso sí puedo confiar», concluyó él. Mamá preguntó: «¿Qué clase de negocio es ese?». El viejo sonrió y le acarició la cara, como solía hacer para tranquilizarla: «La clase de negocio que no falla». Y esa fue toda la información que obtuvo mamá a pesar de su insistencia.

Desde entonces, la vida de papá se pareció mucho a la de un oficinista. Salía por las mañanas, con terno y maletín, y volvía al anochecer, desanudándose la corbata y quitándose los zapatos en el *hall* con un gesto de cansancio. Olía a humo y a frituras y parecía feliz. El viejo conservaba a sus amigos de siempre, iba todavía al estadio para ver al Bolívar y nunca faltaba a su partido de los sábados. El resto de la semana lo pasaba en la oficina. Era un departamento amplio y elegante y en pleno centro, pero mamá nunca lo conoció ni tuvo la dirección. Era propiedad del Ruso, eso era todo lo que sabía y debía saber.

Empezaron a llegar ingresos suficientes para pagar las cuotas del banco, las diversas facturas, las mensualidades del colegio y también para «morfar como el diablo manda» —eso decía el viejo—, y hasta para irse de farra con sus amigos, comprarle regalitos a mamá y ahorrar con vistas al proyecto del restaurante. Fue por esa época cuando decidió comprar el terreno de Huajchilla. «No es un gasto, sino una inversión», decía, «porque en diez años, Río Abajo va a ser el nuevo Calacoto». Cuántas veces él había oído a mamá decir lo mismo, hermanita. Tal vez algún día tendría lugar la esperada transformación del terreno en una propiedad invaluable, pero la viejita —era triste decirlo— no viviría para verla. Y bueno, así era nuestra vida en aquella época. Optimista, digamos. En lo único que el viejo se negaba a gastar era en un nuevo auto, porque quería su peta alemana como si fuera una persona, y eso que el motor alemán, sobre todo después del viaje a Yacuiba, hacía un ruido terrible, como de animal enfermo.

Bueno, ¿en qué consistía el nuevo trabajo de papá?, ¿por qué había vuelto a asociarse con Carlitos B?, ¿qué había visto en Santa Cruz, durante aquel primer viaje, para que su actitud cambiara de esa forma? Mamá lo interrogaba. Pero el viejo tenía el arte de hacerle olvidar el asunto. ¿Acaso no estaba feliz con esta nueva vida? ¿No le gustaba el equilibrio al que habían llegado? Paciencia, era solo una cuestión de paciencia. En unos meses, máximo un año, ya ni hablarían de todo esto, abrirían el mejor restaurante de La Paz y empezarían a vivir la vida con la que siempre habían soñado.

A nuestro alrededor, los vehículos empezaron a moverse con lentitud, como si despertaran de una larga siesta. Lauro puso primera y reanudamos la marcha. De repente un minibús nos adelantó y, serpenteando por entre dos filas, se llevó un retrovisor en su carrera.

Siguió el bocinazo largo y furioso de la vagoneta dañada, y el conductor —un viejito de lentes— se bajó amenazando con el puño en alto. Pero el minibús ya se había alejado, zigzagueando frenético. Aunque apenas avanzábamos, el viejito tuvo que volver a su auto porque de todas partes habían empezado a lloverle bocinazos.

Sospeché que no quedaba mucho tiempo antes de llegar al boliche, así que pregunté:

—¿A qué se dedicaba el milico?

—No sé cómo el viejo volvió a confiar en ese hijo de puta.

—¿A qué se dedicaba?

—Meterse en *eso*, además... yo no lo entiendo.

—¿A qué se dedicaba el milico, Lauro?

Me miró a los ojos.

—¿A qué va a ser?

El tono era casi exasperado. Al principio no entendí, pero casi de inmediato tuve un ramalazo de lucidez y el corazón empezó a latirme con fuerza. ¿Era posible?

Ante las evasivas del viejo, mamá guardó un silencio cómplice que hasta el día de hoy no lograba perdonarse. Pocos meses después obtuvo un puesto en una agencia de viajes. Se negaba a que el marido fuera el único que nos sacara adelante, y el resto del tiempo se ocupaba de la casa sin ayuda de nadie, porque la empleada había caído enferma —estuvo en la clínica, y todo— y el viejo pasaba cada vez más tiempo en la calle.

Ahí fue cuando las cosas empezaron a torcerse, hermanita. A papá, la vida de oficinista se le fue al carajo. Ya no tenía horarios fijos y parecía ir y venir a su antojo, aunque se quejaba de que el laburo era difícil. Ya no vestía traje, sino *jeans* y chaqueta de cuero, y usaba unos lentes Ray-Ban de aviador que ocultaban sus ojeras. Empezaron las peleas con mamá. Peleas terribles. «¿Por qué no has vuelto anoche?», preguntaba ella, y él le aseguraba que era por culpa del trabajo. Y había gritos y portazos.

Mamá lo notaba más y más nervioso, como si la serenidad que se había adueñado de él al volver de su primer viaje a Santa Cruz se hubiera esfumado bruscamente. Irritable e inseguro, pasaba noches enteras en vela o tenía pesadillas que lo hacían hablar dormido. Pero, por mucho que lo interrogara, el viejo no daba su brazo a torcer. «Necesito un descanso, eso es todo», decía. Hasta que una noche mamá despertó en la madrugada y lo descubrió arrodillado y en pelotas frente al retrato de la abuela Rita. Se asustó tanto, que lo puso contra la pared: o le decía lo que estaba sucediendo o no la volvería a ver en su vida. Ni a ella ni a sus hijos. Al ver que hablaba muy en serio, papá se lo contó todo. Empezó por referirle el viaje a Santa Cruz que cambiaría su vida para siempre.

Apenas habíamos dejado atrás la plaza Abaroa cuando Lauro tuvo que frenar de nuevo. Golpeó el volante con la base de la palma, sacó la cabeza por la ventanilla y le hizo señas a la conductora que iba a nuestra altura. Los bocinazos arreciaron.

—Ni idea —contestó la señora, una rubia con gruesas raíces negras en el pelo, desde el volante de su Dacia rojo—, debe haber marcha.

—Cuál marcha —dijo en tono burlón el adolescente que iba a su lado, sin apartar los ojos de la pantalla de su celular—. Se han debido chocar varios, y se ha armado el despute del siglo.

Lauro cerró la ventanilla y respiró hondo. Miró su reloj.

—Por suerte recién empieza a las once y media —murmuró y, luego, cambiando de tono—: Pero tenemos que instalar todo, y...

—¿En qué andaba metido papá? ¿Me lo puedes decir de una vez?

Suspiró como si ganara tiempo. Su esfuerzo por restituir en detalle lo que mamá le había referido era necesario para que yo entendiera la verdad, sí, y se lo agradecía. Pero en ese momento tuve la impresión de que estaba dándome largas con la esperanza de que el tráfico se reanudara y lo obligara a dejar lo importante para más tarde. Para nunca. Su mano se cerró con fuerza sobre la perilla negra de la palanca de cambio, como si se aferrara al presente, como si contar lo que había pasado no fuera un regreso sino una caída. En ese momento sonó su celular. Del aparato se escaparon dos o tres frases breves y apremiantes, de las cuales solo distinguí la palabra *mierda*. «Calmate, maricón», contestó él. «Ya casi estamos». Y colgó. «Es el batero», dijo sin mirarme.

Durante unos segundos, pareció juntar fuerzas donde no las había para terminar su relato. Y así lo hizo.

Esa madrugada, el viejo contó que Carlitos lo llevó a la finca del Ruso, que estaba más allá del quinto anillo. Abrieron el inmenso portal de hierro y el flamante teniente coronel del ejército salió a recibirlo en mangas de camisa, con *jeans* y botas de piel de serpiente, y le dio un fuerte abrazo, como para dejarle claro, de entrada, que se reencontraba con un hermano. El Ruso se había convertido en un gordo imponente, prematuramente envejecido, con papada de sapo. Hablaba con el dejo cruceño y salpicaba sus frases de *elay* y de *puej* con una naturalidad sorprendente. Era como si hubiera enterrado por completo al muchacho que papá había conocido. Para el Ruso, en cambio, a juzgar por su cariño espontáneo, el tiempo no parecía haber transcurrido en absoluto y, mientras paseaba al viejo en una lujosa vagoneta Range Rover por las hectáreas de su propiedad, iba recordando divertido anécdotas comunes de aquella primera juventud llena de fútbol, de farras y de piñas. A la vez, le iba mostrando las pistas de tenis, el césped que era casi como para jugar al golf, las colinas con sus palmeras altísimas y sus mangos poblados de guacamayas y tucanes, la laguna natural con nenúfares y bancos de peces de colores. ¿Ya me lo imaginaba, hermanita?

Al parecer, una de las cosas que más le llamó la atención a papá fue que la finca estaba salpicada de pachuichis, esas casitas típicas del oriente, de paredes encaladas y techos de palma a dos aguas, cada una con su parrillero y su pozo, y un jardín delantero para que jugaran los niños de los empleados. Porque empleados, el Ruso parecía tener un montón, y todos saludaban al patrón con una venia respetuosa, quitándose la gorra a su paso. Algunos disponían de *jeeps* Toyota todoterreno en las partes traseras de sus viviendas.

La casa del Ruso estaba en el centro de la finca. Tenía cuatro pisos, era amplia y luminosa y estaba amueblaba con gusto. Las paredes estaban adornadas con impresionantes pieles de boas y platos de cerámica con motivos orientales, como si, en todos los años que llevaba viviendo en tierras cruceñas, el Ruso se hubiera vuelto el más camba de los cambas.

El viejo no salía de su asombro. Sí, le habían llegado rumores de la buena fortuna del Ruso y de su floreciente actividad de loteador. Sabía que su rango militar y sus contactos en el ejército le habían ayudado a quedarse impunemente con inmensos terrenos en las afueras de Santa Cruz. Pero haberse apoderado de tantas tierras, por muy extensas que fueran, no explicaba, ni siquiera en parte, todo lo que tenía.

Mientras le mostraba su casa, el Ruso le pedía disculpas en nombre de Carlitos, y, como para reforzar sus palabras, le ponía la mano en el hombro. Sí, el Cacho tenía el arte de meterse en problemas, y sí, era un rompehuevos y un maricón. Era todo eso y más. Pero también era su hermano, carajo. Le aclaró al viejo que él no podía responder por las deudas de Carlitos, pero que, en cambio, le ofrecía la oportunidad de su vida. Y al decirle esto, le puso de nuevo la pesada mano en el hombro y le garantizó que todo iba a salir bien, porque él era un hombre de palabra.

Entonces le explicó el negocio y cuál sería su responsabilidad en La Paz, al lado del Cacho. «Necesito a alguien como vos», le dijo, «que vigile a este opa». Calculó cuánto tiempo necesitaría el viejo en recuperar la plata perdida y le prometió que podría retirarse cuando quisiera, siempre y cuando le jurase una reserva absoluta. En pocos meses, recuperaría todo lo que Carlitos se había «prestado». Podría, incluso, si se quedaba más —en este negocio, la lealtad se pagaba muy bien— comprar el local con el que soñaba y abrir un restaurante que haría palidecer al que hubiera tenido de no haber sido tan imprudente. En este negocio tendría que ser más desconfiado y estar más alerta. Todo eso le dijo el Ruso aquel día. Y lo invitó a comer una parrillada en la terraza de su casa, al borde de la piscina y bajo la fronda de un tajibo, con su esposa y sus hijos. Mientras comían el churrasco y tomaban cerveza helada, papá iba pensando en el negocio que le acababan de proponer.

—A fines de los ochenta era el negocio más rentable en el país —dijo Lauro. Y tras unos segundos, añadió—: Y lo sigue siendo, carajo.

Empezamos a avanzar como si pisáramos huevos. Con el corazón oprimido, recordé aquella tarde de sol y de viento en la plaza Murillo, cuando papá me mostró a unos militares en facción, se subió los lentes oscuros de aviador y, mirándome con una seriedad extraña, me dijo que jamás confiara en las botas. En aquellos días me dio más abrazos que nunca, como si se despidiera en secreto.

Mamá estaba tan desesperada como el viejo, hermanita, pero cuando, aquella noche, este le confesó todo, le entraron unas ganas terribles de matarlo ahí mismo con sus propias manos. Luego comprendió que no sentía rabia, sino miedo. Cuando recobró la calma, le pidió que dejara de inmediato esa mierda. Papá suspiró. «Qué más quisiera yo», le dijo.

Había pasado algo, pero el viejo se negaba a hablar. «La he cagado», decía. ¿Había tratado de engañar a Carlitos o, peor aún, al Ruso? ¿Había tratado de sacar ventaja de alguna manera? ¿Se había cobrado la deuda de Carlitos robándole al patrón? ¿O había decidido salirse del negocio, sin mostrar la lealtad que el Ruso había exigido?

«El Negro sabía que lo iban a matar». Eso había dicho mamá recordando la madrugada de la confesión. Lo asesinaron una semana después. Mamá reaccionó como debía: protegiéndonos, hermanita. A pesar del dolor, ocultó lo poco que sabía para cortar de raíz cualquier puente que pudiera traer de regreso esas sombras. Claro, no excluía que la policía estuviera involucrada.

Avanzábamos lento por la avenida y daba la impresión de que las luces de los semáforos cambiaban al rojo nada más vernos llegar. Aun así, ya estábamos a la altura de la calle Rosendo Gutiérrez. Faltaba poco para llegar.

—¿Cuándo te contó todo esto?

—No sé, un año más tarde, algo así.

—¿Por qué no confió en mí?

—No era una cuestión de confianza, hermanita.

—¿Entonces?

—Yo tenía edad para saber la verdad. —Hizo una pausa y, cambiando de tono, añadió—: Además, la necesitaba.

Recordé el cambio radical en su adolescencia. Le pregunté si de ahí venía. Sonrió con malicia y cierta amargura.

—La mejor lección de moral que puede dar una madre, ¿no crees?

Hubo un largo silencio.

—¿Quién era el Ruso? —pregunté—. Quiero decir, ¿quién era realmente?

Muchas veces, en todos esos años, él también se lo había preguntado. Y aquí era donde las cosas se complicaban, hermanita. Mamá solo sabía lo que el viejo le contó o, mejor dicho, lo que quiso contarle. Lo demás permanecía en la sombra y ahí se quedaría, sin duda. Todo lo que sabíamos era que el Ruso era un viejo amigo de papá, un milico y un loteador al que le iba muy bien, y que, cuando el viejo más lo necesitaba, le ofreció un trabajo. Un trabajo misterioso, es cierto, pero que estaba ayudándonos a salir del bache, y que duró unos meses, ni siquiera un año, hasta que lo mataron. De lo demás no teníamos pruebas. Lo demás eran solo sospechas y temores.

Sin embargo, tras mucho pensarlo, él había llegado a ciertas deducciones que mamá no se había atrevido a formular, pues ella, casi desde el mismo día en que le dieron la terrible noticia, se propuso borrar todo con una obstinación que no era cobardía, sino, como él lo veía, puro instinto de supervivencia. En adelante, él y yo éramos todo lo que le quedaba y lo único que le importaba en este mundo. Él, claro, también había tratado de olvidar, y en parte había olvidado, debía reconocerlo. Con el tiempo, comprendió que aquella historia no tendría mejor destino que la de ser enterrada. Pero entendía mi curiosidad y esperaba que, a pesar de ser dolorosas, estas revelaciones que yo tanto había esperado me procurasen cierto alivio.

—Si uno tiene un diente podrido, lo mejor es sacarlo de raíz, aunque duela.

Y ahora al grano: ¿quién era el Ruso? Sus deducciones no tenían por qué ser exactas, pero al menos resultaban verosímiles. Era evidente que el milico no tenía la talla de un Roberto Suárez, lejos de ello. ¿Que no sabía quién era Roberto Suárez? A veces lo sorprendía, hermanita. ¿Tan franchuta me había vuelto? Suárez fue el narco más temible que conoció el país. Un narco tan poderoso que había financiado el golpe militar del 80, y tan descarado que le escribió a Ronald Reagan con la propuesta de entregarse si se olvidaba de la deuda externa de Bolivia, ¿me daba cuenta?, la puta deuda externa de Bolivia. No, hermanita, Suárez no podía ser el jefe del Ruso. Entre otras cosas porque, en aquella época, Suárez ya estaba en cana. Bueno, a no ser que moviera los hilos desde la cárcel, que tampoco hubiera sido nada raro. Si recordaba bien, entró en San Pedro en el 88, un año antes del asesinato. Pero no, que me olvidara, hermanita, estábamos hablando de otras ligas. El Ruso no era ni Suárez ni su sobrino Techo de Paja ni ninguno de esos narcos de los cuales se habla en los reportajes y que aparecen de vez en cuando en las películas y las series gringas. Debía creerle. Él había buscado en los primeros años de Internet, cuando yo ya estaba en Francia, y había seguido su pesquisa en tiempos recientes, creyendo que alguno de los nuevos motores de búsqueda, más potentes que los de antes, daría algún resultado. Puso los dos nombres completos —Vladimir BV y Carlos BV— y no encontró jamás rastro de ellos.

Se había preguntado cómo era posible que no hubiera ninguna pista. Se le ocurrían dos explicaciones posibles: o los Rusos no se dedicaban a lo que el viejo le dijo a mamá que se dedicaban y, como a tantas personas ajenas a las redes sociales, Internet no los había registrado nunca —pero esta explicación no lo convencía, ¿por qué habría mentido papá?—, o en un momento dado regularizaron sus negocios, lo cual podía lograrse —era sabido— con plata y contactos. Contactos que seguramente tuvieron en los gobiernos neoliberales de los años noventa, que los habrían ayudado a desaparecer del mapa. Desaparecer sin dejar huella, ese lujo que no alcanzaron los más grandes narcos latinoamericanos, justamente porque eran demasiado grandes para camuflarse y perderse en el entorno. En cambio, el Ruso era uno de esos traficantes de tercera categoría que pulularon a la sombra del régimen de García Meza, y que, tras el derrocamiento del dictador, pasaron por entre las redes de la justicia. Era un traficante de poca monta en el negocio brutal de la cocaína. Tenía socios y enemigos, sin duda, pero no parecía ser subalterno de nadie. Carlitos contrajo deudas con él —eso sí lo sabíamos— y, no contento con robarle la plata del restaurante a nuestro viejo, acabó metiéndolo al baile. ¿Podía decirme algo que tal vez me chocara? Era para hacerme una idea precisa de la conclusión a la que él había llegado. Si el milico era un mamífero pequeño, Carlitos era un insecto, y el viejo, bueno, ya lo entendía...

Traté de disimular la sorpresa y el dolor. A medida que mi hermano hablaba, la necesidad de saber había ido cediendo terreno ante un miedo desconocido. Siempre tuve a papá en un lugar aparte. Su ternura lo inmunizaba contra los males del mundo. Y aun la más sombría de mis conjeturas —desde que el tío Luis me metiera en la cabeza el zumbido de los asuntos turbios—, no se habría acercado un segundo a la verdad. La revelación fue un sopapo. Lauro debió ver algo en mi expresión porque pareció arrepentido.

—Te dije que no te gustaría, hermanita.

Me puso una mano en el hombro que no me sirvió de consuelo y luego, como para reforzar ese supuesto gesto de alivio, contó que a él, en sus momentos oscuros, a veces le daba por imaginar al hijo de puta del tío Cacho agonizando en una cama de hospital: un viejito anónimo entre tantos viejitos anónimos, sin nadie que lo visitara y sin nadie que lo llorara el día de su muerte. Por otro lado, tenía la certeza de que el Ruso había muerto. Lo imaginaba a los cincuenta y pico, llevándose una mano al pecho en medio de un bullicioso almuerzo familiar. Le gustaba la imagen del enorme sapo en mangas de camisa que abría la boca, como si le faltara el aire, moviendo los pliegues adiposos de su papada, y luego cayendo de cara sobre su abundante majao de pato, fulminado por un ataque al corazón.

Nos quedamos callados hasta que llegamos a la altura del boliche. En la acera, bajo el letrero luminoso que anunciaba, en letras rojas sobre fondo negro, *Tributo al Grunge Seattle Sound*, esperaban con aire impaciente dos tipos melenudos que llevaban camisas a cuadros y botas de leñador. Lauro les hizo una seña y estacionó como pudo, suscitando una salva de bocinazos e insultos.

Miré el reloj. Eran las ocho y cuarenta y cinco. Me pareció que Lauro llevaba horas y horas hablando, pero en realidad no había transcurrido ni una hora entera desde que empezó su relato.

Mientras él y sus amigos descargaban de la camioneta los instrumentos y los amplificadores, yo me escabullí y entré en el boliche. Aún estaba desierto. Me moví por los pasillos oscuros. Solo unos haces blancos llegaban desde la sala central. Subido a la tarima, un rasta con largos *dreadlocks* y cara de sueño hacía pruebas de sonido. Fui hasta el bar, donde un veinteañero escuálido con un *piercing* en el arco de la ceja secaba vasos y shops y los ordenaba metódicamente. Me miró con sorpresa cuando me senté a la barra y le pedí un gin-tonic.

10

Sonó la alarma y el agente de seguridad, un negro enorme como un ropero, me pidió que me quitara el cinturón y las botas, que las depositara en la bandeja plástica y pasara otra vez por el detector de metales. Obedecí y por un momento temí que, al notar mi nerviosismo, sospechara que algo no andaba bien, me pidiera que entrara en el despacho y me exigiera mis papeles y los de Nico. Casi con toda seguridad no vería entonces a una madre y a su hijo, sino a una mujer boliviana y a un menor francés, y habría miradas inquisitivas, preguntas suspicaces y, cómo no, una llamada de verificación al padre.

Un temor absurdo, tal vez. Nunca había viajado sola con Nico, pero me había informado: las leyes francesas no requerían permiso del padre para salir del país, salvo en el caso de que estuviéramos divorciados. Así que era estúpido preocuparse, pero algo me decía que no me confiara, que en cualquier momento una llamada de Raphaël a las autoridades del aeropuerto podía cambiarlo todo. Y no descartaba verlo de un momento a otro, buscándonos con los ojos febriles y la sombra de barba más marcada que unas horas antes, como si la ira la hubiera hecho crecer de golpe. Después de todo, era un Leroy: las amenazas de Catherine volvían a erguirse en mi cabeza. No sabía cómo fui capaz de anunciarle el viaje, cómo confié en el hombre que me había castigado con tanta frialdad.

Pasé otra vez por el detector y, mientras recogía mis cosas, pensé que todavía faltaba una hora y media para el vuelo. Respiré hondo, me incliné sobre Nico y le pasé la mano por la mejilla. Él miraba a su alrededor: los agentes de seguridad, las bandejas que se deslizaban en la cinta, las pantallas parpadeantes.

Caminamos mirando las tiendas de *duty free*: almacenes de bolsos y accesorios de marcas francesas e italianas, de *delicatesen*, de *spécialités* y *souvenirs*. En el aeropuerto las cosas no pueden decirse en un solo idioma, hace falta ese Babel. Nico hacía fuerza para ir hacia un lugar preciso. Era una tienda de dulces que me recordó la fábrica de chocolates Willy Wonka: tenía algo de circo y a la vez de nave espacial. Entramos y la luz, blanquísima, me deslumbró. Los dulces de envoltorios multicolores eran exhibidos en amplias copas de plástico que me llegaban a la cintura. Nico las tenía a la altura de los ojos. Se aferró al borde del recipiente con las dos manos y, después de contemplar durante unos segundos la montaña de caramelos surtidos, levantó la vista hacia mí como para asegurarse de que yo también estaba viendo el milagro. O era su forma de pedir permiso para tocarlos. O una manera de sugerir que le comprara unos cuantos sin arriesgarse a recibir una respuesta negativa.

Me quedé mirándolo absorto en la contemplación de los dulces y, como tantas otras veces, sentí una barrera invisible entre él y yo. Difícil adivinar en qué estaba pensando.

¿Estaría pensando en su padre? ¿En lo que había sucedido unas horas antes en casa de su tía?

¿Era todo una sucesión de sensaciones, algo así como un sueño? ¿O había comprendido muy bien lo ocurrido y esa sensación de sueño era solo la forma en la que yo me recordaba a su edad?

¿Había escuchado los gritos? Sí, tuvo que oírlos desde el piso de arriba, aunque tal vez Catherine le había tapado los oídos. No lo sabría a menos que se lo preguntara. A menos que habláramos de eso. Pero seguramente no estaba listo. O quizá era yo quien no estaba lista.

Raphaël no dejaba de ir y venir alrededor de la mesita de centro, se arremangaba los puños de la camisa y volvía a desenrollarlos como si no supiera qué hacer con sus manos. Tenía ojeras y una tupida sombra de barba y llevaba el pantalón arrugado. Nunca lo había visto así. No conocía a nadie más impecable en el día a día. A pesar de todo, con este Raphaël sí podía discutir, y ese ya era un principio. Solo temía que volviera a su actitud gélida de las últimas semanas.

Minutos antes, me había invitado a pasar como si estuviera en el bufete y tratara con un cliente indeseable, y luego se había sentado en el enorme sofá de cuero. Había olvidado que, en el salón de Catherine, todo era blanco. Los muebles. La alfombra. Los adornos. Solo las vigas del techo, de madera oscura, escapaban a esa extraña obsesión de pureza. Me senté en un taburete frente a él. Hubo un largo silencio.

Empezó a hablar sin mirarme, como si temiera encontrar mis ojos, y supe que su frialdad era una farsa. Su tono era desapegado, casi técnico. Dijo que había entendido algo, y era que Nico no podía criarse sin su madre. Que había hablado con sus abogados —la mención de sus abogados, así, en plural, era un burdo gesto intimidatorio— y que la mejor solución era la custodia alterna. Él tendría a Nico una semana y yo, la siguiente. Pero —hizo un gesto tajante con la mano— había condiciones:

yo debía firmar un documento oficial para comprometerme a no salir del país sin su permiso. Tenía que firmar otro, además, garantizando que vería a un psicólogo dos veces a la semana, porque —con el índice se golpeteaba la sien— «es evidente que tienes un problema, Lea». Y, por último, debía confesarle a él lo que había hecho y por qué lo había hecho, y también, por supuesto, debía confesárselo a Nico, que tenía el derecho de saber por qué se había acabado la relación de sus padres. Si yo no cumplía con alguna de esas condiciones, él se vería obligado a tomar medidas. Me lo aseguraba como abogado.

Yo lo escuchaba incrédula. Me había preparado para lo peor, pero no para eso. Esta es la última vez que me pone condiciones, pensé. La última vez que me amenaza. La última vez que tengo miedo de él. Y sin preámbulos, empecé a contar la noche de la discoteca. Él me miró sorprendido, pero no me interrumpió.

Le conté la noche desde el principio y, poco a poco, mi relato pareció resquebrajar su máscara. Así que comencé a abundar en detalles. Confesé todo con un tono plácido y una facilidad de palabra que me sorprendió a mí misma. Por su expresión, deduje que su colega el delator había sido más bien parco en su informe. Con un placer maligno, me demoré en la escena del baño: la sensación de abandonarme, de ser una con la música, con Alexandre, con todo a mi alrededor. Ahí fue cuando se levantó del sofá y se puso a andar en círculos. Mientras martirizaba los puños de su camisa, decía frases confusas entre dientes.

Cuando le dije, recalcando las sílabas, que había tenido con Alexandre un orgasmo único, levantó la vista hacia mí y tuve la impresión de que me veía por primera vez. *Tais-toi enfin !*, estalló. *C'est pas croyable, tu n'es qu'une salope !* Nunca antes me había ordenado que callara. Nunca antes me había llamado puta. Los ojos azules perdieron su coraza mineral, se hicieron vidriosos.

A medida que me gritaba, yo volvía en ráfagas a esa noche en la discoteca. ¿Por qué me seguía doliendo? Descubrí con sorpresa que ya no me dolía por Raphaël, sino por mí: porque había perdido ese estado de gracia para caer de este otro lado de la realidad. Y aunque había destruido mi vida tal como la conocía —o precisamente porque la había destruido—, era un instante aparte, al que no podía volver sin asombro. Había sido necesario confesarlo en voz alta para darme cuenta.

Miré a Raphaël. Miré sus labios. Las palabras habían perdido su significado, se habían convertido en ruido, en ladridos asustados.

En los últimos días, la determinación que sentí nacer en mí la madrugada del puente se había fortalecido, pero el odio había ido atenuándose. Luego recibí la inesperada llamada de Lauro y, pocos días más tarde, perdí mi puesto en la u. Y entonces hacer lo que había planeado pasó de ser una locura a la única solución.

Lo primero fue llamarlo. Raphaël contestó al teléfono y de entrada le dije que lo recordaba todo y que necesitaba que habláramos de ello cara a cara. Solo entonces pareció escucharme y, después de muchísimo tiempo, tuvimos una charla, aunque fue más bien tensa. Yo le pregunté por Nico, por la salud de Nico, por la escuela de Nico, y él se limitó a responderme con datos concretos, sin comentar nada.

Luego, como haciendo un esfuerzo sobrehumano, me preguntó por mi trabajo. Le oculté lo de las risitas sofocadas en mis clases, lo de los cuchicheos en el cuarto del café, donde los otros profesores callaban de golpe al verme. Le oculté que Alfonso, el director del departamento, me había citado en su despacho. Le oculté que había perdido mi puesto. Nunca había sido mío, pero me gustaba llamarlo así. Mi puesto. Mío. Se lo habían dado a alguien más. A otro contratado temporal con esperanzas ilusas. Un video de un minuto circulaba en las redes sociales: Julia y yo bailando en medio del boliche. Nuestros cuerpos entrelazados. Mi cara reconocible, mis piernas desnudas, bien iluminadas por las linternas de los celulares. Mi comportamiento indecente. Sí, indecente. Palabras de Alfonso. Pensé: Toulouse, la cuarta ciudad de Francia, es un pueblo de mierda.

Ya sin saber qué decirnos, quedamos en casa de Catherine. No le pregunté si estaban allí cuando fui a buscarlos, ya no valía la pena hablar de ello. Desde entonces había pasado casi un mes y medio. Cuarenta días. Una travesía del desierto. Y ahí estábamos ahora. Ya había confesado y mi determinación era el único hilo en el laberinto.

«Me cagaste la carrera». Atrapé esa frase suya al vuelo. Poco a poco, volví a escuchar lo que estaba gritándome. Decía que el chisme había corrido por todo el bufete y había llegado hasta el jefe. Decía que varios de los socios no creían en su buena suerte y que no habían tardado en lanzarse como buitres sobre la promoción que estaba por serle otorgada. Decía que la vergüenza lo tenía sin vida y se había visto obligado a tomarse varias semanas de vacaciones sin justificación alguna, y que todo eso acumulado había tenido muy mal efecto y que... Ahí me levanté y lo miré a los ojos.

—Ni soy una puta ni te cagué la carrera —le dije—. Primero, soy tu esposa y me respetas. Y luego, si tu carrera depende de lo que hace tu mujer, deberías plantearte cambiar de trabajo, porque el que asciende dando el culo y no la cara, eres vos.

Raphaël se puso pálido y lo encontré más alto que nunca, como empinado por una oleada de cólera. Instintivamente, di un paso hacia atrás, y él, envuelto en un silencio tormentoso, caminó hasta el aparador, levantó un macizo cenicero de vidrio y, por unos segundos, sus cejas oscuras se arquearon como si luchara contra un impulso profundo. De repente sentí un ardor en el lóbulo de la oreja. Catherine bajó las escaleras con una expresión alarmada. Los niños aparecieron tras ella y se quedaron en lo alto sin atreverse a bajar. Raphaël había tirado el cenicero al suelo con tanta fuerza que los añicos habían salido disparados por todo el salón. Me toqué la oreja y me miré el dedo manchado de sangre. «Raphaël, putain, ça va pas !», gritó ella, interponiéndose. A empellones, se lo llevó hasta el comedor y de ahí a la cocina. La cabellera dorada llena de rizos daba saltitos a sus espaldas.

Nico bajó las escaleras con algo de incredulidad, dio unos pasos tímidos y me abrazó con fuerza. Supe que debía abrazarlo a mi vez, pero estaba temblando. Lucas me miraba desde el primer peldaño de las escaleras. De la cocina llegaba la voz de Catherine. Una voz chillona que pretendía ser aleccionadora y era interrumpida, de tanto en tanto, por rotundas negativas de Raphaël. Miré el reloj. Era ahora o nunca. Todo sucedió con una lentitud exasperante, aunque en el reloj no debieron pasar más de cinco minutos.

Abracé a Nico y le pedí que me esperara ahí. Sin hacer ruido, subí las escaleras, entré en la primera habitación y me puse a buscar. Abrí el armario. El cajón del velador. Las gavetas de la cómoda. Vi algunas prendas de Nico, pero nada más. Fui hasta el cuarto contiguo. La cama estaba deshecha y sospeché que ahí era donde dormía Raphaël. Repetí la búsqueda, sin éxito. Bajé las escaleras. Nico y Lucas no se habían movido de sus sitios respectivos, como si la tensión que había en el aire los hubiera paralizado. Fascinados, miraban la sangre que brotaba de mi herida. ¿Entendió Nico lo que estaba pasando, lo que estaba a punto de pasar? Me puse el dedo sobre los labios en señal de silencio y los miré alternativamente, forzándome a sonreír con un aire que quería ser travieso.

Fui hasta el *hall* de entrada. Del perchero colgaban algunas prendas de invierno. Ahí estaba el abrigo negro que Raphaël y yo habíamos comprado juntos una tarde navideña que ahora parecía de otra vida. Busqué en los bolsillos. Nada. Moví el visillo y miré por la ventana. El taxi seguía allí. Pero Charles tenía que ganarse la vida y temí que de un momento a otro se impacientara y tocara la bocina, delatándome. Miré mi reloj. El último tren a Toulouse salía en veinticinco minutos.

Para ganar tiempo, descolgué la chamarra y la bufanda de Nico y se las di. Me miró con alarma. Las voces en la cocina habían bajado un poco el tono. Raphaël llenaba los silencios de su hermana con un murmullo repetitivo. Entonces vi el saco. El saco de Raphaël. Colgaba de la silla cabecera en el comedor. No sabía si entraba en el campo de visión de Raphaël o de Catherine, pero casi sin darme cuenta mis pasos me llevaron hasta ahí, mi mano palpó el saco y luego se introdujo en el bolsillo interno donde había un bulto. El corazón se me aceleró bruscamente. Ahí estaba el pasaporte de Nico. Vieja manía suya, tener los documentos importantes siempre consigo. Se oyeron unos pasos a mis espaldas, en la cocina. Me volví. Por la puerta abierta, se veía una mesa de madera pulida y, encima, los estantes empotrados en la pared con los frascos de las especias. Por un instante apareció la silueta de Catherine. Al parecer, le costaba tranquilizar a Raphaël. Presentí que saldría de un momento a otro pasando por alto los reparos de su hermana. Sin perder un segundo más, volví al *hall*, tomé a Nico de la mano y abrí la puerta de la calle. Tratando de calmar las palpitaciones en el pecho, me volví y le hice a Lucas la señal del silencio con el índice en los labios, aunque esta vez no logré sonreír. Casi no tenía relación con mi sobrino y no sabía cómo iba a reaccionar. Lucas alzó las cejas y por un segundo temí que alertara a su madre y a su tío. Pero en lugar de eso se encogió de hombros, sacó un celular del bolsillo y, sin dejar de manipularlo, subió las escaleras.

Cerré la puerta sin hacer ruido, apreté la mano de Nico y caminé hacia el taxi tratando de adoptar un paso natural. Una gota de sangre cayó al sendero de gravilla. Nico sacó de su bolsillo un clínex arrugado y me lo tendió. Tenía la costumbre de guardar papeles de toda clase en sus bolsillos. Lo miré agradecida.

«Vamos a perder el tren», dije, y Charles se volvió hacia nosotros con sorpresa. Miró a Nico, luego a mí, luego otra vez a Nico. Parecía dudar. Me volví hacia la casa. No se veía movimiento tras los visillos. Nico me abrazaba. Miré suplicante a Charles. «Tenemos veinte minutos», dije. Arrancó.

En la ruta me volvía de tanto en tanto para mirar por la luneta y, aunque no aparecían ni el Citroën rojo de Catherine ni el Mercedes blanco de Raphaël, no podía evitar la sensación de que el taxi iba demasiado lento. Tuve que hacer un esfuerzo indecible para no encender un pucho. Me limitaba a palpar la cajetilla arrugada en mi bolso como se acaricia una promesa de liberación.

En eso, mi celular se puso a vibrar sin descanso y Charles empezó a espiarme por el retrovisor con el ceño fruncido, como si hubiera intuido que algo no andaba bien. Subió el volumen de la radio. De nuevo esa voz ronca y rabiosa. *C'est le temps des menaces / On n'a pas le choix pile en face.* Decididamente, Charles debía escuchar una y otra vez, como un disco rayado, esa canción de *Noir désir*. Sí, pensé, es la época de las amenazas.

Paró el taxi justo delante de la entrada, entre las dos inmensas esculturas que custodian el frontispicio de Limoges-Bénédictins, y abrió su maletero. Tras bajar del taxi y sacar mi valija, me asomé a la ventanilla y le pregunté por Mimí. «Como todos», dijo, «pedaleando para no caerse».

Esta vez había mucha gente en la estación. Eran las cinco y cuarto, y era viernes. Ya en el andén, saqué mi celular. Con un placer desconocido, comprobé que tenía cinco llamadas perdidas y lo apagué. El tren ya había entrado en la estación. Nico contuvo la respiración. «¿Vamos a subir?», preguntó en español. Conmigo hacía ese esfuerzo. Había viajado en tren siendo muy chico y en los últimos años había pedido varias veces hacerlo de nuevo. «Ahora que me acuerdo de las cosas», decía. Pero Raphaël lo excluía.

Convirtió en regla no viajar en el transporte público desde los atentados de M. M., el joven francés de origen argelino que, una mañana de marzo cuatro años antes, se dirigió en *scooter* a una escuela judía de Toulouse, se apeó en la entrada, sacó una pistola semiautomática de calibre .45 y disparó a quienes encontró en su camino, entre ellos a un niño de cinco años y a su padre. El atentado, que marcaba el inesperado retorno del terrorismo islamista en Francia, impresionó tanto a

Raphaël que impuso esa regla, a pesar de que el crimen no había tenido lugar en el transporte público. «Esos locos son capaces de todo», era su respuesta invariable a mis reparos. Pero no impuso las otras reglas hasta que sucedió lo del 13 de noviembre en París. A partir de entonces decidió que, además de hacer todos los viajes en auto, debíamos evitar las grandes concentraciones y dejar de comer en restaurantes («de todas formas, tu cocina es la mejor», mentía), ir de vacaciones a lugares poco frecuentados (en la Costa Brava insistió en ir a calas ocultas y en evitar las playas de arena, que siempre estaban llenas). Yo encontraba sus reglas absurdas, pues no podían ponernos a salvo de esos relámpagos de odio, pero ya no decía nada. Como yo seguía moviéndome en metro, Raphaël se ofreció a comprarme un buen auto. Un buen auto significaba un auto de lujo. Como era uno de los principales abogados de Mercedes Benz en el Mediodía, los berlineses siempre le tenían listo el último modelo a un precio preferencial. Así que no era raro que me despertara a cualquier hora, al volver de uno de sus viajes a Berlín, y me hiciera bajar hasta el *parking* de la residencia para mostrarme su último juguete. El autazo que estaba viendo le había salido a treinta mil euros, ¿podía imaginarlo?, un precio inconcebible para el común de los mortales. Y yo solo tenía que decir que sí, que quería uno igual, y él me lo regalaba.

Yo tragaba saliva por el monto que acababa de escuchar. Desde el principio de nuestra relación, tuve que hacer un esfuerzo para desligar las sumas que él manejaba con nuestra vida en común. Él respetaba mi voluntad de mantenerme alejada de todo eso y evitaba hablarme de dinero. Teníamos cuentas separadas, por decisión mía, y yo nunca le había aceptado regalos que no pudiera corresponder. Era como un trato implícito entre nosotros. Raphaël pareció entender que el dinero podía ensuciarlo todo, así que se comportaba como si no lo tuviera. Nos habíamos acostumbrado a una vida privilegiada, sin duda, en ese amplio apartamento de Saint-Cyprien, con nuestros viajes veraniegos y alguna escapada durante el año, pero que estaba lejos de los lujos que ostentaban algunos de sus colegas, y ni hablar de los amigos de los Leroy, en París. Pero en lo que concernía a los autos, Raphaël no podía evitarlo, y me anunciaba las cifras con soltura, sin darse cuenta de que yo no podría comprar un auto así ni en una vida de trabajo. Una mañana lo paré en seco. «Tengo más probabilidades de morir en un accidente de tráfico que en un atentado», le dije. También quería que se diera cuenta de lo ridículo que era vivir con miedo. Pero él me miró muy serio, y ya no volvió a mencionar el asunto.

Al recordar eso, pensé en la conversación que había tenido con Mimí. Sí, estamos cercados. Pero para vivir y mantenernos vivos, debemos salir del círculo trazado a nuestro alrededor. Huir del círculo, eso era. Y al subir al tren con Nico, supe que emprendía una nueva fuga y me sentí viva, casi dolorosamente viva.

Entramos al compartimento y nos pusimos a elegir los asientos. Yo trataba de darle el aire de un juego. Fue un error. Empezó a lanzarme miradas furtivas y miraba de reojo la valija que tenía entre las piernas, como si tratara de entender mis intenciones. Una vez sentados, pareció inquieto y preguntó por su papá. Le dije que estábamos de vacaciones y que, como ya había pasado una temporada con él y con tía Catherine y su primo Lucas, ahora le tocaba pasar las fiestas con la abuela y conmigo.

—Adivina dónde.

—En Bolivia —adivinó con un hilo de voz.

—Mira, ya compré los pasajes.

Los saqué de mi bolso y se los tendí. Esos dos cartoncitos se habían llevado mis últimos ahorros. Pero él ni los tocó. Silencioso, se puso a contemplar el paisaje de follajes rojos que, detrás del vidrio empañado, desfilaban cada vez más rápido, incendiándose.

La verde cúpula de la estación de Limoges-Bénédictins ya se había encogido en la distancia y las sombras del crepúsculo empezaban a cerrarse sobre el paisaje cuando vi el Mercedes blanco de Raphaël que venía en nuestra dirección por la avenida paralela a las vías.

Nos pusimos en la fila para conseguir un taxi. Las luces naranjas de la estación de Matabiau bañaban a la gente de abrigo y bufanda que iba y venía por la explanada hormigueante. Y ahí lo vi. Vi el Mercedes blanco detenido en primera línea frente a la luz roja del semáforo. La silueta del conductor parecía mirar con insistencia hacia la explanada. La fila avanzaba con una lentitud desesperante y Nico miraba hacia el flujo detenido de vehículos en el bulevar.

¿Había visto a su padre? Apreté la cajetilla en mi bolsillo.

El registro para el vuelo a Madrid cerraba en dos horas y media. Había reservado una habitación en Barajas, a quince minutos del aeropuerto, y solo al día siguiente tomaríamos el vuelo directo a Bolivia. Eso me daba un margen indispensable en caso de que las cosas no salieran como esperaba.

Entramos al taxi, que arrancó con una parsimonia desesperante, cambió a segunda, enfiló la avenida y empezó a acelerar, aunque no lo suficiente como para poner la tercera. A menos de veinte metros, detrás del amplio parabrisas donde se reflejaba la luz roja del semáforo, Raphaël golpeó el volante con la palma de la mano y por un instante creí que nos había visto. Cuando el semáforo tiñó de verde su semblante ansioso, se desató una avalancha de faros que nos envolvieron, y lo perdí de vista.

No estaba privando al niño de su padre ni al padre de su hijo, sino restableciendo el orden. Era mi derecho mostrarle a Raphaël lo doloroso que podía ser que te quitaran a tu hijo y que te impidieran verlo.

Ahora, en el aeropuerto, me estremecía pensar cómo había podido anunciarle el viaje. Lo había llamado después de registrarnos y poco antes de pasar la seguridad, aprovechando que Nico estaba eligiendo una revista de cómic y unos cuadernos de ejercicios en una librería Relay. Tal vez quería burlarme, humillarlo. O tal vez era lo contrario: la escena de esa tarde me había mostrado que, detrás de su frialdad de artificio, él seguía ahí. Herido e imprevisible, pero todavía ahí, y habría sido demasiado vil dejarlo macerar en la incertidumbre. O quizá se trataba de calmar mi conciencia. Pero había otra explicación, subterránea y oscura: en el fondo, yo temía hacer ese viaje y estaba deseando que Raphaël lo impidiera en el último minuto.

Nico era nuestro hijo, lo tenía muy presente. Así se lo dije. Luego añadí que ni bien regresáramos a Toulouse arreglaríamos las cosas de forma civilizada, pero antes él debía entender lo que me había hecho y no había más que una forma: debía experimentarlo.

Silencio estupefacto al otro lado de la línea.

Sabía perfectamente que Raphaël no iba a permitir ese viaje de ninguna manera y por eso no le dije lo de mamá.

Se estaba muriendo. Lauro la había llevado al hospital por unos vómitos de sangre. Después de algunos tanteos, le hicieron un encefalograma. Tenía un tumor en la cabeza del tamaño de un limón. Inoperable. Me quedé sin habla. En cambio, Lauro parecía impasible, y pensé que había tenido tiempo de que la noticia madurara en él.

Hacía cinco años que no volvía a Bolivia. El nacimiento de Nico había coincidido con la degradación de la salud de mamá. Al principio lo suyo no eran más que desorientaciones súbitas. Por lo demás se quejaba, algunas noches, de dolor de cabeza. Pero eran cosas puntuales. El resto del tiempo parecía tan fuerte como siempre, como había tenido que ser desde hacía tantos años para sacar adelante a la familia.

Por lo que sabía, esos fallos habían ido acentuándose hasta llegar a la situación que vivía Lauro desde hacía un par de años, y de la cual yo no sabía mucho, en parte porque mi hermano se negaba a entrar en detalles, en parte porque yo tenía miedo de insistir y enterarme de cosas que despertaran la culpa que sentía por haber hecho mi vida tan lejos.

Decidí ir a Bolivia, pero me negaba a partir sin Nico. Era un riesgo enorme, claro, pero si algo había aprendido en mi travesía por el desierto, era que ya no debía esperar nada de Raphaël.

En el taxi rumbo al aeropuerto, Nico me contó que había estado yendo a la misma escuela que su primo, en Limoges, y que Catherine se ocupaba de hacer las tareas con ellos mientras Raphaël trabajaba desde su computadora. Me dije que, si él había sido capaz de sacarlo de la escuela de siempre, no veía por qué yo no podía sacarlo de esa escuela provisoria. Y cuando regresáramos en enero, Nico retomaría las clases en la escuela de nuestro barrio, donde tenía a todos sus amigos. Además, si el objetivo del primer año de primaria era aprender a leer, bien podía aprender conmigo: nos llevábamos unos cuadernos y se ejercitaría durante nuestra estancia en La Paz. No veía qué más podía aportarle un maestro que tenía a otros treinta niños en la clase. Mi atención exclusiva, ¿no era una mejor garantía para llegar a ese objetivo? No sé por qué pensaba en todo eso. O tal vez sí lo sabía.

Nico levantó la vista y me señaló los dulces. Asentí con una sonrisa. Pasamos por la caja y salimos al *hall*. Nico corrió hasta un banco libre, sacó un osito de goma rojo y, sujetándolo con dos dedos, lo miró al trasluz. Fue como si lo saboreara con los ojos, demorando el instante de la degustación. Vi algo importante en ese gesto silencioso, pero no pude formularlo, se me escapó en la afluencia de otros pensamientos.

—¿Sabes qué es lo que no me gusta de los dulces? —me preguntó más tarde.

Tenía una expresión pensativa, casi grave. La punta de la bolsa sobresalía de su puño cerrado.

—Duran... *trop* poco —dijo.

—Demasiado poco.

—Demasiado poco.

Me quedé mirándolo. Nico tan cerca y tan lejos. Pensé: tal vez no sea demasiado tarde, tal vez este viaje me permita acercarme a él, diluir la barrera.

Estábamos sentados en un largo banco metálico. Detrás de los ventanales, en una noche de un azul intenso —tal vez la última antes de la llegada del eterno tiempo húmedo y gris del invierno tolosano—, despegó un Boeing 747 de Air France. Sorprendido, Nico levantó sus ojos claros. «¿Tienes miedo?», preguntó. Solté una risa nerviosa, le agarré la mano y se la apreté con fuerza. Había temblado el suelo y, en un gesto instintivo, me había aferrado a los brazos del asiento como si acabara de subirme a una atracción vertiginosa. Pero nadie más parecía haber notado el temblor.

11

Cuando Lauro salió al escenario y tocó los distorsionados y enfurecidos acordes de *Tourette's* —esa canción relámpago de Nirvana que parece una declaración de guerra o una confesión de enfermedad mental—, sentí una emoción que no había experimentado en muchos años.

Una música así, llena de fuerza irracional, puede salvar a una adolescente que no encuentra asidero en la realidad que le rodea. La descubrí una noche en que nos cortaron la luz. Lauro prendió unas velas en la sala, las dispuso a su alrededor y tocó unas canciones estremecedoras. Yo tenía doce años y él, dieciocho. Con el tiempo, a medida que escuchaba los casetes que él me iba prestando, se afianzaba en mí la impresión de que esa música furiosa y oscura no solo me gustaba, sino que expresaba una parte de mí que de otra manera habría permanecido enterrada.

Como supe más tarde, el movimiento *grunge* apareció de forma inesperada, ocupando el vacío dejado por las utopías que movieron a la generación de nuestros padres. Pero ninguno de los grupos surgidos en Seattle reivindicó esa función simbólica. Eran muchachos tan rabiosos como frágiles, y algunos de sus principales representantes murieron demasiado jóvenes. *And we die young / faster we run*, cantaba Layne Staley, que, a los treinta y cuatro, sucumbió a una mezcla de heroína y de cocaína, conocida como *speedball*. Ocho años antes, el balazo que Kurt

Cobain se pegó en el paladar con una escopeta de caza tuvo en nuestra generación un impacto tan real como el del asesinato de Lennon en la anterior. Esos inestables llegaron y ocuparon sin querer el abismo de los sueños sociales y lo llenaron con angustia, con humor negro, con pataletas infantiles. *Grunge* significaba mugre: la mugre y el mal sabor de boca que dejaron los desmanes de nuestros viejos, que fracasaron con estrépito en todas sus alocadas empresas utópicas o alternativas. En alguna parte leí que los jóvenes de los noventa no escuchábamos esa música sino lo que venía a través de ella, y que las grandes figuras del *grunge*, antes que músicos, eran chamanes de multitudes solitarias que habían quedado al garete, sin puntos de referencia ni identidad.

Además de las melodías, disfrutaba de las letras desenfadadas y enigmáticas. Sospechaba que ahí estaba el origen de mi gusto por la poesía. Leía y releía las letras de Cobain, de Cornell, de Vedder, y con ayuda de un pequeño diccionario de bolsillo, iba descifrando a esos poetas *post beat* —a esos monstruitos de mierda, como decía mamá, exigiéndome que bajara el volumen del equipo de música—. Eso fue para mí la poesía al principio. Esa sensación exquisita como un miedo de niñez: la de una revelación que está a punto de darse y que no llega. De ahí mi adicción a la poesía, pensé, mi absurda adicción a la poesía.

Lauro se tomó un trago conmigo antes de subir al escenario. Ahora el boliche estaba lleno y él, cada vez más nervioso. Desde que me encontró tomando sola a la barra, pareció entender lo que me ocurría, y dejó de lado su prueba de sonido para charlar un rato conmigo. Era normal que me sintiera así, dijo. Por eso me habían protegido durante tanto tiempo. Reconoció que, a fuerza de callar, mamá y él habían acabado olvidando, y que no había otra lección ni otro remedio en esa historia. Que, además, yo era madre ahora y sabía la responsabilidad que significaba. Aunque él no habría hecho las cosas igual que el viejo, este hizo lo que hizo por nosotros. Eso estaba fuera de duda. No supe si había encontrado las palabras justas o si el alcohol había empezado su labor anestésica, pero me sentí mejor y al fin pude conciliar esas dos versiones de papá en una sola: la de un hombre capaz de arriesgar la vida por su familia.

Alguien abrazó a Lauro desde atrás. Este se volvió con brusquedad y, por unos segundos, la perplejidad y la sorpresa lo dejaron sin palabras. Se quedó mirando a la chica, boquiabierto, y la abrazó con una efusión que nunca le había visto.

Era veinteañera y tenía aires de gitana, con el pelo de un negro intenso y los ojos grandes y rasgados debajo de un cerquillo desigual. Parecía como si se lo hubiera cortado ella misma con unas tijeras de cocina. Llevaba una camisa de manga corta y unos *jeans* raídos. Lauro nos presentó. Se llamaba Abril. «La naturaleza es misteriosa», le dijo a Lauro, muerta de risa. «Ella tan linda y vos tan feo». Se inclinó y me dio cuatro besos, dos en cada mejilla, alternativamente. «Así es como se saludan los franceses, ¿verdad?». No supe si hablaba en serio, y me reí. En ese momento llamaron a Lauro desde el escenario, y antes de que se uniera al grupo, Abril le pasó los brazos alrededor del cuello y le dio un beso con lengua. Luego se sentó a mi lado. De inmediato me llamó la atención su olor, que no podía confundirse con el de su perfume. Un olor de mandarinas frescas.

Nos quedamos a solas en esa mesa apartada. A mi lado, la camisa blanca de Abril parecía absorber la luz de la vela que ardía en el centro. Era demasiado táctil, parecía incapaz de hablar sin ponerte las manos en las piernas o en los brazos, pero lo hacía con tanta naturalidad que pronto me sentí en confianza con ella. Con una curiosidad ardiente, me preguntaba por mis estudios, por mi vida en Francia, por mi hijo. Desde los primeros acordes, sus ojos se clavaron en Lauro y, de tanto en tanto, volvían a mí con una energía renovada, como si verlo le infundiera fuerzas. No entendí por qué nunca me había hablado de ella. Yo no era, me di cuenta, la única que escondía cosas sobre mi vida.

Cuando entró el baterista, pegándole fuerte y duro, se apagaron las luces y se desató una tormenta de brazos y piernas en el centro de la sala. Lauro empezó a gritar como si estuviera cagado de miedo. Me impactó. Cinco años atrás, lo había escuchado cantar en vivo temas de los Beatles, y siempre me había parecido que su voz era demasiado áspera para reproducir de forma convincente las melodías del cuarteto de Liverpool. Pero ahí, en esa explosión de rabia, parecía en su elemento. Las personas que no bailaban seguían el ritmo moviendo la cabeza, pero en cuanto el bajista tocó las notas iniciales de *Would* y entraron los platillos de la batería, secaron sus tragos y se unieron a la masa elástica que se movía en la oscuridad.

El grupo ya estaba en la tercera canción y la intensidad no había bajado. Luego hubo una breve pausa. Mientras Lauro presentaba al grupo, que algunos ya parecían conocer, la gente aprovechó para tomar un trago más y secarse el sudor de la cara.

—Somos Los Falsos Profetas —dijo—. Profetas sin dios, pajpacus sin palabras, locos sin fe.

Con las primeras notas de *Creep*, acabó de ganarse a los espectadores. La mayoría parecía moverse impulsada por resortes etílicos. El resto tenía los ojos vidriosos y se movía lento, como en un sueño. Daba la impresión de que, embrutecidos como estaban, festejarían todo lo que tocara el grupo. A nadie parecía importarle que Radiohead no tuviera nada que ver con el *seattle sound*. Abril miraba a Lauro con una expresión de *groupie* en estado de gracia y yo sentí un escozor malsano en el pecho.

Mientras la gente cantaba al unísono *But I'm a creep, I'm a weirdo*, Abril sacó algo de su bolso. Era una manzana. Una manzana verde que parecía arder como una pequeña isla en la oscuridad. La sostuvo con una mano mientras con la otra llenaba el pequeño agujero que le había hecho en la parte superior. Sacó un encendedor, me miró con aire de travesura y me hizo una seña para que me agachara. Debajo de la mesa, fumamos alternativamente de la manzana. Me atoré y mi acceso de tos la hizo reír.

Me levanté con algo de mareo y la garganta seca, y le propuse ir por un trago. Abril le pidió a un barbudo vestido con una vieja polera de Alice In Chains que nos reservara la mesa y solo le hizo falta una sonrisa para que el otro aceptara embobado. En la barra, ordenó té con té para las dos. Sus movimientos eran felinos. «Me vas a yapar singani, ¿bueno?», le dijo al barman escuálido, quien preparó las copas con aspavientos, como si hiciera un truco de magia. Buscaba llamar su atención, pero fue en vano. Nada de lo que sucedía alrededor, excepto la actuación de Lauro, parecía afectarla en lo más mínimo. Ya de regreso a nuestra mesa, Abril secó su trago y yo la imité. Me quemó la garganta. La música, el parpadeo de las luces y el movimiento de la gente empezaban a deslizarse en mi cuerpo como un poderoso sedante.

Hubo un paréntesis de baladas con guitarras acústicas y percusión. En la oscuridad solo brillaban las velas sobre las mesas invisibles. *No place to call home*, cantaba Lauro, y recordé lo estremecedora que podía llegar a ser su voz. La música era densa y cubría las voces y los cuerpos con un manto de vibraciones metálicas. Abril miraba hacia el escenario sin pestañear.

Entonces sentí el roce de una pierna bajo la mesa. Pensé que se trataba de algo accidental, pero casi de inmediato me estremeció una caricia leve en el muslo, sobre la tela de la falda. Giré la cabeza hacia Abril y me pareció ver que se sonreía. Levanté mi vaso y me lo llevé a los labios olvidando que ya estaba vacío. Había visto en sus ojos un brillo extraño, malicioso, cuando estábamos agachadas bajo la mesa antes de fumar. Sus yemas suaves seguían subiendo por mis piernas, rozándome apenas, jugando con la tela de mi falda. Daba la impresión de que tanteaba el terreno a la espera de una reacción mía.

Estaba segura de que el juego cesaría como había empezado hasta que sus dedos se deslizaron por la cara interna de mis muslos, llegaron a mis bragas y apartaron con habilidad la fina franja de tela. Tenía el corazón en la garganta. ¿Podía ver alguien lo que pasaba bajo la mesa? Solo eran visibles nuestras caras iluminadas a medias por la vela del centro y tal vez por eso Abril disimulaba mirando hacia el escenario. Decidí disimular yo también y no la miré, aunque me moría por hacerlo, cuando uno de sus dedos se puso a buscar el punto exacto entre mis piernas. No tardó en encontrarlo y empezó un lento movimiento rotativo. Se oyeron los primeros acordes de *Drain you* mientras Lauro cantaba con dulzura casi beatlesca: *One baby to another says: I'm lucky to have met you.* Supe que aún no encenderían las luces. *I don't care what you think unless it is about me*. El dedo aceleró el movimiento. *It is now my duty to completely drain you*. Cerré los ojos. *You've taught me everything without a poison apple.* El primer espasmo de placer subió de improviso y de inmediato miré a mi alrededor, como si alguien pudiera vernos. Pero era imposible. Estaba demasiado oscuro y la música cubría todo con sus palpitaciones hipnóticas.

Sentí un nuevo espasmo. Abril seguía mirando hacia el escenario y se sonreía, definitivamente se sonreía, como si no fuera la primera vez que hacía algo así. Cerré los ojos y me descubrí buscando sus piernas bajo la mesa. Me tomó unos segundos entender que ya no estaba.

No supe cuánto tiempo había permanecido sola, con los párpados apretados, disfrutando de las oleadas de placer que venían a morir en mi cuerpo como en una playa desierta.

Me levanté y me uní a la masa elástica que saltaba con una versión pesada de *Enjoy the silence*. Todo era sudor y alientos etílicos, gritos roncos y cantos más o menos afinados, y también había un olor a perfumes caros y a desodorantes infames.

La vi y, sin saber por qué, me abrí paso hasta ella. Me miró sorprendida o fingiendo sorpresa y luego sonrió, aunque su sonrisa me pareció distante. Entonces tuve miedo de haberlo imaginado todo.

¿Cómo era posible? Pero tal vez Abril no hacía más que disimular y lo mejor era seguir su ejemplo. Desentenderme o al menos fingirlo. Solo me tranquilizó pensar que la experiencia había sido demasiado física para haber salido de mi imaginación, y que mi cuerpo había quedado impregnado de un olor de mandarinas.

En esas estaba cuando Lauro anunció la última canción de la noche y se oyó el magnético inicio de *Bones of birds*.

> Time is my friend until it ain't and runs out.
> And that is all that I have until it's gone.
> Try to build a home, bones of birds,
> Singing in the cold and fall to earth.

No había escuchado esa canción en años y la interpretación de Los Falsos Profetas me sobrecogió. Eso sí era *grunge*. Cerré los ojos y me concentré en la letra. Y de pronto me sucedió lo que no me había ocurrido en años: sentirme revelada en la música. Yo también he intentado construir un hogar sobre huesos de pájaro, pensé. Si no, ¿qué ha sido el acto anacrónico de casarme y el salto al vacío de tener un hijo? El montoncito de cenizas sobre el cual había construido era mi pasado, mi familia con sus silencios, mi país enterrado en la distancia.

Para entonces el público se había reducido, un borracho quería subirse al escenario nadie sabía para qué, y la gente había empezado a circular. Sin embargo, al final, quienes se habían quedado aplaudieron con entusiasmo.

Lauro bajó del escenario con la polera mojada (su cadenita de oro sudaba, literalmente) y se sentó en la barra con los de su grupo. Abril empezó a tomar con ellos. El bajista era el Rasta que había visto al llegar. Era moreno y ancho, sus *dreadlocks* le caían sobre los hombros como lianas negras, y tenía una cara equina prominente, terminada en una chiva en punta. Lo más llamativo era su mirada: parecía irremediablemente deslumbrada. El baterista y el guitarrista eran los dos melenudos que habían esperado a Lauro en la acera, vestidos de camisas a cuadros y botas de leñador. El guitarrista tenía el pelo mucho más largo que el otro y se lo había recogido en una fina cola de caballo, lo que le daba un aire casi femenino. El baterista era retaco, y se había puesto unos lentes de montura metálica que le daban un aspecto de profesor bohemio. Yo completé el círculo en la barra y fluyeron los *shots* de tequila. Abril se ponía sal en el dorso de la mano, la lamía y secaba su *shot* sin mirarme, en realidad, sin mirar a nadie, ocultando sabiamente sus ojos detrás del cerquillo que parecía moverse según sus deseos.

Era la una y media de la mañana cuando salimos. Los Falsos Profetas, Abril y yo nos metimos en la enorme vagoneta Nissan del Rasta. Tras encender el motor, puso un CD. «Escuchen esto», dijo. «Es metal jazz». Subió el volumen al máximo y arrancó. Era extraño ver las aceras lustrosas y soñolientas inundadas por esa música aplastante que escapaba por las ventanillas abiertas. Siempre me había gustado Sopocachi a esa hora, con sus aceras desiertas y espejeantes, como recién llovidas, cuando apenas unas horas antes era un nudo de nervios rezongando gases tóxicos. En la madrugada volvía a emerger el barrio íntimo, como de juguete, con sus casonas antiguas de elegantes balcones y balaustradas —joyas sacadas de un sueño del tiempo—, y daban ganas de trajinar esas calles de adoquines lustrosos que bajaban o subían como puentes colgantes en la oscuridad salpicada por las luces de los faroles.

Construido sobre una colina, el barrio siempre tuvo algo sagrado. En la época colonial era la zona residencial de españoles y criollos. El Choqueyapu dividía la ciudad. Del otro lado, donde ahora se extendían la zona de Miraflores y los barrios aledaños, vivían los indígenas. Mucho después, en los años veinte y treinta del siglo pasado, Sopocachi era algo así como la zona sur de la ciudad, un refugio de paz en las tardes de domingo. En las décadas posteriores, fue ganando prestigio como el barrio bohemio por excelencia donde alentaba una vida artística fértil. Saenz estudió allí, en el colegio Alemán. Sáenz, que, unos años después del golpe de Banzer, lamentaba el deterioro del barrio a causa de la compulsiva construcción de edificios. Saenz, cuya aparición en estas calles, en noches como esta, con su saco remendado de aparapita, su barba montuna, su calva nimbada de cabellos revueltos, su mirada ceñuda y feroz tras los lentes de monturas rectangulares, tenía que ser algo demoniaco y feliz para los jóvenes escritores que querían arrimarse a su sombra maldita. Yo tenía la impresión de que el prestigio del barrio seguía vigente, pero que este ya no recobraba su aspecto residencial sino bien entrada la noche, como ahora, con sus calzadas vacías y relucientes en que la piedra comanche parecía gastada por siglos de silencio, alternando zonas de sombra bajo enormes ramajes dormidos, moles de antiguas casas erigiéndose en la oscuridad y aceras teñidas de colores bajo los letreros luminosos de los locales nocturnos.

Nos paramos frente a una tienda en la Belisario Salinas y el baterista se bajó a comprar dos botellas de singani. Yo me quedé mirando la verja de madera iluminada por un foco débil que parecía de otros tiempos. Me enternecieron esa verja y la canasta de mimbre. Imaginé que a esas horas estaría vacía o contendría alguna sarnita huérfana.

El guitarrista melenudo bajó del auto, se fue calle adentro y se puso a mear en la pared de un edificio. Al rato se oyó un ruido de agua que cae y lo vimos con la camisa empapada. En lo alto del edificio, en un balcón, descubrimos a una viejita en bata. Agitaba un balde de plástico con una mano mientras nos amenazaba con el puño de la otra.

El Rasta cambió el CD. «¿Y esto?», preguntó Abril. «*Reggae* nacional», aclaró el Rasta. El baterista del grupo era su cuate. El melenudo entró al auto. «Uh, Illapa», dijo, «subí el volumen, *bro*». «Puta, hermano, estás hediendo», contestó el Rasta, y todos nos reímos.

Nos paramos en la calle Aspiazu, casi en la esquina de la 6 de Agosto. Me sorprendió que, estando tan cerca del boliche, hubiéramos hecho el viaje en auto. Pero entendí cuando entramos en el garaje, el Rasta estacionó y los chicos empezaron a descargar de la parte de atrás las guitarras y los amplificadores y los componentes de la batería, y Abril y yo tuvimos que ayudarlos a subir todas esas cosas por las viejas escaleras forradas de un tapiz raído.

El cuarto del Rasta estaba en la buhardilla de un viejo caserón convertido en un pequeño edificio de departamentos. Había una cama en el suelo, una mesa, un equipo de música, un amplificador, cables enmarañados, una estantería con libros, una cocinita a gas y un refrigerador pequeño que había sido garabateado con aerosoles y parecía un grafiti psicodélico al cubo. Mientras se duchaba el guitarrista melenudo, nos sentamos sobre la alfombra mostaza salpicada de pequeños agujeros negros provocados, imaginé, por las brasas caídas de los puchos y los porros. Bajo la luz espectral de un foco desnudo, nos pusimos a tomar de la botella de singani que pasaba de mano en mano. Los Falsos Profetas hablaron del concierto. Coincidieron en que no había estado mal. Luego el baterista preguntó por qué no preparaban un repertorio setentero. «Sí, ya es hora de pasar al *rock* de verdad», aprobó el Rasta, y luego empezó a hablar de los grupos que le gustaban.

Abril se aferraba al brazo de mi hermano y de vez en cuando le besaba el cuello o le lamía el lóbulo de la oreja. Me parecía cada vez más improbable que hubiera pasado algo entre nosotras y la amenaza de la locura había empezado a crecer. «Led Zeppelin», dijo Lauro, «eso es *rock*. Pero entonces quién mierda canta». Y pidió la botella de singani. Sin que viniera a cuento, el baterista dijo que no había que olvidar que el *rock* lo había inventado un negro, *man*, que el ritmo del *rock and roll* lo había descubierto un negro y que de ahí salían Elvis Presley y todos los demás, *man*. Cuando el Rasta le preguntó si estaba sugiriendo que el *rock* venía de algún ritmo africano, el otro contestó que no, *man*, que el negro se había inspirado en el ritmo regular que hace una locomotora en movimiento y que, por lo tanto, podía decirse que el *rock* era una música futurista, al menos como entendía el futurismo ese italiano, *Marinoli*. Sí, *Marinoli*, el poeta al que le encantaban los autos y las máquinas. «Ah, Marinetti», corrigió el Rasta, y todos nos reímos. Le pregunté el nombre del roquero negro y el baterista se puso pálido, reconoció que no se acordaba, pareció ocultarse detrás de sus lentes empañados. Ya estaban todos a punto de reírse otra vez cuando dijo que el mayor guitarrista de todos los tiempos también era negro y además era de Seattle, y que eso nadie podía negarlo, *man*, y todos asintieron. No supe adónde quería llegar.

Lauro le dijo al Rasta que yo también escribía y que por qué no intercambiábamos textos alguna vez. El Rasta me miró con interés. Negué con la cabeza, dije: «Ya no». «Qué lástima», respondió. Sacó un cuaderno y se puso a hojearlo. «Yo cometo epigramas y cuentos». Se detuvo en una de las páginas y leyó:

Yo te cito.
Tú me citas.
Él te cita.
Nosotros nos citamos.
Vosotros os citáis.
Nadie —aparte de nosotros—
Nos cita.

Levantó la vista con una sonrisa entendida. Los demás nos miramos perplejos. «¿Y cómo se llama eso, *man*?», preguntó el baterista con los ojos arrugados. Se había quitado los lentes para limpiarlos con el faldón de su camisa. «El drama de la literatura boliviana», contestó el Rasta y cerró el cuaderno con su expresión deslumbrada.

Volvió el guitarrista melenudo. Se había puesto un buzo Adidas gastado y una polera estampada del mundial Estados Unidos 94, de la cual se habían borrado varias letras. Se sentó a mi lado y le pidió al Rasta que me contara el argumento del cuento que acababa de terminar y del cual les había hablado el otro día. «Vas a alucinar», me dijo el melenudo, y me pasó un pequeño envase de plástico con forma de oso que parecía contener miel. Miré al melenudo sin entender. Él se rio y me dijo que me pusiera unas gotas en el dorso de la mano. Eso hice y las lamí. No era miel o, al menos, no era una miel común y corriente, lo entendí unos minutos después, al sentir el cuerpo adormecido. Intentaba olvidar mi angustia acerca de lo que había pasado con Abril o de lo que no había pasado con Abril cuando el Rasta se acercó con unos ojos intensos y empezó a hablarme de su cuento, que era más o menos así:

El narrador es un joven que trabaja en un asilo para pagar sus estudios de enfermería y ayudar a su padre enfermo, que es todo lo que tiene en el mundo. En el asilo hay una vieja que parece muda y de la cual nadie quiere ocuparse, porque a veces, y sin que nadie sepa por qué, golpea al personal. Sin embargo, por alguna razón, a él la vieja nunca le levanta la mano. Por la presión de sus compañeros, al joven no le queda otra que ocuparse exclusivamente de la vieja y bañarla a diario, porque la pobre es incontinente. Esos largos baños crean una intimidad extraña entre el joven y la vieja, y un día ella, que nunca habla, le dice con un suspiro que sus hijos la han abandonado. Hay algo en su voz cuando lo dice, un tono casi bíblico, que a él le da escalofríos.

Con el tiempo se da cuenta de que la vieja le ha tomado cariño. Ahora soy como su hijo, piensa el joven, y las cosas en su vida empiezan a mejorar como por arte de magia. La vida de su padre sale de peligro y, casi al mismo tiempo, recibe una pequeña herencia de un pariente lejano del cual no había tenido noticias hasta ese momento. La vieja es tan buena con él que sus colegas lo molestan, hacen insinuaciones obscenas y absurdas guiñándole el ojo. Él no les hace caso, porque su situación económica ha mejorado tanto que sabe que puede dejar el asilo cuando quiera.

Así que una mañana más difícil que las otras, presenta su renuncia a la dirección y va a despedirse de la vieja, pero cuando se vuelve para salir del cuarto, ella lo agarra del brazo —lo agarra con una fuerza que no parece posible a su edad— y le dice que sabe todo sobre su vida y que ha estado ayudándolo en secreto, pero que, si a él se le ocurre abandonarla, como han hecho todos sus hijos, le va a quitar todo lo que le ha dado y su padre va a volver a caer enfermo. El joven se queda unos segundos perplejo. No entiende nada. Entonces ella suspira: «Soy el diablo, mijo».

El joven ha visto muchos delirios seniles en los años en que ha trabajado en el asilo, pero ninguno como este. Tratando de dominar el miedo, se zafa de mala manera y camina hacia la puerta, y ahí oye el llantito de la vieja, un llantito desgarrador, y la voz que, con una dulzura de abuela arrepentida, gime que es mala, que es malísima, porque ha encubierto algo terrible que hizo uno de sus hijos muchos años antes, y que, al descubrir la verdad, todos en su entorno le dieron la espalda. Le pide por última vez que no se vaya, que no la deje sola, por favor, pero él se aleja sin volverse. Ya no voy a verla nunca más, piensa para darse valor.

El joven sale a la calle, echa a andar, el sol paceño lo deslumbra. Poco a poco, lo invade la duda de que la vieja haya dicho la verdad. Pero ¿qué verdad? Solo había una: él era todo lo que la vieja tenía en el mundo y aun así la abandonó como a un perro. Y un remordimiento inconfesable empieza a envenenar su primer día libre.

El Rasta calló, los gruesos *dreadlocks* dejaron de moverse sobre sus hombros. Me miraba. Le dije que era una historia rarísima. Él asintió, pidió la botella de singani y tomó un trago. Me quedé pensando y luego le pregunté qué era lo que había hecho el hijo de la anciana. «Un crimen», respondió. «Pero ¿cuál?», pregunté. «Eso es lo de menos», dijo, y se rascó la chiva. «Si la vieja es el diablo, todos somos sus hijos, todos la hemos abandonado y la hemos reemplazado en el ejercicio del mal». Hubo un silencio. «Por eso, al final, el joven tiene un sabor amargo en la boca», rematé. «No es tanto por haber abandonado a la vieja, sino por darse cuenta de la ingratitud, del egoísmo, de la maldad que hay en él». Me pasó la botella y tomé un buen trago antes de dársela al melenudo.

Ahí el Rasta me preguntó por qué ya no escribía. Yo le dije que sí escribía, pero que nunca había publicado. Me preguntó por qué había dicho que ya no escribía. Yo le dije que desde hacía dos meses no había escrito una sola línea. «Estás bloqueada», dijo él. «¿Y por qué nunca has publicado?». «Escribo para mí», le dije. «Para alimentar a un animal oculto en mi interior». Enseguida me pareció una frase pretenciosa y me arrepentí de haberla dicho. El Rasta se echó un poco hacia atrás y me miró con los ojos entrecerrados. «Deberías publicar», dijo. «¿Para qué?», pregunté. «Para desbloquearte», dijo. «Además, ¿imaginas a tu hermano tocando la guitarra en el desierto? Un poco triste, ¿no?». «Todos estamos en el desierto, sentados en un osario inmenso, pero a veces lo olvidamos». Eso le dije en un solo impulso etílico, porque había empezado a perder el control y las frases me salían irremediablemente líricas. El Rasta volvió a mirarme con intensidad. Traté de explicarme mejor: «A cierta escala temporal, escribir o no escribir da exactamente igual», dije. Y me acordé de algo: «¿Has oído hablar de esa sonda enviada al espacio en los años setenta, con un disco dorado en su interior?». Visiblemente, el Rasta no quería quedarse atrás porque sus ojos recobraron su brillo deslumbrado y, como si recitara, disparó: «Grabaron saludos en no sé cuántas lenguas, música clásica, cantos tribales y también un tema de mi ídolo, Chuck Berry». «¡Ahí está, carajo, Chuck Berry!», terció el baterista con una exclamación de triunfo. «Ese fue, *man*, ese fue el que inventó el *rock*». El Rasta ni se volvió a mirarlo y yo le pregunté: «¿Para qué crees que la mandaron?». «Para establecer un contacto con otras formas de vida», fue su respuesta. Negué con la cabeza. «A la velocidad a la que va», dije, «lo más probable es que nunca sepamos nada más de ese disco. Date cuenta: es solo un recordatorio de que alguna vez existió la humanidad. Los científicos saben que nuestra civilización ya es historia». «¿Y qué hay del tiempo?», contestó el Rasta. «¿Qué hay del tiempo de vida?». Lo miré interrogativa. «Estás viva», dijo, «no lo olvides». «No lo olvido». «Entonces, ¿qué haces con la vida?, ¿la dejas escapar entre los dedos o la retienes, haciendo un cuenco con las manos?». Hubo un silencio. Me pareció que ahí había algo importante y hermoso. Pero cuántas veces la ilusión estética sustituye la verdad. El Rasta pareció notar mi turbación. «Pensé que solo escribías epigramas», le dije, y él se rio.

Quise cambiar de tema y le pregunté si Los Falsos Profetas no habían pensado en tocar sus propias composiciones o en grabar un disco. Pareció sorprendido y me preguntó si mi hermano no me había contado nada al respecto. «Un fiasco», me dijo. «Hicimos una serie de conciertos sin tocar un solo *cover*, solo compos. Tu hermano insistió. Queríamos ver la reacción del público. Y la vimos». Se quedó callado un rato y luego añadió: «Como aquí no llega ningún artista importante, y cuando llegan ya están demasiado viejos o en silla de ruedas, alguien tiene que hacerse cargo de ese vacío, ¿no te parece?». Y después: «Lo que la gente quiere es que le des la ilusión de estar frente a un gran grupo, eso es todo. La ilusión es lo que cuenta». Hablaba sin amargura. Es más, parecía aliviado de que no les hubiera ido bien con las compos. Como Lauro, había decidido dedicar su vida a la música y era consciente de que eso implicaba más de un sacrificio, empezando por el del ego. Era irónico y un poco triste, pero tenía un fondo de lucidez innegable. «Somos profetas sin dios, pajpacus sin palabras, locos sin fe», había dicho Lauro. Ahora entendía mejor lo que encerraban esas paradojas. «¿Y eso les da para vivir?», pregunté. «Qué va». «¿Y en qué trabajas?». «El trabajo no es para mí». «¿Entonces?». «Bueno, a veces nos contratan para tocar cumbia». «No jodas». «En serio». No pestañeaba. «¿Lauro también?», pregunté incrédula. «Claro, ese gordo es la estrella de los prestes».

Me giré hacia mi hermano para ver su reacción. Entrelazados, Abril y él se besaban como si estuvieran solos. Asombrada, lo imaginé bajo luces chillonas, con la guitarra en bandolera, moviendo con gusto su melena de león al ritmo de una cumbia de Maroyu.

Al rato, Abril se inclinó hacia mí y me ofreció la manzana. La miré buscando en su rostro un destello de complicidad que pudiera salvarme de la angustia, y me pareció que tenía una sonrisa contenida en los ojos, detrás del cerquillo inquieto, como la de una niña que ha hecho algo malo y trata de ocultarlo. Pero también podía ser mi imaginación. Fumé, Abril también fumó y en la nube de humo me dijo que había escuchado nuestra charla y estaba de acuerdo conmigo. Que, aunque lo olvidemos, estamos parados sobre un montón de huesos, los presentes y los futuros. «Huesos de pájaro», dijo, y Lauro la miró. «Las alas de nuestra civilización hechas ceniza», añadió ella, y yo le seguí el juego y dije: «Pero eso es todo lo que tenemos». «Hasta que se agota», terció Lauro. Nos reímos, aunque era más bien escalofriante.

Volvió a mi mente la imagen del Rasta: la vida, un poco de agua en el cuenco de las manos. En eso Abril dijo que, a pesar de todo, la escritura era ese intento del que había hablado su amigo: la tentativa de fijar lo fugitivo. Pero yo ya pensaba en otra cosa. «La belleza es insoportable», decía Camus. Eternidad de un minuto. Y yo añadía: gota de agua que se introduce entre nuestros dedos, y escapa.

Luego Abril se puso a hablar del cuento de un rumano o de un húngaro, la fría crónica de una desaparición progresiva: la de Janós Kovacs, un carpintero que muere a los treinta y cinco años sin dejar esposa ni hijos ni obras memorables y que, poco a poco y sin remedio, todos van olvidando. Se informa de la última vez que alguien habló de él y de la última vez que alguien lo recordó. Cuarenta y pico años después de su muerte, lo último que queda de Kovacs es su nombre incompleto: unas cuantas letras escritas por su puño y letra en un recibo que, accidentalmente, el viento ha arrastrado a la calle. Pero se desata un temporal y acaba borrándolas, y así desaparece la última señal de que en la faz de la tierra existió alguna vez un carpintero llamado Janos Kovacs.

Todos habían escuchado con atención a Abril y el Rasta le pidió que repitiera el nombre del autor. Lo anotó en su cuaderno y luego se quedó mirándolo, como si se le hubiera ocurrido que su cuaderno no era muy distinto del papel donde había figurado por última vez ese nombre imaginario, húngaro o rumano.

Me eché con las manos detrás de la nuca y poco a poco me abandoné al aire ondulante y medieval de la flauta de Jethro Tull. Excepto Abril, nadie en ese cuarto podía preciarse de ser joven, pero se trataba de una velada juvenil, o que al menos tenía esa discreta ambición. El agua, cada vez más escasa, se nos iba de las manos. A pesar de todo, las de nuestros padres en los años setenta —juveniles de verdad— no fueron muy distintas: un grupo de amigos que toman singani o cualquier otra cosa y escuchan música en una buhardilla de Sopocachi, mientras en las calles dormidas reina el silencio, solo el silencio que va cerrándose como un puño sobre la ciudad. Parecía como si no hubieran pasado las décadas. Las paredes empezaban a girar, las caras y las siluetas se hacían borrosas y se alejaban las voces, y yo pensaba confusamente que a veces, solo a veces, el tiempo hace el muerto, como si cavara una madriguera en un pliegue de sus propias aguas y desde ahí nos acechara. El pasado es como un animal que finge la rigidez de la muerte para atacar.

A partir de ahí, todo se hace intermitente, aunque las escenas que han quedado resultan nítidas. Recuerdo una calle iluminada por un farol solitario. Recuerdo un quiosco. Una señora de ojos sonrientes detrás del humo de las frituras. Recuerdo a mi hermano y a Abril comiendo hamburguesas y bromeando, preguntándole a la casera si era carne de perro o de burro o de cebra.

Luego ya solo el interior de un radiotaxi, los asientos morados, las baladas latinas en la radio. La sonrisa del taxista, un hombre huesudo con cara de faquir que se volvió para decirnos buenas noches o tal vez buenos días. Los tres nos sentamos en el asiento trasero y yo me quedé mirando por la ventanilla mientras Abril y Lauro se besaban.

El traqueteo se detiene. Abro los ojos. Me pregunto en brumas en qué momento me he quedado dormida. Lauro y Abril dejan de besarse y miran a su alrededor, y hay algo en ese movimiento sorprendido, y también en la noche compacta que se aprieta contra las ventanillas, que acaba de despertarme como una descarga eléctrica. Se oye la voz de Lauro, que a oscuras le pregunta al taxista dónde estamos. El otro apaga sus faros y se enreda en una explicación confusa.

Está demasiado oscuro para estar segura de nada, pero parece una cancha de tierra. O un mirador. Unas cuantas luces titilan a lo lejos. Poco a poco un hedor de basura amontonada invade el auto.

Lauro empieza a gritarle al taxista cuando unos faros llegan deslumbrándonos y se detienen detrás de nosotros. Se oye el golpe seco de las puertas al abrirse. Abril y yo nos volvemos mientras Lauro y el taxista discuten. Tres sombras se recortan en la luz violenta de los faros. Entonces Lauro se quita la cadenita del cuello y se la pone en la garganta al taxista, que calla con brusquedad. «O arrancas o te mato», le dice Lauro.

Las sombras caminan sin prisa, como si tuvieran todo el tiempo del mundo. Se multiplican los ladridos. Los faros de atrás alumbran con crudeza el descampado y sus bordes de tierra cercados de negrura. Estamos a la orilla de un barranco, pienso, y con un sobresalto, pongo el seguro de mi lado y extiendo la mano hacia el asiento del copiloto. Durante una eternidad la tanteo a oscuras, pero en vano, mientras los faros inundan el retrovisor como soles ciegos y las pisadas se oyen como un fuego que crepita cada vez más cerca. «O arrancas o te mato aquí mismo, cabrón», dice Lauro. Mientras se debate, el taxista emite un gorgoteo ahogado, aferrándose con las dos manos a la cadenita invisible.

Los pasos se detienen justo detrás de la luneta del auto, y desde ahí las sombras nos miran o parecen mirarnos. No se les ven las caras. De improviso una de ellas se adelanta, llega despacio a la altura de mi puerta, agarra la manija y la acciona con una mano tan redonda que casi parece un muñón. Pero no es un muñón, y sus dedos cortos y regordetes brillan, saludables y grasientos, como si acabaran de desmenuzar un pollo. Se oye el ruido metálico de la manija y luego, como en un juego de niños, toca el vidrio con los nudillos, toc, toc, toc, mientras fuera estallan las risas.

«Ya, de una vez, carajo», dice una de las sombras, la más grande, arrastrando la lengua, la voz pastosa, como si hubiera estado bebiendo. Las otras obedecen y, mientras una camina hacia la ventanilla del conductor, la otra llega a la puerta del copiloto en una sola zancada. En un latigazo, veo a Nico y a mamá, solos, y luego a mí misma, a Lauro y a Abril: tenemos la piel como la superficie de la leche cortada y los ojos deshabitados, detenidos.

La visión es interrumpida por la voz de Lauro: «Te salvaste, hijo de puta». Tardo unos segundos en entender que hemos arrancado.

Nos alejamos a una velocidad de urgencia entre los accesos de tos del taxista, que intenta recobrar el aliento, y las peligrosas vacilaciones del auto entre promontorios de basura y jaurías de perros enardecidos. Lauro ha aflojado la tensión de sus brazos, pero se mantiene inclinado sobre el taxista, en estado de alerta. Y las tres sombras se quedan ahí, recortadas como figuras de teatro a contraluz de los faros, mientras las envuelve una nube de polvo radiante.

En el rellano, delante de la puerta, Lauro habla entre dientes, nos llama «buenas samaritanas de mierda».

A una distancia prudente de casa hizo parar el radiotaxi, salió y, sin darle tiempo de nada al taxista, lo sacó del auto como un títere de trapo, le dio un puñetazo y luego, como si el impulso que lo movía se hubiera salido de madre, lo agarró del pelo y empezó a golpearle la cara contra el capó con tal violencia que los impactos retumbaban en toda la cuadra, despertando ladridos alarmados.

Abril se interpuso con un grito: «Pará, ¡lo vas a matar!». Yo lo agarré de los brazos, quise decirle algo para tranquilizarlo, pero no me salía la voz. Nunca lo había visto en ese estado. Uniendo fuerzas, logramos contenerlo por unos segundos y el taxista, que estaba ensangrentado pero aún se movía con soltura, se metió al auto, lo puso en marcha y se perdió en la noche.

«Buenas samaritanas de mierda», dice Lauro entre dientes, empuja la puerta y entramos. El silencio es total. Lauro y Abril avanzan en la oscuridad y yo cierro la puerta a mis espaldas sin hacer ruido. Se enciende la luz del vestíbulo y vemos, recortada contra la ventana negra, la silueta de mamá. Apenas nos ve, alza las cejas y levanta el vaso: «Salud, carajitos». Intranquila, voy hasta el cuarto y encuentro a Nico dormido. Me echo a su lado. La estantería de libros y las paredes empiezan a girar a mi alrededor, las voces y las imágenes de todo lo que acabo de vivir empiezan a asediarme.

Me levanto. Necesito agua, una aspirina. Estoy en el pasillo cuando se oye la voz de mamá:

—¿Qué has hecho, mijo?, ¿por qué tienes sangre en las manos?

—No ha pasado nada, viejita. Vamos a dormir, ¿bueno?

Por un momento pienso que todo acaba ahí y doy un paso más en dirección al baño, pero entonces llega de nuevo la voz de mamá, más alarmada que antes, una voz que ya he oído la primera noche, una voz que llega de otro tiempo:

—No me digas que has vuelto a seguir a tu padre.

La voz de Lauro se eleva por encima de la de mamá, la hace callar con un tono que no admite réplica y que yo nunca antes le había escuchado. Hay pasos, un breve ruido de resortes, los cuchicheos de Lauro y de Abril, el ruido de una puerta al cerrarse y el departamento vuelve a sumirse en el silencio.

Voy al baño y me tomo una aspirina. Vuelvo al cuarto y me quedo mirando a Nico. Ronca apenas, como una versión en miniatura de Raphaël. La noche se mueve como una lenta marea negra. De pronto tengo la sensación de que hay alguien detrás de mí. Es la misma sensación inexplicable de la primera noche. El cuello se me contrae al oír la voz.

—No te des la vuelta.

Me quedo inmóvil.

—No tengas miedo —dice la voz, cambiando de tono—. ¿No me reconoces?

—¿Lauro? —Mi voz suena indefensa.

Se oye una risita.

—¿De verdad no me reconoces?

Parece la voz de mi hermano, y al mismo tiempo, despierta en mí un íntimo temblor, un cosquilleo de infancia.

—¿Papá? —pregunto con un hilo de voz, y enseguida tengo la certeza arrasadora de que estoy volviéndome loca.

—Has oído lo que ha dicho tu madre —dice la voz—, has visto de lo que es capaz tu hermano, y ahora sospechas que...

—Mi hermano es incapaz de hacer algo así.

—Siempre ha sido violento —dice la voz.

No contesto.

—Piensas que ha inventado la historia de narcos para ocultar...

—Me cuesta creerla —reconozco.

—No quieres creerla —dice la voz—, y lo entiendo.

—Estoy volviéndome loca, eso es lo que pasa.

Lo he dicho alto y fuerte, como para conjurar esa presencia a mis espaldas.

—Solo estás drogada, Lea —dice la voz.

Ya no es miedo lo que siento. Es algo desconocido y sin nombre, como si ya me hubiera sobrepuesto a lo irreal de todo.

—¿Le viste la cara? —pregunto de repente.

—¿A quién?

—Al asesino.

—Ah.

—¿Lo viste? ¿Te dijo algo?

—Esa noche alguien me seguía, no era la primera vez —dice la voz. Tras una pausa, añade—: Yo iba a verla.

—¿A quién?

—Justamente —dice la voz—. Cuando Lauro te llevaba a tus clases de dibujo, vos le pedías que, en lugar de eso, te llevara al cine, ¿te acuerdas?

—Claro que me acuerdo —digo—. Pero vos ¿cómo sabes eso?

Silencio.

—Estoy volviéndome loca.

—Todos estamos un poco locos en esta familia.

—¿A qué has venido?

—A recordarte algo que tenía pendiente desde hace mucho.

—Dilo de una vez.

—Relájate —dice la voz—. Mira la foto que tienes ahí: imagina que estás hablando con el hombre que abraza a tu madre. No he cambiado mucho.

La foto está a la vista en el estante oscuro, las figuras de mis padres parecen siluetas bajo el agua.

—Siempre tendré treinta y seis años —dice la voz—, y he muerto en una noche que había sido feliz. ¿Y sabes por qué?

—No quiero saber.

—Claro que quieres saber —dice la voz—. Quieres averiguar cosas que ya no importan para olvidar las que sí importan.

—¿De qué hablas?

—Del bebé que llevas dentro, Lea.

Se hace insoportable la contracción en el cuello, hago el ademán de volverme.

—He dicho que no te des la vuelta —dice la voz con una autoridad que no he oído en años.

—No estoy embarazada.

—Has tomado y fumado toda la noche —dice la voz—. Aunque no quieras admitirlo, has intentado...

—Silencio —exijo—. Basta.

Siento la espalda húmeda. He empezado a sudar hielo.

—¿Quién eres?

—Vos sabes quién soy —dice la voz—. A lo que iba: una tarde salen del cine, bajan media cuadra y entonces me ven.

—¿Con quién?

Se oye una risita triste.

—¿Ves cómo sí te acuerdas?

—No he dicho eso.

—Claro que te acuerdas.

La luz de la tarde, el olor cálido de las pipocas, la escalera en espiral del cine 6 de Agosto, la sombra fría de la acera. Todo llega en un solo fogonazo.

Lauro y yo salimos del cine comentando la película que acabamos de ver. Caminamos sin tomarnos de la mano, porque solo papá tiene ese derecho. Cae una llovizna incesante y tenue como miles de alfileres líquidos que se deshacen en la cara sin mojar.

Nos paramos en la esquina, delante del quiosco de la dulcera. Lauro compra unos cigarrillos sueltos y se vuelve con uno entre los labios. De golpe se queda inmóvil, el pucho entre sus labios contraídos y el pulgar puesto en la pequeña rueda dentada del encendedor, del que nunca brotará fuego.

Giro la cabeza y los veo. Están en la acera de enfrente. Tan cerca que podría tocarlos con las manos. Pero no. No puedo tocarlos. Ni siquiera pueden verme, ajenos a todo, protegidos por el gentío denso de las seis de la tarde, bajo la llovizna eterna. A él lo delata su chaqueta de piloto. Es de cuero marrón y tiene un amplio cuello de piel y un emblema de águila en el hombro izquierdo. Inconfundible. Aun así, no logro aceptar la evidencia aplastante: ese hombre es papá. Cuando deja de besarla, ella despliega su cabellera de rizos negros, se sube el cuello del abrigo y sus gruesos labios pintados sonríen. Tiene una cara nauseabunda de muñeca.

Siento un dolor extraño en el pecho: una punzada caliente que me arrastra hacia un lecho de podredumbre en lo más hondo de mí misma.

—Se besaron como dos viejos amantes y luego bajaron juntos las gradas hacia la Arce.

—Ya era hora —dice la voz.

Las imágenes de aquella tarde flotan en la oscuridad del cuarto, despidiendo su ámbito húmedo y atónito.

—Ahora tengo que irme —dice la voz, como cansada por un largo esfuerzo.

—Espera. Aún no me has explicado nada.

Siento algo así como una brisa fresca en el cuello.

—Esa tarde —suspira la voz— decides callarte para siempre.

—Pero Lauro no.

—Lauro le cuenta todo...

—A mamá.

—Por fin, hija linda.

—Nunca te lo perdoné —le digo con un rencor redivivo, como si todo acabara de pasar.

Y me asalta la sensación de que todo se vuelve frágil y difuso en torno a ese recuerdo recién nacido, como cuando, concentrados en una herida palpitante, perdemos conciencia precisa del resto del cuerpo.

Aquella tarde me revolvieron las tripas unos celos feroces. Fue la primera vez, y también la última, que sentí algo parecido. Y me asusté. Si no dije nada fue porque me sabía incapaz de hablar y en cambio sí muy capaz de morderlo, de arañarlo, de hacerle daño. Pero él no se dio cuenta, no tuvo tiempo de darse cuenta, porque unos días después lo mataron.

—Pensé que eran felices. Mamá y vos.

—Éramos felices, Lea.

—Entonces, ¿por qué le hiciste eso?

—Pregúntaselo a tu madre.

—No voy a preguntarle nada, se está muriendo.

—Si de verdad quieres saber, pregúntale lo que hizo con mi mejor amigo.

Siento un nudo en la garganta.

—¿El tío Cacho?

—Nuestro error —dice la voz— fue que nunca aprendimos a amar lo impuro.

—No entiendo.

—Pues deberías.

Se hace un largo silencio.

—Esa noche, cuando entraste al auto, ¿quién estaba en el asiento trasero?

—Eso ya no importa.

—¿Cómo no va a importar?

—Porque ya estoy muerto, Lea.

—¿Fue Carlitos?, ¿fue tu amigo?

—No he dicho eso. —Y luego añade, casi quebrándose—: Ahora déjame ir, hija linda.

Presa del vértigo, apenas me salen las palabras:

—¿Fue Lauro?

Silencio.

—¿Por qué has venido a hacerme daño?

—No soy yo quien te hace daño. Eres vos, has sido vos desde el principio.

Se hace un silencio aterrador. Giro la cabeza. No hay nadie. Una luz lechosa se filtra por la ventana. Amanece.

12

Me senté en el sillón de patas de león con una taza de café entre las manos. La niñera dormía en el sofá, cubierta con el poncho. Nada parecía haber perturbado su sueño. Ni cuando me moví por la sala intentando olvidar los dolorosos latidos en mi cabeza, ni cuando revolví los cajones de la cocina, ni cuando tiré de la cadena del inodoro. Estuve arqueada durante largos minutos. Tan pronto sentía el brote de oleadas de calor como de unos alfileres fríos.

Encendí el televisor y me saltó a la cara la noticia que había ocupado las últimas horas con su aliento de horror. Imágenes nerviosas de una preciosa iglesia y de una torre iluminada de azul. Una maraña de toldos caídos y un confuso reguero de desastre. Alrededor, un cerco de ambulancias color naranja. Autos *polizei* con los faros parpadeantes. En el centro, un enorme camión de carga cuyo parabrisas roto escupe dos ramas verdinegras.

Subí el volumen con un mal presentimiento y todo lo sucedido en la madrugada perdió su peso ante la ola atroz de la realidad. Había ocurrido el día anterior, a las ocho de la noche, hora local, en pleno centro de Berlín. Un camión cargado con veinticinco toneladas de acero salió de la calzada de forma intempestiva, y arrasó con todo a lo largo de cincuenta metros, en una concurrida feria navideña a los pies de la iglesia memorial Kaiser Wilhem. El Estado Islámico había reivindicado el ataque. Por el momento había que lamentar doce muertes, entre ellas, la del chofer del camión secuestrado, cuyo cuerpo se halló en la cabina con un balazo en la sien. Había por lo menos cincuenta heridos de gravedad, muchos de ellos con las extremidades cercenadas y un pronóstico vital comprometido. La mayoría eran extranjeros, pues se trataba de uno de los lugares predilectos de los turistas en esta época del año.

De inmediato recordé nuestros paseos familiares de cada diciembre en la plaza del Capitole. Puestos de dulces, *crêpes*, artesanías, los vapores irresistibles del vino caliente aromatizado con canela. La mano de Raphaël en mi cintura y la de Nico aferrada a la mía. Una mezcla de íntima seguridad y placer. Así imaginé el ambiente de la feria berlinesa cuando irrumpió el infierno.

¿No era justamente lo que buscaban los terroristas?, me pregunté. Prueba un poco de tu propio infierno, ¿no era eso lo que significaba cada ataque? Y también: el Occidente mata en silencio. Tú, que estás sentado frente al televisor, matas en silencio. Eres un ácido. El Occidente es un ácido que mata mientras duermes, mientras trabajas, mientras llevas a tus hijos al cine a soñar. Y este reguero de sangre no es más que un destello del horror que vivimos cada día. Ahora lo sabes. ¿No traducía ese mensaje cada herido, cada muerto?

Pero lo real se apaga con solo apretar un botón. Otro atentado, qué salvajes. Tal vez comentarlo con alguien hoy, mañana. Y luego, a otra cosa. La anestesia de la costumbre, la droga más poderosa. Noticias recién salidas del horno. Mire, caballero.

Señorita, mire. En una semana o dos, lo habrá olvidado todo y nosotros también, pero ahora, mire. Es una primicia.

¿Cómo se llamaba esa familia alteña que se murió de hambre? Ya es un número más en el orden aséptico de las estadísticas, de los discursos pausados y sentidos frente al micrófono. Son multitudes sin cara y sin nombre. A partir de cierto número, la muerte es una abstracción más o menos rotunda. Sobre todo en África. Sobre todo en América Latina. Sobre todo en Oriente medio y en extremo Oriente. Sobre todo allí donde la luz escandalosa del mundo no llega tanto. O no llega.

Y, sin embargo, con cada vida humana se apaga, no una historia, sino una madreselva de historias, de memorias y de voces —nuestras y ajenas— que trepan en nosotros llenando el vacío, ayudándonos a mantenernos de pie. Un vocerío vegetal hecho ceniza. Una espesura sepultada en el humo y los escombros. Eso es cada muerto. Pero el ruido del mundo —no solo el ruido atronador de los disparos y los bombardeos y los gritos ahogados, sino el otro, confuso y agorero, difundido por micrófonos y pantallas y ondas invasoras— no deja oírlo. Cada día, las memorias son taladas y, donde antes crecían sus pesados ramajes, corre ahora el albañal de la información y los lugares comunes.

Amigo televidente, no cambie de canal porque enseguida ponemos... Huracanes. Inundaciones. Icebergs colosales que se deshacen y se diluyen en el océano con un estruendo apocalíptico. ¡No se lo pierda! Y después, monjes tibetanos en llamas. Masacre de civiles en Siria. Una nueva especie animal desaparecida. ¡Aplausos, señoras y señores, para la nueva miss universo! Flashes, música y cotillón.

No podemos soportar demasiada realidad, dijo el poeta. ¿En serio? Pero, querido T.S., ¡si no hacemos otra cosa! Cada día soportamos lo insoportable. Solo así la rueda de la historia gira sobre su eje chirriante mientras nos van cercando las sombras.

Me sorprendí a mí misma pensando con esa febrilidad teatral. La resaca y el insomnio, lejos de adormecerme, me atizaban los nervios, y las frases me latían en la cabeza.

Traté de calmarme: tomé un vaso de agua, me sequé la cara con una servilleta de papel, respiré hondo y, al abrir los ojos frente al televisor, ya estaba pensando en Raphaël.

Pensé en él sin alocarme, y ni siquiera me preocupé cuando una de las tomas aéreas mostró el emblema iluminado de Mercedes Benz en lo alto de un gran edificio cuyas ventanas innumerables dominaban la plaza del Kaiser Wilhem. ¿No era precisamente allí donde trabajaba cuando estaba en la capital? Sí, sí, allí era. Pero, conociéndolo, me hubiera extrañado que fuera a pasear a un lugar turístico. Lo imaginé más bien practicando su alemán de taberna con algún colega, un shop espumoso de cerveza en la mano, pero después caí en la cuenta de que el día anterior era lunes, y me pareció igual de dudoso. Seguramente, entonces, me dije con una lógica que me pareció infalible, fue directo al hotel. Él es así.

Apenas vi a Nico en el pasillo apagué el televisor. En los días pasados, le hablé del viaje de su padre a Berlín y le anuncié la inminencia de su llamada telefónica, en parte porque me sentía culpable de no llamar yo misma y en parte para entretener su ansiedad, porque últimamente preguntaba por él con cierta insistencia. Por suerte, no parecía haber oído nada. Me abrazó con fuerza, pasándome los brazos alrededor de la cintura. Luego miró a la niñera dormida, puso cara de travesura y le hizo cosquillas en los pies hasta que despertó con un respingo.

Me sobrepuse a la resaca y al inicio de un nerviosismo insidioso, y les preparé el desayuno. Va a llamar para decir que está bien, pensé. Es lo mínimo que puede hacer. Luego me dije que el atentado había ocurrido a las tres de la tarde, hora boliviana: había tenido tiempo de sobra para llamar. Pero no debía sacar conclusiones precipitadas. Podía haber varias razones que explicaran su silencio. La más probable: tras el atentado, las líneas estaban saturadas.

Hacia el mediodía, Abril apareció con el pelo revuelto y una camisa de Lauro que le llegaba a las rodillas. Me turbaron sus piernas color durazno. «Qué nochecita», dijo como sacudiéndose el sueño y se sirvió una taza de café. Nico se quedó mirándola en silencio hasta que Abril me preguntó quién era ese niño tan churro. Se hizo la sorprendida cuando lo supo. «Qué ojos más lindos tienes», le dijo. Nico no tardó en hacerle fiestas y ella le correspondió con una gracia natural de hermana mayor. Se llevaron tan bien, que durante un buen rato no tuve que ocuparme de mi hijo ni de la vida inmediata, sino solo de aguardar el timbrazo del teléfono.

A eso de las cuatro, ya todos sentados alrededor de una fuente de fideos con tuco, los ojos me ardían y el dolor de cabeza no me dejaba participar en la conversación. Había amanecido nublado y, esta vez, todos pensaron que al fin llovería. Pero no llovió. «Sequía de mierda», dijo mamá. Pobre gente la que tenía que salir a las calles, con baldes y bidones en las manos, para recibir el agua racionada que distribuían las cisternas por casi toda la ciudad. De las represas que había en las afueras, añadía Abril, no quedaban más que charcos de agua estancada.

Y era tan raro. Pensar que en años anteriores, en la misma época, el río se desbordaba, las laderas se desprendían con todas sus casas, se ahogaban las reses del oriente. Por suerte la escasez no había llegado al barrio, al menos por ahora, concluía Lauro.

«Nunca te había visto de chaqui», escuché. Mamá me observaba divertida. Nico le preguntó qué significaba chaqui. Ella miró a Lauro y a Abril antes de responder con su mejor sonrisa: «Una sed bárbara, mijito». Luego me pidió que fuera a descansar. Obedecí con alivio, y caí de bruces en la cama deshecha.

Soñé con Raphaël. Soñé que estábamos en el departamento de Saint-Cyprien. Aunque Nico no estaba, su presencia era como un aire cálido que nos envolvía. Por la puerta vidriera que daba a la terraza, se veían ondular las frondas de los robles. Estábamos a solo unos pasos de distancia el uno del otro, pero en el sueño resultaba evidente que no nos decíamos nada desde hacía mucho tiempo. Me pregunté si habíamos ido demasiado lejos, si habíamos destruido de una vez y para siempre la posibilidad de una reconciliación o si, como para casi todo en la vida, era simplemente una cuestión de tiempo. Me pregunté por qué estábamos juntos o por qué lo habíamos estado durante tantos años, y si podíamos intentarlo de nuevo a pesar de todo. Y entonces, con una claridad sobrecogedora, supe que ya no podíamos borrar lo ocurrido, sino solo sepultarlo. Que ya no sería posible jugar al precioso juego de la pureza. Que, si decidíamos volver a estar juntos, no haríamos más que sobrevivir a lo nuestro, y me pregunté si seríamos lo bastante fuertes. Soñé que daba un paso hacia él, y luego otro, y eran tan inevitables mis pasos como su espera inmóvil. Raphaël tenía los rasgos y los miembros demasiado quietos, y pensé con horror que no era él, sino una estatua de cera. Extendí la mano hasta su cara. Me sorprendió su textura de pan rancio. Fascinada, hundí los dedos y, en un impulso rabioso, quise arrancársela de cuajo. Ahí mismo se oyó un ruido horrible, no el ruido de una careta al desgarrarse, sino de huesos que crujen.

Desperté empapada en sudor y noté con sorpresa que el sol estaba bajo. Nico me tocó el hombro. «Ven a ver», me dijo con urgencia. Tenía las mejillas coloradas, como si la sangre le hubiera subido al rostro. Salió corriendo. Me levanté y fui hasta la sala. Ahí lo encontré sentado en el sofá, entre Abril y mamá, que le había tomado una mano entre las suyas. Los tres tenían el resplandor azul de la pantalla en las caras. Creí comprender lo que estaba pasando y el corazón me dio un vuelco.

Se rieron al unísono. Estaban viendo una película. En la mesita de centro había platillos con los granos de maíz que no habían estallado y en el aire flotaba el olor de las pipocas.

Al rato sonó el teléfono. No era él.

Estaba con dos amigas en un café del centro. Nos habíamos faltado a la clase magistral del gran especialista francés de García Márquez —un catedrático a quien llamábamos El Gato Viejo—, que iba a hablarnos del tiempo circular en *Cien años de soledad*. Éramos las advenedizas que venían de esa universidad de *hippies* en la periferia, el Mirail, y estábamos decididas a pasárnoslo bien. Después de vagar sin rumbo por Toulouse, habíamos entrado en *Ombres blanches*, donde robé un libro de bolsillo, y luego, muertas de risa, nos habíamos probado prendas estrambóticas en las tiendas *new age* de la rue du Taur. Cuando oscureció, nos metimos en un pequeño café donde comimos *crêpes* y pedimos sidra. Era una sidra artesanal que salía fresca de un barril con grifo. Con un buen humor creciente, vaciamos dos jarras y pedimos otra.

El café se llenó. El Arsenal, la facultad de Derecho y de Economía, quedaba a pocas cuadras de allí. Se acomodaron grupitos de estudiantes vestidos con clase. Conversaban de política o de teorías económicas o de los exámenes parciales mientras se acomodaban los lentes o se alisaban la camisa. Nosotras nos habíamos puesto a secar los vasos y cada ronda terminaba en una explosión de risas.

En eso se nos acercó un tipo alto, de espaldas anchas, que llevaba su taburete en las manos. «Nos conocemos», me dijo, y puso el taburete junto al mío. Me llamó la atención el contraste entre sus cabellos dorados y ralos y sus cejas oscuras de vuelo rasante, la intensidad de sus ojos azules que parecían despedir luz propia. Debió darles una buena impresión a mis amigas, o tal vez el alcohol ya debía haberles subido a la cabeza, porque cruzaron miradas maliciosas, se dijeron algo al oído y se levantaron sin darme tiempo de reaccionar. Una de ellas se puso a buscar dinero en el bolso, pero él la detuvo con un gesto. «La próxima invitan ustedes», dijo. Las chicas me hicieron un guiño y se fueron. Una de ellas —recordé como si tuviera algún significado oculto— era Julia.

Luego él se giró hacia mí y, como si nos conociéramos desde siempre, me preguntó: «¿En qué andábamos?». Llevaba una camisa a cuadros de colores vivos, un cinturón ancho de cuero negro, unos *jeans* levemente desteñidos y unos zapatos verdosos que parecían hechos de piel de cocodrilo. Repugnantes. Nada de lo que llevaba parecía medianamente barato. No me gustó nada su aspecto de niño rico ni su forma de abordarme. Me pareció arrogante. Así que me levanté. Todavía estaba a tiempo de alcanzar a las chicas para insultarlas y reír con ellas. Entonces él recitó, despacio, paladeando cada sílaba: «Lui adresser la parole serait sacrilège». Con la satisfacción de haber retenido mi atención, dijo:

—El poeta pensaba que era sacrilegio dirigirle la palabra a la mujer que encontró en su camino. —Hizo una pausa, y remató—: Yo creo que sería sacrilegio no abordarte.

Él no podía saberlo, pero era una de mis líneas preferidas de René Char. El libro que había robado esa tarde, *Fureur et mystère*, se había quedado sobre la mesa. Instintivamente lo tomé. Estaba por irme, pero aún no me iba. Esperaba algo sin saber qué era. Me preguntó qué era lo que más me gustaba de Char. Me preguntó si había leído a Henri Michaux. Yo respondía apenas. Me recitó unas líneas de Bonnefoy y me dijo que, para él, era el mejor surrealista porque justamente nunca lo había sido. Yo resistía al asedio, pero en un momento dado, casi sin darme cuenta, me senté.

Tenía una voz gruesa y sedante, y unas maneras hipnóticas de lucir las manos al hablar. Parecía gustarle la poesía tanto como a mí, y tuve que aceptar que eso me atraía aun viniendo de alguien con pinta de ricachón. Lo corté en media frase y le pregunté su edad. Pareció sorprendido. «Treinta», dijo con aplomo. «Y sí», se llevó una mano al pelo, «me estoy quedando calvo». «¿Qué estudias?», seguí en mi lanzada. «Derecho», respondió. «Estoy haciendo un máster». Contraatacó de inmediato. «Tengo veinticinco», respondí, «estoy haciendo un máster de Literatura, pero lo que más me gusta es faltarme a clases para leer lo que me dé la gana». Soltó una risa franca, que desentonaba con los murmullos educados a nuestro alrededor.

Acabamos lo que quedaba en la jarra y salimos a caminar por las calles del casco antiguo. No se despidió de nadie y deduje que había llegado solo. Lo imaginé sentado a una mesa próxima, observándome durante unos minutos antes de animarse a jugársela. Solo al salir me preguntó mi nombre. En cuanto se lo dije, exclamó triunfante que ya lo sabía, que nada más verme se había dado cuenta de que era latina, y empezó a hablarme en un castellano florido y un poco acartonado que daba un poco de risa, pero me contuve. Había algo perturbador en él, un misterio que elucidar, pues unas veces me parecía que me seducía con el descaro alegre de un caribeño y, otras, con la elegancia un poco teatral de un esnob parisino.

Anduvimos largo rato, creo que dimos vueltas en círculos, como si buscáramos otro café en el que refugiarnos, pero a la vez lo rehuyéramos sin habernos puesto de acuerdo. Estábamos bien así, caminando sin rumbo, perdidos en una charla de la cual he olvidado todo. O tal vez anduviéramos en silencio, pues los faroles le daban a la calzada y a los muros antiguos un aspecto de arena cálida y nuestros pasos rebotaban en ellos como surgidos de otros siglos, y eso bastaba. Llegamos hasta la rue Pargaminières, y de ahí enfilamos por las callejas aledañas hasta desembocar en el portal del Arsenal. Entramos en el campus desierto y soñoliento y luego en un parquecito cercado de arcadas de ladrillo vetusto, con columnas semiderruidas, tejaditos musgosos, faroles de aspecto modernista y un jardín otoñal. «Son los vestigios de un antiguo monasterio», dijo. Nos sentamos en un banco. Aunque ya estábamos en octubre, la noche era tibia. La luna deshacía los jirones de un nubarrón interminable. En otro banco, una silueta apenas distinguible tocaba una y otra vez el inicio de *Redemption song*, como si practicara. El sonido áspero de las cuerdas rebotaba en los viejos muros.

«Mi cuarto está allí», dijo en español tras un largo silencio, como si ya no supiera qué decir, y señaló la construcción de tres pisos que sobresalía por detrás de las frondas negras de los árboles. No respondí y nos quedamos callados, escuchando el latido espectral de la música.

No sé por qué, giré la cabeza y lo descubrí con los ojos cerrados. No pareció sentir mi mirada puesta en él. Ya no vi al hijito de papá de hacía un rato. Vi a un hombre que recibía agradecido lo que le daba esa noche de verano indio. Le puse la mano en la pierna, él abrió los ojos y se volvió hacia mí. Su ingenuidad parecía auténtica y acabó de encenderme.

Cuando desperté, él dormía a mi lado. Su perfil era apacible. Me erguí sobre un codo y miré a mi alrededor. Era un cuartito casi monacal. El catre en que nos encontrábamos estaba adosado a la pared. Sobre el escritorio, las pilas de mamotretos de Derecho, los papeles de estudio y un gallo de madera pintada que parecía presidir todo. Encima, clavadas a la pared con tachuelas, había tres o cuatro postales, en las que reconocí los trazos dinámicos y orientales de Henri Michaux. Me sorprendió el orden meticuloso del cuarto, la limpieza que se respiraba y que yo nunca había visto en la habitación de un soltero.

La noche anterior, con las urgencias, no habíamos cerrado las persianas y por la ventana, que daba a un muro cubierto de hiedra, entraba el sol tibio de octubre. Más allá, entreví las frondas color óxido de la alameda que bordeaba el canal de Brienne, por cuyos senderos de tierra solía pasear en mis primeros tiempos en Toulouse, casi levitando de felicidad bajo la sombra de los plátanos. No podía evitar entonces la sensación de haber desviado el curso de mis días, y había en ello algo gozoso y al mismo tiempo amenazante: el sentimiento de tener el control del resto de mi vida. Aún no sabía que nadie tiene el dominio de lo que le ocurre, que la vida es un río salido de madre desde siempre.

El aire era frío y húmedo y olía un poco a vegetación, como si en lugar de un cuarto universitario estuviéramos en el jardín del antiguo monasterio. La tibieza del sol se agradecía a medida que se dilataba sobre la colcha. Despertó y, desperezándose, me saludó sin una palabra, acariciándome los pies con un solo pie, que me pareció áspero, y solo en ese momento noté que, para que yo pudiera estar cómoda, él tenía medio cuerpo fuera del catre y se mantenía en peligroso equilibrio con una pierna apoyada en el suelo. Su larga pierna en tensión, cubierta de vellos rubios casi imperceptibles, me pareció a la vez fuerte y vulnerable, como me habían parecido en la intimidad sus ojos y sus manos, y enseguida traté de sacudirme la ternura desconocida que había empezado a invadirme.

Ahora, aferrada a Nico en la oscuridad, respiraba hondo y apretaba los párpados para conciliar el sueño, pero por alguna razón todo lo que conseguía era invocar aquellas apariciones indeseadas. La memoria trabaja en nosotros sin descanso, más allá del olvido, como un fantasma atrapado entre cuatro paredes que albergan habitantes sucesivos. Esos recuerdos imprevistos se mezclaban con las imágenes del atentado: la torre iluminada de azul, la maraña de toldos caídos, el enorme camión de carga cuyo parabrisas roto escupía dos ramas verdinegras. Luego todo se diluía en la visión de Raphaël aquella mañana, cuando se levantó desnudo y empezó a bajar las persianas plásticas de su cuarto con una sonrisa ladeada, como para decretar que íbamos a hacer el amor de nuevo. Las persianas se estancaron a media asta —así quedarían para siempre— y él se volvió encogiéndose de hombros y se deslizó a mi lado en el catre, que crujió de muerte. Aquel cuarto donde hacíamos el amor en la eternidad de la memoria y el oscuro reguero del desastre berlinés, que sin embargo estaba limpio —sí, limpio, ahora entendía cuánto me había perturbado que no se viera allí el más mínimo rastro de sangre, como si ocultaran la verdadera magnitud del ataque—, se entretejían en una sola corriente sin tregua. Y así, poco a poco, la noche se hizo insomne.

Esa tarde encontré a Lauro furioso. Me preguntó qué mierda estaba pasando, por qué el tipo de la embajada francesa no dejaba de llamar y por qué, cuando sonaba el teléfono, me escapaba como si hubiera visto al diablo. Le pedí a Nico que fuera al dormitorio. Me miró con desilusión y obedeció. Al rato llegaron los acordes disonantes de la guitarra. No se atrevía ni a rechistar, pensé, y eso, que a cualquier madre la habría llenado de satisfacción, a mí me dejaba intranquila. Actuaba como si tuviera miedo de mí.

Nos sentamos en la sala. Al principio me enredé en una explicación confusa, pero al ver su expresión comprendí que no valía la pena seguir tergiversando. Así que se lo conté todo. Desde la mañana en la clínica hasta la fuga con Nico, y él me escuchó en silencio. Cuando acabé, se quedó pensativo. Ya habían transcurrido cuatro días desde esa madrugada escalofriante, y no dejaba de pensar en esa voz, tan parecida a la suya, en la respiración a mis espaldas, demasiado real para ser un sueño o una alucinación. Desde entonces le tenía un poco de miedo, aunque me costara confesármelo, y tenía que esforzarme para no mirarlo distinto.

Es mi hermano, me repetía a mí misma, intentando convencerme de que las sospechas de esa madrugada eran absurdas. Sin embargo, tal vez no lo conocía tan bien como pensaba. Y empecé a abrirme paso entre las sombras de mis conjeturas más oscuras.

Cuanto más escarbaba en mis recuerdos, más evidentes se hacían los indicios de la violencia contenida de Lauro: su resentimiento, su frustración, el amor enfermizo que sentía por mamá, su lealtad a toda prueba.

Aquella tarde después del cine empezó a cambiar en la memoria cuando imaginé el impacto que recibió él. Me esforcé en recordar su expresión al descubrir a papá y a la desconocida en la acera de enfrente —enlazados, protegidos por el vaivén denso de los transeúntes, por la llovizna que no mojaba, por la luz declinante—, y todo lo que recuperaba era una expresión sin vida, una cara deshabitada, como si su organismo hubiera dejado de funcionar durante unos segundos. Me pregunté si entonces el amor por papá acabó de deshacerse en la corriente del odio que se movía, subterráneo como aguas de cloaca, allí donde laten nuestras pulsiones más inconfesables.

Poco importaba ahora si la presencia a mis espaldas era real o no. El recuerdo sí lo era, de eso no cabía duda. Y, tras este, empezaron a llegar otros recuerdos. No, a llegar no, empezaron a caer como frutos desgajados por el peso de su podredumbre. Mamá llorando tras la puerta cerrada y Lauro escuchando en el pasillo, de pie, con los ojos fijos y las manos crispadas, una noche en que salí de la cama, ¿para qué?, tal vez para ir al baño, tal vez porque de niña me gustaba levantarme y caminar por la casa sin prender la luz, tratando de tocar la oscuridad que latía a mi alrededor.

En aquella época, los otros niños podían ponerse a mis espadas, taparme los ojos con un pañuelo para jugar a la gallinita ciega y así rozarme el cuello con los dedos. Nada de eso me asustaba. Por eso, algunas noches andaba a ciegas por los pasillos, llenándome las manos de tinieblas. Al despertar, miraba mis puños cerrados y, conteniendo la respiración, los abría como en un acto de magia. Era una desilusión no ver surgir, como una paloma negra, la oscuridad apresada la noche anterior. Fue en una de esas cuando vi a Lauro, de pie en el pasillo, escuchando tras la puerta el llanto quedo de mamá.

Aunque no los llamaba, los recuerdos acudían como mascotas abandonadas y fieles. Cómo escapar de eso. Habría tenido que volver a Francia, cortar una vez más el cordón agrio. Ya era demasiado tarde.

Todo volvía ahora ordenándose alrededor del muerto incómodo: los silencios y las evasivas, las camisas y los zapatos de papá que salían de casa como regalos de necesidad, la prisa inconfesada por dejarlo caer en el olvido. Pero también la extraña incapacidad de mamá de rehacer su vida, porque —ahora creía entenderlo— no solo necesitaba empezar otra vez, sino salir del lodazal de la culpa.

Al cabo de unos días, pensé que todo eso me sonaba conocido. Tenía un tufillo asquerosamente literario. Sí, eso era. El cuento del Rasta. La vieja que encubre el crimen de su hijo y luego no puede con la culpa. La vieja que cree ser el diablo y que tal vez, de algún modo, lo sea. ¿Tan mal me encontraba? No me bastaba con haber creado un fantasma, no me bastaba con ocultarme tras él para decirme ciertas cosas. Además, tenía que meter a mi hermano en el baile.

Si eso era la locura, más valía dar un paso atrás de inmediato. No seguir ni un minuto más por ese camino, en apariencia —solo en apariencia— lógico y racional, pero que estaba llevándome hacia el precipicio.

Sin embargo, apenas regresaba a la vía nítida de las certezas de siempre, intuía que estaba mintiéndome, como me había mentido toda mi vida, sobre mi familia.

El pasado siempre está en movimiento, pensé. Desde aquel río revuelto seguían llegando escenas olvidadas. Una noche de tormenta y un juego de mesa —tal vez *Risk*, tal vez *Monopolio*— interrumpido tras el estampido de un trueno. Mientras mamá prendía velas y las iba poniendo en lugares estratégicos de la sala, papá tomó una linterna y me pidió que lo acompañara. Pasamos por la cocina y bajamos las gradas hacia el sótano. Allí abajo olía a moho. Papá se detuvo delante de la caja de fusibles y la abrió con cuidado. Sacó del bolsillo un alambre de cobre y se puso una moneda entre los labios. Empezó a trabajar con una expresión de concentración intensa. «Alumbrame bien», farfullaba con la moneda entre los labios, «no muevas la linterna, ahí, quedate ahí». Y si mi mano temblaba: «Carajo, Lea. Ya pues, no te muevas».

De haber sabido que un movimiento en falso podía provocarle una descarga eléctrica fatal, sin duda habría dejado caer la linterna, pero se cuidó de decírmelo. Todos sus músculos estaban tensos, afilados. Tenía las mandíbulas apretadas, le temblaba el entrecejo. «Ahí, ya casi. Aguanta un ratito más, Lea». Ahora me preguntaba si mi familia era como esa caja de fusibles en una noche de tormenta y yo, inocente primero y después cobarde, había apagado la única luz.

No, nada de eso era posible. Cuando la locura se hacía magnética, irresistible como una música, yo retrocedía y me aferraba al peso de lo vivido, al alivio de la continuidad, aunque el sosiego resultara efímero. Viví esos días en un vaivén obsesivo, debatiéndome ante la voz de cobra real que me susurraba al oído en la claridad helada del insomnio.

Había construido una historia paralela al cuento de los narcos. Tal vez no era más que eso: luchaba contra mí misma para que mi padre no bajara del pedestal en que lo había tenido toda la vida.

En esas estaba la tarde en que tuve que contarle todo a mi hermano. Debió ver el miedo en mi expresión porque se inclinó hacia mí y me abrazó. Nos quedamos así un buen rato, de pie en la luz declinante, en silencio.

Luego se disculpó. Estaba nervioso por culpa de la dueña, hermanita. Últimamente, esa vieja loca no dejaba de tocar el timbre a todas horas. Le recordaba, como si hiciera falta, que había una sequía terrible y le exigía que nos ducháramos menos. Él le contestaba que lo hacíamos solo una vez cada dos días, y además rápido, y que felizmente el problema del agua no había afectado a nuestro barrio. Pero ella le replicaba que éramos demasiadas personas en el departamento y amenazaba con aumentarle el precio del agua. No se le había escapado que había dos personas más y que ahora, encima, nos visitaba una tercera. Se refería a Abril. Lauro tuvo que contenerse para no decirle una barbaridad. Pero eso no era lo peor. En más de una ocasión, se había quedado sin presión mientras se enjabonaba. La dueña tenía la llave del tanque en su departamento, ¿me daba cuenta? «No sé cómo, pero sabe perfectamente cuándo soy yo quien se ducha».

Esperé a que Lauro acabara de despotricar y le pedí que no le contase nada a mamá. Él sonrió, cómplice.

—Yo ya sabía que no estabas bien con el franchute —confesó—. Solo quería que tuvieras la confianza de contármelo.

Le pregunté desde cuándo lo sabía, sospechando que mi actitud me habría delatado.

Pero me equivocaba.

—Tu hijo es una lumbre, se da cuenta de todo.

La sorpresa me dejó sin palabras. Solo tras unos segundos le pregunté:

—¿Y qué te ha dicho?

—Lo que me acabas de contar, hermanita.

—¿También lo de la discoteca? —le pregunté con el corazón oprimido, temiendo que Raphaël se hubiera vengado de esa forma.

—Bueno, no, eso no —admitió—, pero ha entendido que su padre está enojado contigo por una traición.

Traición era una palabra fuerte y me pregunté si se la habría oído a su padre.

—Pero ¿sabes una cosa? Para él no hay culpables, hermanita.

Había refrescado, las sombras empezaban a crecer en los rincones.

—Claro que, a esa edad, los padres nunca son culpables de nada —añadió como para sí mismo—. Son dioses.

Hubo un largo silencio.

—Si quieres saber lo que pienso, el franchute y vos son tal para cual. No me mires así, hermanita. Es la pura verdad.

Lo sucedido entre Raphaël y yo era inmaduro, eso era lo que quería transmitirme su mirada, pero no se atrevía a pronunciar la palabrita. Inmadurez es el nombre que se le da al animal terco y ruin que hay en nosotros.

Cerró la ventana y se quedó mirando la calle.

—Sigo sin entender por qué llama tanto el tipo de la embajada.

—No sé ni quiero saberlo.

—¿Y eso? —Se volvió.

—Porque no puede ser nada bueno.

—¿Y si tiene que ver con lo de Berlín? ¿Y si el franchute estaba en esa feria cuando...?

—Dejate de huevadas —lo corté.

Raphaël se estaba vengando, le expliqué. Tal vez estuvo a punto de telefonear, pero imaginó, con una crueldad feliz, los momentos de angustia que me haría pasar si se abstenía. Con el pasar de los días, descubrió que esa tortura silenciosa podía durar sin problemas y que en cierta forma le devolvía el control de la situación. Ya estaba de buen tamaño. No respondería a ninguna llamada: ni de Berlín, ni de la embajada, ni de nadie. Era Navidad y quería disfrutar de mi familia. Que me dejaran en paz.

Lauro se quedó mirándome unos instantes. Yo sabía lo que estaba pensando. También se me ocurrió la mañana en que sonó el teléfono y, sospechando que era Raphaël, me precipité a contestar. De pronto entendí que, si de verdad le hubiera ocurrido algo, ya me habría enterado: tres días habían transcurrido desde el ataque. La identificación de las víctimas había tomado solo unas horas y la embajada francesa tenía mi número telefónico.

¿Cómo explicar ese largo silencio? La explicación más sencilla era la correcta: no le había sucedido nada. Supe que si contestaba y él oía mi voz ansiosa, no haría más que darle el gusto esperado, a él, que no había tenido la mínima decencia de llamar para decir que estaba bien. Y me quedé allí, de pie al lado del teléfono, esperando a que dejara de timbrar. Cuando se hizo el silencio, oí una risita burlona en mi interior. Era una cobarde, Lea, no quería afrontar la realidad, y había que ver los motivos grotescos que iba a buscar para justificarme.

Ahora veía una acusación idéntica en la mirada escrutadora de mi hermano. Se apoyó en la mesa con las dos manos y la frente se le llenó de surcos.

—¿Te das cuenta de lo que estás diciendo? —bajó la voz, y luego, cambiando de tono—: Nico está preocupado.

Desde el cuarto llegaban acordes pedregosos.

—¿Se ha enterado de lo de Berlín?

—No, no hablo de eso. —Me miraba con intensidad—. Está preocupado por vos. Dice que a veces te pones rara.

Me eché a reír.

—Dice que hablas sola.

—Pienso en voz alta, ¿y qué?

No me gustaba la forma con la que Lauro había empezado a mirarme. Dije:

—Y lo que me contaste, ¿crees que me hizo bien?

Movió la cabeza, condescendiente.

—Ya sabía que no...

Sentí subir una rabia contenida desde la noche del concierto.

—Lo que me contaste —estallé— son puras mentiras.

—¿Mentiras?

Se irguió como si le hubiera picado un bicho.

—¿Vos me hablas de mentiras? ¿Vos, que llegas aquí fingiendo que todo está bien y pasas semanas enteras sin contarnos nada?

La sangre le había subido al rostro. Movía las manos.

—Que se lo ocultes a la viejita puedo entenderlo, pero no se lo ocultaste solo a ella. Y yo sé por qué. —Detuvo sus movimientos y me miró con una especie de delectación furiosa—. Porque la cagaste, hermanita. La cagaste, y ni siquiera tienes el valor de admitirlo.

Hubo un largo silencio. De improviso se oyó una voz pausada y glacial, que al principio no reconocí. Era la mía.

—Por lo menos yo he fundado mi propia familia. Por lo menos yo tengo algo en este mundo.

El tono no dejaba dudas, había querido hacerle daño. Echó la cabeza hacia atrás y entornó los ojos.

—Te felicito, hermanita. Y ahora que hablas de tu familia, oye, no quiero meterme, pero me parece que deberías responder a las llamadas de la embajada, porque puede tratarse de algo grave.

Y dio la estocada final:

—Vos, que tienes familia, empezá a actuar como si estuvieras a la altura.

Sonrió con la fuerza tranquila de papá, borrando los rastros de dolor que me había parecido ver segundos antes, y se alejó por el pasillo.

Era la tercera vez en la noche que Abril demoraba su hombro contra el mío. Tras un roce casual, lo dejaba ahí, apoyado con una firmeza sutil, transmitiéndome el calor de su cuerpo el tiempo justo para turbarme. Parecían simples descuidos, pero cuando la miraba de soslayo, ella disimulaba los ojos bajo el cerquillo y se sonreía con malicia. Estaba sentada a mi lado. Llevaba una falda ceñida y una blusa color canela que dejaba sus hombros al descubierto.

Lauro empezó a servir el caldo humeante. Era una picana de pollo y no de tres carnes, como era tradición en casa hasta donde yo recordaba. Esa tarde volvió malhumorado del mercado porque se había peleado con su casera. Le quiso cobrar, ¿me daba cuenta?, el doble de lo que costaba la carne de res. Y ni hablar del precio del cordero, era una locura. Yo le tendí un par de billetes arrugados y él me paró en seco, sospechando sin duda que estaba peor que él. «No es por la plata, sino por el principio», dijo. «Me revienta que me vean cara de gringo». «No te hagas ilusiones», le contestó mamá saliendo del cuarto, la cabeza ladeada mientras se ponía un arete. «No tienes cara de gringo».

Me quedé mirándola. Estaba maquillada con elegancia, lo que ocultaba su palidez, y el pelo suelto le caía como una nube de ceniza sobre los hombros. Llevaba un vestido largo color marfil que no le había visto desde que era niña.

—Estás preciosa.

—Ay, mija, soy más fea que el diablo —se rio—. Pero es Nochebuena, y no hay nada más feo que la dejadez.

Tocaron a la puerta. Era Abril. Llevaba una torta de chocolate en las manos. «La hice yo misma», dijo con orgullo. Lauro la saludó con frialdad y le franqueó el paso. Ella no pareció sentirse incómoda. Me pregunté qué había ocurrido.

Esa mañana, mamá me anunció que Abril vendría a pasar la Nochebuena con nosotros. Sintió sin duda la necesidad de justificarse, porque se puso a hablar de ella. Contó que Abril y Lauro salieron juntos durante dos largos años. Largos, dijo, como si fuera increíble que una relación de Lauro hubiera durado tanto tiempo. Luego Abril desapareció y, cuando mamá preguntó por ella, Lauro le explicó que se había concedido un año sabático. Necesitaba viajar, encontrarse a sí misma. La pobre. Acababa de perder a sus padres y a sus hermanitas en un accidente, ¿me daba cuenta? Iban a pasar el fin de semana de carnaval en Chulumani, donde tenían una casita de campo, y la vagoneta se desbarrancó en una curva cerca del hotel El Castillo del Loro. Me acordaba de ese lugar, ¿no? Por lo visto, el padre retrocedió para cederle el paso a la flota que venía en la dirección opuesta. Era época de lluvias y el borde del camino se desprendió en cuestión de segundos.

Yo emprendí ese viaje más de una vez en flota, con mamá y Lauro. Nos gustaba acampar a las afueras del pueblo, cerca del río. A un costado de la ruta, las laderas de los cerros se levantaban como una amenaza gigantesca de desprendimientos súbitos y, al otro, se abría el precipicio de frondas verdes. En Internet circulaban fotos y videos de esa cornisa que discurre entre la montaña y el barranco como la atracción inverosímil de un país de viajeros suicidas. Aunque seguramente se trataba de la ruta a Coroico, que era la más peligrosa —la famosa Ruta de la Muerte—, yo no podía evitar pensar en la de Chulumani, que era la que conocía bien. Las reacciones de los franceses eran de perplejidad y escepticismo. ¿Realmente estaban tan locos los bolivianos como para viajar por rutas como esa? Yo me acostumbré, les decía, redoblando su perplejidad. No entendían cómo alguien podía acostumbrarse a hacer un viaje en el que —como les contaba— al mirar por la ventanilla no se ve el borde de la ruta sino solo el abismo.

Abril iba con sus padres desde chiquita. Allí tenían una casa sencilla y de una sola planta, pero con una terraza que daba a un hermoso terreno en pendiente lleno de árboles. Eso era lo que más le gustaba.

Esa tarde encontraron los cuerpos al fondo del barranco. El informe del forense indicaba que el padre había muerto de un ataque cardiaco. La madre y las hermanas, en cambio, encerradas en la jaula de chatarra comprimida en que se había convertido la vagoneta, se habían desangrado durante más de dos horas, ¿me imaginaba?

Por primera vez en muchos años, Abril había decidido quedarse en La Paz para Carnaval. A sus padres, que insistieron en que los acompañara, les dijo que ya no tenía edad de pasarlo con ellos ni sus hermanitas. Que la dejaran en paz. Y entonces vio algo en sus caras, mija. Era como si recién en ese momento tomaran conciencia de que la mejor etapa de sus vidas acababa de cerrarse. Así, al menos, recordaba las cosas esa pobre chica, tan afectada estaba por el accidente.

Su familia se marchó, como siempre, un viernes por la tarde. Sus hermanas —dos gemelas que habían empezado a pintarse como dos muñequitas idénticas— se despidieron de ella con quejas, pues era la primera vez que las dejaba solas con sus padres en los días aburridos de Chulumani.

A Abril le quedó el sentimiento de que debía haber estado con su familia en el instante en que cayeron al barranco. No era raro que se toparan con camiones y que se vieran obligados a retroceder. Lo habían hecho mil veces. ¿Por qué tuvo que pasar justo el día en que ella no estaba?

Una noche, en la curva cercana a El Castillo de El Loro —tal vez la misma que la del accidente—, se toparon con un camión que venía en la dirección opuesta. Caía una típica lluvia yungueña, esa lluvia tibia y de gotas gruesas y pesadas. El padre se volvió hacia Abril y le pidió que saliera y alumbrara el borde del camino. Sus hermanitas eran pequeñas y su madre estaba indispuesta. Así que Abril salió de la vagoneta con la linterna en la mano. A un lado, El Castillo de El Loro era una inmensa mole oscura rodeada de follajes azotados por la lluvia. Mientras iluminaba el borde del camino, veía cómo, a medida que la vagoneta daba marcha atrás, las piedrecitas del camino rodaban y caían al inmenso agujero negro que se abría a pocos centímetros del haz de la linterna. Supo entonces que un leve error de conducción por parte de su padre le habría costado la vida a su familia. Intranquila, se puso a pensar en el pie derecho de su padre, al que le faltaban los dedos.

Muchos años antes, viajaban los tres —ella era una criatura, mija—, y apenas empezaban a bajar de la cumbre cuando se toparon con un atasco de autos y de flotas. La gente se había bajado de los vehículos y miraba hacia la ladera cubriéndose los ojos a causa de la llovizna. El padre se bajó a ver qué pasaba. Unos metros más allá, se levantaba un promontorio de tierra recién desprendida. De pronto se oyó un estruendo y la gente empezó a dispersarse. El padre huía cuando una piedra le cayó en el pie. Los médicos tuvieron que amputarle los dedos. Desde entonces tuvo que rellenar la punta del zapato con bolas de algodón.

Esa noche lluviosa, Abril pensaba en el pie de su padre y temblaba al alumbrar el borde del camino.

Ahora se preguntaba si la tarde del accidente su padre no habría necesitado su ayuda. Si, de haber estado allí, no habría podido cambiar el curso de los acontecimientos, el instante en que su padre se acomoda los lentes, apoya el codo en el asiento del copiloto y se vuelve entornando los ojos para ver mejor el borde de la ruta por la luneta salpicada de barro, y el pie tiembla un poco antes de retroceder dentro del zapato demasiado grande. El instante en que sus hermanas miran por la ventanilla con los auriculares puestos, tan acostumbradas al peligro que ya no lo ven, y su madre se pone a hablar sin parar como cada vez que está nerviosa. El instante de vértigo en que la tierra se desprende y el abismo verde los rodea, crece y los devora. Así se atormentaba esa pobre chica, ¿me daba cuenta?

Abril también le había contado algo lindo. De Chulumani, adonde no había regresado desde entonces, le quedaba el recuerdo de las mandarinas. El olor le despertaba como la señal de que su padre había vuelto del mercado. Ella entraba en la cocina, veía las mandarinas desplegadas sobre la mesa y el padre le ofrecía un vaso con los bordes llenos de pulpa. En su infancia, ese momento justificaba el viaje con creces, pero una mañana el padre volvió sin mandarinas. A medida que los cocales devoraban las chacras, la producción de cítricos fue reduciéndose hasta desaparecer. No se podía culpar a los campesinos, mija. La venta de coca representaba ganancias que no se comparaban con las que les dejaba la producción de fruta. Ya sabía cómo estaba nuestro país.

Y ahora Abril tenía el vicio de llevar siempre unas mandarinas en el bolso, como los niños que esconden dulces en los bolsillos. Fuera cual fuera la época del año, se las arreglaba para que no le faltaran. Era capaz de recorrer mercados enteros en su busca, ¿no era raro? Cómo habría hecho en Europa, ¿no, mija? ¿O allí se conseguía mandarinas todo el año?

Era una chica un poco extraña, sí. ¿Quién era capaz de desaparecer de la noche a la mañana, así —chaqueó los dedos—, para viajar por el mundo? Lauro, no, en todo caso. Se había negado a viajar con ella, a pesar de la insistencia de la pobre chica, que estaba destrozada. «Tal vez fue para no dejarte sola», sugerí. «Fue por miedo», contestó. «Yo conozco bien a tu hermano, y fue por miedo».

Y es que Abril no emprendió un viaje de hoteles y comodidades, mija, sino que se fue de mochilera, con el dinero justo para los pasajes y la resolución de conseguir lo demás sobre la marcha. El año sabático se convirtió en dos años de aventuras. Le contó algunas el otro día. «¿Qué día?», le pregunté. «Cuando estabas de chaqui y te pegaste la siesta del siglo».

Hubo noches en que Abril tuvo que tocar puertas de casas y rogar para alojarse, prometía que no ocuparía mucho espacio, se echaba en un rincón de la sala, hecha un ovillo, usando la mochila como almohada. Había noches de menos suerte, en que tuvo que dormir a la intemperie, compartiendo el frío y la humedad de la madrugada con los vagabundos, ¿me imaginaba? En una ocasión, llegó a envidiar los sacos de dormir y las modernas carpas de los *clochards* en un parque invernal de Bruselas, mientras ella se revolvía en su sitio sobre unos cartones que dispuso en el pasto mojado, vestida con una doble muda de ropa y los calzones de diablo que ella misma le había metido en el equipaje.

Calzones de diablo. Mamá me había hecho lo mismo. En el invierno de 2003 —un invierno durísimo en Francia, tan histórico por sus temperaturas extremas como el verano que le siguió— bendije esos calzones largos de lana que parecían de tatarabuela montañesa. No sabía por qué mamá los llamaba así —calzones de diablo—, pues nunca había visto a los bailarines de Diablada usar nada semejante bajo sus trajes, a menos que quisieran deshidratarse en el intento. Eran gruesos, ásperos y blancos, y el día en que hice mis maletas, en agosto de 2001, mamá tardaba más en deslizar los calzones debajo de mi ropa que yo en sacarlos. Pero al desempacar en Toulouse, allí estaban. Mamá se había salido con la suya. En pleno verano, ese capricho suyo me pareció un insulto a la inteligencia y los sepulté en el fondo del ropero. Sin embargo, recurrí a ellos en enero, cuando salir a la calle se había convertido en un suplicio y ya me daba igual que me deformaran las piernas bajo los *jeans*, porque la ventisca mordía la parte del cuerpo que no estuviera cubierta como para la guerra.

La única persona que llegó a vérmelos puestos fue Raphaël, la mañana en que me ayudó a trasladar mis cosas al departamento de Saint-Cyprien. Los halló en el desorden y, muy serio, los extendió como si fueran un mapa. «Esto es mejor que los atuendos sexys que te regalo». Sin soltarlos, se acercó con una sonrisa pícara, me echó con suavidad sobre el catre, que era lo único que quedaba en aquel estudio de rue de la Colombette, y empezó a hacerme cosquillas y a preguntarme por qué les decían calzones de diablo. «El diablo eres tú», susurraba en español, besándome el cuerpo palmo a palmo. Estábamos en el mes de junio y la claridad entraba con fuerza. Cuando quise darme cuenta, me había bajado la falda y me estaba poniendo los calzones tremebundos. «Merde», soltó al vérmelos puestos, «es peor de lo que pensé». Nos reímos hasta que me dolió la barriga. En aquella época nos reíamos como locos, o como niños, tal vez la única manera auténtica de reír.

«Así que los calzones de diablo también la salvaron a ella», le dije a mamá. Y, por primera vez en quince años, le confesé que bendije cada segundo en que los llevé puestos por las calles glaciales del invierno europeo. «Es que tu madre sabe, pues». Pero las dificultades que había pasado Abril no acababan ahí, mija. Hubo momentos peores. La mañana en que tuvo que librarse a rodillazos y mordiscos de un pelirrojo danés, padre de cinco hijos y con pinta de santo, que la había acogido en su casa y que, una vez a solas con ella, trató de violarla.

No sabía si eso era preferible a los días de ventolera y lluvia en que se vio obligada a extender la mano y pedir dinero en la calle o en el metro. Así fue como entabló amistad con unos músicos eslavos, se puso una falda gitana y se unió a sus números bailando al compás de las balalaicas.

Quién sabía cómo hizo Abril para volver después de haber pasado las de Caín tan lejos del país. «Vos sabes lo que es no tener amigos ni familiares para darte una mano allá afuera», dijo mamá. Sí, pensé, yo lo sabía, pero nunca, en todos esos años, me habían faltado el techo ni el pan. En realidad, lo más difícil en esos quince años de idas y vueltas entre Francia y Bolivia fue vivir despidiéndome. Eso, y la sospecha de no ser de ninguna parte, de hacerme cada vez más espectral a medida que se debilitaba la sensación gozosa del inicio: la de ser una ciudadana del mundo. Me llamó la atención que Abril se hubiera infligido a sí misma esa condición y además en condiciones riesgosas. Había estado en Porto, en Barcelona, en Ámsterdam, en Kiev, en Copenhague. Se movía en bus y en autostop, sobre todo en autostop, por esas carreteras interminables que yo conocía, mija, pero también por rutas regionales rodeadas de bosques, exponiéndose a que la violaran en cualquier momento, qué barbaridad.

Resultaba increíble que, la noche del concierto, Abril me hubiera sometido a un verdadero interrogatorio y, a la vez, no hubiera hablado, así fuera de paso, de ninguno de sus viajes ni de nada que tuviera que ver con su vida. Intuí que, a pesar de su juventud, tenía un pasado multitudinario, tal vez tortuoso, que mantenía oculto en alguna región de su interior, esperando el momento propicio de salir a la luz.

«Es rara, sí, pero es una buena chica», concluyó mamá. «Solo necesita centrarse». Por eso la había invitado. No me molestaba, ¿verdad? «Para nada», contesté, tratando de disimular mi turbación.

13

Durante la cena, Abril y Lauro apenas hablaban entre ellos, pero mamá no parecía darse cuenta. La picana tenía buena pinta, pero bastó una cucharada para saber que Lauro nunca cocinaría tan bien como papá. La elogié de todas formas. Ceñudo, negó con la cabeza, como si supiera que estaba mintiendo o, por lo menos, exagerando. Seguía enojado conmigo. Era evidente.

Mamá saboreaba la cena en silencio y de tanto en tanto nos lanzaba una mirada incrédula. Como si le costara creer que estaba rodeada de sus hijos y su nieto, alargaba las manos y acariciaba una mejilla o le revolvía el pelo a Nico. Algo brillaba entonces en sus pupilas, algo apagado desde hacía años. En esos instantes sentía que mi fuga con Nico quedaba plenamente justificada.

Tomamos cerveza y una botella de vino tarijeño que había comprado para mamá. «Vino de tus tierras», le dije levantando mi copa para brindar con ella. Fue uno de los pocos momentos de la velada en que se puso seria. «Yo ya no soy de allí», me dijo. «Yo ya no soy de ninguna parte». Y me miró a los ojos, como si buscara quién sabía qué secreta complicidad. Luego levantó su copa y sonrió: «¡Salud, carajitos!».

La torta de Abril estaba demasiado seca, se le había ido la mano con el cacao. Debió darse cuenta, porque, como quien saca un as de la manga, abrió su bolso y desplegó unas mandarinas sobre la mesa. «En esta época del año es difícil conseguirlas», dijo, «las traen de Santa Cruz». Y sin esperar a nadie, peló una con los ojos brillantes.

Qué distinta era esta cena de las que había tenido que soportar a la mesa de los Leroy. Cuánta falta me había hecho en los últimos años compartir con los míos, en especial durante las fiestas. Recordé la primera vez que comí con mis suegros y mi cuñada en aquel restaurante del bulevar Haussmann, un lugar de lujo donde los meseros estaban vestidos de etiqueta y anunciaban el nombre de cada plato con una cantaleta interminable. Un plato con dos langostinos puestos en diagonal, un tomate *cherry*, dos hojitas huérfanas de ensalada y la firma del chef hecha con *coulis* de vinagre balsámico, tenía un nombre más largo que el de un personaje de telenovela. Nunca en mi vida me sentí tan incómoda. En ese ámbito acartonado, el acto mismo de comer parecía indigno. Traté de hacerlo con los mejores modales posibles, alentada por las miradas cálidas con que Raphaël me envolvía. Llevábamos juntos un año y esta, lo sabía, era una prueba de fuego.

Cometí el primer error cuando corté la lechuga. Agathe se puso pálida. Raphaël, en cambio, me sonrió. Hasta ese momento, como sus padres y su hermana, había doblado la lechuga con la cuchara y una destreza que tenía algo de nipón, pero al verme en aprietos se puso a cortarla. Tratando de esconder mi ofuscación, dejé el cuchillo y agarré la cuchara. Pero ahora Raphaël cortaba la ensalada con deleite. Ceñudo, el padre estaba concentrado en su plato, la madre permanecía impasible pero tan pálida que se le transparentaba la piel, y Raphaël rebañó el aceite del plato con un pedazo de pan y lo masticó con una sonrisa de triunfo.

Después de la cena, Lauro se sentó en el sillón de patas de león y Nico se acomodó entre sus piernas. Con un aire cómplice, mamá encendió una vela en la mesita de centro, les llevó la guitarra y se sentó junto a nosotras en el sofá. Lauro y Nico tocaron *About a girl* a cuatro manos y dos voces, y fue como un eco extraño de la tarde remota en que Lauro la tocó por primera vez. Cantaron *El burrito sabanero* y Nico no pudo acabar la canción por el ataque de risa. Lauro había dejado de tocar e iba de un lado a otro de la sala montado sobre el brazo de su guitarra, como si galopara hacia Belén.

A pesar de que llevaba días mencionando a su padre a todas horas, Nico mostraba ahora una felicidad sin fisuras. Estaba excitadísimo. Se subía a las espaldas de Lauro, a las faldas de Abril, daba saltos de duende alrededor del arbolito iluminado. Yo lo miraba desplegar esa energía que también tuve alguna vez, preguntándome en qué momento la fuerza luminosa de la infancia se convierte en un obstáculo para crecer.

Era un arbolito de plástico nevado apenas más grande que él. Se pasó la tarde adornándolo. Se enredaba en las guirnaldas y en los cables de las luces, hacía caer las bolas y, creyendo que no lo había visto, escondía los añicos bajo la alfombra. Al final, estuvo un largo minuto estudiándolo a cierta distancia, desde distintas perspectivas, para apreciar el efecto del conjunto.

Me pregunté cómo no habíamos pensado antes en armarlo. La verdad era que nadie se había acordado. No costaba nada. Es más: habría sido una buena forma de pasar el tiempo, de llevar el vacío de las últimas semanas. Vi ahí el símbolo de lo que nos estaba pasando. Comprendí que el calendario ya no tenía importancia para nosotros. Que habíamos entrado en otro tiempo con su ritmo propio: el tiempo del tumor y su tictac de agua sorda. Era mamá quien, apenas unos días antes, me había dicho algo así.

Sentada en el borde de su cama, la miraba dormir. De improviso abrió los ojos y se incorporó dando la impresión de que no sabía dónde se encontraba. Dijo: «Es como si cayera agua dentro de mi cabeza». Le pregunté qué le ocurría. Nada, mija, no le ocurría nada, era solo el ruido de siempre. Un ruido incesante como el de una cascada. No era doloroso, pero en ciertas ocasiones no podía soportarlo y no le quedaba más remedio que levantarse y pasar el resto de la noche en la sala, donde se sentía un poco menos oprimida.

Me pregunté si lo que oía mamá eran las aguas crecientes de su propia muerte. Un galope de aguas acercándose.

Abrimos los regalos. Hubo abrazos y risas, y cuando Abril descubrió el mío —un libro de cuentos comprado esa mañana—, me rodeó con los brazos y sus labios me rozaron la comisura de la boca.

A Nico le encantó el juego para magos *junior* que le había regalado mamá. Hizo los trucos más fáciles una y otra vez, sin cansarse de los aplausos, hasta que la fatiga pudo más que el entusiasmo: mientras preparaba un enésimo número de magia, cayó rendido en la alfombra, el sombrero de copa sobre los ojos y la varita de plástico en la mano. Eran las dos de la mañana.

Mamá bostezó. «Qué aguante», dijo. «Este chango va ser bárbaro». Se despidió con una venia burlona. «Bueno, carajitos, esta vieja tiene que recuperar fuerzas para el Año Nuevo».

Llevé a Nico en brazos hasta la cama. Le quité los zapatos y lo metí vestido bajo la colcha. Estaba mirando su perfil apacible cuando sentí una respiración a mis espaldas. Me invadió una sensación agradable, de ingravidez y de vértigo, como cuando se nos abren puertas inesperadas en los sueños. Unos brazos me rodearon el cuerpo por detrás y empezaron a acariciarme los senos como se comprueba la exactitud de algo imaginado con minucia. Sentí el resuello en mi nuca y los labios en el cuello. Giré la cabeza. Instintivamente, se apartó un poco. Su silueta se recortaba en la penumbra y sus pupilas temblaban a la espera de mi reacción.

Supe que ya no hacía falta fingir. Era una atracción que nunca había sentido. Admiraba las formas generosas de Julia, tal vez porque nunca las tuve, y siempre miré los cuerpos desnudos de mis amigas con curiosidad, pero sin deseo. ¿O era deseo el picor que sentía allí abajo, naciendo en el centro de mí misma y dilatándose por la cara interna de los muslos, cuando nuestros cuerpos se rozaban en las camas compartidas de la adolescencia y todo perdía por un instante su inocencia? O tal vez nunca existió la inocencia. Tal vez compartir la cama y arrimarnos las unas a las otras eran gestos inocentes solo en apariencia, y en realidad tanteábamos bajo las sábanas un camino en brumas, sin atrevernos a tomarlo.

Y ahora ella me tomaba entre sus brazos, con delicadeza, como si mi cuerpo fuera de vidrio, y me abría los labios con la punta de la lengua, penetrando sin brusquedad pero con firmeza y algo de húmeda travesura. Sus dedos dibujaban lentas figuras en mi espalda y descendían hasta mis nalgas y las apretaban con fuerza, mientras yo buscaba a ciegas, anhelante, sus pechos sueltos bajo la blusa. Se la quitó y la dejó caer a sus pies. Sus pezones erguidos eran casi azules.

Me tomó la mano y la metió bajo su falda con un gesto hábil y tierno, como el de una maestra que orienta a su alumna. Me dio la espalda y se pegó contra mí y mis dedos guiados por sus dedos entraron en ella y la sentí temblar.

Descubrí el tatuaje entre sus omóplatos —trazos que parecían hechos con pluma, a la manera oriental, un discreto laberinto en el que perderse— y pensé en Raphaël. Sí, Abril lo habría dejado secretamente anhelante, lleno de fantasías sucias, como seguramente no le sucedía desde los tiempos del internado, cuando se masturbaba pensando en *fraülein* Müller. Y los imaginé juntos, a Abril y a él, entrelazados, sudorosos, amándose con una lentitud desesperada —el gran simio rubio y ella, tan morena y leve y elástica, y tan entregada como ahora—, y la excitación se hizo insostenible.

De repente se oyó un ruido de pasos. La sombra de Lauro se alargó sobre la estantería. Tras unos segundos de duda —hubo todavía unas caricias despidiéndose—, nos separamos. Me pareció que Abril soltaba una risita nerviosa mientras se ponía la blusa. Respiró hondo y la imité, tratando de calmar los latidos del corazón. Luego, muy despacio, primero ella y yo después, volvimos a la luz.

Mis amigas de siempre se habían dispersado por el mundo. Fue una diáspora sin nombre y sin dolor, que se dio en diversos momentos y por varios motivos, y que acabó con el grupo que me había acompañado desde la infancia. Solo había vuelto a ver a Julia y a algunas pocas amigas que vivían en países europeos. Se convirtieron en presencias fugaces, que aparecían solo en encuentros largamente planeados debido a nuestras responsabilidades respectivas. Presencias que, una vez acabado el tiempo del reencuentro, desaparecían hasta quién sabía cuándo, tal vez para siempre, dejándome en la boca un regusto de irrealidad.

Y luego estaba esa noche en Toulouse. Única. La experiencia resultó intensa, ahora lo entendía, porque la vivimos plenamente conscientes de la íntima cuenta regresiva, pero también de la energía declinante que cada mañana nos levantaba adiestradas, previsibles, casi muertas. Yo más que ella, sin duda. Julia, soltera en una gran ciudad como Barcelona, parecía lidiar mejor que yo con las amenazas del tiempo.

Todo eso me llevaba a preguntarme hasta qué punto era sexual la atracción que sentía por Abril. Tal vez estaba engañándome. Tal vez solo se trataba de intimar con un cuerpo más joven. El deseo, no de poseer otro cuerpo, sino de recuperar el que yo alguna vez había tenido. Una curiosa manera de luchar contra el tiempo.

¿Hasta qué punto era sexual ese deseo?

Deberías escribir esto, pensé. Deberías contar todo lo que te ha pasado desde esa mañana en la clínica.

¿Para qué?, se burlaba esa voz maligna que ya conocía tan bien. Por esto mismo, me defendía. Para ordenar el caos en mi cabeza.

¿Para conjurar la locura? (Risita sofocada).

No, la locura no.

Esto era una inminencia. Una frontera inestable. Una región sin nombre todavía.

Nico y yo veíamos dibujos animados cuando sonó el teléfono. Sospeché que era él. No me moví de mi sitio. El sol había empezado a bajar y llenaba la sala de un resplandor cobrizo. Del dormitorio de mamá no llegaba un solo ruido. Hacía más de una hora que Lauro había entrado para ver cómo seguía. Me pregunté si se habría quedado dormido. Los timbrazos del teléfono cubrían las voces de los dibujos. Nico se levantó de un salto y fue a contestar. «¿Aló?», oí su vocecita a mis espaldas. Y luego una exclamación de sorpresa. Cómo extraña a su padre, pensé, sin poder evitar la picadura de los celos.

Me volví. «Tante Cathy», saludó. «Est-ce que je peux parler à Papa ?». Un silencio. No, a juzgar por la cara decepcionada que puso, no estaba. Escuchaba la voz chillona de su tía al otro lado de la línea con un visible esfuerzo de concentración.

Si Raphaël no está en Limoges, ¿dónde mierda está? ¿Es posible que siga en Berlín?

Las desgracias no les suceden solo a los demás, dijo la voz.

¿Cuáles son las probabilidades...?

El mundo es un caos, murmuró la voz. ¿Crees que estás a salvo, Lea?

No puede ser.

Más de cincuenta muertos y quién sabe cuántos heridos. Algunos con los miembros cer-ce-na-dos...

Hablaba con una sorna fría.

Estaba tratando de ahuyentar la voz cuando sentí que algo se movía en mi vientre. Una presencia mínima. La percibí con algo que está más acá de los sentidos, y fue como si esa presencia frágil tomara posesión de mi cuerpo y mi mente y mis silencios. Una brusca arcada subió hasta mi garganta con patitas de roedor.

—*Tante* Cathy quiere hablar contigo, mamá.

Me levanté, mis pasos me llevaron hacia la puerta. Sentía la mirada de Nico en la espalda. Respiré hondo y giré el picaporte. Se oyó su voz asombrada, dolida: «Mais maman, c'est urgent !». No entendí del todo lo que estaba haciendo hasta que me encontré en el rellano de las escaleras.

Di un respingo. Frente a mí una señora pechugona, con unos cabellos pajizos de color indefinible, me escrutaba.

—Así que usted es la hermana —dijo.

Llevaba una chompa verde con altas hombreras que le daban un aspecto varonil y pendenciero, y unas pantuflas leopardo. Los aretes de plumitas blancas que le colgaban de las orejas se movían con la brisa que entraba por la ventana, trayendo los olores putrefactos del río y también, cómo no, la eterna cumbia chicha de una eterna radio de algún patio vecino, con su percusión electrónica y su letra lastimera, que hablaba de un amor mal pagado, de cerveza y de olvido liberador.

No supe qué responder mientras subía en mí otra arcada que me obligó a bajar los ojos y apretar los labios. Cuando levanté la vista, la señora seguía escrutándome, impávida, con sus ojitos duros y tristes.

—Disculpe, señora, ¿o es señorita? —Inclinó la cabeza, buscándome los ojos—. ¿Hasta cuándo va a quedarse, se puede saber?

La media sonrisa que hizo pareció costarle un doloroso esfuerzo muscular.

—Ya lleva un mes aquí, ¿no? —Hizo una pausa, esperando mi reacción. Como yo no decía nada, subió el tono—: ¿De quién es el niño, se puede saber? Puros papelitos de dulces me encuentro en las gradas. ¿Quién cree que limpia, señorita?

Se movían apenas las aristas duras de su rostro, que brillaba cubierto por una crema de aroma dulzón.

—Encima, la jovencita esa se aparece cuando le da la gana. No crea que no me doy cuenta, señorita.

Y siguió hablando, no había forma de que dejara de hablar.

—Por Dios —suspiró—, tantos disgustos. Y yo, a estas alturas...

Como yo no reaccionaba, pareció impacientarse y, por primera vez, sus ojitos me recorrieron de arriba abajo en un movimiento fugaz, como el que haría un retrato embrujado.

—Señorita —cambió de tono—, ¿sordita es?, ¿le pasa algo? ¿No habla español? —Y luego, como resignada—: Ay, llámelo nomás a su hermano, ¿ya? Me está haciendo perder el tiempo.

Esa voz áspera, los eructos del río mezclados a los brotes dulzones de su crema, la cumbia monótona que golpeaba la tarde.

Se oyó su grito indignado.

—¡Está borracha! —Retrocedió con las manos crispadas para no tocarse la pechuga sucia de vómito—. ¡Pero si son unos degenerados!

Solo atiné a balbucear unas disculpas confusas.

Dio media vuelta y empujó la puerta de su departamento. Por Dios, cómo se arrepentía del día en que los había aceptado como inquilinos. Pero ya podíamos empezar a empacar nuestras cosas. De patitas en la calle, carajo. Tras el portazo que dio a sus espaldas, su voz siguió oyéndose un rato hasta que al fin desapareció.

Permanecí un largo minuto con la frente apoyada en la puerta. Su frescura me hizo bien. Entonces, cada vez más nítida, se oyó la voz de Lauro. Intranquila, ansiosa, suplicante.

Nada más entrar, vi el desasosiego en los ojos de Lauro. No hizo falta que dijera nada. Supe que se trataba de mamá.

Había pasado una buena mañana. Temprano, cuando aún estaba fresco, se deslizó en mi cama y se acurrucó contra mí. Era la primera vez que hacía algo así desde las mañanas de la infancia. «Mija», murmuró, y me dio un beso en el cuello que acabó de despertarme. Sentí el tacto frío de sus pies. Nerviosa, abracé a Nico. Fui incapaz de volverme hacia ella. Por alguna razón, me incomodaba la brusca intimidad de nuestros cuerpos. Permaneció enlazada a mí durante un minuto interminable. Luego se levantó y se fue envuelta en el susurro de su camisón.

Se indispuso al mediodía, luego de tomar unas cucharadas de sopa de sémola. Llamamos al doctor Prieto, pero no contestaba. Desistimos cuando vimos que se había quedado dormida. Lo mejor era dejarla descansar.

Ahora, sin una palabra, entramos juntos en el dormitorio anegado de sol. Apenas me vio, mamá se alegró y me dijo que bajara al sótano y le subiera una de sus pinturas, la que más me gustara. Me quedé mirando su rostro tirante y pálido, la colcha manchada de sangre. Estaba sentada con el busto erguido, el almohadón en los riñones. Llevaba puesto el vestido de Nochebuena y el cabello le caía sobre los hombros y los pechos puntiagudos. A pesar de la lividez asustada de su cara, me pareció más hermosa que nunca.

Entonces se puso a hablar sin tregua. Dijo que quería ver un cuadro suyo. Lo dijo dos o tres veces, sin que Lauro ni yo atináramos a reaccionar para darle gusto. Dijo que quería comer un buen fricasé y que, si salía de esta, era lo primero que haría, comer un buen fricasé y tomar una cerveza helada. Recordó el patio de su infancia, las paredes cubiertas de buganvillas que trepaban hasta perderse de vista. Recordó el algarrobo que había sembrado en Huajchilla y nos pidió que fuéramos a ver lo grande que estaba. Recordó el olor de los libros en la biblioteca de su padre, donde pasaba tardes enteras jugando a oculta-oculta con su hermano. Recordó los preciosos dibujos a lápiz que su papá dejaba entre las páginas de los libros, animales fabulosos y sueños que saltaban como peces. Recordó a un gato negro de patitas blancas que ocultaba entre sus muñecas. Recordó el viaje a la tierra de sus padres y el baño feliz que nos dimos en el río de aguas revueltas. Recordó lo flaco que era el Negro, lo poca cosa que le había parecido el día que lo conoció, y se rio, pero ese pequeño esfuerzo pareció cansarla de forma brusca, y cerró los ojos y se encogió en su vestido. Recordó a su nana Laura. Recordó las cejas de su nana y las manos de su nana y las historias de aparecidos que le contaba, y la llamó por su nombre, como si estuviera en el cuarto, con voz de niña. Abrió los ojos con pánico —un pánico animal— y temí que fuera el fin. Mi hermano me miró con una súplica y tal vez no supe interpretar su mirada. En solo tres pasos largos, salí del dormitorio, tomé el llavero, bajé las escaleras, entré en el sótano, removí cajas polvorientas hasta dar con sus cuadros, saqué el más grande y lo llevé escaleras arriba con el corazón en la garganta.

Lauro está arrodillado al borde de la cama. Tiene la cabeza apoyada en el regazo de mamá y no se mueve. O sí, se mueve, pero es un movimiento mínimo, casi imperceptible, como si lo atravesaran breves espasmos. El perfil de mamá está demasiado quieto, bañado por la luz roja del crepúsculo. Entonces comprendo, me dejo caer de rodillas junto a mi hermano y nos echamos a llorar en silencio, como dos niños asustados.

No sé cuánto tiempo estuvimos así.

Después Lauro se levantó y se quedó mirando el cuerpo. Por un momento pareció que iba a quebrarse, pero se contuvo, fue a la sala y al rato lo oí hablar por teléfono. Apenas le salía la voz.

Las risas de Nico, las voces chillonas de los dibujos animados y la música frenética me parecieron ofensivas, crueles. Estuve a punto de ir hasta allí y gritarle que apagara esa cosa, pero comprendí que su risa era la vida colándose por los resquicios del dolor.

Cerré la puerta. El cuerpo estaba ahí. No me atreví a mirarlo.

La luz era violenta y mamá parecía difuminarse como la figura de una foto expuesta demasiado tiempo al sol.

La pintura había quedado apoyada en la cómoda.

Representaba La Paz, aunque las montañas circundantes resultaban difusas, como flujos de colores. El viento arrancaba los tejados de las casas y los postes de luz y las antenas y los cables, aquí y allá eran visibles pájaros desfigurados en pleno vuelo, fragmentos de construcciones despedazadas y añicos rasantes de vidrio. Al mismo tiempo, y aunque en esas condiciones parecía mentira, en las habitaciones destapadas, la vida seguía como en un hervidero ajeno a la tormenta.

Era como si un niño enorme e invisible (Dios o la Naturaleza o el Azar) removiera el hormiguero humano y del interior de las casas y de los edificios surgiera una agitación de pesadilla, una multiplicidad detallista y cruel como la de un cuadro de El Bosco.

Pero no todo era oscuro. Ciertas figuras parecían conservar su humanidad. Una humanidad magnética. En ciertas casas, en la intimidad de ciertos cuartos, había calidez. Una calidez que parecía brotar de los cuerpos, de las expresiones de esas diminutas figuras detenidas en acciones cotidianas.

Había una pareja enlazada tras una cortina ondulante. Había una muchacha que fumaba en un balcón, pensativa, como si nada estuviera pasando a su alrededor. Había un niño subido a un árbol de enormes raíces con forma de garra, que miraba todo con avidez, como si disfrutara de aquella escena de horror.

La vanidad de todas las cosas y la persecución del viento. Ese era el tema de mamá y aquí era tratado de forma apocalíptica. La novedad eran esas figuras luminosas: discretos contrapuntos a la pesadilla en movimiento.

«Este país de locos», decía mamá. «¿Has visto cuántos locos sueltos?». Me pregunté si lo que me había parecido una señal de incapacidad para adaptarse a la nueva realidad del país no era, en rigor, una visión de la existencia, un profundo sentimiento de absurdo.

Sin embargo, de ese cuadro no solo se desprendía horror ante la fútil agitación del mundo, sino también un secreto cántico a los cuerpos, al fuego frágil de los cuerpos, a su resistencia insensata, a su misterio.

Los dos días pasados se han ido en ajetreos y trámites. He ayudado a Lauro en todo lo que he podido.

Mamá ha dejado escrito que quería ser enterrada en Huajchilla. Lauro ha dicho que eso era imposible, que si no vende pronto el terreno va a pasarlo muy mal.

—Ahora sus deudas son mías.

—Nuestras.

—Pero, hermanita, si no tienes pega.

—Ya es hora de buscar otra.

—¿Aquí?

He mirado por la ventana los cerros lejanos, el cielo de un azul intenso.

—Antes tengo que volver, tengo que arreglar las cosas con Raphaël.

Arreglar las cosas con Raphaël. Me he quedado pensando en eso y me ha invadido un miedo que creía enterrado.

Las noches de insomnio tienen una duración ajena al transcurso de las horas. Es un tempo aparte, dilatado y desprovisto de límites precisos.

Aburrida de dar vueltas en la cama, he salido al balcón a fumar, pero en el último instante me he contenido.

La noche afuera era inmóvil y oscura, y me he quedado escuchando el rumor apacible de la ciudad.

Para buscar el sueño, lo mejor sería leer algo. En las estanterías de mi hermano, que reúne los libros que la familia ha acumulado en tres generaciones, he encontrado un libro viejo con el filo de las hojas manchadas de moho: *Los presocráticos y el origen de la filosofía occidental.*

Echada en el sofá, a la luz de la lámpara, he leído unas páginas y, por primera vez en mucho tiempo, he sentido la irresistible necesidad de escribir.

Había un cuaderno escolar tirado por ahí. Solo tenía anotadas unas cuantas partidas de cacho.

Escribí toda la noche al dictado del insomnio.

14

Esta madrugada, al levantarme (he dormido un par de horas en el sofá, envuelta en el poncho), y luego de un desayuno solitario (el departamento sumido en el silencio), he releído lo escrito. Transcribo:

Esas cosas de nuestros padres que se nos quedan grabadas y que al parecer no tienen la menor importancia. Quisiéramos recordar momentos decisivos de cuando estábamos juntos, claves para entenderlos (claves para entendernos) y solo vuelven escenas triviales. Y sin embargo...

*

Es un día de lluvia. Papá está al volante con la mirada puesta en las calles. Tengo nueve años y es una de nuestras últimas charlas. El limpiaparabrisas oscila de izquierda a derecha y de derecha a izquierda. Papá me señala de improviso el movimiento mecánico. «¿Ves eso, Lea?», se vuelve hacia mí. Su mirada es intensa. «Esa es nuestra historia».

Se pone a hablar de la revolución del 52, de los años terribles de las botas militares y los tanques en las calles, del regreso a la democracia, de la época de la UDP, cuando uno tenía que llenar con billetes la bolsa de la compra para ir al mercado. «La oscilación entre derecha e izquierda ha desgarrado a este país, Lea».

Empieza a despotricar contra Paz Zamora, que acaba de pasar un acuerdo patriótico con el general Banzer. «Carajo, lo poco que le ha costado cruzar el río de sangre». No entiendo a qué río se refiere, pero suena bíblico. Evoca los años de Banzer, las noches del toque de queda, la buhardilla donde se escondía del mundo junto a mamá y un amigo.

«Bueno, un mal amigo», se le ensombrece el perfil y, como suele ocurrir cuando intenta explicarme algo, pierde el hilo. «Qué hermosa era tu mamá en esos años», murmura con la mirada perdida en las calles húmedas del tiempo mientras el limpiaparabrisas oscila cada vez más rápido de izquierda a derecha y de derecha a izquierda, y en el vidrio se entrechocan chorros de agua sombría que por momentos parecen borrar la ciudad.

De pronto se ríe. «¿De qué te ríes?», le pregunto. «De nada». «Ya pues», insisto. «No me vas a creer», dice él. Le encanta intrigarme. «Dale, no seas así». En su perfil aparece una sonrisita. «No tenías más de cuatro años», accede al fin, «pero a lo mejor te acuerdas». Y empieza a contar.

Estamos solas mamá y yo en un avión con destino a Santa Cruz. Poco después del despegue, un anciano elegante se acerca a mamá y la invita a sentarse junto a él en primera clase. Mamá accede por curiosidad, como admitirá más tarde. Yo solo recuerdo el pelo nevado, la luz entrando con fuerza por la ventanilla, el traje blanco, impecable. Lo demás lo descubro a medida que papá me lo cuenta. Al emprender el descenso me indispongo y, poco antes de llegar a Santa Cruz, me arqueo sobre el regazo del anciano y vomito. El anciano sonríe, restándole importancia al contratiempo, mientras intenta limpiarse con un pañuelo tan inmaculado como el traje.

«¿Sabes quién era ese viejo?», pregunta papá. El limpiaparabrisas sigue su movimiento pendular, las calles brillantes de lluvia desfilan del otro lado de la ventanilla y, en un fogonazo, vuelve la sonrisa del anciano. Una sonrisa muy digna. Y vuelve la mancha naranja y grumosa en el traje perdido.

«Hija linda, ¿te das cuenta?, cumpliste el sueño de todo un país, le vomitaste encima a Banzer».

Y se ríe con ganas, como si acabara de contar un chiste irresistible.

*

«Eres igualita a tu padre», solía decirme mamá, «siempre dejas todo a medias».

*

Lauro quiere que mamá tenga al fin «un lugar propio». Ha elegido, claro, el Cementerio Jardín.

*

Estoy mirando, por enésima vez, la foto de mis padres en el jardín de la casa. Se ven tan felices. Hay una certeza solar en su expresión, como si supieran que el porvenir les tiene reservada más de la misma dicha, más de la misma plenitud. Nadie puede tener esa seguridad, ni siquiera los padres. Y sin embargo, es ese acto de fe el que nos permite subir la cuesta de los años.

*

Cada día más reveladoras, estas dos líneas que llevo como un talismán:

«Qué haríamos, pregunto, sin esta enorme oscuridad» (Blanca Varela).

«La lucidez es la herida más cercana al sol» (René Char).

*

El libro sobre los presocráticos huele a humedad, huele a tiempo. Huele a su tema mismo, lo encarna en su materialidad resistente y frágil.

Para Heráclito, todo es un devenir perpetuo, un flujo implacable engendrado por la oposición de los contrarios.

A la inversa, según Parménides, no existe el devenir. El mundo es estático porque el Ser es estático. Y se burla de la noción de movimiento. El Ser es inmutable, inmóvil, perfecto, como una esfera. Esta esfera puede ser llamada Dios o Universo y «jamás fue ni será, ya que es en este momento, de forma plena».

*

Un nombre es una plegaria de permanencia en la furia del río. Un amuleto contra el caos. Pero en las fisuras del nombre, late una multitud discreta, olfateándose a sí misma en secreto. Y hay un ruido de pieles que se rozan y una algarabía sin sosiego.

*

Sí y no. Victoria y derrota. Orden y caos. Movimiento e inmovilidad. ¿Cómo salir de la jaula binaria? ¿Cómo salir del vaivén hipnótico del péndulo en la lluvia del tiempo?

*

Sócrates no escribía porque el pensamiento nunca se detiene.

Escribir: trazar signos sobre la arena
En un día de viento.

Sócrates aceptaba la síntesis que no llega, la revelación siempre pospuesta. Tenía esa lúcida humildad.

*

Vuelve esa tarde en El Prado, la última que pasé con mamá fuera de estas paredes. Casi al final del paseo, frente al Ministerio de Justicia, se levanta una enorme carpa blanca flanqueada por una cabaña de paredes de cartón y techo de calamina. Una instalación de aspecto precario en cuyo centro destaca un mural que reza «18 años de dictadura».

Entramos en la carpa. Es un ámbito amarillento lleno de pancartas escritas con marcador, fotos en las paredes —tanques en las calles de La Paz y grupos de civiles avanzando en fila india con las manos detrás de la nuca, un charco de sangre oscura en una acera rota, retratos de militares hieráticos con sus nombres escritos en letra de imprenta, fotos de jóvenes víctimas del Plan Cóndor—, ancianos taciturnos sentados ante mesitas de madera con papeles, con un termo al alcance de la mano, permanecen en silencio, encorvados.

Todo está lleno de algo indefinible. Si el olvido pudiera palparse, lo estamos tocando ahora mismo, con las manos, con todo el cuerpo. Está aquí, cubriendo todo y a todos con un manto de luz ambarina.

Mamá repite «vigilia» para sí misma, como si estuviera descifrando. Y añade: «Los ojos abiertos». Y yo creo que va a decir algo más, pero es como si la voz se le hubiera perdido por dentro.

*

La llovizna picotea las ventanas de la sala. Cinco de enero. He cumplido treinta y seis años. Durante los siglos de la niñez, he entrevisto este momento como algo tan lejano y borroso que era una especie de tercera edad.

¿Ha quedado algo de aquella niña?

Vivir (dijo alguien) es sobrevivir a un niño muerto.

*

El tiempo ya no es sino de lava y año tras año espesa su cauce, acumula su carne, su detritus, su óxido. Hasta que ya no atinas a moverte entre el talco de tantos huesos calcinados, en la parálisis mineral en que se han convertido los días.

*

Quién sabe si llovía aquella noche de diciembre, solo la sombra que estaba a sus espaldas lo sabe, la que apretó la garganta todavía joven hasta el silencio final. ¿Qué habrá sentido papá? ¿Se habrá marchado en un instante de revelación tardía o de oscuridad anhelante y sin sentido?

*

Las cosas que vio papá.

Una tarde de noviembre de 1964, el niño se pasea con su padre por el centro, cuando surge una turba de mujeres, llevando baldes rebosantes de algo oscuro y adiposo. Es sangre. Meten las manos en los baldes y embadurnan las paredes. Aúllan: «¡Miren! ¡Miren cómo el Gobierno ha matado al pueblo!».

Es el golpe de Barrientos. Víctor Paz Estenssoro está siendo derrocado, pero el yayo Andreu no lo sabe y no puede explicarle al niño por qué saquean las casas, por qué tiran por las ventanas los muebles de maderas nobles y el mundo se deshace en un estruendo de vidrios rotos.

Esas casas pertenecen a los exdiputados del MNR, pero de eso se entera mucho después. También de que la sangre de los baldes no es humana. Es sangre de cerdo.

Días más tarde, un fotógrafo llamó a la puerta de la casa de Calacoto. Con acento argentino y modales cuidados, ofreció tomarle unas fotos gratuitas a la familia. La abuela Rita le franqueó el paso. El fotógrafo bajó las gradas de cemento mirando el jardín y la terraza con un detenimiento que tenía menos de fotógrafo que de entomólogo. Y, de hecho, tenía pinta de científico, con esos lentes de culo de botella, la calva reluciente y las sienes blancas de sabio prematuro.

Parsimonioso, entró en la casa y subió las escaleras. Pensando en él años después, papá diría: «Había algo postizo en su cara, pero no sé explicarlo». El yayo Andreu se dejó fotografiar con el ceño fruncido y farfullando malas palabras, no tanto por suspicacia, sino porque su mujer lo había sacado de la biblioteca durante sus horas de estudio. La abuela Rita, en cambio, se puso un geranio en el pelo y sirvió de modelo con una coquetería serena. El fotógrafo fue más bien expeditivo, pero simpático. Luego charló un rato con papá, le preguntó cosas sobre la familia. A papá le gustó que hablara con él como a un adulto. El uruguayo (dijo que era uruguayo) se marchó prometiendo que les mandaría las fotos. Nunca las recibieron.

«Es él», exclamó el niño apenas lo vio en el periódico aquella mañana. El yayo Andreu miró la foto y no le pareció que fuera el mismo hombre. En fin, no sabría decirlo, pues no le había prestado demasiada atención esa tarde. La abuela Rita se limitó a reír por la ocurrencia de su hijo. Sobre la mesa, entre las tazas de café con leche y las marraquetas, estaba el periódico con la foto en blanco y negro del pasaporte falso con que el Che Guevara había entrado a Bolivia. Un hombre calvo y de pobladas sienes blancas, con unos gruesos lentes de montura rectangular. Una terrible pinta de científico.

«¿Por qué iba a querer sacarnos fotos el Che?», preguntaba la abuela Rita. «Qué disparate. Tu padre hizo la guerra, estuvo preso y lo torturaron por las mismas causas que él defiende». Era cierto, admitió el yayo Andreu, pero no era menos cierto que ahora vivía en Calacoto, tenía una casa grande, una familia bien comida y bien vestida, y que ya no luchaba por nada. Se había convertido en el enemigo. Y, como todo el mundo sabía, había que conocer al enemigo para combatirlo.

El niño y la abuela Rita se quedaron callados y el yayo Andreu se rio. Pero bueno, ¿el Che en su casa? Imposible, collons.

No volvió a hablar del asunto.

Papá estaba seguro de que el fotógrafo y el Che eran una sola persona, y en adelante le contó la anécdota a quien quisiera escucharla. Por supuesto, nadie le creyó nunca.

*

Las cosas que papá no vio.

No vio cómo la selección de fútbol se clasificó por primera vez al Mundial, lo que sin duda lo habría hecho feliz. Feliz sin límites. No vio al general Banzer saludando a la muchedumbre jubilosa al ganar las elecciones de 1997, lo que le habría amargado las comidas durante mucho tiempo. No vio las revueltas de la Guerra del Agua. No vio las carreteras bloqueadas, las marchas interminables, la asfixia del país. No vio al ejército disparando balas de guerra contra la turba armada de palos y fierros. No vio la Historia que se desató en las calles tal como había predicho el yayo Andreu. «El día que en este país despierte el gigante y eche a andar...», decía con voz de profeta cansado en los días de su viudez, mirando la reproducción del cuadro de Goya que tenía colgada en su escritorio. El gigante representaba la guerra, decía, pero también al pueblo en el momento en que se pone de pie y arrasa con todo lo que se le pone delante.

Cuántas cosas no verá mamá, me pregunto, y cuántas ya no veremos Lauro ni yo, sino ya solo Nico, si es que algún día vuelve la vista hacia este país secreto y vibrante, inocente y sangriento, país que no se nombra ni se toma en cuenta, que solo existe en los sueños, que se deshace al tacto como un poco de sol, como un poco de pan.

*

¿De dónde viene, me pregunto, esta necesidad de inscribir la propia historia en la Historia, así, con una ridícula mayúscula? Las anécdotas que cuentan los abuelos y los padres suelen llevar el sello de lo histórico, como si, al rescatar el pasado, intuyéramos lo frágiles que son incluso las más asombrosas mitologías familiares y, a fin de protegerlas, las insertáramos en algo más grande y más duradero. Nuestras historias serían, entonces, como esas casas que se levantan en las laderas de los cerros, desafiando la ley de la gravedad, aferrándose a la tierra deleznable con una obstinación conmovedora.

*

La locura de nuestras vidas se aferra a la demencia de la Historia. Fingimos que entendemos nuestra existencia y el pasado y el presente de lo que nos rodea, como fingimos que tenemos una idea de lo que le sucede a un loco. «Está loco», decimos, y ya está, nos invaden el espejismo del conocimiento y la ilusión del control.

Sí y no, locura y cordura, decimos, daños colaterales o mártires, decimos (porque no hay hechos, solo interpretaciones, como escribió el bigotón alemán, justamente el filósofo peor interpretado de la historia), y listo, se ha operado el hechizo: creemos que hemos aprendido algo de todo esto, que hemos llenado el vacío angustiante. Al menos no nos quedamos callados frente al loco infatigable, al menos no nos declaramos vencidos frente al loco insaciable.

Si le tenemos miedo a la locura es porque nos pone cara a cara frente a nosotros mismos. No la máscara social, la que finge que entiende como en el teatro antiguo las máscaras fingen la risa o el llanto. Hablo de la carne detrás de la máscara: la pregunta inmóvil, la herida que late como solo puede latir lo vivo frente a la inmensidad del desierto.

*

Cuando alguien dice locura, *no está nombrando nada, en realidad, salvo la superficie de algo entrevisto desde el ámbito de la razón. No, lo que buscamos, lo que quisiéramos tocar se mueve debajo, como el hervor de un hormiguero bajo una piedra. Más acá de esas tres sílabas, en las grietas que se abren al decirlas, en los ecos que caen en nosotros como un goteo nocturno y cavernoso que sí sabe quiénes somos.*

*

En Oriente, el sí y el no, el todo y la nada, el vacío y la plenitud, son lo mismo. En Oriente, Parménides y Heráclito son un solo filósofo. Son Douve, el personaje creado por Yves Bonnefoy. Douve, el lugar en que confluyen los contrarios: «A cada instante te veo nacer, Douve, a cada instante morir».

*

De los presocráticos no nos quedan más que fragmentos. Hermosa lección del tiempo: quizá la del fragmento sea la única forma que perdure. Quizá algún día toda la cultura humana sea como ese espejo roto, lleno de enigmas y fulguraciones.

*

Me quedo mirando el cuarto de mamá, la puerta entreabierta, el interior oscuro, y me estremezco. Esta noche, la muerte ocupa su cama y respira, enorme, como una recién nacida.

*

¿Por qué mamá hizo lo que hizo? ¿Por qué papá? ¿Por qué yo? ¿Por qué destruir lo que teníamos? Como si lo que se acerca tan callando no fuera suficiente para hacer de cada día algo irrepetible e intenso, para sentirnos vivos.

*

La memoria es infiel. El olvido, en cambio, es de una lealtad sin fisuras. Como un perro guía, nos ayuda a vivir, a sobrevivir a nosotros mismos, a no dejarnos engañar por el fulgor del pasado. Discreto al principio y luego apabullante, acaba por devorar nuestros restos.

*

Qué habrá sentido mamá ante mi última ausencia, la más imperdonable de todas, cuando hui de su dormitorio. O quizá ya no miraba y no se dio cuenta de mi ausencia porque buscaba en la memoria mi cara y la cara de Lauro cuando éramos niños, y con ellos iba componiendo un cuadro mental. Y éramos de pronto el lienzo definitivo de su vida. Las dos huellas verticales de su sangre y de sus sueños. Sus actos de fe.

*

Ahora lo sé. Todos estos años he huido de vos y de tu oscuridad. De esa oscuridad que te ha dado la fuerza de envejecer y de morir sin una queja, de entrar en la noche como en un remanso de aguas claras.

Pero se acabó. Ya no quiero huir de vos. Sería como querer escapar de mí misma. He sido cobarde, mamá, ¿podrás perdonarme?

*

No son horas para que una niña esté levantada, pero no puedo dormir: detrás de la puerta de mamá, se oye un llanto discreto e insistente.

Lauro permanece de pie, como hechizado, en el pasillo oscuro. No parece verme mientras lo espío por la puerta entornada.

Ha vuelto otra vez aquella imagen. ¿Fue antes del asesinato y no después, como he creído todo este tiempo? ¿Ocurrió una de aquellas noches en las que Lauro volvía de alguna de sus farras y escuchaba, hasta quién sabe qué horas, los trajines insomnes de mamá? Entonces, aquel llanto le habrá despejado la borrachera como una brisa helada. Habrá compartido su dolor y también su odio inconfesado hacia el ausente.

Buceo en el recuerdo como en un sueño y busco la cara de Lauro como si fuera a encontrar allí la temida clave del asesinato. Ha surgido más nítida que nunca, esa cara, un tiburón en las aguas de la memoria.

*

Locura, tu nombre aletea todavía entre mis labios. Y todavía quema el rastro de tus dedos, de tus verbos, de tus víboras. Me empapaste de voces. Desnuda, en tus aguas estancadas, fuimos una. Desde tu sombra agazapada, desde las hojas muertas de mi nuca, te invoqué sin saberlo, fresca locura. Ahora quiero olvidar que te toqué, que me tocaste, que nos tocamos.

*

Ayer por la tarde pasaban en la tele un documental sobre animales. Nico estaba mirándolo con un interés hipnótico. Insectos, mamíferos, ovíparos, todos despliegan sus propias y siempre sorprendentes estrategias para sobrevivir.

¿Y nosotros? ¿Qué hacemos nosotros para persistir en el tiempo, a pesar del tiempo? Me he quedado pensando en eso. He salido al balcón y me he quedado mirando el hormigueo de la ciudad a la luz del crepúsculo.

La ciudad desplegaba su rumor, ese rumor de aguas en ebullición que ha durado mil veces lo que voy a durar y que seguirá, implacable, más allá de mis cenizas.

Y entonces he pensado que, si la maquinaria cesara y pudiera acercarme a cada una de las personas que se movía allí abajo, sería raro encontrar a alguien que no tuviese una historia que contar.

Eso era lo que buscaba. Las historias que latían debajo del rumor: mínimas, secretas, preciosas, terribles.

Las historias vividas, pero también las historias oídas.

Las historias que la gente lleva consigo como cofres cerrados, a la espera de una llave que a veces nunca llega.

Las historias que crecen en nosotros antes de empezar a borrarse sin remedio.

Las historias enterradas en el ruido del mundo como diamantes en un montón de mierda.

*

Esta noche, por la puerta entreabierta, he visto a Lauro en un momento de intimidad.

Estaba sentado en el borde su cama, encorvado sobre su guitarra. No parecía sentirse observado.

Sacaba de las cuerdas una melodía dulce y ondulante, y cantaba con algunos balbuceos, como si inventara la letra.

Esa canción era suya, claro. Tenía que ser suya. He cerrado los ojos.

Me ha parecido que llevaba la melodía como un poco de agua en las manos.

*

Releo estas notas y pienso que siempre he tenido la costumbre de recurrir a la cultura para aliviar mi angustia. Esa noche en la buhardilla me confirma que no soy la única. Vuelan y se multiplican las citas y las referencias, y por un momento, da la impresión de que hay algo en el silencio que nos rodea. Como dijo el Rasta: «La ilusión es lo que cuenta».

*

No siento desprecio por mi hermano, nunca lo he sentido. Ahora lo veo claro. Lo que siento, lo que siempre he sentido, es envidia. Una envidia que me llevó a odiarlo cuando le contó a mamá lo que vimos aquella tarde al salir del cine. Que me llevó a odiarlo todos estos años por ocuparse tan bien de mamá. Por ser todo lo que no soy ni podré ser. Una envidia que me ha llevado a imaginarlo cometiendo un crimen sin nombre cuando acababa de salvarme la vida. Envidia. Una envidia que me avergüenza. La razón no sería muy difícil de encontrar.

Lauro sabe lo que quiere. Siempre lo ha sabido.

*

Si se pudiera detener los deseos, uno tras otro, y dejarlos a nuestras espaldas, como insectos clavados en una pared, podríamos empezar a borrarnos y también a olvidarnos. Pero el tiempo y el deseo forman una sola corriente de aguas heridas.

*

Llegan esas tardes soleadas que pasábamos a orillas del Garona. Llevábamos unas cervezas y un par de libros y nos dejábamos invadir por el calor húmedo del pasto, la reverberación del sol en el agua, el rumor de una guitarra que se iba apagando a medida que atardecía.

Raphaël llevaba siempre el mismo libro. Años después, seguía llevándolo.

Pasaba largos minutos lanzando al bebé a los aires, haciéndolo reír a carcajadas en ese mameluco blanco que dejaba al descubierto sus piernas rollizas de Buda.

Luego se echaba a mi lado y me leía fragmentos de Camus. Había uno que volvía a menudo y que leía con emoción contenida, como si fuera una clave de sí mismo:

«Deliciosa angustia de ser, cercanía exquisita de un peligro cuyo nombre ignoramos, ¿vivir, entonces, es correr hacia la perdición de uno mismo? De nuevo, sin descanso, corramos a nuestra

perdición. Siempre he tenido la impresión de vivir en alta mar, amenazado, en el centro de una dicha insuperable».

Silencio. Los ojos de Raphaël reflejan el oleaje de las nubes, el tacto tibio de nuestros pies descalzos sobre el pasto húmedo, los gorjeos de Nico, su cuerpecito caliente sobre mis pechos, nuestra respiración acompasada a las aguas, el fresco súbito del atardecer.

15

He releído estas notas sintiendo los rezagos del olvidado placer de escribir sin proyecto ni ataduras. Escribir para recorrerse, como quería Michaux. El espacio interno, no como el espejo de Narciso, sino como una región desconocida y pululante.

Nico se ha levantado con el pelo revuelto y la marca de la almohada en la mejilla enrojecida. Le he preparado el desayuno y me he sentado a su lado. Me gusta mirarlo en silencio cuando come o juega o se desnuda o se sienta al inodoro sin importarle que yo esté ahí, impudor que me maravilla y que sin duda tiene el tiempo contado.

«¿Has dormido bien?». Lauro me miraba un poco preocupado, pero él mismo tenía bolsas bajo los ojos.

Ayer le he comprado un traje a Nico con la plata que Lauro me ha prestado para que vaya tirando hasta volver a Europa. Hace un par de días el cajero rechazó mi tarjeta. Por supuesto, ya no me quedaba ni un euro en la cuenta. He dudado mucho antes de pedirle un préstamo a mi hermano, pero Nico no podía ir al entierro vestido de cualquier modo.

Creo que estaba feliz de poder ayudarme. Estábamos sentados a la mesa, a la hora de la siesta. Tomábamos café. No pude evitar preguntarle con qué dinero había pagado los gastos de la funeraria y todo lo demás. «La Dionisia», dijo. Era la única persona a la que podía acudir, pues ya nadie quiere prestarle ni un peso. Le he preguntado quién era y me ha mirado extrañado. «Vos la conoces». Me ha encantado ese nombre, Dionisia, pero no me sonaba de nada.

Dionisia trabajó un año en casa, ¿no me acordaba? Era una muchacha de ojos grandes y nariz aguileña, más bien delgada. En aquella época vestía *jeans* y chompas y llevaba el pelo muy largo agarrado en una coleta. Era eficiente y simpática y mamá estaba encantada con ella. Durante el invierno, cayó enferma. Tenía fiebres altísimas y decía cosas sin sentido. Mamá la llevó a ver al doctor Prieto, que le diagnosticó meningitis y aconsejó que la internaran. El problema era que mamá no podía hacerlo sin antes pedirles permiso a los padres de la muchacha. Sus padres eran cristianos y quisieron pasar unos días con la enferma antes de tomar una decisión. Cuando mamá fue a buscarla —vivían en una casita cerca de aquí, en Bella Vista—, el padre de Dionisia le abrió la puerta y le pidió que por favor se marchara. Mamá le preguntó qué ocurría. Era un hombrecito menudo y que estaba en los huesos, pero tenía una determinación extraña en los ojos. «A mi hija se le ha metido el diablo», dijo. Mamá se asustó y pidió verla. El hombre dudó, pero al final la dejó entrar. Mamá fue hasta el cuarto y entonces vio a Dionisia en su catre, delirando por la fiebre. De rato en rato se incorporaba y lamía un adobe de la pared, como si muriera de sed. Era escalofriante. Mamá se inclinó sobre la cama y le habló, pero Dionisia no la reconocía. Los ojos enormes y vidriosos la observaban con recelo. Mamá renovó su pedido de llevarla a la clínica. El hombre se resistía moviendo la cabeza con obstinación. «Los médicos no pueden hacer nada», decía. Luego se enteró de que no era el padre de Dionisia, sino su padrastro. El hombre que se hizo cargo de la viuda y de la niña en los primeros tiempos en La Paz, los más difíciles, cuando llegaron solas del Altiplano. No sabía cómo, pero mamá logró convencer al padrastro y de inmediato internaron a la enferma en una clínica privada.

La convalecencia fue larga y difícil. Dionisia se cagaba encima y, cuando no estaba tirada en la cama, parecía incapaz de quedarse quieta, se levantaba y cambiaba las cosas de sitio o les metía mano a las enfermeras como un mal borracho —esto mamá lo contaba horrorizada—. A pesar de todo, se quedaba a su lado, salía a comprarle las medicinas, consultaba al médico y comprobaba que las enfermeras se ocuparan de ella. Pagó todos los gastos, claro. Todavía teníamos plata, hermanita. Era la época en que el viejo había cambiado sus horarios de «oficina» y aparecía cada vez menos por casa. Mamá ya trabajaba en la agencia de viajes. Increíble que le quedara tiempo para cuidar a Dionisia. Pero de alguna forma debía llenar las horas muertas, de alguna forma debía distraer la angustia, ¿no me parecía?

Cuando Dionisia al fin despertó, no recordaba los días que había pasado en casa de sus padres ni tampoco las semanas de ausencia y delirio en la clínica. Era como si alguien hubiera borrado de un trazo toda su vida a partir del momento en que empezaron las fiebres. Reconoció a mamá, eso sí. Pareció sorprendida de verla a su lado y le costó entender por qué estaba allí.

No volvió a trabajar con nosotros. Entre otras cosas, porque estaba embarazada de tres meses, hermanita. Mamá no preguntó quién era el padre del bebé, pero en aquel entonces sospechaba que era el tío de Dionisia, que vivía con ella y sus padres. Tío sanguíneo o de cariño, mamá no lo sabía muy bien. Lo vio por única vez la mañana en que entró a buscar a la muchacha para llevársela a la clínica. Estaba sentado en el patio de cemento y degollaba a uno de los cuyes que criaban en la parte trasera de la casa, y no la saludó ni la miró en ningún momento, como si por allí no pasara nadie.

Dionisia empezó a visitar a mamá tiempo después de que perdiéramos la casa. Ya había cambiado los *jeans* por las polleras. Se había convertido en una señora. Al principio —imaginaba él—, venía por gratitud. Pero como ya no trabajaba para nosotros, podía soltarse, ser ella misma, hablarle a mamá de igual a igual, hacer confidencias. Se volvieron comadres, pues. ¿Acaso no me acordaba de la Comadre?

Bastó que dijera eso. La Comadre, claro. Así la llamaba mamá, sin mencionar jamás su nombre. Sí, la conocía: los ojazos risueños, la nariz de bruja, las nobles canas que fluían entre los cabellos lacios de un negro intenso. Llevaba siempre mantillas y polleras finas, y su presencia era imponente, pero esto parecía deberse menos a su atuendo que a ella misma. «La Comadre te ha traído otro regalo», decía mamá entregándome unos aretes de plata o una blusa nueva, y yo iba hasta donde estaba la Comadre y se lo agradecía con un beso en la frente. «Así no, pues, waway», decía ella y me tomaba con fuerza entre sus brazos.

Era una luchadora de la vida, mamá lo decía, y no dudaba en ponerla de ejemplo para que nunca, bajo ningún concepto, nos quejáramos de nuestra suerte. No hacía mucho, había vuelto a contarle su historia. Tan cerca de la muerte, la había puesto otra vez de ejemplo.

Llegó del Altiplano cuando tenía cinco o seis años. Venía de un pueblo que ya no existía. O tal vez sí, pero para Dionisia era como si ya no existiera. Un pueblo fantasma en la provincia de Omasuyos: unas cuantas casitas de adobe azotadas por el viento. Dionisia era muy pequeña cuando murió su padre. Pocos días después del entierro, las hermanas del difunto se llevaron todo lo que valía la pena llevarse. Así que la viuda hizo un atado de ropa y se marchó del pueblo con la niña.

Ya en El Alto, empezó a trabajar como barrendera municipal. Salía a las cinco de la mañana y dejaba a la niña al cuidado del vecino, un viejo lisiado que hacía de niñero en la villa. En esos días interminables, el viejo soltaba a los chicos en el patio de tierra de su casa y les daba unas latas vacías para que jugaran al fútbol. Como era cojo, se quedaba sentado a la sombra de un árbol con la radio a pilas pegada al oído, bebiendo a sorbitos una botella de cerveza que blandía como un arma cada vez que alguno le desobedecía. Dionisia evitaba hablar de esos primeros años.

Cuando la madre conoció al que sería su marido, las cosas mejoraron. Se fueron a vivir a la casa de este, en Bella Vista, donde criaba cuyes y gallinas y tenía un buen huerto, por lo que nunca más pasaron hambre. Dionisia empezó a asistir a la escuela más cercana. Era una casa con un patio pequeño donde los maestros les jalaban las patillas a los niños por cualquier cosa, pero aun así fueron años felices. Lo supo cuando tuvo que abandonarla. Estaba en quinto básico y había acabado el año con buenas notas, pero ni su padrastro ni su madre tenían la posibilidad de costearle los estudios. Ya era hora de que aportara a la olla familiar.

Empezó a trabajar como niñera en una casa de Achumani. Allí aguantó cinco años de maltratos y paga dudosa. Al final renunció. Con la plata que había ahorrado, se compró un carrito y recorría las aceras de Obrajes vendiendo salteñas. Pero había demasiada competencia y las salteñas que había preparado con tanto esmero se le ablandaban y se le echaban a perder. Optó por los sándwiches de palta, pero tampoco le fue bien. La palta duraba menos todavía.

Una vez más, ante la presión de su madre y su padrastro, se vio obligada a buscar trabajo en los barrios de la Zona Sur. Era donde mejor pagaban. Entonces conoció a mamá, que recordaba perfectamente el día en que abrió la puerta de calle y vio a aquella muchacha de ojazos negros, apenas unos años menor que ella, que le ofrecía sus servicios con timidez.

Lo que más le dolía a mamá era recordar que la muchacha dormía en aquel cuartucho que estaba detrás de la lavandería, ¿me acordaba, hermanita? Le quedó siempre la impresión de que, si se enfermó aquel invierno, fue a causa del frío terrible que hacía allí. Era un cuarto oscuro, pero Dionisia lo llenaba con mis dibujos, ¿ahora sí me acordaba? Mis dibujos y los suyos colgaban de las paredes como para alegrarlo un poco, y, sobre la cama, acumulaba los peluches que yo le iba regalando. Se sentaba a dibujar conmigo a la mesa del comedor y los dibujos que salían de sus manos eran como de niña. ¿De veras no me acordaba?

Ahora sí. Dionisia era la bruja buena que, a la luz de la tarde, se sentaba a dibujar a mi lado en la mesa del comedor. La que se encariñaba con mis peluches. La niña grande que no tuvo infancia.

Surgió entonces un episodio olvidado. La luz de una mañana radiante. La silueta de la muchacha al trasluz de la ventana. Su vientre redondo y tenso, que me invitó a tocar con una sonrisa enigmática. Un aguayo con sus cosas la esperaba junto a la puerta. Había venido a despedirse.

Y llegó, vinculado a aquel recuerdo, el olor a amoníaco que había invadido la casa sin que nadie pudiera explicarlo. Mamá y ella estaban de pie en la sala, sin saber muy bien qué decirse. Sus figuras se desdibujaban en la luz, como si la casa ya hubiera empezado a borrarlas. El olor estaba ahí. Era un olor de pis caliente. Días atrás era débil, como si alguien hubiera vaciado un bacín en algún rincón, y luego, poco a poco, lo había inundado todo. Ahora era una presencia picante a la que no acabábamos de acostumbrarnos: de haber podido explicarla, tal vez nos habría molestado menos.

De pronto, en plena charla, como si ya no pudiera aguantar, mamá abrió las ventanas que daban al jardín y, mientras aireaba, se puso a mirar debajo de los sillones, a oler las cortinas y el empapelado, a levantar los tapices. Al rato, la muchacha se le acercó por detrás y le tocó el hombro. Sus dos trenzas, casi azules de tan negras, le caían sobre la espalda. Mamá se puso de pie y ella, con su timidez habitual, permaneció en silencio como si se hubiera arrepentido en el último instante.

—Señora —dijo al fin, como buscando su voz—, yo sé qué es.

Mamá agrandó los ojos.

—¿Por qué no me lo dijiste antes?, ¿no ves que me estoy volviendo loca?

La chica bajó la mirada.

—Sí, señora, pero es que...

Mamá la escrutaba con desconcierto.

—Pero es que qué.

—Ese olor es la muerte, señora.

Hubo un silencio incómodo. Me pareció que mamá se había puesto pálida.

—Señora, alguien de la casa...

No la dejó terminar: la paró en seco con un gesto. Luego cerró las ventanas, corrió las cortinas, puso los tapices en su lugar.

Hablaron todavía durante un rato. Del embarazo, de sus íntimos placeres, de sus molestias. El olor había vuelto con fuerza cuando la muchacha se despidió con una sonrisa triste. Fue la última vez que la vi en la casa de Calacoto.

Unos días después el olor cesó de golpe, como si todo el tiempo no hubiera sido más que el producto de nuestra imaginación. Pero para entonces era algo que me tenía sin cuidado, porque aún sufría el impacto de la noticia: habían asesinado a papá.

Asombrada por los inesperados relámpagos de la memoria, le conté a Lauro aquel episodio. Me miró con una sonrisa burlona, como si estuviera tratando de tomarle el pelo.

¿Quería que continuara o no?

Poco tiempo antes de dar a luz, Dionisia se casó con un vecino suyo de Bella Vista y su vida dio un giro imprevisto. Esta parte de la historia era algo confusa. Este vecino era comerciante y al menos diez años mayor que ella. Lo apodaban Bronco por su parecido con uno de los integrantes del grupo mexicano, justamente el que se murió, ¿sabía de quién hablaba?, retaco, con panza de buen vividor y bigote negro de mariachi. Igualito, al parecer. Bueno, el caso era que el Bronco le compraba cuyes y pollos al padrastro de Dionisia, y se hizo gran amigo de la familia. Como gozaba de la confianza de todos, entraba en la casa a su antojo, aun cuando su compadre no estaba. En una de esas visitas se encontró a solas con Dionisia y pasó lo que pasó. Nunca quedó claro si la relación fue consentida, tampoco si el comerciante era de veras el padre del niño.

Llegó el séptimo mes de embarazo y ya la panza de Dionisia era inocultable. Una tarde su padrastro y su tío agarraron los cuchillos con que degollaban los cuyes y fueron a ver al Bronco. Al cabo de unas horas, volvieron los tres, borrachos y emotivos, con la promesa solemne de que el Bronco reconocería a la wawa y se casaría con ella. La Comadre contaba la anécdota muerta de risa.

El Bronco era un comerciante exitoso. Mamá sospechaba que también era contrabandista, pero no se atrevía a preguntar. Mi gordito esto y mi gordito lo otro, le contaba la Comadre, orgullosa. Parecía feliz al lado de ese hombre que, según decía, era buen padre y buen marido. Con el tiempo, Dionisia tomó las riendas de un almacén de ropa en El Alto y mostró que no solo era capaz de hacerlo prosperar, sino de obtener mejores resultados que el Bronco. A mamá le asombraba el destino de Dionisia. Una sonrisa irónica la iluminaba cuando hablaba de ella. «Los caminos de la felicidad son misteriosos», decía.

Ahora Dionisia es dueña de tres almacenes en El Alto y, por lo visto, al Bronco le va mejor que nunca en los negocios que tiene en la frontera con Argentina. Desde hace tiempo viven en Villa Adela, en una casona —aunque no la más grande ni la más colorida de las que vio, hermanita— sobre una avenida bulliciosa, pero menos caótica que las de La Ceja.

Salió a recibirlo a la acera. «Laurito», le dijo, que es como ella siempre lo ha llamado, y le dio uno de sus abrazos asfixiantes. Le mostró el almacén de ropa y artículos deportivos en toda su extensión, la sala de fiestas del piso superior —una sala colorida e iluminada por unas arañas inmensas, que alquila para eventos de toda ley—, y por último el *penthouse*, donde vive con su marido y sus tres hijos, que le ayudan a sacar adelante los negocios. Las habitaciones y los ambientes están dispuestos alrededor de una piscina grande en forma de haba, bajo un tragaluz que baña todo de luz verde. Parecía tan emocionada de que él estuviera allí, que no dejó de hablar mientras le mostraba la casa, y él no pudo decirle lo que había ido a decirle. «Te vas a dar un chapuzón, ¿no, Laurito?». Sin esperar su respuesta, agarró su celular, y ya le pedía a un empleado que le subiera una malla cuando él le dijo que mamá había muerto.

Dionisia tuvo que sentarse en una silla al borde de la piscina. «Carajo», dijo. «¿Por qué mi comadre no me ha dicho nada?». El empleado subió una malla roja, todavía con la etiqueta, y una jarra de yungueño con hielos, y se retiró. Dionisia ocultó la malla, como si quisiera borrar una ofensa. Luego, con gestos ceremoniosos, sirvió dos vasos. «Por mi comadre», dijo, y secó el suyo. En el primer trago, se sentía más el singani que el jugo de naranja, pero en los siguientes, el gusto del alcohol se fue diluyendo hasta casi desaparecer.

Se quedaron sentados al borde de la piscina, bebiendo en silencio, hasta que acabaron la jarra. Al levantarse, sintió de golpe el mareo. Entonces Dionisia se acercó como si fuera a darle un abrazo y, discretamente, como si alguien pudiera verlos —pero estaban solos o al menos eso creía él—, le puso en la mano un grueso fajo de billetes. No sabía cómo, hermanita, pero la Comadre se había dado cuenta de todo y le estaba ahorrando el mal trago. A eso había ido, claro, pero las palabras simplemente no le salieron cuando debían.

Ya en las escaleras, quiso darle las gracias, pero ella lo paró en seco con un gesto de la mano. «Cualquier cosa me avisas nomás, Laurito».

Nico esconde algo a sus espaldas. Le pregunto qué tiene ahí y, tras dudarlo unos segundos, me muestra el cuaderno. Confiesa que ha dibujado en él sin permiso. Soles, peces voladores, montañas nevadas y animales fabulosos. Me gusta que sus dibujos rodeen mis fragmentos, que trepen en ellos como hiedra. «Dale, mijo», le digo, «dibuja lo que quieras». Me mira desconcertado, como si acabara de tenderle una trampa.

Al salir del edificio, siento una aprensión extraña, como si alguien estuviera observándonos. Miro alrededor. Nada fuera de lo normal. La falta de sueño, seguramente.

Ya en la camioneta, giro la cabeza y veo a Nico triste o ansioso y le acaricio la cara. Me sonríe débilmente. Pienso: en los últimos días lo he tenido un poco olvidado. Ya va siendo hora de volver.

Miro por la ventanilla el río que discurre bajo el sol como una cicatriz interminable.

Lauro, tal vez creyendo que Nico está triste por mamá, extiende la mano hacia atrás y le regala un dulce. Nico lo desenvuelve, lo sujeta con dos dedos y se queda mirándolo al trasluz, como si lo acariciara con los ojos.

Una vez más, veo algo importante en ese gesto sin edad y de pronto entiendo lo que quiero transmitirle. Más allá de las heridas inevitables, quiero proporcionarle algo que se parezca a la felicidad y a la capacidad de alcanzarla a pesar de todo.

Entonces Nico levanta los ojos, más claros y más tristes que nunca.

—Nunca tendré el soldadito de madera, ¿verdad?

—¿Qué dice? —Lauro se vuelve hacia mí.

A nuestro alrededor crece otro día lacerante de tan azul, mientras los cerros salpicados de arbustos reducidos a manchas de polvo oscuro se suceden a toda velocidad del otro lado del parabrisas.

—No sé de qué habla —admito—. ¿De qué soldado hablas, mijo?

—Del soldadito que me prometió papá.

El calor opresivo sube del asfalto y, del otro lado de la ventanilla, aparece la silueta fugaz de una niña que lava ropa al borde del lecho de piedras sucias.

—¿Cuándo ha pasado eso? —pregunto, todavía sin entender.

Silencio. Nico parece asustado.

—¿Cuándo, mijo? —intento una vez más, tratando de disimular la impaciencia y el miedo.

A Nico le tiembla el labio inferior y se remueve en el asiento, incómodo.

—Es muy importante que te acuerdes, hijo lindo —endulzo la voz.

Me mira. Parece dudar.

—Unos días antes de Navidad —se oye al fin su voz resignada. Y luego, abriendo mucho los ojos, enfático—: Pero no le digas a papá que te lo dije. Era un secreto.

«Me dijo que estaba en Berlín y que Berlín era un lugar mágico», recordó. Un lugar donde vendían las reposterías más ricas y los mejores juguetes de madera del mundo. Le preguntó qué figura se le antojaba: ¿el león, la jirafa, el soldado o el pirata? Él no dudó un segundo. «Muy bien», dijo su padre, «ahora dime: ¿prefieres el soldadito que agarra una espada o el que toca el tambor?»

—Yo pedí el de la espada, pero ahora sé que nunca lo tendré.

Un temor que creía olvidado se yergue en mi cuerpo.

La camioneta entra por el portal del cementerio y empieza el ascenso. Pasamos de largo por la capilla donde va a tener lugar la misa de cuerpo presente y el primer campo santo con la estatua del Arcángel que blande una espada color musgo.

Subimos durante largos minutos, en silencio. La ciudad se abre allí abajo como un inmenso cráter poblado de casas en sus fondos más recónditos, así como en sus laderas más vertiginosas.

Lauro estaciona la camioneta frente a un bosque de pinos que trepan por la ladera del cerro. Cruzamos miradas. Sé que está pensando en lo mismo que yo. Intento ordenar mis ideas. Imagino a Raphaël paseando por la feria berlinesa. La torre del Kaiser Wilhelm baña de azul sus cejas de vuelo rasante mientras busca el juguete prometido.

—¿Por qué dices *nunca,* mijo?

Levanta la vista hacia mí.

—Porque tú te pones rara. —Su voz y sus ojos se han cargado de reproche—. No has querido hablar con *tante* Cathy.

—Lo siento, mijo, es que yo...

—Papá ya no va a venir —me interrumpe—, y es por tu culpa.

A nuestro alrededor se oyen los suspiros de los motores que se apagan y el ruido de las puertas al cerrarse. Las primeras parejas vestidas de negro se dirigen hacia el césped. Parecen perdidas y frágiles a los pies del cerro que delimita el lado norte del campo santo y se alza hasta perderse de vista, pálido y nervudo como la superficie lunar.

—¿De qué habla? —Lauro me mira.

No contesto. Se vuelve hacia Nico y le pone la mano en el hombro.

—Nico, ¿tu papá te dijo cuándo iba a venir?

—No.

—¿Y por qué te pones así? A lo mejor llega pronto.

—No lo sé —admite Nico—, yo quería hablar con papá, pero *tante* Cathy me dijo que no estaba y me pidió hablar urgente con mamá. —Respira hondo y, sin mirarme, añade—: Yo le pasé el teléfono, pero ella...

Se echa a llorar. Es la primera vez en semanas. Es un llantito quedo, como de temblores profundos saliendo a la superficie tras una larga temporada en las sombras.

¿Cómo puedes hacerle esto a una personita tan buena, tan noble?

Lauro lo pone sobre sus rodillas y le murmura palabras al oído.

Ya más sosegado, Nico se vuelve hacia mí y en sus ojos húmedos me parece ver cómo se mueve una nueva luz. Extiende los brazos y me abraza con fuerza. Un abrazo que es una entrega, una confesión mamífera. Le aprieto las manos y lo miro a los ojos. Es mi forma de pedirle perdón.

Por muy fuerte que las sujetes, Lea, esas manitas ya se escurren como el agua entre tus dedos.

Ahora lo he visto mejor y el corazón ha empezado a latirme enfurecido. No hay duda: es él. Es Raphaël. Ha salido de la sombra y se ha detenido a unos veinte pasos de distancia, en una banda de césped amarillento que separa dos lápidas, y me observa tras sus lentes negros, sin mover un músculo, con la cara tirante y pálida, el pelo casi blanco de tan rubio y las manos metidas en los bolsillos del pantalón, como si pudiera quedarse ahí todo el tiempo del mundo. Su estatura se impone aun en la ceguera del mediodía paceño. Es una invitación. No: un desafío.

Una lógica siniestra nos ha traído hasta aquí, pienso. Por un segundo, vuelve a mi memoria esa noche en el Pont des Catalans, la baranda resbalosa, el aliento húmedo del Garona, la tentación del vacío y el vértigo. Incómoda, trato de ahuyentar las salpicaduras heladas de esos días, pero, una vez más, sin que pueda hacer nada por evitarlo, los recuerdos me invaden con su aspereza de sal y barranco. Una vez más, el presente y el pasado mezclan sus aguas, paralizándome.

Cuando vuelvo en mí, tengo la sensación de haberme ausentado durante días y de entrar en un ámbito sin tiempo, en una intemperie detenida. Junto al muro de pinos, Abril y Lauro parecen discutir. Él gesticula con viveza, como cuando está molesto. Ella parece determinada, tiene el porte erguido y unas maneras altivas que me recuerdan un poco a mamá.

La gente empieza a dispersarse. Al pasar por su lado, algunas personas miran de refilón a ese hombre alto, de traje azul ceniza, que no se mueve de su sitio.

Todo parece indicar que Raphaël me ha dejado un periodo de gracia que ha llegado a su fin. Qué importa que sea el entierro de mi madre. Al carajo el respeto, al carajo el cariño, ya no digo el amor, que pudiera quedar entre nosotros. A esto hemos llegado.

Entonces, sin previo aviso, empiezan a fluir las voces. Y veo a Mimí, el viento electrizándole el pelo lila, veo a Lauro gritar su angustia desde el escenario, veo a Azima, embarazada de siete meses, afrontar las inmensas sombras sobre el mar. Y un impulso irresistible sube desde lo más hondo de estos días.

Lauro me hace señas de incomprensión. Cuando lo vea entenderá, pienso. Ahora tengo que enfrentarlo sola. Abril proyecta una sombra bien delimitada en el césped, una frontera nítida a sus pies, y me mira en el instante en que doy media vuelta y echo a andar.

Sigo pensando en ella cuando Nico me aprieta la mano. Ya está, pienso, ya ha visto a su padre. Pero él levanta la vista hacia mí lleno de extrañeza. Con un mal presentimiento, miro hacia delante, entre las dos lápidas y luego entre las siluetas que se alejan buscando la sombra de los árboles, y él ya no está.

¿Se ha ido?

Nunca estuvo, me susurra, burlona, la voz.

Ahora el miedo es una risa voraz abriéndose dentro de mí, consumiendo mis últimas certezas.

Todo esto es como el fantasmita que sentías flotar y moverse en tu interior, insiste la voz, venenosa.

¿Qué fantasmita?

El bebé, Lea.

Pero yo lo sentí.

Claro que lo sentiste, dice la voz. Como el fantasma de tu padre, ¿verdad?

(Una risita agria).

¿Eso también vas a ocultártelo, Lea?

De pronto siento un líquido caliente entre las piernas y el dolor inconfundible que empieza en el bajo vientre y los riñones.

No entiendo, susurro.

Entiendes, dice la voz, pero tienes el arte de hacerte la idiota.

Todo a mi alrededor —los árboles, las lápidas, la gente, la luz— parece suspendido en una mueca radiante.

¿Qué es tan difícil?, se burla la voz. O nunca lo tuviste o lo has perdido, Lea.

Una grieta se abre inesperadamente en mi interior.

No sé en qué momento, después del temor del principio, algo empezó a abrirse paso en una región desconocida de mí misma. Una intuición o una esperanza: afirmar lo que crecía en mí era la forma más arriesgada, pero también la más hermosa, de afrontar mi nueva vida. Y desde el instante en que lo acepté, mi cuerpo se fue llenando de sensaciones conocidas.

Ahora, en cambio, me siento vacía. Una casa abandonada.

¿Ya está, Lea?, ¿ya te convenciste?, insiste la voz, rencorosa.

Cabrona.

Cobarde.

No estoy loca.

No, Lea, susurra la voz. Estás en el borde, y eso es peor.

Entonces me parece verlo a lo lejos. Se aleja entre la gente, diluyéndose en el resplandor del mediodía. Me descubro caminando a paso vivo entre murmullos de asombro mientras se oye una vocecita cada vez más alarmada. «¿Qué pasa?», pregunta la voz de Nico, «¿adónde vamos?». No lo suelto, no puedo soltarlo ahora. Es como si el sol hubiera levantado una piedra enorme, dejando al descubierto este hormigueo de sombras, y Nico también pudiera perderse, como me perdí yo, como nos perdimos todos, en esta luz ácida que desdibuja los cuerpos.

Solo a tres pasos de distancia, surgen otra vez las espaldas de vikingo y la nuca rubia, y él —porque es él, bastaría con alargar la mano para tocarlo— se vuelve como si presintiera mi llegada.

Hay algo extraño en sus ojos, el metal de sus pupilas fundido en astillas de luz. Tardo en comprender que ha llorado. Nico ya no dice nada. La sorpresa de ver a su padre. O de verlo así por primera vez.

Raphaël me mira, aterradoramente real. Parece indefenso. Parece buscar algo en sí mismo, como si la memoria fuera un horizonte y el pasado, un presagio. A lo lejos, un pájaro con las alas desplegadas permanece clavado en el aire. Yo no me muevo, él da un paso hacia mí y me mira como si intentara resolver un enigma: el nuestro. Pero hay algo más en sus ojos. Algo parecido al miedo.

Los árboles están demasiado quietos, sus ramajes pesan en la resolana. Al norte, el cerro se levanta, rugoso y lunar, como una infranqueable muralla bíblica.

Raphaël da otro paso y me toma por los hombros, me atrae hacia él y me abraza como si se aferrara al borde del abismo. Un abismo hecho de días y noches y sueños áridos. «Ya está», murmura su voz en mi oído, «ya pasó, Lea». Siento cómo afloja una larga tensión que estaba haciéndome daño y, a la vez, un ramalazo de dolor, como si desaparecieran Raphaël y Nico —el tacto de sus cuerpos en la noche—, y en su lugar se reabriese, deslumbrante, el vacío de la vida ciega.

Aquí cesan los murmullos y, por un instante, solo queda el rumor de la ciudad, la brisa repentina que estremece los árboles, el íntimo olor de las mandarinas, el vértigo.

Este libro se terminó
de imprimir en los talleres de Romanyà-Valls,
en Capellades (Barcelona), en febrero de 2022.